Jonathan Estedabady

Das Leben ist die Hölle! *Danke.*

Der goldene Weg zum Glück (führt dich)
durch die Hölle (des Lebens)

novum pro

Bibliografische Information
der Deutschen Nationalbibliothek:

Die Deutsche Nationalbibliothek
verzeichnet diese Publikation in
der Deutschen Nationalbibliografie.
Detaillierte bibliografische Daten
sind im Internet über
http://www.d-nb.de abrufbar.

ISBN 978-3-95840-560-8
Lektorat: Katja Wetzel
Umschlagfoto: www.pixabay.com
Umschlaggestaltung, Layout & Satz:
novum Verlag
Innenabbildungen:
© Jonathan Estedabady
Titelbild: www.pixabay.com

Gedruckt in der Europäischen Union
auf umweltfreundlichem, chlor- und
säurefrei gebleichtem Papier.

www.novumverlag.com

Das Glück bekommst du geschenkt,
für die Hölle musst du zahlen.

Der GOLDENE WEG zum Glück
(führt dich) durch die Hölle (des Lebens)

DAS LEBEN IST DIE HÖLLE

„Hallo ihr lieben!
Ich kann langsam nicht mehr, ich bin ein nervliches Wrack, und das jetzt schon seit Jahren, manchmal frage ich mich wie ich das alles durchstehe …
Ich habe mit 18 meine Mutter verloren, an der ich sehr hing.
Ich dachte mein Leben ist zu ende und alles hat keinen Sinn mehr …
So geht es mir teilweise noch heute.
2 Jahre später lernte ich meinen jetztigen Mann kennen.
8 Wochen später wurde ich schwanger.
Ich verlor unsere Tochter im 6 Monat.
Wieder nahm mir jemand meinen Sinn fürs Leben, ich wollte und konnte nicht mehr …
ein halbes Jahr wurde ich wieder schwanger,
doch auch unser 2tes Kind verlor ich im 3 Monat …
Fragt mich nicht wie ich trotzdem noch an mein Leben glaubte … oder viel mehr verdrängte … wie ich es die Jahre zuvor schon tat … um diesen Schmerz nicht länger ertragen zu müssen.
Ich fing eine neue Arbeit an und es gab wieder Lichtblicke in meinem Leben.
Dann wurde ich wieder schwanger.
Nach vielen Tränen, Ängsten und schlaflosen Nächten wurde unsere Tochter als Frühchen geboren.
In meinem Leben ging die Sonne auf, sie brachte den langvermissten Sinn in mein Leben zurück und ich hatte meine Lebensfreude zurück, und das tut sie noch heute.
3 Jahre später entschieden wir uns für ein 2tes Kind.
Und wieder verlor ich meinen Sohn.
Im 5 Monat … ich hielt ihn in meinen Händen und alles war wieder vorbei …
Mein Leben brach wieder über mich zusammen

Ich wünschte mir in dieser Nacht zu meiner Mutter und zu meinen Kindern zu dürfen …
Nie mehr diesen Schmerz erleben zu müssen
Was habe ich in meinem Leben verbrochen so gestraft zu sein??
Dann kamen finanzielle Probleme auf uns zu, und wir wussten nicht wo uns der Kopf stand.
Mein Mann und ich stritten nur noch, er verletzte mich seelisch so sehr.
Er redet leider erst und denkt dann erst nach …
Ich weiß nicht wie es weitergehen soll.
Ich bin nervlich am ende und kann nicht mehr, würde ich nicht so gut verdrängen können, wüsste ich nicht ob ich noch hier wäre.
Ich weiß das ist keine Lösung, aber ich weiß nicht mehr wie es weiter gehen soll, nur scheisse in meinem Leben, kommt etwas gutes folgen 2 schlechte.
Danke das ich mir das einmal von der Seele schreiben konnte.
LG
Shadow"
http://www.hilferuf.de/forum/familie/28003-mein-leben-ist-die-hoelle.html (Stand: November 2016)

„Irgendwie läuft alles nicht mehr wie es soll. Ich bin schwer depressiv, habe keine Freunde mehr, habe nach einem knappen Jahr der Arbeitslosigkeit einen Job gefunden, aber es freut mich nicht wirklich. Ich habe oft den falschen menschen vertraut, war viel zu nachsichtig und zu gutmütig, habe mich ausbeuten lassen und wurde immer wieder nur verraten. Sogenannte „Freunde" haben mich nur benutzt, mich belogen und feige abgeschoben. Selbst die eigenen Eltern stehen gegen mich. Als ich vor ca. eineinhalb Jahren meiner Mutter in einem Anfall von geistigem Wahnsinn gebeichtet habe, dass sie mit einem Kinderschänder verheirtate ist, sagte sie nur, sie könne es nicht glauben, warum ich das erst nach 20 jahren erzähle und hat das Zimmer verlassen. Meiner Mutter ist es egal. Sie redet mit ihrem Mann, als sei nichts gewesen. Sie droht mir immer wieder, und das obwohl ich 26 bin. Ich habe NIEMANDEN mehr, dem ich vertrauen kann. Keiner steht auf meiner Seite, alle haben mich verlassen. Ich habe Selbstmordversuche im zweistelligen Bereich, doch

immer wieder überlebte ich es. Ich weiß nicht warum, doch irgendetwas hält mich hier. Irgendeine Macht lässt mich nicht gehen. Dass ich so verdammt resistent bin gegen Betäubungsmittel ärgert mich ungemein. Habe diverse „Todes-Cocktails" getrunken, die jeden anderen getötet hätten, doch ich wachte wieder auf und war zwei oder drei tage danach wie in Trance. Ich hätte diverse Brüche haben müssen, doch ich hatte nur Prellungen. Die Sache ist die, dass ich sterben möchte, diesem Elend an Leben ein Ende machen möchte, doch irgendetwas hindert mich daran. Es scheint, als würde Gevatter Tod gegen mich sein. Das kann doch nicht so weitergehen. Selbst die von Telefonseelsorge können da nicht helfen. Ich habe mich mal an die gewandt per Mail, doch als ich die Zeilen las, „na du elendiger Miesepeter" da hats mir gereicht. Niemand hilft mir. Es macht der Welt nur einen Heidenspass auf mir herumzutrampeln. Aber ich war lange genug der Fussabtreter von allen. Meine Kindheit habe ich im Alter von knappen 7,5 Jahren verloren, flüchtete mich immer wieder in virtuelle Welten, doch selbst das hilft mir nicht mehr. Ein Psychotherapeut half nur bedingt. Er kratzte an der Oberfläche, ging hier und da mal etwas tiefer, aber letztenendes zeigte er mir nur einen Weg. Alleine schaffe ich es nicht auf diesem Wege zu bleiben. Nur keiner kann mir helfen. Keiner will mir helfen. Ich bin eine Last für alle. Eine Last meiner selbst. Der Tod ist mein einziger Ausweg. Endlich die Ruhe. Keine schlaflosen Nächte mehr, kein Psychoterror mehr, den ich hier Tag für Tag in dem Haus erlebe, das sich „Heim" nennt. Diese „Familie" ist verlogen und falsch. Finanziell kann ich mir es leider nicht leisten auszuziehen. Ich weiß nicht mehr weiter. Ich wollte immer normal sein, doch wie geht das? Wie kann man aus dieser Misere und meiner Vergangenheit nach vorne blicken? Wie soll ich dies hier ertragen? Zu wissen, dass mein Peiniger am selben Tisch isst wie ich … "

„Ich kann deinen Kummer und Schmerz verstehen es ist für dich eine Qual habe auch schon sehr viel mitmachen müssen in meinen Leben obwohl ich erst 14 Jahre alt bin. Wieder aufs neue habe ich versuch mir mein Leben zu nehmen obwohl meine Familie meinen Schmerz nie gesehen hat. Und es ist einfach nur Krank dass nicht mal deine Mutter dich

verstehen kann. Auch wenn dir eine Therapie nichts gebracht hat versuch es einfach weiter dein Leben ist zu kostbar um es wegzuschmeißen. Ich habe nun 3 gute Freundinnen gefunden die mir geholfen haben. Auch wenn mein Leben noch so miserabel ist ich Lebe einfach in mein Leben und schaue was kommt. Zwar habe ich selbst genügend Probleme aber ich versuche anderen Menschen immer wieder Mut zu zureden. Sogar meine Freundinnen sagen ich bin der perfekte Kummerkasten für sie. Ich hoffe meine Worte haben dir etwas geholfen. Auch wenn du nimanden hast an denn du dich wenden kannst. Es gibt immer wieder ein paar Leute die das gleiche Schicksale erleiden müssen wie du. Zwar kennen wir uns nicht aber DU kannst alles schaffen wenn du daran glaubst. Ich wünsche dir noch für deine Zukunft viel Glück und mehr Freude am Leben! :)"
http://www.gutefrage.net/frage/das-leben-ist-die-hoelle (Stand: November 2016)

„Hallo. Hab vor zig Monaten schonmal geschrieben. Vielleicht tut es mal wieder gut, zu erzählen … Wer mich noch kennt: Es hat sich gesundheitlich NICHTS geändert, die Situation ist nur noch schlimmer geworden. Für alle die meine Probleme noch nicht kennen: Ich bin ständig krank. Mit 23 Jahren fühle ich mich wie eine Aids-Kranke, die alle Infektionen auffängt die an mir vorbei fliegen. Aktuell ist mir seit zig Wochen ständig übel. Ansonsten hab ich ne schlechte Verdauung, also ständig Bauchschmerzen und Verstopfung oder Durchfall. Dann gibt es noch Kopfschmerzen, damals einen Rotha-Virus, Mandelentzündungen, Nasen-Nebenhöhlen-Entzündungen, Stirnhöhlenvereiterung, Übersäuerung, zusitzende Nase, ich kann ganz schlecht einschlafen und bin total träge und unmotiviert, alles was ich mir an einem Tag vornehme ist am nächsten tag schon wieder gegessen … Das war so das, was mir bis jetzt einfällt. Und wenigstens eine von allen Beschwerden habe ich täglich. Die Ärzte nehmen mich nicht ernst und verschreiben nur was gegen die jeweilige Krankheit. Als ob mir damit geholfen ist!
Als wäre das nicht schon unerträglich genug habe ich (das ist eigentlich die gute Nachricht) im August eine Lehrstelle gefunden und diese siedet durch die ständigen Krankheitsausfälle schon dahin, verständlicher Weise

sieht mein Chef nur die Krankschreibungen. Außerdem bin ich ständig unkonzentriert und abwesend(Ohne das ich das möchte! Mir macht die Arbeit Spaß und ich bin dem Chef sehr dankbar, dass er mir die Chance gegeben hat!)
Dazu kommt noch, dass ich ständig meinen Freund verletze, weil ich einfach keinen Sex mehr will.(Wir sind seit 5 Jahren zusammen und wohnen seit 3 Jahren auch zusammen)Wollen ist wohl das falsche Wort, ich KANN einfach nicht mit ihm schlafen. Andererseits habe ich Angst, dass ich ihn dadurch verliere, ich liebe ihn wirklich sehr!Er versteht mich nicht, ist oft genervt wenn ich wieder krank zu Hause auf der Couch liege. Ebenso wie er nimmt mich meine ganze Familie nicht mehr für voll … DAS ist das schlimmste für mich, dass alle meinen ich spinne und bilde mir das nur ein!
Und da ich ständig krank bin sitze ich am WE nur zu Hause, dadurch ist mein Freundeskreis sehr klein geworden. Die einzige Freundin die ich noch habe führt seit ein paar Monaten das Leben was ich jetzt gern leben würde, sie ist verheiratet und hat letzte Woche ihr Kind gekriegt. Ich gönne es ihr! Glaubt nicht ich bin neidisch oder so! Aber es tut ein bisschen weh …
Kann mir irgend jemand sagen wie ich mir helfen kann?Zu welchem Arzt ich gehen soll, ob jemand die gleiche Phase hatte und wie sie gelöst wurde?Mir geht es wirklich sehr, sehr schlecht … Ich weiß momentan einfach nicht, wofür ich mein Leben lebe?Für Schmerzen und Krankheiten, Vorwürfe, eine bröckelnde Beziehung und ständigen Arbeitsplatz-Verlust???
Bitte helft mir!"
http://psychologie.gofeminin.de/forum/mein-leben-ist-die-holle-fd5413 (Stand: Dezember 2016)

„Ich war achtzehn Jahre alt, als die Nordkoreaner Südkorea überfielen. Ich habe gesehen, wie siebentausend [Südkoreaner] ermordet wurden, darunter mein Vater und meine Schwester. Drei Tage lang hing meine Schwester mit dem Kopf nach unten an einem Strick. Am dritten Tag war

sie fast bewusstlos. Jeden Tag nahmen uns die Kommunisten mit hinaus, damit wir sehen konnten, wie die [Gefangenen] behandelt wurden. Wir wurden alle gefangen genommen (...). Meine Schwester war damals 22 Jahre alt. An diesem Tag, als ich gezwungen wurde, vor ihr zu stehen, erkannte sie mich. Ihr Blut floss bereits aus dem Kopf. Ich stand hilflos vor ihr, denn ich war gefesselt. Aber sie sang mit Flüsterstimme (...). Auf diese Weise starb sie, aber ihr siegreicher Tod hinterließ einen tiefen Eindruck auf mein Leben. – Eine Woche später wurde mein 72 Jahre alter Vater hingerichtet. Er wurde lebendig verbrannt, nachdem er einen Monat gehungert hatte. Er wurde in eine Grube geworfen, mit Petroleum übergossen und angezündet. Bevor er zusammenbrach, schrie er mit letzter Kraft: ‚Du musst fortsetzen, was ich nicht zu Ende bringen konnte!‘ Dann hob er die Hände und betete: Vater, vergib ihnen, denn sie wissen nicht, was sie tun!‘

Diese beiden Erlebnisse haben einen unauslöschlichen Eindruck für mein weiteres Leben hinterlassen. Ich kann nicht beschreiben, was ich erleben musste. Einen Monat lang haben meine Peiniger mich geschlagen und gebrannt, meine Knochen gebrochen. Als sie schließlich dachten, ich wäre tot, haben sie mich in einen Sumpf geworfen. Ich lag acht Tage bewusstlos inmitten von Leichen. Die Ratten liefen über uns hinweg, und es war eine Höllenqual. Aber in dieser Stunde (...) erkannt[e ich,] (...): Im tiefsten Leid kann (...) Freude (...) geboren werden!“

http://www.miriam-stiftung.de/gedanken-fuer-den-tag/index.php?anzeigedatum=2015-08-18 (Stand: Dezember 2016)

Vorwort

„Das Leben ist die Hölle"
Nur jemand, der ganz unten war und das Unglück persönlich erfahren hat, kann den Weg dort heraus beschreiben (wenn er ihn gefunden hat).

Mir ist es wichtig darauf hinzuweisen, dass alles in diesem Buch meine persönlichen subjektiven Erfahrungen sind. Ich möchte mit diesem Buch niemanden von etwas überzeugen, sondern es soll dazu dienen: Menschen eine Hilfe zu sein, die schwere Zeiten durchmachen; das Leben nicht wie eine Hölle erscheinen zu lassen, sondern es (wieder) als lohnenswert erfahren zu können; Gedankenanstöße zu geben, das Leben aus einer anderen Perspektive wahrzunehmen.

Seit über sieben Jahren beschäftige ich mich mit dem Thema „Glück". Oft war ich auf einem Holzweg und lange auf der Suche nach einer allgemeingültigen Antwort. Und kurz vor einer geglaubten Lösung, dem vollkommenen Glück ganz nahe zu sein, fand ich mich urplötzlich am anderen Ende, weit entfernt in einem tiefen Abgrund des Unglücks wieder. Aus der Tiefe heraus habe ich jedoch dann die in diesem Buch aufgeführte Antwort auf die Fragen erhalten: „Wie finde ich den Weg zum Glück?".

Für mich persönlich spielt der Glaube an Gott eine wesentliche Rolle. Besonders auf der Suche nach dem Glück war er für mich sehr wichtig und er hat mich zudem durch schwere Zeiten getragen. Daher werden auch zahlreiche Stellen aus der Bibel aufgeführt. Allerdings möchte ich niemandem meinen Glauben aufdrängen. Da ich mir dennoch wünsche, dass sich mit diesem Buch möglichst viele angesprochen fühlen, habe ich die religiösen Inhalte durch eine andere Schriftart markiert. Der Inhalt kann somit genauso gut verstanden werden, wenn diese Stellen einfach „übersprungen" werden.

Ebenso wichtig ist es mir, nicht nur einen schön klingenden Weg in der Theorie zu beschreiben, sondern auch konkrete Anregungen weiterzugeben und Möglichkeiten aufzuzeigen, dem Glück näher zu kommen.

Die Frage, die sich durchweg stellen wird:
Inwieweit lässt sich das Glück von uns tatsächlich beeinflussen?

Wozu dieses Buch gedacht ist. Eine kleine Gebrauchsanweisung:

1. **Lies dieses Buch nur, wenn du dich ernsthaft dafür interessierst** und du dich mit dir selbst auseinandersetzen möchtest. Wenn nicht, dann ist es vielleicht für dich sinnvoller, das Buch erst ein anderes Mal zu beginnen.
2. **Trage das Buch** (und einen Stift) während der Zeit, in der du dich mit diesem Thema beschäftigst, **stets bei dir**. Natürlich soll es nicht zu einer Belastung werden, aber oft bieten sich unerwartete Momente zum Weiterlesen oder uns kommen Gedanken zu bestimmten Aufgaben, die wir dann gleich festhalten können.
3. **Bearbeite immer erst die Aufgaben schriftlich** (nicht nur im Kopf oder mündlich) und lies dann weiter. Das ist wichtiger als es dir vielleicht im ersten Augenblick erscheinen mag. Viele denken nämlich: „Och, das beantworte ich mal gerade schnell im Kopf", weil sie keine Zeit oder Lust haben, alles schriftlich festzuhalten.
4. **Nimm dir Zeit**. Es bringt dir nichts, das Buch einfach schnell durchzulesen und durchzuarbeiten. Besser ist es, sich intensiv mit dem Thema auseinanderzusetzen. Da es sehr tief gehende Fragen und Aufgaben sind, kann es sogar sein, dass du für eine Übung mehrere Tage brauchst. Diese Zeit solltest du dir nehmen.

5. Es ist ein Arbeitsbuch mit Platz zum **Reinschreiben und Notizen-Machen**. Das bedeutet, du brauchst nicht nur die vorgegebenen Linien zu nutzen. Du kannst und solltest immer einen Stift dabeihaben, dir wichtige Stellen markieren und Randnotizen machen.

WER SICH WENIGER FÜR DIE THEORIE INTERESSIERT, SONDERN GLEICH DEN PRAKTISCHEN WEG BESCHREITEN MÖCHTE, KANN AUCH DIE ERSTEN SEITEN ÜBERSPRINGEN UND AUF SEITE 66 (MIT KURZER ZUSAMMENFASSUNG DER ERSTEN SEITEN) ODER AB SEITE 93 (DER „GOLDENE WEG" ZUM GLÜCK) WEITERLESEN.

KAPITEL I

Was ist Glück? VerSUCHE (nach) einer Definition

Mit der Definition von Glück werde ich mich kurz halten. Dazu gibt es schon zahlreiche Überlegungen und Ansätze.

Wikipedia:
„Als Erfüllung menschlichen Wünschens und Strebens ist Glück ein sehr vielschichtiger Begriff, der Empfindungen vom momentanen bis zu anhaltendem, vom friedvollen bis zu ekstatischem Glücksgefühl einschließt, der uns aber auch als ein äußeres Geschehen begegnen kann, z. B. als glücklicher Zufall oder als eine zu Lebensglück verhelfende Schicksalswende. Glück darf nicht mit Glückseligkeit verwechselt werden, die meist in Zusammenhang mit einem Zustand der Erlösung erklärt und verstanden wird."
https://de.wikipedia.org/wiki/Glück (Stand: Januar 2016)

Duden:
1. *etwas, was Ergebnis des Zusammentreffens besonders günstiger Umstände ist; besonders günstiger Zufall, günstige Fügung des Schicksals*
2. *das personifiziert gedachte Glück; Fortuna*
3. *angenehme und freudige Gemütsverfassung, in der man sich befindet, wenn man in den Besitz oder Genuss von etwas kommt, was man sich gewünscht hat; Zustand der inneren Befriedigung und Hochstimmung SOWIE einzelne glückliche Situation; glückliches Ereignis, Erlebnis*
   http://www.duden.de/rechtschreibung/Glueck (Stand: Januar 2016)

Wie diese Definitionen zeigen, ist Glück nicht wirklich objektiv beschreibbar. Jeder definiert Glück anders für sich. Für jeden von uns ist Glück etwas anderes. Was wir Menschen aber alle gemein haben: Das STREBEN nach Glück!

Daher machte ich mich auf die Suche nach einem allgemeingültigen Weg, der uns zum Glück führt. Dazu ist es erst einmal wichtig, seine eigene Definition von Glück zu finden bzw. sich seiner eigenen Definition bewusst zu machen.

HIER: Wie ist deine Definition von Glück?

Ein schmerzfreier Zustand des absoluten Wohlbefindens.
Das Genießen-Können, ohne schlechtes Gewissen, Der Einklang mit meiner Umwelt

Da es sich bei diesem Buch nicht einfach darum handelt, Informationen „aufzusaugen“, sondern es davon lebt, sich persönlich mit diesem Thema auseinanderzusetzen, ist es für das Weiterlesen unabdingbar, die vorgeschlagenen Aufgaben auch tatsächlich auszufüllen. Aus diesem Grund solltest du dir die Zeit nehmen und dir persönlich einen Gefallen tun, indem du die gerade gestellte Aufgabe zuerst ausführst und dann weitermachst. Dies kann und sollte auch einige Zeit in Anspruch nehmen. Manchmal kann es sogar Tage dauern, bis du eine Antwort gefunden hast. Wenn du dich auf den Weg zum Glück begibst, dann sollte dir klar sein, dass es sich dabei um einen Prozess handelt.

Nach zahlreichen Überlegungen stieß ich persönlich auf folgende Definition, mit der ich kurz und knapp mein Glück ausdrücken konnte. Zudem war ich der Meinung, dass dieser Satz auch eine gewisse Allgemeingültigkeit hat: **„Glück ist, wenn das Leben gelingt.“** Diesen Satz fand ich sehr treffend, denn jeder Mensch versteht etwas anderes unter Glück, aber für die Verwirklichung ist das Gelingen der persönlichen Vorstellung wesentliche Voraussetzung.

HIER: Beschreibe hier deine eigene Erfahrung. Vielleicht erinnerst du dich an eine bestimmte Situation, wo dein Leben gelang. Du kannst aber auch eine Situation (einen Tag) beschreiben, der für dich eine gelungene Situation (Tag) widerspiegelt:

Die Geburt meines Kindes ☺
Im Urlaub neue Orte, Menschen, Essen, Wetter usw. kennenlernen & die Zeit genießen ohne Verpflichtungen & zeitliche Grenzen.

Ein Beispiel eines Tages, der mir als gelungen erscheint:
„Ich wache noch vor dem Wecker auf. Gehe nach einem gemütlichen Frühstück ohne Zeitdruck entspannt aus dem Haus. Ich komme zur U-Bahn. Diese fährt genau zu diesem Zeitpunkt in den Bahnhof ein. Auf Arbeit werde ich vom Chef gelobt. Die Person, auf die ich ein Auge geworfen habe, meldet sich bei mir und möchte mich zum Abendessen einladen. Ich komme nach Hause, es liegt ein Brief von einer guten Freundin im Briefkasten. Sie schreibt, wie froh sie ist, dass es mich gibt und sie mit mir befreundet sein darf. Ich gehe auf dem Weg zum Date bei einem Tombola-Stand vorbei und entscheide mich spontan mitzumachen. Mein Los zieht den Hauptgewinn. Das Date: Schmetterlinge im Bauch, ein unschuldiger Kuss … “

Es kann aber auch ganz einfach sein:
„Ich sitze in der Sonne am Meer und schaue in die Ferne. Ich fühle mich frei!“

Die Zufriedenheit über diese Definition von Glück hielt nicht lange an. Bei einer S-Bahn-Fahrt unterhielt ich mich mit einem Freund:
„Was ist, wenn etwas so Einschneidendes in deinem Leben geschieht, das so gravierend ist, dass das Leben daraufhin nach deinen Vorstellungen nicht mehr gelingen kann? Was ist, wenn du einen geliebten Menschen verlierst?"

Auf diese Frage folgten sieben Jahre mit Überlegungen und weiteren Recherchen. Kann ich noch glücklich werden, wenn das Leben nach meinen Vorstellungen nicht mehr gelingen kann?

Um dem Ganzen ein Bild zu geben:
Deine persönliche Definition von „wenn das Leben gelingt" ist, eigene Kinder zu haben. Nach einer schweren Krankheit teilt dir der Arzt die Hiobsbotschaft mit, dass du nie wieder Kinder bekommen kannst.

Oder:
Dein Leben gelingt nach deinen Vorstellungen nur mit voller Funktionalität der Hände und Beine; vor allem da du sehr sportlich bist und dein Hobby zum Beruf gemacht hast. Nach einem Autounfall bist du allerdings querschnittsgelähmt und auf einmal an einen Rollstuhl gebunden.

Will man nun der Definition „Glück ist, wenn das Leben gelingt" Glauben schenken, dann müsste man schlussfolgern:
DU KANNST NIE WIEDER GLÜCKLICH WERDEN!

Das wollte ich nicht wahrhaben.
So befasste ich mich weiter mit dem Glück. Der Buddhismus schien eine Antwort parat zu haben. Da es zu diesem Thema auch schon zahlreiche Bücher und Ausführungen gibt, auch hier nur ein kurzer Abriss:

Buddhismus als Weg zum Glück:
„Das höchste Glück hat der- oder diejenige, die „erleuchtet" sind. Erleuchtet zu sein bedeutet, völlig im Hier und Jetzt zu leben, vollkommen zufrieden zu sein („wunschlos glücklich"), ein starkes Verbundenheitsgefühl gegenüber allen lebenden Wesen zu spüren und zu wissen, wie die Welt wirklich ist."
http://www.buddhabuddha.info/die-lehre.html (Stand: Januar 2016)

„Als Ziel zeigt Buddha Befreiung und Erleuchtung. Bei der Befreiung (kleines Nirwana) wird die Vorstellung von einem wirklich existierenden Selbst als illusorisch durchschaut. Widerstreitende Gefühle kommen zur Ruhe und es entstehen mehr Einsicht und Klarheit. Man erkennt, dass das Bewusstsein durch den Körper arbeitet, ohne der Körper zu sein. Gedanken und Gefühle werden als das freie Spiel des Geistes erkannt, ohne dass es ein Ich oder Selbst geben müsste, das diese Gedanken und Gefühle hat. Es ist ein Zustand des Freiseins von allen Begrenzungen und Einengungen im eigenen Geist."
http://www.buddhismus-schule.de/inhalte/edlewahrheit.html (Stand: Januar 2016)

Ich zog aus dem (was ich den vielen zusammengesammelten Informationen entnommen hatte) in einem Satz zusammengefasst, dass der Mensch in allen Situationen (Freude wie Leid) glücklich sein kann, wenn er sich von allem emotional distanziert und wertefrei wird.
Im Allgemeinen schien mir der Ansatz sehr einleuchtend und sinnvoll. Aber ist das wirklich ein Zustand, den wir erreichen können? Und ist es wirklich möglich, glücklich zu sein, wenn ich gerade am Verhungern bin, mein Kind vor meinen Augen stirbt, ich unschuldig eingesperrt werde und ich durch eine Krankheit meinen geliebten Beruf nicht mehr nachgehen kann?

Die 5 Gs der Grundbedürfnisse

HIER: Schreibe hier alles auf, was du hast und bräuchtest, um sagen zu können, dass du vollkommen glücklich bist!

Ich habe alles, um glücklich zu sein! tolle, gesunde Kinder, einen lieben Freund, ein schönes Zuhause, eine anspruchsvolle aber wertschätzende Arbeit, finanziellen Backround, Gesundheit, wahre Freunde

HIER: Versuche nun, deine obigen Aufzählungen zu gruppieren und finde für jede Gruppe einen Überbegriff!

Familie, Gesundheit, Arbeit, Finanzen

Nach zahlreichen Überlegungen und Unterhaltungen kam ich auf die 5 Gs, die für uns Menschen (dem einen mehr, dem anderen weniger) wichtig sind, um vom vollkommenen Glück sprechen zu können. Vielleicht lassen sich deine aufgezählten Punkte dort wiederfinden:

1. Gemeinschaft (Familie, Partner, Freunde)
2. Gesundheit (Körper, Seele, Geist)
3. Gaben (Arbeit, Hobby, Alltag)
4. Geld (Nahrung, Wohnung, Luxus)
5. Grenzenlosigkeit (Bewegung, Persönlichkeit, Entfaltung)

G–1 Gemeinschaft

Der Mensch ist nun mal ein soziales Wesen. Daher ist dieser Punkt unabdingbar. Dies zeigte sich spätestens durch das Experiment des Hohenstaufenkaisers Friedrich II. Dieser war eigentlich auf der Suche nach der Ursprache des Menschen:

„Deshalb befahl er den Ammen und Pflegerinnen, sie sollten den Kindern Milch geben, dass sie an den Brüsten saugen möchten, sie baden und waschen, aber in keiner Weise mit ihnen schön tun und zu ihnen sprechen. Er wollte nämlich erforschen, ob sie die hebräische Sprache sprächen, als die älteste, oder Griechisch oder Lateinisch oder Arabisch oder aber die Sprache ihrer Eltern, die sie geboren hatten." Jedoch: „Er mühte sich vergebens, weil die Knaben und (anderen) Kinder alle starben. Denn sie vermöchten nicht zu leben ohne das Händepatschen und das fröhliche Gesichterschneiden und die Koseworte ihrer Ammen."

http://www.zeit.de/1973/45/wo-das-laecheln-erstirbt (Stand: März 2016)

Aufzuzählen sind hier Familie, Freunde, Partner, Kinder. Für die meisten ist dabei jedoch der Mensch, mit dem man das Leben teilen möchte, am wichtigsten. *Auch in der Bibel ist dies wiederzufinden:*

> *„Und Jahwe Gott sprach: Es ist nicht gut für den Menschen, dass er allein sei; ich will ihm einen Beistand schaffen, wie er für ihn passt." (1. Mose 2, 18)*
> *„Darum verlässt einer seinen Vater und seine Mutter, um seinem Weibe anzuhangen, so dass sie zu einem Leibe werden." (1. Mose 2, 24)*
> *„Und zwar quälte sich Amnon ganz krank um seiner Schwester Thamar willen; sie war nämlich Jungfrau, und Amnon hielt es für unmöglich, ihr etwas anzutun." (2. Samuel 13, 2)*

„Genieße das Leben mit dem Weibe, das du lieb hast, alle die Tage deines eitlen Lebens hindurch, die er dir gegeben hat unter der Sonne, alle deine eitlen Tage; denn das ist dein Teil am Leben und für deine Mühe, womit du dich mühst unter der Sonne." (Prediger 9, 9)
„So ist's ja besser zwei als eins; denn sie genießen doch ihrer Arbeit wohl. Fällt ihrer einer so hilft ihm sein Gesell auf. Weh dem, der allein ist! Wenn er fällt, so ist keiner da, der ihm aufhelfe. Auch wenn zwei beieinander liegen, wärmen sie sich; wie kann ein einzelner warm werden?" (Prediger 4, 9–11)

G–2 Gesundheit

Ganz klar. Diesen Punkt brauche ich nicht weiter auszuführen. Allerdings ist mir hier wichtig darauf aufmerksam zu machen, dass viele diesen Punkt erst aufgezählt haben, wenn sie krank waren. Viele gehen bei Gesundheit von einer Selbstverständlichkeit aus. Hierbei wird gerne in drei Punkte unterteilt. Als Erstes fällt uns meistens die körperliche Gesundheit ein. Aber auch Seele und Geist können schaden nehmen. Dies wissen spätestens Menschen, die mit Alzheimer-Patienten zu tun haben, bei denen sich der Geist mit der Zeit so verändert, dass uns das Verständnis dafür fehlt. Ebenso wichtig ist eine gesunde Seele. (An diesem Punkt sei erwähnt, dass meiner Meinung nach jedem Menschen ein persönlicher Psychologe zur Seite stehen sollte.)
Befassen wir uns intensiver mit dieser Thematik (Gesundheit), so werden wir feststellen, dass es hierbei nicht nur darauf ankommt gesund zu sein bzw. nicht krank zu werden. Es ist von wesentlicher Bedeutung, dass Körper, Seele und Geist vor Krankheiten, Abhängigkeiten (Süchte) und Verletzungen geschützt werden.

G–3 Gaben

Gaben sind hier im Sinne von Begabungen zu verstehen. Viele verwechseln allerdings Begabung mit Erfolg, Ansehen und Streben nach einer Karriere. Oft stehen die letztgenannten Punkte nicht im Zusammenhang mit der persönlichen Begabung.

Entweder, weil sie keinen Mut haben, ihrer wahren Begabung nachzugehen, darin keine Möglichkeiten sehen, sich damit über Wasser halten zu können oder weil sie vielleicht auch ihre eigene Begabung noch nicht erkannt haben bzw. andere Menschen ihnen etwas „Falsches" vermitteln wie „Geld und Erfolg ist alles, was zählt".

Das Optimale, was die meisten sich wünschen, ist natürlich seine Begabung als „Hobby" entfalten und ausbauen zu können, diese auch beruflich nutzen und davon leben zu können sowie diese auch in den Alltag einzubringen. Menschen, die dieses „Glück" haben, sagen, dass es ihnen überhaupt nicht vorkommt, als würden sie arbeiten und sie sind begeistert, dass sie davon auch noch sehr gut leben können; Geld verdienen. So hat leider „Arbeit" bei vielen eine negative Assoziation. Geld verdienen müssen, um zu überleben, womit wir zum nächsten G-Punkt kommen.

G–4 Geld

Es heißt zwar, Geld macht nicht glücklich, aber wenn wir ehrlich sind: Ohne geht es auch nicht. Die Handels- bzw. Tauschware unserer heutigen Welt ist das Geld. Wir brauchen Geld allein für den Erwerb von Nahrung und um sich ein Dach über den Kopf leisten zu können. Was wiederum zu den Grundbedürfnissen von uns Menschen gehört und für ein glückliches Leben unabdingbar ist. Aber auch das Streben nach Luxus gehört dazu.

G–5 Grenzenlosigkeit

Mit anderen Worten ausgedrückt: Freiheit. Auch dieser Punkt wird selten aufgezählt, weil viele Menschen Freiheit wie Gesundheit als eine Selbstverständlichkeit ansehen. Aber gerade die Jahre 2015/2016 hat durch die Flüchtlingswelle, die nach Europa kam, noch einmal sehr deutlich gezeigt, was es bedeutet, in seiner Freiheit eingeschränkt zu sein. Nicht in dem Land leben zu dürfen, wo man aufgewachsen ist. Nicht dort leben zu dürfen, wo man möchte.

Besonders eingeschränkt finden wir die nicht vorhandene Grenzenlosigkeit bei Menschen, die im Gefängnis leben müssen. Ihre persönliche Lebensentfaltung kann auf nur wenigen Quadratmetern ausgelebt werden.
Aber Freiheit bedeutet noch viel mehr. Dies beinhaltet auch die Freiheit der persönlichen Entfaltung, das Zulassen von Meinungsfreiheit, die Akzeptanz der sexuellen Orientierung und das Zugestehen der Glaubensfreiheit.

Der Herzenswunsch (HW)

Ganz oben auf der Spitze der 5 Gs steht der Herzenswunsch. Glück ist eben etwas sehr Individuelles, aber jeder von uns hat einen Herzenswunsch, einen Wunsch, der in einen der fünf Bereiche wiederzufinden ist; sozusagen darauf aufbaut. Dadurch bekommt dieses G eine besondere Gewichtung. So ist es jemanden sehr wichtig Karriere (G-3) zu machen. Ein anderer sagt wiederum, ein Partner und/oder Familie (G-1) geht über alles. Reisen ohne Grenzen, Unabhängigkeit (G-5) kann es vielleicht bei dir sein? Oder sind es doch die Millionen, der Luxus (G-4), was deinem Herzenswunsch entspricht? Aber vielleicht gehörst du zu den Menschen, für die Sport und bewusste Ernährung (G-2) das Ein und Alles sind.
HIER: Was ist dein Herzenswunsch?

G-1 !

Bis hierhin klang für mich alles sehr einleuchtend. Ich war davon überzeugt, wenn ich alle 5 Gs in meinem Leben erfüllt haben würde, dann bin ich glücklich. Daher setzte ich auch all meine Lebensenergie darauf, diese Ziele zu erreichen. Insbesondere verbrachte ich viel Lebenszeit damit, meinen Herzenswunsch zu erfüllen.

Und so kam es tatsächlich auch. Nicht nur, dass ich in den genannten 5 Gs alles zu haben schien, ich hatte auch auf unerwartete Weise meinen Herzenswunsch erfüllt bekommen.

Meine Theorie schien aufzugehen. Ich empfand 100%iges Glück! So viel Glück, dass ich sogar das Gefühl hatte, es kaum ertragen zu können. Und ich war mir sicher:

**„Baue auf die 5 Gs der Grundbedürfnisse
und deinen Herzenswunsch,
stecke dort all deine Zeit und Energie hinein
und du wirst dauerhaft glücklich werden.“**

17 Millimeter fehlten mir zum Glück

Dass es gut war wie es war,
das weiß man hinterher
Dass es schlecht ist, wie es ist,
weiß man gleich
17 Millimeter fehlten mir zu meinem Glück
Und schon warf's mich tausend Meilen zurück
Und da steh' ich nun,
und da lieg' ich nun
Wie anno damals jener Sisyphus
Und beginn noch mal, zum wievielten Mal im Tal
Wie noch jedes Mal
Wer rollt den Stein den Berg hinauf
Und gibt nicht auf und gibt nicht auf
Der Mensch, wer sonst wohl als der Mensch
Doch dass es gut war wie es war,
das weiß er hinterher
Dass es schlecht ist, wie es ist,
das weiß er gleich
17 Millimeter fehlten mir zu meinem Glück
Und schon warf's mich tausend Meilen zurück
Und was hilft's mir nun, dass ich oben war
Dass ich den Gipfel um ein Haar erreicht
Ich muss, sprach Sisyphus,
und er nahm den Stein
Trug ihn allein den gleichen Berg hinauf
Ich, die Erbin jenes Sisyphus,
ich tu's ihm gleich
Folg' geduldig seinen Spuren,
Schritt für Schritt
Denn wer glaubt zum ungezählten Mal und gibt nicht auf
Der Mensch, wer sonst wohl als der Mensch

Dass es gut war wie es war,
das weiß man hinterher
Dass es schlecht ist, wie es ist,
weiß man gleich
17 Millimeter fehlten mir zu meinem Glück
Und schon warf's mich tausend Meilen zurück

HIER: Fasse dieses Lied von Hildegard Knef für dich kurz in eigenen Worten zusammen. Was sind deine Gedanken dazu und was scheint dir wichtig?

Das stimmt, dass es gut war wie es war, das weiß man hinterher ... Daher sollte man versuchen, so oft wie mögl. im Moment zu leben. Manchmal denkt man mit etwas Wehmut an die Zeiten zurück, in denen die Kinder noch klein waren. Aber ich bin sehr dankbar, dass ich dieses Glück in meinem Leben erleben durfte! Und die Dinge, die „schlecht" waren, haben mich menschlich und geistig sehr wachsen lassen. Zum Leben gehören immer Regen und Sonnenschein !!!

Leider musste ich auch diese Erfahrung machen. Die Erfahrung, die in den Worten von Hildegard Knefs Lied gut beschrieben ist. Denn ich hatte leider nur knapp die Spitze des Glücks-Berges erreicht. Und 17 Millimeter davor wurde ich 1.000 Meilen zurückgeworfen. So weit zurück, dass ich ganz tief unten landete. So tief, dass alles in meinem Leben keinen Wert mehr hatte und keinen Sinn mehr ergab. Da mir mein Herzenswunsch unwiederbringlich genommen wurde, zählten für mich noch nicht mal die anderen verbliebenen 4 Gs. Es riss mich so tief in die Dunkelheit, dass ich mich plötzlich in einer lebensbedrohlichen Depression befand und es für mich ein Wunder ist, dass ich sie überlebt habe. Und es war ein LANGER und HARTER Weg, dort wieder herauszufinden. Und *„Gott sei Dank" (und das meine ich wörtlich),* es ist mir geglückt.

Kommen wir wieder zurück zum Lied „17 Millimeter". Dieses Lied, beschreibt sehr gut, warum das Konzept (alles auf die 5 Gs der Grundbedürfnisse und des Herzenswunsches zu setzen) nicht aufgeht. Immer wieder strebt der Mensch nach Glück. Dafür setzt er sich Lebensziele, sei es ein neues Auto, eine liebevolle Frau, eine vegane Ernährung, eine unglaubliche Weltreise oder eine angemessene Beförderung. Jedoch erreicht er nie die Spitze des Glücks-Berges; niemals die 100 Prozent Glück. Viele Gründe sorgen dafür, dass er 17 Millimeter vor der Spitze wieder zurückgeworfen wird: Egoismus, Sorgen, Neid, Hass, Rache, Vergleichen, In-der-Vergangenheit-Leben, Berechenbarkeit, Machtlosigkeit, Habgier, Leid, Elend, Schmerz, Verlustangst, Selbstverständlichkeit und noch vieles mehr.
Hierbei gibt es bei jedem von uns eine unterschiedliche Ursache, warum wir kurz vor der Glücks-Spitze scheitern. In allen Fällen strebt der Mensch nach seinem Herzenswunsch. Bei den drei folgenden Beispielen nehmen wir zur besseren Vergleichbarkeit den gleichen Herzenswunsch (ein Lebenspartner).

a) Habgier: Der HW wurde erreicht. Das Glück ist nur von kurzer Dauer, denn er bringt (durch Habgier) nicht die erwartete Befriedigung. Meist folgt darauf ein weiterer Herzenswunsch. In diesem Fall könnten es Affären oder Kinder sein. Und der Kreislauf beginnt von vorne.
b) (Verlust-)Angst: Der HW wurde erreicht. Das Glück ist aber auch hier nur von kurzer Dauer, denn Sorgen und Ängste, seinen Partner wieder verlieren zu können, mindern das erwartete Glücksgefühl. Kommen noch Streit und Beziehungsschwierigkeiten hinzu, wirkt das so greifbar nah zu scheinende Glück wieder unerreichbar weit. Durch Gespräche, Pseudo-Sicherheiten und andere Maßnahmen wird versucht, die so nah geglaubte Glücks-Spitze wieder sichtbar zu machen.
c) Verlust: Der HW wurde erreicht. Alles scheint perfekt und das Glück unfassbar. Doch durch einen unvorhersehbaren Unfall wird der Partner aus dem Leben gerissen. Verlust führt beim Menschen oft dazu, dass er – wie in dem Lied beschrieben – meilenweit wieder zurückgeworfen wird. Eine Folge kann oft Depression sein. Wenn der Mensch sich nicht aufgibt, versucht er auch hier wieder den Weg hinauf zur Glücks-Spitze.

HIER: Wie sieht es in deinem Leben aus? In welchen Lebenssituationen warst du 17 Millimeter vor der Spitze des Glücks-Berges und aus welchen Gründen warf es dich dann wieder 1.000 Meilen zurück? Wie hast du erneut begonnen, den Glücks-Berg zu erklimmen? Was ist dir noch bewusst geworden?

Das folgende Fließdiagramm soll den eben beschriebenen Kreislauf besser verdeutlichen:

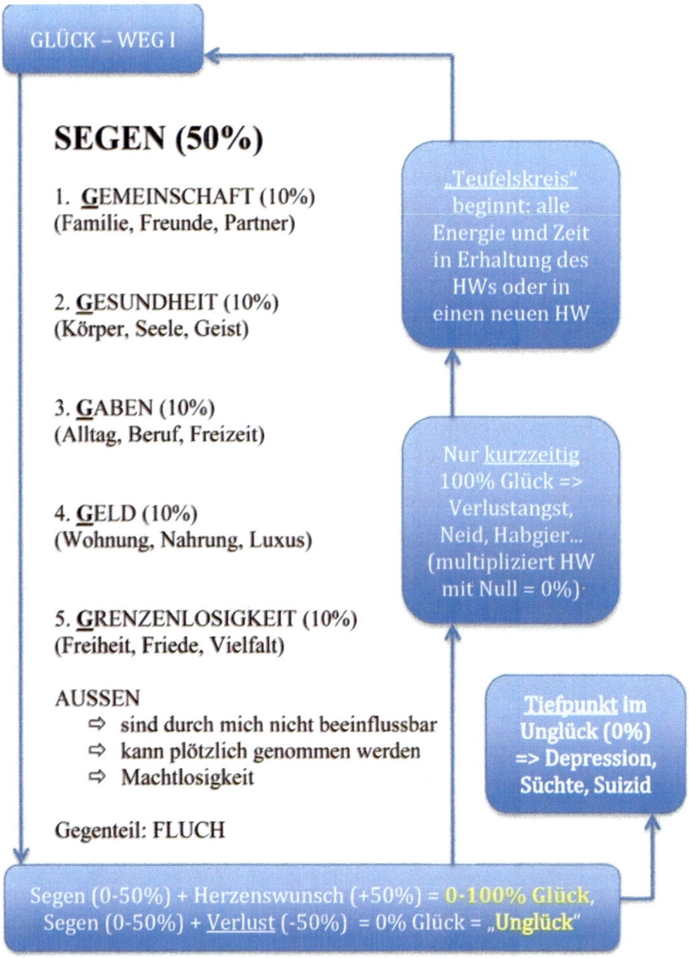

So ging meine Suche weiter.
Die 5 Gs der Grundbedürfnisse konnten mir kein sicheres und dauerhaftes Glück bieten. Ich erkannte, dass ich auf einem Holzweg war. Auf die 5 Gs der Grundbedürfnisse zu bauen sowie seinen persönlichen Herzenswunsch darauf auszurichten, war also ein nur scheinbar sicherer Weg zum Glück. Er entpuppte sich eher als ein sehr wackliger und unbeständiger Weg, der letzten Endes nur vermeintliches Glück vorgaukelt. Ich erkannte, dass ich zwar alle fünf Gs der Grundbedürfnisse auf die eine oder andere Weise mitbestimmen kann, aber in Wahrheit keinen Einfluss darauf habe. Mit „kein Einfluss“ meine ich hier speziell, dass mir alles von heute auf morgen genommen (aber auch wiedergegeben) werden kann: meine Familie, meine Gesundheit, meine Arbeit, mein Besitz, meine Freiheit.
Mir wurde klar, dass es ein Segen ist, wenn wir diese Punkte in unserem Leben als erfüllt wissen dürfen. Und auch wenn ich noch so viel Zeit und Energie hinein investiere, nichts auf dieser Welt kann mir die Sicherheit geben, die so wunderschönen Dinge im Leben für immer behalten zu dürfen. Alle 5 Gs der Grundbedürfnisse sind von außen beeinflussbar. Wenn wir also darauf unser Lebensglück bauen, sollte uns bewusst sein, dass es uns schon im nächsten Augenblick genommen werden kann. Dies habe ich mit „Fluch“ bezeichnet; das Gegenteil von „Segen“.

Mir ist es ein Bedürfnis, noch einmal auf den Ausdruck „kein Einfluss“ einzugehen. Selbstverständlich sollen wir nicht einfach tatenlos dasitzen, weil wir der Meinung sind, wir können den eben genannten „Segen“ sowieso nicht beeinflussen. Arbeiten, um Geld zu verdienen, oder Sport machen, um sich fit zu fühlen, sind von wesentlicher Bedeutung. Aber es ist eine Illusion, wenn wir dadurch das Gefühl der Sicherheit in uns erhalten wollen, durch diese Maßnahmen, das Bestehende für immer festhalten zu können. So sehr wir uns auch bemühen würden, ein Todesfall, eine Krankheit, ein Arbeitsverlust, eine Währungsreform, ein Krieg kann alles, was wir uns mühselig aufgebaut haben, ohne Vorwarnung zerstören. Und was folgt dann? Sind wir dann für immer unglücklich?

Nicht selten passieren diese unvorhersehbaren Ereignisse und reißen eine tiefe Glücksleere in unser Leben. Wie wir Menschen darauf reagieren, möchte ich an dieser Stelle auch nicht näher erläutern, da es schon zahlreiche Literatur dazu gibt. Daher nur einige der möglichen Reaktionen in kurzen Worten: ein Nicht-wahrhaben-Wollen, einen Glücks-Ersatz suchen (die Leere mit anderen Dingen füllen), Glücksmomente wiederholen wollen, in Süchte verfallen, der Konsum von Drogen und vieles mehr.

Wenn das alles ist

Wenn das alles ist
wenn das alles ist
wenn das wirklich alles ist
dann lass uns leben
wie's eben so geht
solang es geht
wenn das alles ist

Als die Häuser brannten und die Flammen um sich schlugen, als die Erde Feuer fing, stand ich da, im Baumwollnachthemd, fröstelnd, frierend, ohne Angst. Und ich stand im Rot versunken, noch schlaftrunkend, und ich dachte: Wenn das alles ist …

Als ich zwölf war, nahm man mich zum Zirkus; und ich sah Tiger durch die Reifen springen, Menschen, die an Seilen hingen, und den Mann im Clownstrikot. Und sie klatschten wie besessen, doch was dachte ich indessen? Wenn das alles ist …

Und fünfzehn war ich, da traf ich Walter, am Fahrkartenschalter der Stadtbahnstation. Er hielt meine Hand, und wir liefen durch Straßen, unsere düsteren Straßen, vergaßen die Kälte, vergaßen den Hunger, und sein Mund streifte mein Haar.

Dann kam er abhanden, er verschwand ohne Wort. Sterben wollte ich auf der Stelle, sterben wollte ich, sofort. Doch eines Morgens, um sechs Uhr zehn, sah ich mich im Fensterglas meiner Stadtbahn stehen, und all die Verschlafenen um mich herum, und ich dachte, wenn das die Liebe war, wenn das die Liebe ist, wo gar nichts war, wo gar nichts ist, dann hab ich nichts vermisst. Wenn das alles ist …

So dachte ich damals
so denk ich noch immer
und wende mich ab
von dem was verletzt
doch kommt es mal schlimmer
fällt er mir nicht ein,
er lässt mich allein,
er bleibt verschwunden,
für Wochen, für Stunden
er gilt als vermisst,
mein Satz:
Wenn das alles ist

Wenn das alles ist
wenn das alles ist
wenn das wirklich alles ist
dann lass uns leben
wie's eben so geht
solang es geht
wenn das alles ist

HIER: Bringe die einzelnen Strophen des Liedes „Wenn das alles ist“ (Hildegard Knef) in Verbindung mit den 5 Gs der Grundbedürfnisse (nach deinem persönlichen Empfinden). In jeder Strophe sind mehrere wiederzufinden. Zum Beispiel „Als die Häuser brannten … “ könnte für Krieg aber auch für Verlust von Besitz, Familie, Arbeit etc. stehen.

Dieses Lied widerspiegelt sehr schön das Gefühl und den Moment, wenn wir glauben, alles verloren zu haben, auf das wir unser Leben aufgebaut haben. Da ist das Haus, das plötzlich in Flammen steht, das noch nicht einmal abbezahlt war. Mit ihm verbrennt der ganze Besitz und die Erinnerung an ein so sicher geglaubtes Lebensglück. Meine mir so lieb gewordene Familie, die ich mir durch viel mühselige Arbeit aufgebaut und zusammengehalten habe – durch den Krieg zerstört.
Was hat das Leben noch zu bieten? Unbefriedigende kurzweilige Unterhaltungen? Eine Liebe, die zerbricht und nicht hält, was sie mir doch immer wieder zugesichert hat? Wo sind meine Sicher-

heiten? Wenn das alles ist? Ja, was dann? Genau an diesem Punkt stand ich auch. Alles, auf das ich aufgebaut hatte, war weg. Ich hatte alles auf einen Schlag verloren. Alle Sicherheit, die ich zu haben glaubte, war nur eine Illusion. Wenn das alles ist? Und nun? Nichts machte mehr Spaß. Nichts schien lebenswert zu sein. Nichts ergab mehr einen Sinn.

Wenn das alles ist?

Und so simpel es das Lied auch beantwortet, es gibt eine wahre Antwort darauf:

DANN LASS UNS LEBEN!

Hier drin steckt bereits eine wichtige Lebensweisheit: Lass uns leben!

„Wie's eben so geht. Solange es geht."

Das ist das Leben im Hier und Jetzt; nicht in der Vergangenheit, nicht in der Zukunft. (Eigentlich auch eine allgemein bekannte Lebensweisheit.)

In solchen tiefen Momentendes Lebens taucht natürlich auch die Frage nach dem Sinn des Lebens auf. Früher war ich mir sicher, dass der Sinn unseres Lebens „Beziehung" heißt; Beziehung *zu Gott,* zu anderen Menschen und zu sich selbst.

Mittlerweile bin ich zur Schlussfolgerung gelangt, dass das Leben hier auf der Erde für uns Menschen wirklich keinen Sinn hat. Alle Dinge, die mir bisher genannt wurden, erschienen mir eine Pseudo-Erklärung zu sein. Denn wenn ich mal nicht mehr sein werde, dreht sich die Welt auch weiter, ohne mich.

Interessanterweise fand ich heraus, dass auch die Bibel dies bestätigt:

„Dann kehrt der Leib zur Erde zurück, aus der er entstanden ist, und der Lebensgeist geht zu Gott, der ihn gegeben hat. »Vergeblich und vergänglich!«, war die Erkenntnis des Lehrers. »Alles vergebliche Mühe.«" (Prediger 12, 7+8)

Es ergibt also überhaupt keinen Sinn, nach dem Sinn des Lebens zu suchen, wenn es gar keinen gibt!

Trotzdem begab ich mich auf die Suche, warum es den Menschen überhaupt gibt. Wenn man sich mit der Bibel beschäftigt, dann muss man ganz zum Anfang, dachte ich: die Schöpfung. Vielleicht steht dort, warum es den Menschen gibt:
„Da nahm Gott, der HERR, Staub von der Erde, formte daraus den Menschen und blies ihm den Lebensatem in die Nase. So wurde der Mensch ein lebendes Wesen." (1. Mose 2, 7)
Mir wurde klar, dass wir Menschen auf der Erde sind, weil Gott uns geschaffen hat. Wir sind einfach seine Schöpfung. Das Produkt seiner Kreation. Punkt.
Wenn ich einen Roboter erschaffe, dann ist er auch nur da, weil ich ihn gemacht habe und er hat erst einmal keinen weiteren Sinn, außer dass er da ist. Dann statte ich ihn vielleicht mit einer zusätzlichen Aufgabe aus. Diese Aufgabe ist allerdings nicht unbedingt der Sinn, warum ich den Roboter gemacht habe. Allein, ihn gemacht zu haben, war mir Bedürfnis genug. Aber er hat von mir auch noch eine Aufgabe bekommen, zum Beispiel meine Wohnung aufzuräumen und sauber zu halten. So ist es auch mit uns Menschen. Gott hat uns mit einer Aufgabe geschaffen:
„Und Gott sprach: Lasst uns Menschen machen, ein Bild, das uns gleich sei, die da herrschen über die Fische im Meer und über die Vögel unter dem Himmel und über das Vieh und über die ganze Erde und über alles Gewürm, das auf Erden kreucht." (1. Mose 1, 26)

Wir sind also hier auf der Erde, um zu leben! (Das war's.)

KAPITEL II

Die 5 Gs der Genügsamkeit

Auf meinem Weg aus meinem persönlichen Unglück heraus, fand ich Stück für Stück weitere 5 Gs, die allerdings beständiger sind: die 5 Gs der Genügsamkeit – mit anderen Worten ausgedrückt: die 5 Gs der Zufriedenheit.

ZUFRIEDENHEIT ist, wenn man TROTZDEM LACHT!!!

HIER: Schreibe alle deine Ideen und Gedanken auf, die dir zu diesem Satz einfallen!

Doch wie erlangt man eine solche Zufriedenheit? Eine Zufriedenheit in jeglicher Situation, in der sich trotz widriger Umstände ein Lächeln auf mein Gesicht breitmacht.
Um diese unglaubliche Besonderheit zu verdeutlichen, hier ein paar skurrile Beispiele: Ich schneide mich mit dem Messer: Ich lächle. Ich entdecke, dass mich mein Partner betrügt: Ich lächle. Mein Arzt teilt mir mit, dass ich Krebs habe: Ich lächle. Auf Arbeit erhalte ich eine Kündigung: Ich lächle. Das Haus mit all meinem Hab und Gut steht in Flammen: Ich lächle.

Ein persönliches Durchleben schwieriger Lebenssituationen, verbunden mit Ausdauer, Kraft und Mühe, *sowie zahlreiche Gespräche mit Gott,* brachten mich auf den Weg der 5 Gs der Genügsamkeit:

6. *Gottvertrauen*/Großvertrauen (sich führen lassen, folgen)
7. Glaube (alles in meinem Leben führt zum Guten)
8. Gehorsam (Liebe *zu Gott,* zu seinen Mitmenschen und zu sich selbst)
9. Gelassenheit (loslassen, zulassen)
10. Genuss (Hingabe)

Dieses Kapitel bildet den Schlüssel zum Lebensglück. Um es möglichst leicht verständlich zu machen, werde ich zunächst jeden Einzelnen der fünf Punkte kurz erläutern, um eine Idee des Ganzen wiederzugeben. Um den Entwicklungsprozess ein wenig hervorzuheben, folgen dann detaillierte Beschreibungen, die in zwölf Unterpunkte unterteilt sind.

G–6[1] *Gottvertrauen* (Großvertrauen)

Gottvertrauen (Großvertrauen) beinhaltet, die Kontrolle seines Lebens völlig abzugeben und der Führung *Gottes* (des Lebens) anzuver-

---

1 Um mit den Gs nicht durcheinanderzukommen, erhalten die 5 Gs der Genügsamkeit fortlaufende Nummern: also von G-6 bis G-10.

trauen. Das heißt, ich muss mich auch führen lassen wollen und dem Weg folgen, der für mich bestimmt ist. Für Nichtgläubige kann es das Vertrauen ins Schicksal, das Universum oder etwas Größeres sein. Hilfreich ist es hierbei auf seine innere Stimme, seine Intuition zu hören.

Für gläubige Menschen ist es Gott. Unabdingbar dabei ist, mit Gott in Kommunikation zu treten, mit ihm zu sprechen, aber auch ihn zu hören; ihm horchen und ihm gehorchen – kurz gefasst: eine Beziehung zu ihm aufzubauen. Und oft werden wir an den Punkt gelangen: „Nicht mein Wille, sondern dein Wille geschehe!"

G–7 Glaube

Mit „Glaube" ist hier ausnahmsweise nicht der Glaube an Gott gemeint, sondern der Glaube daran, dass alles, was in meinem Leben passiert, so sein soll. Und nicht nur das, vielmehr dient wirklich ALLES, was in meinem Leben passiert, mir zum Guten. Auch dieser Punkt bietet so seine Herausforderungen. Wie kann Krankheit, Tod, Kriege, Hungersnot, Leid zu etwas Gutem in meinem Leben führen?

„Wir wissen aber, dass denen, die Gott lieben, alle Dinge zum Besten dienen." (Römer 8, 28)

G–8 Gehorsam

Das Wort „Gehorsam" könnte auch mit dem Wort „Liebe" gleichgesetzt werden. Dies bezieht sich auf drei große Bereiche im Leben: Liebe *deinen Gott,* deine Mitmenschen und auch dich selbst!

„Jesus antwortete: »Liebe den Herrn, deinen Gott, von ganzem Herzen, mit ganzem Willen und mit deinem ganzen Verstand!' Dies ist das größte und wichtigste Gebot. Aber gleich wichtig ist ein zweites: ‚Liebe deinen Mitmenschen wie dich selbst!'" (Matthäus 22, 37–39)

G–9 Gelassenheit

Hier haben auch schon andere Menschen ganz tolle Weisheiten festgehalten. Eine weltbekannte Weisheit stammt von Reinhold Niebuhr: *„Gott gebe mir die Gelassenheit, Dinge hinzunehmen, die ich nicht ändern kann, den Mut, Dinge zu ändern, die ich ändern kann, und die Weisheit, das eine vom anderen zu unterscheiden."*

Gelassenheit hat aber auch immer etwas mit loslassen und zulassen zu tun. Wenn wir nicht lernen loszulassen, dann hält es uns gefangen und viel schlimmer, wir haben nicht die Möglichkeit, neue Dinge in unserem Leben anzunehmen.

G–10 Genuss

Den letzten Punkt könnte man auch mit „Hingabe" bezeichnen; aber auch mit „im Moment leben lernen". Wie haben wir Menschen verlernt, im Hier und Jetzt zu leben? Meist sind wir mit unseren Gedanken in der Vergangenheit oder in der Zukunft. Wie schwer ist es, sich dem Moment hinzugeben und das, was ist, einfach und bewusst zu genießen: das Treppensteigen, das Tee-Zubereiten, das Auf-den-Bus-Warten, das Unwetter, das Lächeln und so weiter. Kinder scheinen dies noch eher zu können. Beobachtet man Kinder, dann sind sie meist voll und ganz dem Moment hingegeben: das Eis wird mit voller Hingabe so gegessen, dass es nicht nur im Magen, sondern auch auf Gesicht, Kleidung und Umgebung wiederzufinden ist; bei Regen wird mit großem Vergnügen von Pfütze zu Pfütze gesprungen, ganz gleich ob die Kleidung matschig wird oder sie bis auf die Haut durchnässt sind.

Vielleicht sagt Jesus gerade deswegen: »Ich versichere euch: Wenn ihr euch nicht ändert und den Kindern gleich werdet, dann könnt ihr in Gottes neue Welt überhaupt nicht hineinkommen.« (Matthäus 18, 3)

Und die Bibel ist voll von Genuss. So gibt es auch eine sehr schöne Stelle im Prediger:

„Darum iss dein Brot und trink deinen Wein und sei fröhlich dabei! So hat es Gott für die Menschen vorgesehen und so gefällt es ihm. Nimm das Leben als ein Fest: Trag immer frisch gewaschene Kleider und sprenge duftendes Öl auf dein Haar! Genieße jeden Tag mit der Frau, die du liebst, solange das Leben dauert, das Gott dir unter der Sonne geschenkt hat, dieses vergängliche und vergebliche Leben. Denn das ist der Lohn für die Mühsal und Plage, die du hast unter der Sonne. Wenn sich dir die Gelegenheit bietet, etwas zu tun, dann tu es mit vollem Einsatz. Denn du bist unterwegs zu dem Ort, von dem kein Mensch wiederkehrt. Wenn du tot bist, ist es zu Ende mit allem Tun und Planen, mit aller Einsicht und Weisheit." (Prediger 9, 7-10)

Zufriedenheit ist, wenn man trotzdem lacht

Da die Inhalte in einem Entwicklungsprozess entstanden sind, ist es nicht immer so, dass die gerade aufgeführten 5 Gs nacheinander beschrieben werden, sondern oft ineinandergreifen. Zur Orientierung sind die Überschriften mit den entsprechenden Gs gekennzeichnet.

01. Das Wichtigste zuerst (Großvertrauen)

„Trachtet am ersten nach dem Reich Gottes und nach seiner Gerechtigkeit, so wird euch solches alles zufallen." (Matthäus 6, 33)
Der Satz beschreibt es sehr schön. Steht Gott (die Nummer 1) an erster Stelle im Leben, so sind alle darauf folgenden 5 Gs der Grundbedürfnisse (als Nullen[2] dargestellt) eine Aufwertung, eine Bereicherung im Leben (1, 10, 100, 1.000, ...). Macht man es umgekehrt und setzt die 1 nach hinten oder gar an letzter Stelle, dann verliert jede 0, die davor steht, ihren Wert (0100, 0010, 0001, ...). Diese Sichtweise ist sehr spannend und erklärt, warum wir Menschen „das bekommen, was wir nicht unbedingt wollen": Es hat in unserem Leben keinen höheren Stellenwert als Gott. Und natürlich umgekehrt, warum wir „nicht das bekommen, was wir wollen": Weil es von uns meist einen höheren Stellenwert als Gott bekommt. So war es auch in meinem Leben. Das Wichtigste in meinem Leben waren Beziehungen zu Menschen und vor allem Familie und Freunde. Meine Nullen-Verteilung sah auf die 5 Gs der Grundbedürfnisse bezogen (in Einbezug der 1 = Gott) wie folgt aus:
0 Gemeinschaft – 1 Gott – 0 Gesundheit – 0 Gaben – 0 Geld – 0 Grenzenlosigkeit (010.000)

---

2 Null ist hier nicht im Sinne von „nichts wert" gemeint, sondern sie dient lediglich zur symbolhaften Verdeutlichung, um eine bildhafte Darstellung des Sachverhaltes zu ermöglichen.

Das heißt, ich war tatsächlich in allen Punkten gesegnet, bis auf „Gemeinschaft". Diese 0 stand noch an erster Stelle. Es scheint also mein persönlicher „Götze" zu sein, dem ich nachlaufe und alle erdenkliche Kraft, Zeit und Energie hineinstecke – ohne Erfolg. Eher sollen wir dafür sorgen (Investition von Energie und Zeit), dass Gott die Nummer 1 in unserem Leben ist und bleibt.

Hier: Wie sieht es in deinem Leben aus? Mache eine persönliche Nullen-Verteilung.

____

____

____

____

____

02. Seiner Lebensführung folgen und vertrauen (Großvertrauen)

„Meine Schafe hören meine Stimme und ich kenne sie und sie folgen mir." (Johannes 10, 27)
Mir wurde bewusst, dass ich Gott eben noch nicht 100%ig vertraue und noch meinen Herzenswunsch an erster Stelle stehen hatte.
Dabei kamen mir wieder Aussagen ins Gedächtnis, die ich nicht mehr klar auf dem „Schirm" hatte. Auf meine Fragen „Werde ich meinen HW jemals erhalten? Soll ich mich damit abfinden, ihn niemals erfüllt zu bekommen?" erhielt ich zur Antwort, dass Gott mir darauf kein „Ja" oder „Nein" geben möchte. Sondern: Ich soll ihm vertrauen lernen und mich von ihm führen lassen.
Eine weitere Frage „Ist es denn noch möglich, Zerbrochenes wieder neu zusammenzufügen?" beantwortete er mit: „Traust du mir wirklich so wenig zu?"
Beide Antworten waren mir längst gegeben. Doch was habe ich gemacht? Ich wollte alles wieder selbst in die Hand nehmen, d. h. die Führung nicht Gott überlassen, sondern die Zügel meines Lebens selbst lenken und somit kein Vertrauen in Gottes Führung setzen.

All meine Lebensenergie und Zeit investierte ich darin, meinem HW nachzulaufen und ihn zu erzwingen.
Wenn ich vertrauen lerne, dann heißt das: Ich halte es für möglich und glaube und vertraue darauf, dass Gott mich führt. Das hat zur Folge, dass ich meine Lebensenergie nicht mehr in die Suche und Trauer meines nicht erfüllten Herzenswunsches stecken muss.

HIER: Was ist dein Herzenswunsch? Wie viel Zeit und Energie steckst du dort hinein, um ihn aus eigener Kraft heraus zu erfüllen? Versuche anhand von konkreten Bespielen zu beschreiben, was du alles machst und wie viel Zeit und Energie du investiert, um ihn zu erreichen. (Zum Beispiel hast du den HW, einen „perfekten" Körper zu haben. Wie viel Zeit verbringst du mit Sport, Ernährung, Planen etc.?)

____

____

____

____

____

____

____

3. Freiheit und Neubeginn durch Loslassen (Gelassenheit)

„Es geht beim Glauben ums Loslassen. Wissen Sie, wie wir in Afrika Affen fangen? (...) Wir graben ein kleines Loch und füllen es mit Nüssen. Der Affe steckt seine Hand in das Loch und umklammert die Nüsse mit seiner Faust. Er will sie rausholen, aber das Loch ist zu klein. Seine Faust mit den Nüssen bleibt im Loch stecken. So wird er gefangen. Ist das nicht tragisch? Er müsste nur die Hand aufmachen und wäre frei."
http://www.zeit.de/2013/20/jazzmusiker-abdullah-ibrahim/seite-3 (Stand: März 2016)

HIER: An was hältst du in deinem Leben fest und versperrst dir dadurch die Freiheit?

4. Das Geheimnis der Liebe (Gehorsam und Gelassenheit)

„Willst du geliebt werden, so liebe." (Lucius Annaeus Seneca)
Was ist Liebe? Beim Erklären, wie wir „wahre Liebe" leben können, stoßen wir oft an Grenzen, weil wir es wohl selbst nicht ganz verstehen und es sich vielleicht auch nicht auf menschliche Art und Weise erklären lässt.
Menschen wollen immer festhalten, aber „wahre Liebe" zeigt sich im Loslassen.

Gott hat übrigens auch nicht festgehalten: nicht den Plan, durch eine Sintflut alle Menschen zu vernichten; der Vater nicht an seinem Sohn; Jesus nicht an seinem Leben und so weiter. Gerade in der Liebe sollten wir dem gleichtun und loslassen. Alles andere ist egoistisch.

Liebe ist auch mit Gehorsam verbunden. Nicht der strenge willenlose Gehorsam, sondern vielmehr der freiwillige selbstlose Gehorsam im Sinne von „es mir um des anderen Willen auch unbequem zu machen", aber auch zugleich den anderen Menschen nicht aufgeben, sondern dranzubleiben. Liebe heißt also loslassen und trotzdem dranbleiben. Der Weg dorthin ist Dankbarkeit für das, was ist!

Ein weltbekannter Text über „wahre Liebe" lautet:
„Liebe ist geduldig und freundlich. Sie ist nicht verbissen, sie prahlt nicht und schaut nicht auf andere herab. Liebe verletzt nicht den Anstand und sucht nicht den eigenen Vorteil, sie lässt sich nicht reizen und ist nicht nachtragend. Sie freut sich nicht am Unrecht, sondern freut sich, wenn die Wahrheit siegt. Liebe ist immer bereit zu verzeihen, stets vertraut sie, sie verliert nie die Hoffnung und hält durch bis zum Ende." (1. Korinther 13, 4–7)

HIER: Welche Person (muss nicht ein Lebenspartner sein) fällt dir im Zusammenhang mit „Liebe" als Erstes ein? Wie sieht eure Liebesbeziehung aus? Beschreibe in welchen Punkten diese Beziehung der Idee von „wahrer Liebe" (siehe oben) entspricht und an welchen Punkten noch nicht? Was solltest du konkret daran ändern?

____

____

____

____

____

____

„Was du liebst, lass frei. Kommt es zurück, gehört es dir – für immer." (Konfuzius)

5. Das Leben ist kein Ausmalbuch (Gelassenheit und Genuss)

Mein Leben als Ausmalbuch. Unsere Gesellschaft ist so strukturiert, dass wir dazu neigen, unser Leben als Ausmalbuch zu gestalten. Wir zeichnen die Konturen unseres Lebensbildes mehr oder weniger schon komplett vor:

1. Schule, Ausbildung, Arbeit, Rente
2. verliebt, verlobt, verheiratet
3. Elternhaus, Mietwohnung, Eigentumswohnung

Dies geschieht im großen Rahmen: „Nach meinem Abi werde ich auf die Uni gehen. Zunächst in drei Jahren den Bachelor, dann innerhalb von zwei Jahren den Master absolvieren und danach bis zur Rente in meinem erlernten Beruf arbeiten.“ – aber natürlich auch im kleinen Rahmen: „Am kommenden Wochenende wird es schönes Wetter geben. Ich werde mich mit Freunden treffen und eine Radtour am Fluss entlang machen. Am Sonntagabend werde ich meine beste Freundin zum Sushi-Essen einladen und wir werden viel Spaß zusammen haben. Die ganze Nacht wird einfach durchgetanzt.“

Nicht nur Terminpläne werden vorgezeichnet, sondern auch alles andere wie Lebenspartner, Besitz, Gesundheit, Lebensort und vieles mehr. Kontaktanzeigen sind zum Beispiel eine Verschriftlichung unserer vorgezeichneten Konturen: „Mein Traumpartner soll ehrlich, treu und liebevoll sein. Er soll mit beiden Beinen im Leben stehen, ein Alter von 26 Jahren nicht überschritten haben und den gleichen Humor wie ich teilen. Natürlich sollte er auf seine Gesundheit und Fitness achten, einen durchtrainierten Körper haben und das Reisen lieben. Das rechte Auge sollte grün und das linke Auge blau sein. Ein Familienmensch ist Voraussetzung, mit Kinderwunsch von 2 Kindern: ein Junge und ein Mädchen.“

„Spassvogel (19) sucht verständnisvolle Partnerin, die es mag, Wasser über den Kopf zu kriegen, Spinnen im Bett zu finden und an Türklinken zu fassen, die unter Starkstrom stehen. Muss mehr Humor haben als meine letzten 27 Freundinnen!! Chiffre 92378“

„Auch Idioten brauchen Liebe! Wenn du also jemand bist, der ständig zu tanken vergisst, andern Leuten Getränke über die Klamotten schüttest und immer zu spät ins Kino kommst, … dann haben wir bereits drei Dinge gemeinsam! Lass uns herausfinden, worin wir NOCH komplette Nieten sind! Chiffre 42155“

„SIE, lebhaft (nicht still), schlank (nicht dick), brünett (nicht blond) sucht ruhigen (nicht lauten) Mann (nicht Frau) für gemeinsame (nicht alleinige) Abendstunden (nicht am Tag). Kennwort "Eva" (nicht Adam) unter Chiffre 27883"

http://www.lustigestories.de/stories/kontaktanzeigen.php (Stand: April 2016)

Wie in den Kontaktanzeigen gut zu erkennen ist, zeichnen wir die Konturen unseres zukünftigen Lebens manchmal nur grob, aber manchmal auch bis ins kleinste Detail: „Wir werden gemeinsam vom 23. April bis 16. Mai mit Lufthansa nach Südafrika fliegen. Dort angekommen, fahren wir gleich in unser Stammhotel. Dort gehe ich am ersten Tag an den Pool und werde mich in meinem neuen blau-weißen Bade-Outfit in die Sonne legen. Während ich mich bräune, trinke ich meinen Lieblings-Cocktail. Das wird schön und entspannt. Dann werde ich Zeit haben, mein Buch zu lesen, das ich mir noch im Internet bestellen muss. Am späten Nachmittag fahren wir dann wie jedes Jahr mit unseren Freunden … "

HIER: Schreibe mindestens drei vorgezeichnete Konturen deines zukünftigen Lebens auf! Erstens eine Grobkontur, zweitens eine Zeitnah-Kontur und drittens eine Detailkontur (und alles, was du noch aufschreiben möchtest: alle anderen Konturen, die dein Leben zu einem Ausmalbuch machen):

Haben wir diese Konturen in unserem Leben fertig gezeichnet, sind wir nur noch damit beschäftigt, unser Leben auszumalen. Wir geben der gewünschten Darstellung unseres Lebens kaum noch Raum zur Entwicklung oder um sich in eine andere Richtung entfalten zu können. Noch schlimmer. Wir versuchen meist mit aller Gewalt, alle und alles in unserem Umfeld in diese Konturen hineinzupressen:

Da ist der Partner, der immer die Zahnpastatube offenlässt, den wir zwingen, diese immer geschlossen zu halten. Da ist das Hotel, das nicht so aussieht, wie wir es uns durch die dargestellten Bilder im Internet vorgestellt haben und wir zwingen das Hotelpersonal unseren Vorstellungen so gut wie möglich entgegenzukommen. Da ist die Gesichtsfalte, die wir durch medizinische Eingriffe in eine glatte Form zwingen wollen. Da ist die zerstrittene Familie an Weihnachten zusammen, die zu einem besinnlichen und friedlichen Beisammensein gezwungen wird.
Folgen sind meist tiefe Enttäuschungen, bitterer Streit, schmerzende Verletzungen und Zusammenbrüche der Wünsche und Träume in unserem Leben, was wiederum zu einer Unzufriedenheit führt, die bis hin zu Traurigkeit und sogar Depression führen kann.
Schwer ist es, nun vorhandene Konturen wieder zu entfernen und wegzuwischen, diese loszulassen, um ein unerwartetes, neues Lebensbild entstehen und zulassen zu können – aber auch weiterhin keine neuen Konturen vorzuzeichnen, sondern mehr und mehr zu lernen, sein Lebensbild im Hier und Jetzt zu gestalten. Dabei entstehen sicherlich ganz andere Bilder, Formen und Farben, die selten mit unseren Träumen und Wünschen übereinstimmen, aber im Gesamtbild eine überraschende Schönheit ausstrahlen. Ein Bild, das für unser Leben passend und bestimmt ist (und nicht ein Bild, von dem wir uns vorstellen, dass es schön sein könnte).

6. Kein Druck und ohne Leistung (Großvertrauen und Genuss)

Es gibt den Menschen, *weil Gott es so wollte*. Wir sind auf dieser Erde, *weil uns Gott dort hingestellt hat*. Nichts weiter. *Wir sind einfach der „Ton" (wie es so schön heißt) und Gott der „Töpfer", der uns formt und bildet.*

Mit diesem Bewusstsein bekommt das Leben eine ganz andere Perspektive. Wir Menschen *(auch wir Christen)* werden folgendermaßen großgezogen: Du brauchst (egoistische) Ziele im Leben, du musst durch eigene Leistung etwas erreichen und vieles mehr. *Das Christentum bildet da leider keine Ausnahme: du musst für deine Sünden büßen, du musst Gesetze einhalten, du musst Gutes tun …*

In kurzen Worten zusammengefasst, lehrt dich die Menschheit: Du musst (durch eigene Leistung) glücklich werden!

Und dem ist NICHT so!

> *Nun ergeben die Worte in der Bibel für mich Sinn: „Du Mensch, vergiss nicht, wer du bist! Du kannst dir doch nicht herausnehmen, Gott zu kritisieren! Sagt vielleicht ein Gebilde aus Ton zu seinem Bildner: »Warum hast du mich so gemacht?« Und hat ein Töpfer nicht das Recht, aus einem Tonklumpen zwei ganz verschiedene Gefäße zu machen: eines, das auf der Festtafel zu Ehren kommt, und ein anderes als Behälter für den Abfall?" (Römer 9, 20+21)*

Wenn wir das im Leben erkennen, dann lässt sich die *biblische* Herausforderung *(Philipper 4, 4)* ***„Freut euch!"*** leichter umsetzen. Denn aller Druck und alle Anstrengungen fallen von der Seele. Ich **muss nichts** mehr leisten, um glücklich zu werden. Denn ich bin nicht auf dieser Welt, weil ICH es so will, nicht weil ICH glücklich werden muss, nicht weil ICH ein Ziel mir setzen und erreichen muss!

NEIN, ich bin einfach hier, *weil Gott es will.* Ich darf einfach nur sein und leben (siehe Knef).

Früher habe ich gedacht aus „ich muss“ sollte ein „ich will“ werden. Aber ich denke, es geht einen Schritt weiter: „ich mache einfach“ bis „ich lebe einfach“.
Mit diesem Bewusstsein fallen alle „Anklagen“ weg und meine (egoistischen) „Wünsche“ verschieben sich in den Hintergrund, die sich bisher in Fragen geäußert haben wie: Warum bin ich allein? Ich wünsche mir einen Partner und Kinder! Warum gibt es so viel Leid auf dieser Erde? Ich wünsche mir Weltfrieden!

HIER: Welche unerfüllten Wünsche hast du in deinem Leben? Was hast du bisher dafür alles getan, um diese Wünsche aus Eigenleistung zu erfüllen? Und wie viel Lebenszeit war damit verbunden?

Das heißt nicht, dass von nun an das Leben leichter wird. Wichtig ist der Blickwechsel! Nicht ICH bin der Herr über mein Leben (Schicksal) und nicht ICH ist der Sinn des Lebens, *sondern Gott ist der Herr in meinem Leben und der Grund, warum der Mensch überhaupt hier auf der Erde ist.*
So kann ich einfach leben, **ohne** etwas leisten zu **müssen**. Ich muss nicht reich werden oder berühmt sein, Sprachen und Instrumente beherrschen können, einen Partner (eine Familie) und Kinder haben, eine erfüllende und gut bezahlte Arbeit finden, gute Noten in der Schule haben und vieles mehr.

Ich habe bisher immer nur versucht die Lebenszeit zu nutzen, aber ich habe nicht gelebt. Mit diesem Thema haben sich schon die Philosophen im alten Rom beschäftigt. Seneca schreibt dazu: *„Wie wir sehen, bist du an die äußerste Grenze des menschlichen Lebens gelangt; hundert Jahre oder mehr lasten auf dir. Nun denn zieh die Bilanz deiner Lebenszeit! Rechne aus, wie viel die Gläubiger, wie viel die Geliebte, wie viel der Patron, wie viel der Klient von dieser Zeit weggenommen hat, wie viel der Streit mit der Gattin, wie viel die Züchtigung der Sklaven, wie viel das geschäftige Umherlaufen in der Stadt; nimm die Krankheiten dazu, die wir uns durch eigene Schuld zugezogen haben, nimm auch noch dazu, was ungenutzt liegengeblieben ist: du wirst sehen, dass du weniger Jahre behältst, als du alt bist. Bring dir in Erinnerung, wann du fest bei einem Entschluss geblieben bist, wie wenige Tage so verlaufen sind, wie du es dir vorgenommen hattest, wann du über dich selbst verfügen konntest, wann dein Gesicht deine natürlichen Züge bewahrte, wann dein Gemüt ohne Angst war, was du in so langer Lebenszeit zustande gebracht hast, wie viele dein Leben ausgeraubt haben, ohne dass du merktest, was dir verloren ging, wie viel grundloser Schwer, törichte Freude, gierige Leidenschaft und tändelnder Umgang weggenommen haben, wie wenig dir von dem, was dir gehört, übrig geblieben ist – du wirst erkennen – du stirbst zu früh"*
http://nickbohle.de/2009/05/31/die-kurze-des-lebens-de-brevitate-vitae/ (Stand: April 2016)

HIER: Ziehe die Bilanz deiner bisherigen Lebenszeit! Wie viel Lebenszeit wird dir aus den oben genannten Gründen genommen? Wie viel Lebenszeit bleibt? (Rechne in Stunden oder in Tagen)

7. Es gibt ein Leben nach der Planung (Großvertrauen und Genuss)

Wir leben in ständiger Planung. Alles ist durchgeplant. Wir entscheiden nicht mehr im Moment, sondern im Voraus. Zum Beispiel:

- den Tag „Was werde ich heute machen?"
- den Urlaub „Wohin werde ich mit wem wie lange fahren?
- die Arbeitswoche „Was muss alles erledigt werden?"

Auch die persönlichen Verabredungen erfolgen nicht mehr spontan, sondern meist in Vorausplanung: „Wann machen wir einen Spieleabend?"
Es ist sehr schwer „aus der Reihe zu tanzen" und im Moment zu leben. Jeder Tag bietet die Möglichkeit damit anzufangen. Und was bringen die Sorgen von morgen?

> *„Sorgt euch also nicht um den morgigen Tag, denn der morgige Tag wird für sich selber sorgen." (Matthäus 6, 34)*

Was mache ich jetzt gerade? (Hier kommt wieder „sich führen lassen" ins Spiel.)

HIER: Schreibe die Situationen auf, von denen du denkst, dass es unmöglich ist, im Moment zu leben – dann aber auch diese, bei denen du denkst, dass du bei diesen Gelegenheiten beginnen könntest, im Hier und Jetzt zu leben und dich führen zu lassen.

8. Fremdbestimmung (Großvertrauen und Gelassenheit)

Mir fiel auf, dass nicht nur die Gefahr besteht, dass wir selbst die Konturen unseres Lebens vorzeichnen (Leben als Ausmalbuch), sondern auch andere Menschen dies tun: Freunde, Partner, Familie, Arbeit unter anderem. Auch das sollte vermieden werden, denn dies führt dazu, dass erstens dem Moment wieder Raum genommen wird und zweitens, wir nur noch unser Leben „ausmalen" und dann enttäuscht werden können, wenn sich ein anderes Bild ergibt. Um ein Beispiel zu geben: Der Chef sagt zu dir, dass du in einem Jahr befördert wirst. Aber es passiert nicht oder gar ein anderer bekommt die Beförderung. Es ist natürlich schwer, damit umzugehen, da man den Mitmenschen den Mund nicht verbieten kann und jeder sich natürlich über solche Aussagen freut! Aber man sollte diese Konturen schnell wieder wegwischen.

HIER: Nenne Beispiele aus deinem Leben, in denen andere Menschen Konturen deines Lebens vorgezeichnet haben. Dies können auch simple Dinge sein wie: „kommende Woche gehen wir ins Kino, in zwei Monaten schmeißen wir für dich eine Geburtstagsparty, kommendes Jahr bauen wir ein Haus, … "

9. Weitblick (Gehorsam)

Der Weg zum anderen beginnt mit dem Zweifel an meinen eigenen Maßstäben! Erst wenn meine eigenen Maßstäbe zerbrechen, kann ich einem anderen Menschen näherkommen.

HIER: Was sind eigentlich deine Maßstäbe? Was macht deine Maßstäbe so allgemeingültig? Welche Maßstäbe von anderen kannst du absolut nicht verstehen? Welche Ansätze gibt es vielleicht, dich diesen anzunähern?

____

____

____

____

____

____

____

____

10. Akzeptanz und Dankbarkeit verändern dein Leben (Großvertrauen und Glaube)

Wieder zwei wesentliche Aspekte. Vielleicht sind sie dem einen oder anderen schon klar geworden, aber das Umsetzen im Leben fällt nicht immer leicht. Es gibt gewisse Situationen im Leben, die wir Menschen nicht wahrhaben oder akzeptieren wollen. Zum Beispiel die erdrückende Einsamkeit oder den Tod des eigenen Kindes und vieles mehr. Die Frage an dieser Stelle: „Warum kann ich gewisse Punkte in meinem Leben nicht akzeptieren?“ Ja, ich würde sogar einen Schritt weitergehen: „Warum kann ich für gewisse Ereignisse in meinem Leben nicht dankbar sein?“

Und da musste ich wieder an eine Stelle in der Bibel denken: „Haben wir Gutes empfangen von Gott und sollten das Böse nicht auch annehmen?" (Hiob 2, 10)

Und es stimmt! Ich will „auf Teufel komm' raus" zum Beispiel die Einsamkeit aus meinem Leben vertreiben und auch den Schmerz nicht ertragen wollen, dass ich mein Kind verloren habe; wie soll ich geschweige denn dafür auch noch dankbar sein?!
In diesem Zusammenhang fielen mir zahlreiche Beispiele *aus der Bibel* ein: Abraham und Sahra, die Jahrzehnte auf ein Kind warteten (G-1) – Josef, der unschuldig für lange Zeit ins Gefängnis gesperrt wurde (G-5) – Hiob, der mit Krankheiten und Schmerzen geplagt war, die kaum auszuhalten waren (G-2) – David, der seinen besten Freund verlor (G-1)
Was allen gemein ist, sie trauerten und waren bestimmt auch betrübt bis in den Tod, aber sie akzeptierten (irgendwann) ihre Lebenslage.
Und wir können sogar solche Lebenslagen dankbar annehmen, in dem Bewusstsein, dass sie uns zum Besten dienen.

HIER: Was in deinem Leben willst du nicht akzeptieren? Warum?

Der zweite Aspekt bezieht sich auf die Führung Gottes. Irgendwann gelangt man vielleicht an den Punkt, dass man Gott für alle Lebenssituationen fragen möchte: „Was soll ich als Nächstes machen?", „Was ist der nächste Schritt", „Soll ich links abbiegen?", „Soll ich mir was zu essen holen? Wenn ja, was?" An diesen Punkt gelangen wir spätestens, wenn wir Angst davor haben, Fehler zu machen und somit unsicher in unserem Handeln werden.
Dazu meinte Gott, dass er nicht jeden Schritt zeigen wird. Dafür hat er uns ja auch den Verstand, den eigenen Willen und Weisheit gegeben. In vielen Lebenssituationen wissen wir bereits, wie der richtige Weg aussieht. Und wenn es mal nicht so sein sollte, dann wird Gott uns den richtigen Weg zeigen. Er führt uns zum richtigen Ziel oder er weist deutlich und mehrfach die Richtung.
Wir sollten uns das so vorstellen: „Du hast in deiner Firma eine leitende Stelle zu vergeben und gibst sie an eine Person, die schon lange dabei ist und weiß „wie der Laden läuft". Es wäre dann total unangebracht, wenn diese Person aus lauter Unsicherheit vor Fehlern immer wieder zu dir kommen und jede Kleinigkeit erfragen würde: Soll ich dieses Blatt wegschmeißen? Sollen die Gehälter am Anfang oder am Ende des Monats ausgezahlt werden? Sollen wir die Fenster jetzt schließen? Der Fahrstuhl funktioniert nicht, welche Firma soll ich anrufen?"
Zusätzlich meinte Gott, dass wir in unserem Inneren vieles auch „spüren". Wenn ich einen inneren Frieden empfinde, scheint es der richtige Weg zu sein. Und natürlich steht er uns bei jeder, aber vor allem schwierigen Frage und Situation als Berater zur Seite.

HIER: In welchen Situationen deines Lebens hast du die Führung Gottes erkannt? In welchen Situationen warst du dir unsicher? In welchen Situationen ist dir klar, dass du selbst zu entscheiden gelernt hast?

Es geht noch weiter! Wenn wir gelernt haben, etwas loszulassen, dann ist das schon eine super Leistung, wie zum Beispiel der Verlust des Partners oder Kindes. Aber etwas loszulassen bedeutet (meistens) auch, etwas zuzulassen. In dem genannten Beispiel können es Einsamkeit und Trauer sein. Die Herausforderung ist, auch dafür danken zu können. *Denn durch den Glauben sind wir alle Kinder Gottes und* daher dürfen wir auch sicher sein, dass ALLES in unserem Leben letzten Endes zu etwas Gutem führen wird (auch wenn wir es oft nicht gleich oder überhaupt nicht verstehen werden). Aber ich kann gewiss sein, dass es so sein soll, *denn ein Vater würde aus Liebe zu seinem Kind, ihm nichts Schlechtes antun, ohne einen Grund dafür zu haben. So ist zum Beispiel der feste Griff des Vaters am Arm des Kindes für das Kind sehr schmerzvoll, aber was es nicht mitbekommt (weil es vielleicht noch zu klein ist), dass es kurz davor war, vor ein vorbeirasendes Auto zu laufen und sein Vater ihm somit das Leben gerettet hat. Daher können wir Gott auch für schmerzvolle Situationen danken.*

HIER: Für was kannst du in deinem Leben *Gott* im Moment noch nicht danken? Warum?

11. Das ewige Leid mit dem Leid (Großvertrauen und Glaube)

Wir Menschen lernen und wachsen nur aus dem Elend heraus. Daher meine Antwort *auf die dauerhafte Glaubensfrage aller Menschen*: „Warum *lässt Gott* das Leid *zu*?"
Damit wir daran wachsen!

> *„Gott hat mich wachsen lassen in dem Lande meines Elends."*
> *(1. Mose 41, 52)*

Glück ist nicht etwas, das wir beeinflussen können. Die Frage ist nicht „Wie meide ich Unglück und wie werde ich dauerhaft glücklich?", sondern „Wie gehe ich mit dem Unglück und Glück in meinem Leben um?". Denn Glück können wir uns nicht erarbeiten oder verdienen. Es ist ein Geschenk *Gottes*! Und in beiden Situationen (Glück oder Unglück) sollte das Fundament die Zufriedenheit *in Gott selbst* sein. *So kann man sagen:*

> *„Unter dem Schatten deiner Flügel habe ich Zuflucht, bis das Unglück vorübergehe." (Psalm 57, 2)*

12. Drei wichtige Punkte zur Wiederholung

Sein Leben nicht als Ausmalbuch leben, habe ich schon zweimal beschrieben. Aber nicht wir alleine können die Konturen unseres zukünftigen noch nicht gelebten Lebens vorzeichnen, sondern auch andere Menschen. Beispiele dafür sind: „Ich werde dich lieben und an deiner Seite sein, bis dass der Tod uns scheidet." Oder: „Wir werden dann nächstes Jahr im Frühling gemeinsam für einen Monat in den Urlaub fliegen." Oder: „In Deutschland wirst du die nächsten Jahrzehnte in Frieden ohne Verfolgung, Krieg und Hunger leben können."

So kommen wir zu Punkt zwei: Hat man sich auf solche Konturen eingelassen, dann sollte man anfangen loszulassen. Dieser Prozess ist so gut wie immer sehr schmerzvoll; insbesondere dann, wenn man sie loslassen muss: weil der Partner einen betrügt und verlässt, weil der versprochene Urlaub mit dem besten Freund nicht mehr stattfindet (da er seine Arbeit vorzieht), weil in Deutschland der 3. Weltkrieg ausbricht.
Es ist besser vorher loszulassen (aber auch danach – viele halten weiterhin an den Konturen fest, auch wenn alles am Zerbrechen ist) und die vorgezeichneten Konturen des zukünftigen Lebens wegzuwischen.
Doch das Loslassen hat auch immer etwas mit zulassen zu tun. Wenn ich etwas losgelassen habe, dann habe ich die Gelegenheit endlich dort Neues zuzulassen. *Und da Gott mein Vater ist, darf ich wissen, dass das, was da ist (im Hier und Jetzt), für mein Leben bestimmt und das Beste ist.* Auch die Trauer, die selbstverständlich zum Prozess des Loslassens dazugehört.

Selbst Jesus sagte: „Meine Seele ist betrübt bis an den Tod!" (Markus 14, 34)

Bin ich mir dessen bewusst und weiß, dass alles mir zum Besten dient, dann kann ich die Trauer und die neue Situation dankbar annehmen und sagen: „Danke für meine Trauer und meine Einsamkeit."
Darauf folgt logischerweise Punkt drei: sich keine weiteren zukünftigen Lebenskonturen vorzuzeichnen und zu lernen, mit Hingabe im Moment zu leben. ALLES, was in der Zukunft liegt, sollte als Option gesehen werden: Vielleicht teilen wir das Leben bis in den Tod, vielleicht fahren wir in den Urlaub, vielleicht wird es keinen 3. Weltkrieg geben, vielleicht gehe ich heute an den Strand, vielleicht werde ich Kinder und eine Familie haben, vielleicht bleibe ich gesund, vielleicht muss ich nie ins Gefängnis und bleibe frei und vieles mehr.

Ich habe festgestellt, dass der letztgenannte Punkt für uns Menschen so schwer zu leben ist. Das Leben muss mit Zeit, Ort, Aktivität und Personen geplant sein. Jeder einzelne Tag wird von uns automatisch im Voraus durchgeplant. Wo bleibt dann noch Raum für Vertrauen, Glaube, Liebe, Hoffnung und Hingabe?

„Nun aber bleibt Glaube, Hoffnung, Liebe, diese drei; aber die Liebe ist die größte unter ihnen." (1. Korinther 13, 13)

Zum Glück gibt es die 10 Gs

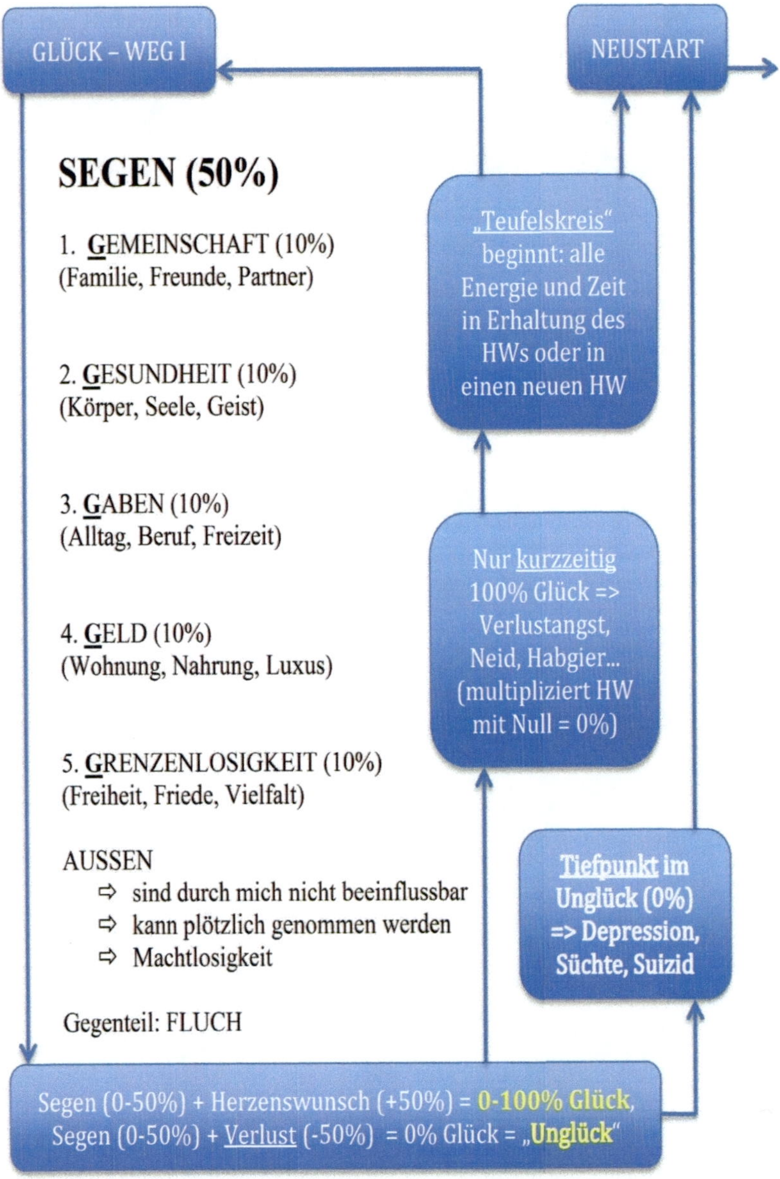

GLÜCK – WEG II

ZUFRIEDENHEIT (50%)

1. GOTT-/GROSSVERTRAUEN (10%)
(sich führen lassen, folgen)

2. GLAUBE (10%)
(alles führt zum Guten)

3. GEHORSAM (10%)
(Liebe zu Gott, Mitmenschen, sich selbst)

4. GELASSENHEIT (10%)
(loslassen, zulassen)

5. GENUSS (10%)
(Hingabe)

INNEN

- ⇨ sind durch mich beeinflussbar
- ⇨ kann mir keiner mehr nehmen
- ⇨ Lebenseinstellung

Gegenteil: UNZUFRIEDENHEIT

Dauerhaft 100% Glück => Glückseligkeit => erst im Himmel bei Gott zu finden

Je Punkt Segen (5x10=50%) aufbauend auf Zufriedenheit bringt max. 100% Glück

Zufriedenheit allein bringt keine 100% Glück => Segen ist wichtig im Leben (Essen, Gesundheit,...)

Fundament der Zufriedenheit (50%) + Segen = **50-100% Glück**, Segen auf Fundament => daher keine Verlustangst/HW mehr

Ein Fließdiagramm soll als Veranschaulichung dienen, nochmals alles zusammenfassend darzustellen. Weg I zum Glück beschreibt den Weg, den die meisten Menschen beschreiten. Die gesamte Zeit und Energie wird in die 5 Gs der Grundbedürfnisse gesteckt. Um das erreichte Glück im Diagramm beschreibbar und vergleichbar zu machen, wurde jeder Punkt mit 10 Prozent Glücksempfinden gekennzeichnet. Wie bereits festgestellt, haben wir Menschen keinen direkten Einfluss auf diese 5 Bereiche. Alles kann uns plötzlich genommen oder geschenkt werden. Daher bezeichne ich den „Besitz" der 5 Gs der Grundbedürfnisse mit Segen und den „Verlust" mit Fluch. Sind wir in allen Bereichen gesegnet, können wir nach dieser Darstellung also ein Glücksempfinden von 50 Prozent erlangen.
Dadurch, dass der Herzenswunsch bei uns Menschen einen so hohen Stellenwert hat, wird er in der Darstellung mit 50 Prozent gekennzeichnet. Ist das Leben eines Menschen gesegnet und es kommt zudem zur Erfüllung des Herzenswunsches, erreicht das „Glückbarometer" kurzzeitig 100 Prozent. Dies erklärt die menschlichen Gefühlsschwankungen von 0 bis 100 Prozent. Wie schon in den Kapiteln zuvor beschrieben, ist das Glücksgefühl so gut wie nie dauerhaft bei 100 Prozent. Neid, Schuldgefühle, Habgier, Selbstverständlichkeit, Angst, Schwierigkeiten, Verlust, Egoismus und Schicksalsschläge bringen das Glück immer wieder zum Schwanken. Um dies in der Darstellung widerzuspiegeln, wird der Herzenswunsch durch die eben genannten Punkte mit null multipliziert. So beginnt ein Kreislauf:
„Peter ist in allen 5 Gs der Grundbedürfnisse gesegnet. Er hat eine Familie, ist gesund, hat eine zufriedenstellende Arbeit, genügend Einkommen und lebt in einem freien Land. Ein eigenes Haus zu haben war sein bisheriger Herzenswunsch. Als die letzte Rate abgezahlt war, empfand er für einen kurzen Moment ein Gefühl vollkommenen Glücks. Doch es hielt nur kurz an. Denn die Verlustangst (den Besitz wieder verlieren zu können), die mit der Zeit sich einstellende Selbstverständlichkeit und die Habgier, nun auch wie die Nachbarn eine tolle Jacht zu haben, minderten wieder sein empfundenes Glück. Er war sich aber

sicher, wenn er die Jacht haben würde, dann wäre er endlich wirklich glücklich."

„Anneliese hatte das 100%ige Glück durch die Grundbedürfnisse und den Herzenswunsch eines eigenen Kindes erreicht. Aber auch hier hielten die 100 Prozent nicht lange an. Die ständigen Sorgen, dem Kind könnte etwas passieren, die ersten Komplikationen in der Erziehung im Zusammenspiel mit einer alltäglichen Selbstverständlichkeit brachten die ersten Risse in ihr Glückshaus und warf sie schnell wieder zurück."

„Frank hatte alles, was er wollte. Das Glück schien dauerhaft, als er die Liebe seines Lebens kennenlernte. Aber als seine große Liebe plötzlich durch einen selbst verschuldeten Autounfall starb, brach durch den Verlust eine Welt für ihn zusammen. Er war am Boden zerstört, bei einem so gut wie nicht mehr vorhandenen Glücksgefühl von null Prozent."

Diese drei Beispiele zeigen den „Teufelskreis" des ersten Wegs zum Glück. Irgendwann erkennen wir, dass wir in einer Glücksspirale gefangen sind und wir den 5 Gs der Grundbedürfnisse machtlos gegenüberstehen. Wir können sie zwar durch Investition von Energie und Zeit indirekt beeinflussen, aber da es sich ausschließlich um äußere Faktoren handelt, ist der erste Weg zum Glück sehr wackelig. Die meisten Menschen wählen trotzdem diesen Weg, da das Glück zum Greifen nah und schnell zu erreichen scheint. Doch wie die drei Beispiele gezeigt haben, ist der Weg äußerst unsicher, bringt plötzliche Schwankungen mit sich und birgt die Gefahr des kompletten Zusammenbruchs bis hin zum absoluten Nullpunkt mit Folgen von Süchten, Depression und Selbstmordgedanken. Kommt es nämlich zu einem gravierenden Verlust (meist der Herzenswunsch) im Leben, dann spielt plötzlich auch der Segen keine Rolle mehr. Gesundheit, Freiheit und Geld verlieren an Bedeutung. Nichts scheint mehr glücklich zu machen. Im Diagramm ist dies mit -50 Prozent dargestellt. Der auslösende Verlust kann für jeden etwas anderes sein, zum Beispiel: Verlust des Selbstwertgefühls, der Arbeit, des Kindes, der Gesundheit, der Freiheit, der Liebe und so weiter. Der Mensch erreicht einen absoluten Tiefpunkt.

AUSBRUCH.
Heraus aus diesem Teufelskreis oder Tiefpunkt durch einen Neustart.

Oft reißt ein Schicksalsschlag den Menschen den Boden unter den Füßen weg und sie sind am Boden zerstört. Das Leben erscheint in solchen Momenten sinnlos. Aber in Lebensphasen des absoluten Unglücks, wo man nichts mehr zu verlieren hat, bietet sich die Gelegenheit eines Neuanfangs – sein Leben neu auszurichten und sich auf den zweiten Glücksweg zu begeben. Ein Weg, der nicht auf äußere, sondern auf innere Faktoren aufbaut. Auf Faktoren, die durch uns beeinflussbar sind und die uns niemand mehr nehmen kann. Ein Weg, gebaut auf die 5 Gs der Genügsamkeit. Auch hier hat jeder Punkt einen Wert von 10 Prozent. So erlangt man auch über diesen Weg einen Glückswert von 50 Prozent. Allerdings ist dieser Wert wesentlich sicherer und mit weniger Schwankungen verbunden, da die inneren Lebenseinstellungen nicht plötzlich genommen werden können. Um diese zu erreichen, müssen wir meist einen sehr langen und mühsamen Weg beschreiten, welcher mit „an sich arbeiten“ und „sich selbst kennenlernen“ verbunden ist. Daher wird dieser Weg II zum Glück eher selten begangen (da er offensichtlich schwerer und länger erscheint). Am Ende des Weges steht dann aber ein festes Fundament, auf dem unser Lebensglück sicher stehen kann und tief einschneidende Schicksalsschläge nicht mehr eine lebensbedrohliche Auswirkung haben. Somit kommt es nicht mehr zu einem plötzlichen (Glücks-)Verlust. Als Folge dessen entfallen andererseits aber auch die 50 Prozent Glück durch die Erfüllung des Herzenswunsches, da nun durch die 5 Gs der Genügsamkeit das Erreichen des Herzenswunsches nicht mehr an erster Stelle steht, sondern nun auf andere Werte gebaut wird.
Von wesentlicher Bedeutung bleiben auch hier die 5 Gs der Grundbedürfnisse. Diese haben immer eine direkte Auswirkung auf unser Wohlbefinden und beeinflussen unser Glücksgefühl. Der Tod eines nahestehenden Menschen ist mit Trauer verbunden, Krankheiten bringen Schmerzen mit sich, Armut birgt die Gefahr

der Unterernährung, die nicht ausgelebten Begabungen haben oft Depressionen zur Folge und Freiheitsberaubung kann zu psychischen Störungen führen. Aber die 5 Gs der Grundbedürfnisse werden nun nicht mehr als Fundament im Leben genutzt, sondern werden auf ein stabiles Fundament gesetzt, das durch äußere Umstände nicht mehr zusammenbrechen kann. Somit ist jeder Segen ein Gewinn. Große Schwankungen werden gemindert mit der Möglichkeit, auch langfristig 100 Prozent Glück erleben zu dürfen.

> *Ein irdisches Dauerglück ist daher nicht durch menschliche Kraft erreichbar bzw. beeinfluss- und manipulierbar. Erst bei Gott ist vollkommenes und dauerhaftes Glück vorhanden und wird mit den Worten „Glückseligkeit" bezeichnet (alle unterstrichenen Wörter deuten auf die Zukunft und das Leben im Himmel bei Gott hin): „Glückselig sind die geistlich* ***Armen****, denn ihrer ist das Reich der Himmel! Glückselig sind die* ***Trauernden****, denn sie sollen getröstet werden! Glückselig sind die* ***Sanftmütigen****, denn sie werden das Land erben! Glückselig sind, die nach der* ***Gerechtigkeit*** *hungern und dürsten, denn sie sollen satt werden! Glückselig sind die* ***Barmherzigen****, denn sie werden Barmherzigkeit erlangen! Glückselig sind, die* ***reinen Herzens*** *sind, denn sie werden Gott schauen! Glückselig sind die* ***Friedfertigen****, denn sie werden Söhne Gottes heißen! Glückselig sind, die um der* ***Gerechtigkeit willen verfolgt*** *werden, denn ihrer ist das Reich der Himmel! Glückselig seid ihr, wenn sie euch schmähen und verfolgen und lügnerisch jegliches böse Wort gegen euch reden um meinetwillen! Freut euch und jubelt, denn euer Lohn ist groß im Himmel; denn ebenso haben sie die Propheten verfolgt, die vor euch gewesen sind." (Matthäus 5, 3-14)*

Glück bleibt und ist auch auf dem zweiten Weg ein Geschenk.

Die Glückshäuser

Eine weitere Veranschaulichung für ein besseres Verständnis sollen die sogenannten Glückshäuser bringen. Im Prinzip ist es eine altbekannte Geschichte, die bereits in verschiedenen Variationen erzählt wird, zum Beispiel als Märchen:

Die drei kleinen Schweinchen

Es war einmal eine alte Schweinemutter, die hatte drei kleine Schweinchen. (…) Da sagte die Schweinemutter: „Ihr könnt jetzt nicht mehr bei mir bleiben meine Kinder. Jeder muss ein Haus für sich selbst haben." (…) Und sie schickte sie in die große, weite Welt hinaus.
Das erste Schweinchen begegnet einem Mann mit einem Bündel Stroh. (…) Es sagt zu ihm: „Bitte, lieber Mann, gib mir das Stroh, denn ich will mir ein Haus daraus bauen." (…) Dann schaute das Schweinchen sein Strohhaus an und sang: „Ich habe ein schönes Haus von Stroh, ich bin so sicher und so froh. Und kommt der böse Wolf vorbei, dann lache ich." (…)
Das zweite Schweinchen begegnete einem Mann, der ein Bündel Holz trug. Es sagt zu ihm: „Bitte, lieber Mann, gib mir das Holz, ich will mir daraus ein Haus bauen." (…) Dann schaute das Schweinchen sein Holzhaus an und sang: „Ich habe ein schönes Haus von Holz, ich bin so sicher und so stolz. Und kommt der böse Wolf vorbei, dann lache ich." (…)
Das dritte Schweinchen begegnet einem Mann, der zieht einen Karren voll Ziegelsteine. Es sagt zu ihm: „Bitte, lieber Mann, gib mir von den Ziegelsteinen, ich will mir ein Haus daraus bauen." (…) Dann schaute das Schweinchen sein Haus aus Ziegelsteinen an und sang: „Ich habe ein schönes Haus von Stein, es ist so sicher und so fein. Und kommt der böse Wolf vorbei, dann lache ich." (…)
So lebte nun jedes Schweinchen in seinem eigenen kleinen Haus, und jedes war glücklich und zufrieden. Doch eines Tages kam der Wolf aus dem Wald, klopfte an die große Tür. (…)
Da sagt der Wolf: „Ich werde strampeln und trampeln, ich werde husten und prusten und dir dein Haus zusammenpusten."

Und der Wolf strampelte und trampelte, er hustete und prustete und pustete das ganze (Stroh- und Holz-) Haus zusammen. (...) Da ging der Wolf zum Ziegelhaus, klopfte vorne an die große Tür und rief: „Liebes, gutes kleines Schwein, lass mich doch zu dir hinein." (...) Und der Wolf strampelte und trampelte, er hustete und prustete, aber er konnte das Haus nicht zusammenpusten. Da wurde er schrecklich zornig und brüllte. (...) Dann baute(n) sich (die) erste(n beiden) Schweinchen ein Ziegelhaus und fortan lebten alle drei zufrieden und froh."

http://www.maerchenstern.de/maerchen/die-drei-kleinen-schweinchen.php (Stand: Juni 2016)

HIER: Versuche folgende Begriffe aus der Geschichte in Bezug auf das zuvor aufgeführte Glückskonzept zu beziehen: Schweinemutter, Schweinchen, Männer, Stroh, Holz, Ziegelstein, Wolf, sicher, froh, stolz, fein, zufrieden!

Woraus und worauf baust du dein Glückshaus? Auf das Baumaterial und die einzelnen Bausteine kann jeder von uns zugreifen. Um das Ganze zu verbildlichen, sind die einzelnen Bausteine mit den zuvor genannten Begriffen gekennzeichnet:

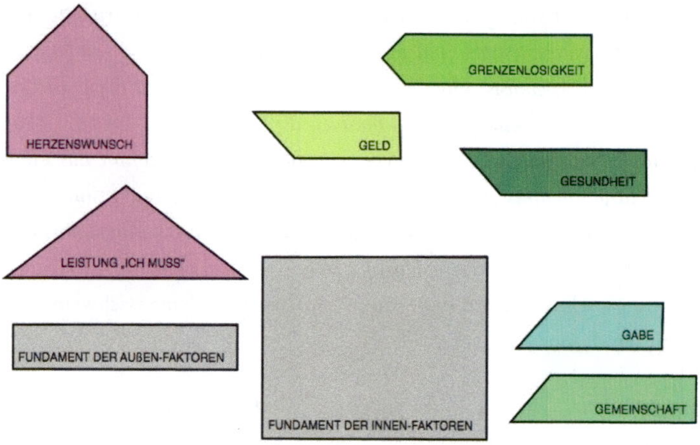

Die grauen Bausteine stehen für mögliche Fundamente des Glückshauses. Da gibt es das leichte, schnell aufzubauende „Fundament der Außenfaktoren", welches aus Risiko-Beton (Machtlosigkeit) hergestellt wird und das schwere, mit viel Kraft und Zeit aufzubauende „Fundament der Innenfaktoren", welches aus Genügsamkeit-Beton gemischt wird. Die rosafarbenen Bauelemente verkörpern den Herzenswunsch. Dieser Baustein wird so gut wie immer im Zusammenhang mit dem Leistungs-Baustein „Ich muss" verwendet. Die grünen Bauteile sollen den Segen widerspiegeln. Daher gibt es für jedes „G der Grundbedürfnisse" einen grünen Baustein.

Wir sehen auf den folgenden Darstellungen die entstehenden Bauwerke zwei verschiedener Bauherren. Sie sind voneinander durch das rote Glücksbarometer getrennt, das in 0%, 50% und 100% Glücksempfinden skaliert ist.

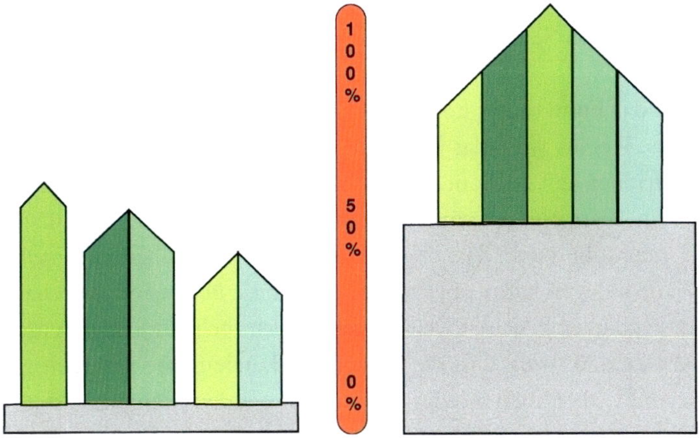

Das „Fundament der Innen-Faktoren" (rechts) benötigt natürlich wesentlich mehr Zeit und Energie beim Aufbau als das „Fundament der Außen-Faktoren". Es ist harte Arbeit, an sich und seinen Einstellungen zu arbeiten. Im Gegensatz zu den Außen-Faktoren, die sich oft von heute auf morgen verändern können (Lottogewinn, Partner kennenlernen, Beförderung, …), braucht es viel Zeit, seine persönlichen Einstellungen, Maßstäbe und Lebensvorstellungen zu verändern. Steht allerdings das Fundament der Genügsamkeit, dann ist es durch äußere Umstände nicht mehr zu zerstören und erreicht einen stabilen Wert von 50 % Glück. Auf der linken Seite besteht das Fundament zusätzlich aus den 5 Gs der Grundbedürfnisse (siehe Abbildung). Der Bauherr stützt sein Glückshaus auf den Segen und ist überzeugt davon, dass dieser beständig und unverrückbar ist. Das stufenhafte Aufstellen der „Säulen" symbolisiert das nach und nach erarbeitete persönliche Lebensglück durch Schule, Ausbildung, Verdienst, Haus, Familie, Luxus und so weiter. Und dieser Bauherr ist auch voller Stolz überzeugt davon, alles aus eigener Kraft erreicht zu haben. Somit erreicht er dadurch auch den Wert von 50 %. Allerdings ist der Wert des linken Bauwerks von Bauherr zu Bauherr unterschiedlich und zudem von den jeweiligen Lebensumständen abhängig. Dies verdeutlicht die möglichen Glücksschwankungen zwischen 0 und 50 Prozent, da jederzeit eine Säule der Grundbedürfnisse durch einen Schicksalsschlag wegbrechen kann.

Auf das Fundament konstruiert nun jeder Bauherr sein Wohnhaus. Rechts wird das Gebäude aus Segen geformt, welcher auf Zufriedenheit aufbaut. Dadurch erreicht das Glücksbarometer einen Wert von maximal 100% Glück. Der Baumeister ist sich durchaus bewusst, dass er zwar an seinem Glückshäuschen selbst Hand anlegen kann, aber er keine Garantie über seine dauerhafte Beständigkeit gesichert weiß, so sehr er sich auch anstrengen würde. Mit dem Wissen, dass die einzelnen Bauelemente jederzeit geschenkt, aber auch wieder genommen werden können, leistet er alles, was seinen Kräften entspricht und genießt das, was er hat. Somit benötigt er den Baustein „Leistung" nicht. Auch das Bauelement „Herzenswunsch" ist für diese Konstruktion nicht mehr von Bedeutung, da dem Bauherrn durch sein stabiles Fundament bewusst ist, dass er zwar seinen Herzenswunsch weiterhin bei sich tragen darf, aber ihn nicht zur Erfüllung und Vollendung des Glückshauses benötigt, um die Skala von 100 Prozent Glück zu erreichen. So kann er ohne ein „Ich muss" sein Lebens- und Glückshaus entspannt genießen.

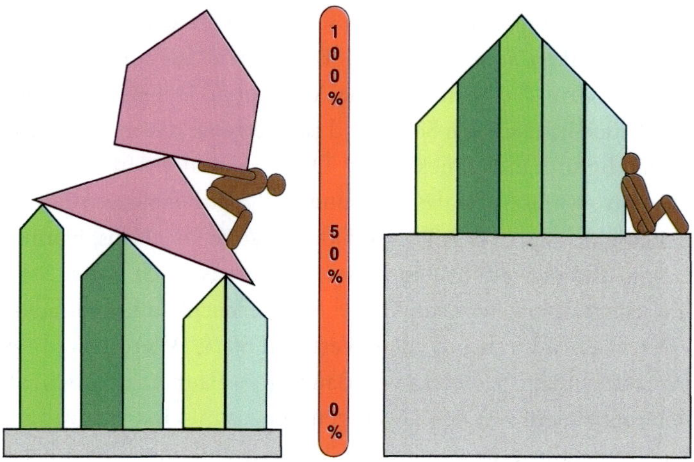

Im Gegensatz dazu sind die beiden rosafarbenen Bausteine für den linken Baumeister von wesentlicher Bedeutung. Denn er verspürt innerlich noch eine Glücksleere von mindestens 50%. Seine gesamte Konstruktion baut auf dem (aktuellen) Herzenswunsch auf. Diesen gilt es zu erfüllen, um somit das vollkommene Glück (die 100%-Skala) zu erreichen. Der Herzenswunsch wird jedoch auf den Baustein „Leistung" gebaut – Leistung im Sinne von: Ich muss aus eigener Kraft alles daransetzen, um meinen Herzenswunsch zu erfüllen. Ich muss mein Glück selbst in die Hand nehmen, um vollkommen glücklich zu sein. Dieser „Leistung"-Baustein wird aus den unterschiedlichsten Materialien hergestellt. Da die Liste unendlich erscheint, werden hier nur ein paar aufgezählt. LEISTUNG „ICH MUSS": **Habgier** (ich muss immer mehr haben), **Selbstsucht** (ich muss meine Ziele erreichen), **Perfektionismus** (ich muss perfekt sein), **Angst** (ich muss mich gegen alle Formen von Ängsten absichern), **Verlust** (ich muss mich vor inneren Verletzungen schützen), **Misstrauen** (ich muss alles unter Kontrolle haben), **Selbstverständlichkeit** (ich muss immer etwas Neues haben), **Neid** (ich muss immer das Beste haben), **Eifersucht** (ich muss im Mittelpunkt stehen), **Hass** (ich muss geliebt werden), **Wut** (ich muss mich rächen), **Sorgen** (ich muss Sicherheit haben), **Schwierigkeiten** (ich muss sie lösen und bewältigen), **Berechenbarkeit** (ich muss für Gerechtigkeit sorgen)und vieles mehr.

Alle diese Faktoren bringen das Glückshäuschen „Herzenswunsch" immer wieder zum Schwanken, was zur Folge hat, dass es zu Glücksschwankungen von 50% bis 100% kommen kann. Zudem kommt der Baumeister bei dieser Bauart niemals zur Ruhe. Er wird immer damit beschäftigt sein, aus Eigenleistung heraus das Glückshäuschen im Gleichgewicht zu halten.
Kommt es zudem zu einem Unglück (Schicksalsschlag, Fluch) in Form eines Orkans mit Sturm, Regen und Flut, so ist das Fundament nicht stabil genug, um die Gesamtkonstruktion aufrechtzuerhalten. Die Säulenkonstruktion wurde auf Elementen gebaut, denen der Baumeister machtlos gegenübersteht (wie Krieg, Hungersnot, Krankheit, Wirtschaftskrisen, Todes- und Unfälle).

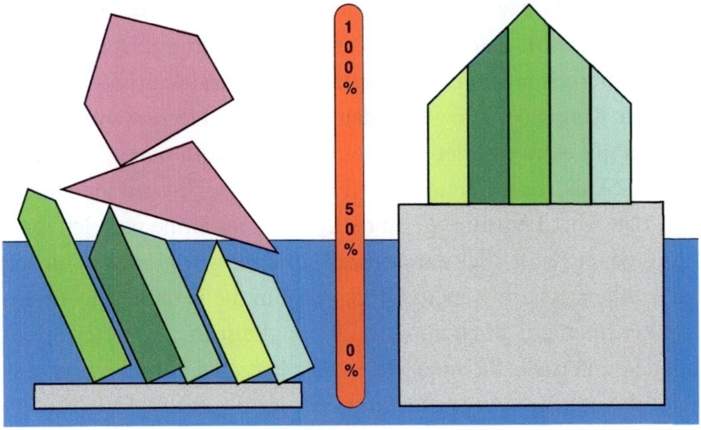

Kommt es zu so einem Zusammenbruch, dann zeigt das Glücksbarometer nur noch einen Wert von 0% und die Gefahr einer Depression besteht.

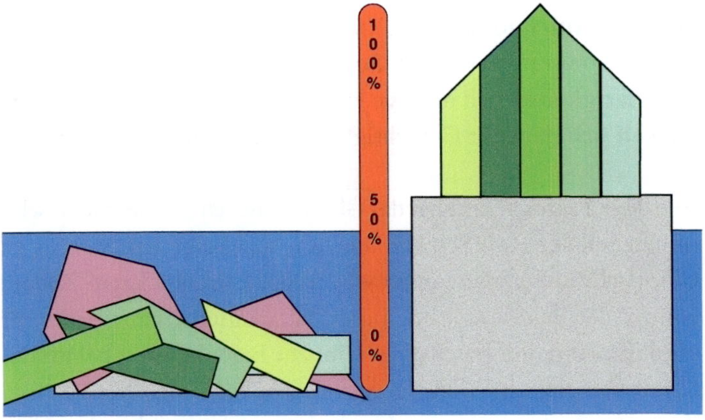

Aber auch der rechte Bauherr bleibt trotz des sicheren Fundamentes nicht unbedingt von dem Orkan verschont. Auch er steht den Schicksalsschlägen machtlos gegenüber. So können einzelne Bausteine zerstört werden oder aber auch das gesamte

Glückshäuschen zusammenbrechen. Nun zeigt sich sehr deutlich, welchen Vorteil es hat, in ein stabiles und sicheres Fundament investiert zu haben. Es kann durch äußere Umstände nicht ruiniert werden und zeigt daher immer noch einen Glückswert von 50 Prozent.

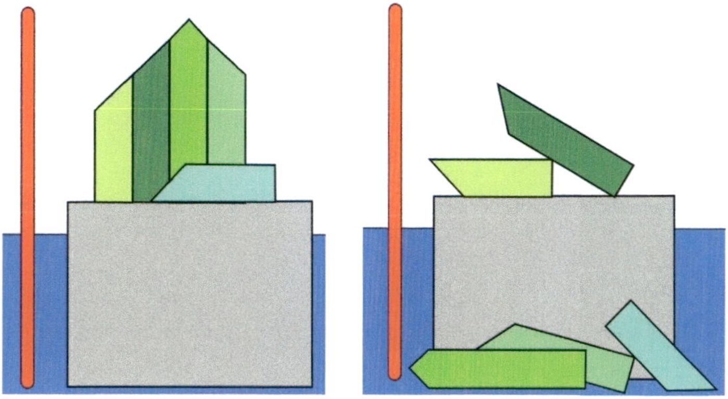

Zum Abschluss noch ein kurzer Blick auf einen dritten Bauherrn, der sein Lebensglück auf die buddhistische Philosophie baut. Auch er hat auf ein stabiles und sicheres Fundament gebaut (Abbildung Seite 80, links). Doch bis auf das Fundament bleibt der Bauplatz leer. Durch die Distanz, wertefrei durch das Leben zu gehen, werden weder die rosafarbenen noch die grünen Bausteine verwendet. Somit bleibt aber auch sein Glücksbarometer stabil und ohne große Schwankungen bei einem Wert von 50 Prozent stehen; selbst bei schweren Unglücks-Orkanen, die durch das Land streifen und unser Leben hin und wieder als Hölle erscheinen lassen.

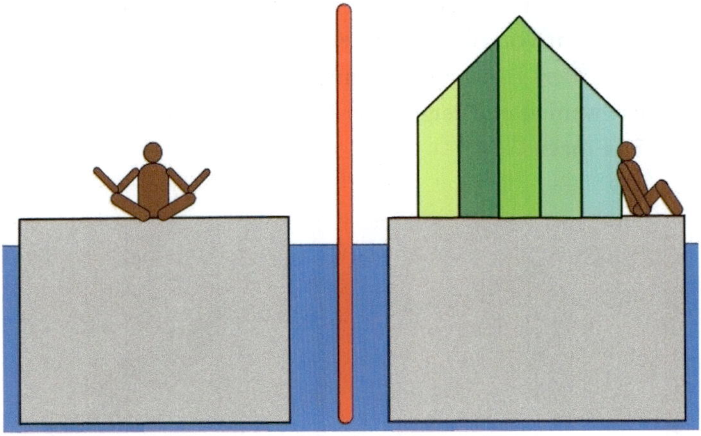

Diese Geschichte gibt es nicht nur in Form des Märchens „Die drei kleinen Schweinchen", sondern ist auch in der Bibel wiederzufinden.

„Wer meine Worte hört und danach handelt, der ist klug. Man kann ihn mit einem Mann vergleichen, der sein Haus auf felsigen Grund baut. Wenn ein Wolkenbruch niedergeht, das Hochwasser steigt und der Sturm am Haus rüttelt, wird es trotzdem nicht einstürzen, weil es auf Felsengrund gebaut ist. Wer sich meine Worte nur anhört, aber nicht danach lebt, der ist so unvernünftig wie einer, der sein Haus auf Sand baut. Denn wenn ein Wolkenbruch kommt, die Flut das Land überschwemmt und der Sturm um das Haus tobt, wird es mit großem Krachen einstürzen." (Matthäus 7, 24–27)

Glück im Vergleich

Natürlich lässt sich Glück nicht wirklich objektiv und schon gar nicht in Zahlen vergleichen. Die nachfolgenden Diagramme dienen dazu, die Unterschiede der verschiedenen Lebenseinstellungen zu visualisieren und somit (be-)greifbarer zu machen. Dargestellt werden vier unterschiedliche Glückskonzepte in Bezug auf dieselbe Person und dieselben Ereignisse innerhalb eines Tages[3]. Diese Ereignisse stehen im Verhältnis zum Glücksempfinden. Es wird ein Tag aus dem Leben von Lysander beschrieben.

Er wird in den folgenden Darstellungen mehrfach den gleichen Tag erleben, jedoch jedes Mal mit einer anderen Lebenseinstellung. Er wird immer mit den gleichen Ereignissen konfrontiert sein, die in Bezug zu den 5 Gs der Genügsamkeit stehen. Zur leichteren Überschaubarkeit folgt ein kurzer Überblick der Ereignisse:

1. Frühstück: Es dient der Gesundheit (G2), kann aber auch nur dann gewährleistet werden, wenn man genügend Geld (G4) verdient.
2. Verpasste U-Bahn: Dieses Ereignis kann auch aus verschiedenen Perspektiven betrachtet werden. Vielleicht fühlt er sich gestresst, abgehetzt, was sich negativ auf die Gesundheit auswirkt (G2). Zudem ist es eine Einschränkung seiner Freiheit (G5), da er gezwungen wird, sich nach den Uhrzeiten und Richtlinien anderer zu orientieren. Aber auch die Gemeinschaft (G1) spielt eine Rolle, da unsere Gesellschaft so aufgebaut ist, dass wir jeden Moment und Augenblick optimal ausnutzen sollten. Und das Verpassen einer U-Bahn zeugt von einem schlechten Zeitmanagement.

3 Es kann aber auch ganz leicht auf andere Zeitdimensionen wie Lebensjahre übertragen werden.

3. Gelungene Präsentation auf Arbeit: Hier steht natürlich an erster Stelle der Beruf (G3); Lob und Anerkennung der Kollegen, des Chefs, der Freunde und Bekannten (G1). Dann natürlich auch wieder das aus der Arbeit resultierende Geld (G4).
4. Verlorener Parkplatzstreit: Auf dem Weg zum Arzt drängt sich ein anderer Autofahrer vor und nimmt den freien Parkplatz „weg", was zur Folge hat, dass erstens weiter nach einem Parkplatz gesucht werden muss und zum anderen, dass der Fußweg zum Arzt wesentlich länger wird. Hier sind wieder Menschen (G1) im Spiel, die als Konkurrenten auftreten und die somit gleichzeitig die Freiheit des anderen einschränken (G5).
5. Anruf zum Geburtstag: Auf dem Weg zum Arzt ruft ein guter Freund an und gratuliert zum Geburtstag. Dieses Ereignis ist ganz klar der Gemeinschaft zuzuordnen (G1).
6. Arztbefund der Zeugungsunfähigkeit: Der Arzt teilt die Untersuchungsergebnisse mit. Dabei wird der Herzenswunsch, je eigene Kinder bekommen zu können, genommen (G2).
7. Überraschungsparty mit Familie und Freunden: Zu Hause wurde eine tolle Party mit allem Drum und Dran organisiert (G1). Dieser Aspekt fällt aber auch unter Luxus (G4).
8. Konzertbesuch: Nach der Party schenkt der Lebenspartner einen Konzertbesuch bei der Lieblingsband (G1+G4).
9. Gemeinsame Nacht: Abends im Bett teilen beide Zweisamkeit und können sich über alle Ereignisse des Tages austauschen, insbesondere über den lebenseinschneidenden Arztbericht (G1).

1. „Wenn das Leben gelingt“

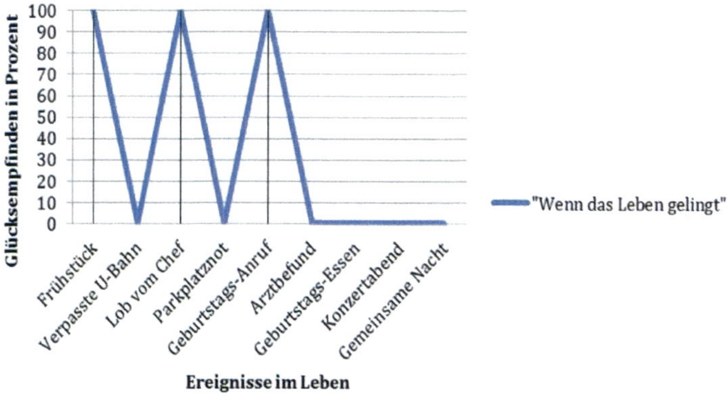

Man könnte dieses Lebenskonzept auch mit manisch-depressiv beschreiben. Solange das Leben nach der eigenen Vorstellung gelingt, ist man sehr euphorisch und könnte die Welt umarmen. Aber entspricht ein Ereignis nicht mehr den Erwartungen, die man sich selbst (oder andere für uns) gesetzt hat, dann fühlt man sich gleich schlecht und unglücklich.

Betrifft es eine grundlegende Lebenseinstellung, dann bedeutet das wiederum, dass das Glück nun unerreichbar scheint. Lysander sieht in diesem Fall sein Leben nur lebenswert, wenn er eigene Kinder zeugen und großziehen kann. Nach dem ärztlichen Befund der Zeugungsunfähigkeit erreicht er seinen absoluten Tiefpunkt. Er ist auch durch nichts weiter aufzumuntern. Nichts in seinem Leben scheint mehr Sinn zu ergeben. Nichts in seinem Leben macht ihm mehr Freude. Es gibt nichts und niemanden, der ihn aus diesem „Loch der Depression“ herausziehen kann. Gefangen in einer krankhaften Depression ist es nur noch sehr schwer möglich, dem Sog aus eigener Kraft zu entkommen. Professionelle Hilfe ist unabdingbar.

2. Das „weltliche“ Glück

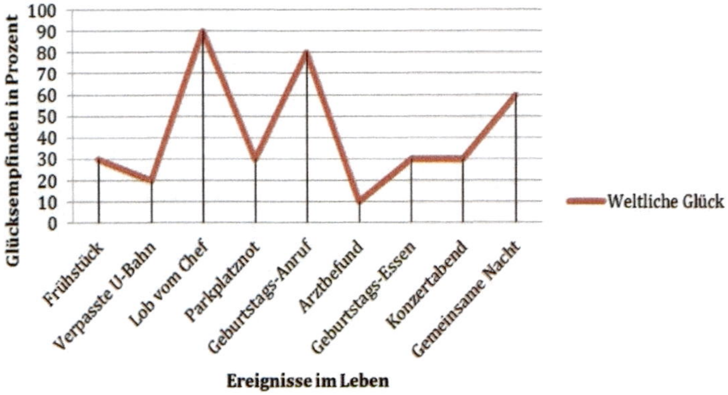

Da die meisten Menschen nach diesem Konzept leben, ist dieses Diagramm auch für die meisten sehr leicht verständlich. Jeder kann sich sicherlich in die dargestellten Aufs und Abs im Leben hineinversetzten:

Lysander beginnt den Morgen mit seinem gewohnten Frühstück. Durch die **Selbstverständlichkeit** nimmt er den Geschmack der einzelnen Nahrungsmittel gar nicht mehr wahr. Mit den Gedanken ist er schon auf der Arbeit und macht sich **Sorgen** um seine bevorstehende Präsentation. Daher ist sein Glücksempfinden nur bei 30 Prozent. Obwohl Lysander den Weg zur Arbeit täglich geht, wird die benötigte Zeit zur U-Bahn unterschätzt. Trotz abgehetztem Rennen, sieht er beim Eintreffen am U-Bahnhof nur noch die roten Rücklichter der Bahn. Lysander **ärgert** sich und hat ein Glücksempfinden von nur noch 20 Prozent. Allerdings schafft er es noch rechtzeitig zur Arbeit und auch die Präsentation verläuft noch besser als **gedacht**, sodass er auch von seinem Chef ein riesiges Lob erhält, was sich mit einem Wert von 90 Prozent sehr positiv auf sein Glücksempfinden auswirkt. Nach der Arbeit muss sich Lysander beeilen, um noch rechtzeitig zum Arzttermin zu kommen. Dieses Mal ist er mit dem Auto unterwegs und obwohl er als Erster eine Parklücke sieht, schnappt

ihm ein schnellerer Autofahrer die praxisnahe Parkmöglichkeit weg, sodass Lysander nicht nur länger suchen, sondern auch noch weit laufen muss. Die Freude über die gutgelaufene Präsentation schwindet durch die **Wut** über den **egoistischen** Autofahrer und der Wert sinkt auf 30 Prozent. Überraschenderweise ruft ihn, während er zum Arzt läuft, ein guter Freund an und gratuliert zum Geburtstag. Das steigert sein Glück auf 80 Prozent.
Beim Abholen der Untersuchungsergebnisse erhält er jedoch die Nachricht, dass er zeugungsunfähig sei. Dieser Befund nimmt ihn emotional sehr mit, da er schon viele Konturen seines Lebens **vorgezeichnet** hatte: das erste Kind, spielen im Sand, die ersten Schritte, das Kindergartenalter und so weiter. Niedergeschlagen, mit einem Glücksempfinden gegen null, kommt Lysander zu Hause an. Dort warten Freunde und Verwandte auf ihn und haben eine Überraschungsparty mit einem leckeren Essen für ihn organisiert. Seine **Sorgen** sind für einen Augenblick vergessen, was sich durch ein Glück von 30 Prozent äußert.
Abends erhält er auch noch das Geschenk von seiner großen Liebe und kann mit ihr seine Lieblingsband in einem tollen Konzert genießen (weiterhin 30 Prozent). Als die beiden später in vertrauter Zweisamkeit das Bett teilen, kann er ihr seine **Gedanken** und **Ängste** mitteilen. Das wohlige Gefühl, die Last nicht alleine tragen zu müssen, bringt sein Glücksempfinden auf einen Wert von 60 Prozent.

3. Der Buddhismus

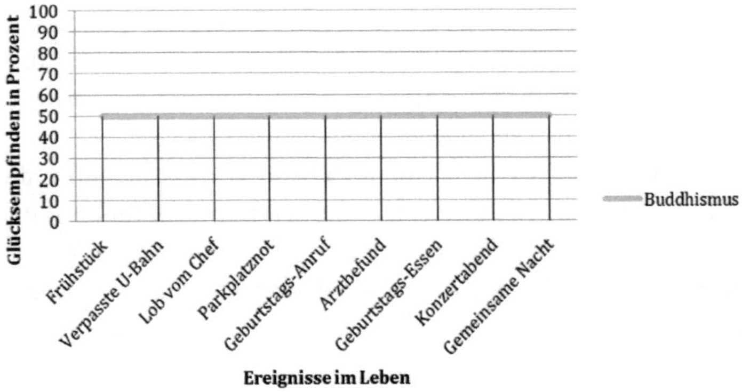

Zum besseren Verständnis vorweg eine kleine Geschichte:

Der chinesische Bauer

In einem Dorf in China, nicht ganz klein, aber auch nicht groß, lebte ein Bauer – nicht arm, aber auch nicht reich, nicht sehr alt, aber auch nicht mehr jung, der hatte ein Pferd. Und weil er der einzige Bauer im Dorf war, der ein Pferd hatte, sagten die Leute im Dorf: „Oh, so ein schönes Pferd, hat der ein Glück!“
Und der Bauer antwortete: „Wer weiß?!“

Eines Tages, eines ganz normalen Tages, keiner weiß weshalb, brach das Pferd des Bauern aus seiner Koppel aus und lief weg. Der Bauer sah es noch davongaloppieren, aber er konnte es nicht mehr einfangen. Am Abend standen die Leute des Dorfes am Zaun der leeren Koppel, manche grinsten ein bisschen schadenfreudig, und sagten: „Oh der arme Bauer, jetzt ist sein einziges Pferd weggelaufen. Jetzt hat er kein Pferd mehr, der Arme!“
Der Bauer hörte das wohl und murmelte nur: „Wer weiß?!“

Ein paar Tage später, sah man morgens auf der Koppel des Bauern das schöne Pferd, wie es mit einer wilden Stute im Spiel hin und herjagte: sie war ihm aus den Bergen gefolgt. Groß war der Neid der Nachbarn, die sagten: „Oh, was hat der doch für ein Glück, der Bauer!" Aber der Bauer sagte nur: „Wer weiß?!"

Eines schönen Tages im Sommer dann stieg der einzige Sohn des Bauer auf das Pferd, um es zu reiten. Schnell war er nicht mehr alleine, das halbe Dorf schaute zu, wie er stolz auf dem schönen Pferd ritt. „Aah, wie hat der es gut!" Aber plötzlich schreckte das Pferd, bäumte sich auf und der Sohn, der einzige Sohn des Bauern fiel hinunter und brach sich das Bein, in viele kleine Stücke, bis zur Hüfte. Und die Nachbarn schrien auf und sagten: „Oh, der arme Bauer: Sein einziger Sohn! Ob er jemals wieder wird richtig gehen können? So ein Pech!" Aber der Bauer sagte nur: „Wer weiß?!"
Einige Zeit später schreckte das ganze Dorf aus dem Schlaf, als gegen Morgen ein wildes Getrappel durch die Straßen lief. Die Soldaten des Herrschers kamen in das Dorf geritten und holten alle Jungen und Männer aus dem Bett, um sie mitzunehmen in den Krieg. Der Sohn des Bauern konnte nicht mitgehen. Und so mancher saß daheim und sagte: „Was hat der für ein Glück!"
Aber der Bauer murmelte nur: „Wer weiß?!"
Und die Moral von der Geschicht ... „Wer weiß?!"
(Quelle unbekannt)
http://www.institut-berlin.de/fileadmin/user_upload/institut-berlin/Downloads/Allerlei/Der_chinesische_Bauer_-_eine_alte_Geschichte.pdf (Stand: April 2016)

„Wer weiß?!"
Ich finde, diese Geschichte beschreibt den Buddhismus sehr schön. Wie schon zuvor beschrieben, versucht diese Lebensphilosophie das Leben wertneutral zu betrachten und ordnet Ereignisse im Leben weder in „positiv" noch in „negativ". Daher ist der Tag von Lysander in diesem Fall sehr kurz beschreibbar. Durch seine grundlegende Zufriedenheit werden das Frühstücken, die ver-

passte U-Bahn, das Lob des Chefs, der Arztbefund usw. wertneutral betrachtet und mit einer emotionalen Distanz wahrgenommen. Daher kann sein Glücksempfinden durchweg mit 50% beschrieben werden. Es gibt keine Schwankungen; weder nach oben noch nach unten.

4. Die „10 Gs“

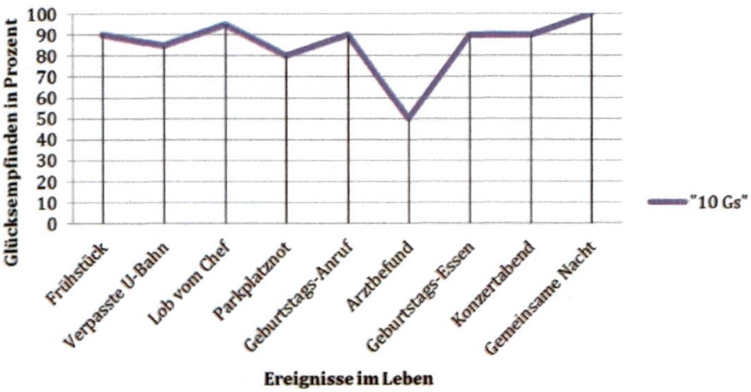

Wie auch bei den anderen Darstellungen (außer Buddhismus), sind hier Schwankungen vorhanden. Allerdings fällt gleich auf, dass die Ausschläge nicht so groß sind und der tiefste Wert nicht unter 50 Prozent (unter die Zufriedenheitsgrenze) geht, da diese Lebenseinstellung die 5 Gs der Genügsamkeit als Fundament hat (in der Darstellung mit einem Grundglückswert von 50 Prozent dargestellt): Schon mit einer **dankbaren** Haltung wacht Lysander auf und **genießt** nicht nur das Frühstück mit **Hingabe**, sondern nimmt auch **bewusst** seine ihm so lieb gewonnene Wohnung mit Blick auf den Park wahr. **Ohne sich zu stressen und ohne sich Sorgen** um die bevorstehende Präsentation zu machen, geht er zur U-Bahn. Das Verpassen der U-Bahn stört ihn nicht weiter, weil er genau weiß, dass dies zum Leben **dazugehört** und freut sich über die sich dadurch ergebene Wartezeit.

Mit einer **gelassenen** Haltung geht er in das Meeting und ist über das darauffolgende anerkennende Lob seines Chefs sehr erfreut. Aus einer **liebevollen** Perspektive nimmt Lysander die Parkplatznot nicht negativ wahr, sondern überlässt seinem Mitmenschen sogar **gerne** den praxisnahen Parkplatz. Als auch noch sein bester Freund anruft, um ihm zum Geburtstag zu gratulieren, ist der lange Fußweg zum Arzt schnell vergessen.
Das **Loslassen** seines Kinderwunsches, nachdem er den ärztlichen Befund der Zeugungsunfähigkeit erhalten hat, fällt ihm im ersten Moment noch etwas schwer und bringt sein Glücksempfinden ins Schwanken. Doch sein **Vertrauen** darauf, dass auch dieser Befund für sein Leben bestimmt ist und es sogar zum **Guten** führen wird, auch wenn er es noch nicht begreifen kann, lässt ihn nicht in ein tiefes Loch fallen.
Daher kann er voller Freude die Gemeinschaft mit seinen lieben Freunden und Verwandten **genießen**, die für ihn zu Hause eine Überraschungsfeier vorbereitet haben. Dadurch, dass er sich keine Gedanken mehr um den ärztlichen Befund machen muss und auch die Sorgen von morgen **abgibt**, (er-)**lebt er im Hier und Jetzt den Moment** mit seiner großen Liebe, den Konzertbesuch seiner Lieblingsband. Sein höchstes Glück empfindet er beim Trostspendenden Gespräch in vertrauter Zweisamkeit und ist erfüllt mit einem unbeschreiblichen und **dankbaren** Glücksgefühl.

***Hiobsbotschaften**, ein Begriff durch die Bibel geprägt. Ist es wirklich so einfach, die für uns unbegreiflichen Lebenssituationen anzunehmen? Zu dieser Frage eine kleine Geschichte aus der Bibel:*

„Als David merkte, dass seine Diener miteinander flüsterten, wurde ihm klar, was geschehen war. »Ist das Kind tot?«, fragte er.
»Ja«, antworteten sie.
Da stand David vom Boden auf, wusch und salbte sich und zog frische Kleider an. Dann ging er ins Heiligtum und warf sich vor dem HERRN nieder. Wieder in seinen Palast zurückgekehrt, ließ er sich etwas zu essen bringen.

Seine Leute fragten ihn: »Wie sollen wir das verstehen? Als das Kind noch lebte, hast du geweint und gefastet, und nun, wo es gestorben ist, stehst du auf und isst!«
Doch David sagte: ***»Solange das Kind noch lebte, habe ich gefastet und geweint, weil ich dachte: Vielleicht hat der HERR doch noch Erbarmen mit mir und lässt es am Leben. Aber nun ist es tot; was soll ich mich da noch kasteien? Ich kann es ja doch nicht wieder zum Leben erwecken. Ich folge ihm einmal nach – aber zu mir kommt es nicht mehr zurück.«***
Dann ging David zu Batseba, seiner Frau, und tröstete sie."
(2. Samuel 12, 19-24)

5. Alle vier Lebenseinstellungen im Vergleich

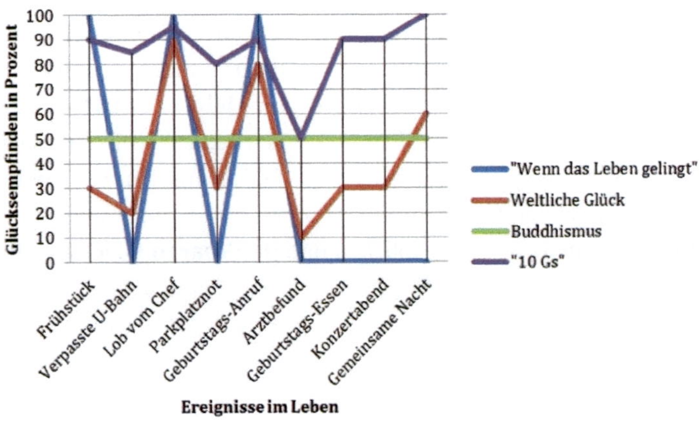

HIER: Auf dem Diagramm siehst du nun alle Glückswege im Vergleich. Was geht dir dabei durch den Kopf? Schreibe alle deine Gedanken auf.

KAPITEL III

Der „Goldene Weg“ zum Glück

*„Jesus Christus, lehre uns, das Evangelium auf eine **lebensnahe** Weise zu lesen, damit es die Regeln unseres **praktischen** Lebens sei und nicht nur ein Arsenal von Theorie“ (Luis Espinal)*

Das Konzept der „10 Gs“ klingt vielleicht sehr gut und vielversprechend, aber wie gelangt man nun dahin – von der theoretischen Auffassung in die praktische Umsetzung? Ich denke, dass jeder seinen eigenen Lebensweg gehen, seine persönlichen Erfahrungen machen und seinen individuellen Glücksweg finden muss. Aber ich finde es ebenso wichtig, nicht nur ein gut klingendes Konzept anzubieten, sondern auch Möglichkeiten aufzuzeigen, dort hinzugelangen. Daher ist der letzte große Teil des Buches von wesentlicher Bedeutung und gibt Ideen, Vorschläge und ganz konkrete Übungen, die wir im Alltag lernen können umzusetzen und anzuwenden.

Durch den praktischen Teil führt uns der GOLDENE WEG, welcher wiederum in 10 Schritte unterteilt ist. Jeder Schritt beinhaltet mehrere Übungen, die jeweils auch Schritt für Schritt ausgeführt werden sollten. Um sich die einzelnen Weg-Phasen besser merken zu können, steht jeder einzelne Buchstabe für eine Phase und gliedert sich wiederum in einzelne Aufgaben, die aufeinander aufbauen.

Hier ein Überblick:

I. G = rundlegende Geduld
II. O = ptimistischer Optimismus
III. L = ebendige Liebe
IV. D = emütige Dankbarkeit
V. E = reignisreiches Erleben
VI. N = otwendige Neuausrichtung
VII. E = nergiereiche Entschleunigung

VIII. W = egFührende Weisheit
IX. E = rfrischende Einsamkeit
X. G = roßartige Gespräche

Grundlegende Geduld

Der erste Schritt auf dem goldenen Weg zum Glück ist grundlegende Geduld. Sie ist von wesentlicher Bedeutung und beinhaltet so vieles: nicht aufgeben, durchhalten, abwarten, vertrauen, weitermachen, hinfallen, wieder aufstehen, scheitern, neu beginnen, vergeben, nach vorne schauen, hoffen, keinen Druck machen, Zeit lassen und vieles mehr. Wie diese Begriffe zeigen, ist Geduld kein passives „Alles-auf-sich-zukommen-Lassen", sondern sie ist vielmehr mit sehr vielen aktiven Handlungen verknüpft.

Die erste Übung beschäftigt sich mit dem Bewusstwerden, was Geduld bedeutet und warum es wichtig ist Geduld zu haben. Und vor allem soll diese Übung veranschaulichen, dass uns letzten Endes nichts anderes übrig bleibt, als geduldig zu sein, da wir den inneren Wachstumsprozess nicht verändern können. Er braucht seine Zeit, die er benötigt und die ihm gegeben ist.

ÜBUNG: Besorge dir von einer der folgenden Blütenpflanzen die Samen und die Aufzuchtanleitung: Wüstenrose, Hibiskus oder Passionsblume. Lies dir die Anleitung genau durch und besorge dir alles, was du dazu brauchst. Führe ein kleines Tagebuch. Wie intensiv du es schreiben möchtest, ist dir überlassen. Auf den folgenden zwei Seiten findest du allerdings ein paar Fragen, die du auf jeden Fall beantworten solltest. Da diese Übung einige Wochen in Anspruch nehmen wird, kannst du diese Übung begleitend ausführen und schon mit den nächsten Übungen weitermachen.

1. Beschreibe was am ersten Tag passiert.

2. Nach wie vielen Tagen beginnt der Samen zu keimen?

3. Was hast du alles getan, damit der Samen keimen konnte?

4. Wie hast du den Samen zum Keimen gebracht? Wie hast du die Wurzeln länger werden und nach untern wachsen lassen? Wie hast du den Keimling durch die Samenschale brechen und zur Erdoberfläche wachsen lassen?

5. Beschreibe die Farbe des Keimlings. Wie hast du ihm die Farbe gegeben?

____

____

____

____

6. Nach wie vielen Tagen zeigt sich das erste Blatt?

____

____

7. Veranschauliche durch Angaben von Zeit und Größe das Wachsen des ersten Blattes.

____

____

____

____

8. Wie hast du das Blatt größer werden lassen?

____

____

9. Nach wie vielen Tagen war die erste Blüte zu sehen?

____

____

10. Beschreibe die Farbentwicklung der Blüte.

11. Versuche die Blüte nicht verwelken zu lassen. Beschreibe deine Erfahrung. Was hast du alles dafür getan, um die Blüte an der Pflanze „am Leben“ zu erhalten? Wie ist es dir geglückt?

12. Nach wie vielen Tagen ist die Blüte verblüht?

13. Hier hast du Platz für eigene Fragen, Gedanken, Ideen und Anregungen. Was ist dir aufgefallen und welche Erkenntnisse möchtest du festhalten?

____

____

____

____

____

____

Ich finde das Wachsen einer Pflanze ist ein guter Vergleich, um das innere Wachsen eines Menschen verstehen und begreifen zu lernen. Klar, auf der einen Seite kann ich nicht nur den Samen hinlegen und darauf warten, dass etwas passiert. Natürlich müssen die Bedingungen so geschaffen sein, dass der Samen keimen und die junge Pflanze wachsen kann. Das kann ganz unterschiedlich sein, aber in der Regel sind Erde, Licht und Wasser von wesentlicher Bedeutung. Doch beim Keimungsprozess selbst, bei der Farb- und Formgebung der Pflanze, kann ich auch bei Genveränderung nichts bewirken. Es braucht zudem seine vorgegebene Zeit, an der ich auch nichts ändern kann.
So ist es auch bei uns Menschen. Möchte ich in meinem Inneren wachsen, so ist es selbstverständlich, dass es nicht von ganz alleine geht. Ich muss die Bedingungen dafür schaffen wie zum Beispiel die innere Bereitschaft zur Veränderung, Raum für Ruhe und Entfaltungsmöglichkeiten. Aber für die Reifung sowie das „Größerwerden" in Weisheit und geistiger Entwicklung braucht es seine vorgegebene Zeit.

Da wir „Geduld haben" verlernt haben, folgen nun einige konkrete Übungen, wie wir Geduld im Alltag bewusst erleben dürfen.

ÜBUNG: Wir wollen immer Zeit sparen. Besonders bemerkbar macht es sich beim Anstellen an eine Menschenschlange. Wo auch immer wir sie finden. Die Leute sind genervt, haben keine Zeit und wollen sich immer an die kürzeste Schlange stellen. So bleibt kein Raum für Spontanität, Führung, Hingabe und Gelassenheit. Stelle dich also beim Einkaufen von nun an – also nicht nur einmal – an die **längste** Schlange an! (Anschließend hast du Platz für deine Erfahrungen)

Für Fortgeschrittene I: Stelle dich von nun an immer an die Schlange an, zu der dich dein Inneres leitet. ACHTUNG: **Prüfe deine Motive!!!** Es sollte nicht die Motivation sein, möglichst schnell an der Reihe zu sein.

Für Fortgeschrittene II: Lass andere nach vorne.

ÜBUNG: Kommen wir gleich zu einer weiteren Geduldsübung. Ähnlich wie beim Anstellen, wollen wir auch beim Fortbewegen viel Zeit sparen und möglichst schnell von einem Ort zum anderen gelangen. Dabei hassen wir Umsteige- und Wartezeiten. Nun weiß ich nicht, wie oft und mit welchen öffentlichen Verkehrsmitteln du unterwegs bist. Daher kannst du diese Übung individuell auf deine Möglichkeiten anpassen. Wenn du das nächste Mal mit einer U-Bahn fährst, lass doch einfach mal den kommenden Zug einfahren. Die Türen öffnen. Schaue den aus- und einsteigenden Menschen zu. Steige allerdings nicht selbst ein, sondern warte auf die nächste Bahn. Was hast du erlebt? (Diese Übung lässt sich auch gut an einer Fußgängerampel praktizieren! Abwarten einer oder mehrerer Ampelphasen.)

Oftmals sind die Menschen so darauf fixiert, möglichst die erste Bahn zu nehmen, dass sie dafür Stress und Ungemütlichkeit in Kauf nehmen. Sehr oft habe ich die Erfahrung gemacht, dass zum Beispiel bei einer hoch frequentierten Buslinie, die Menschen sich in einen bereits vollen Bus quetschen, anstatt den nächsten Bus abzuwarten. Die kurz darauf folgenden Busse, die nur 1 Minute oder sogar direkt folgten, waren dann immer sehr leer.

ÜBUNG: Auch mit dem Auto lässt sich wunderbar Geduld üben. Hier bieten sich ungeahnte Möglichkeiten, nicht nur Geduld zu lernen, sondern auch vorbildliche Nächstenliebe zu praktizieren. Hier nur ein paar Vorschläge:

- sich Zeit lassen beim Parkplatzsuchen und anderen den Vortritt lassen
- den Fußgänger auch ohne Ampel gemütlich passieren lassen
- sich an die vorgeschriebenen Geschwindigkeiten halten
- auf der Autobahn niemanden auf der linken Überholspur „behindern"

Welche Ideen hast du noch, konkret Geduld mit Nächstenliebe im Autoverkehr zu verbinden?

ÜBUNG: Ein beliebtes Thema bei Geduld ist die sogenannte Wartezeit bei Terminen und Verabredungen. Auch hier wollen wir möglichst effektiv abschneiden und Wartezeit vermeiden. Wir planen Weg und Termin so ein, dass wir möglichst genau zur verabredeten Zeit am Ziel ankommen. Im Zeitalter des Smartphones ist das ja gar kein Problem mehr. Wir lassen uns von „Google" und „Apps" gerne diktieren, welcher Weg der kürzeste und zeitsparendste ist. Und damit nicht genug; auch wenn wir mal zu spät sein sollten, dann schicken wir einfach eine SMS oder Sprachnachricht „bin gleich da" oder „brauche noch 5 Minuten". Wie wäre es, wenn du bei den kommenden Verabredungen einfach mal 15 bis 30 Minuten zuvor am verabredeten Ort bist? Wir wollen es allerdings nicht gleich überstürzen. Fang erst einmal mit 5 Minuten an und steigere dich. Sieh die Wartezeit nicht als einen Verlust an, sondern als geschenkte Zeit für „Lernen, sich führen zu lassen" und für Raum, Unerwartetes auf dich zukommen zu lassen (es ist ein Anfang).
Was hast du alles in deiner Wartezeit erlebt? Schreibe gerne die Erlebnisse von mehreren Tagen auf.

Der Coach Anselm Bilgri äußert sich im Zusammenhang zu Wartezeit in einem Interview mit der „Zeit“ wie folgt:

„Sehen Sie zum Beispiel Wartezeiten als Geschenk an und ärgern Sie sich nicht darüber. Wer Bahn fährt und einen Anschluss verpasst und eine Stunde warten muss, kann diese scheinbar verlorene Stunde als Geschenk sehen. Es lohnt sich nicht, über die Schlange vor der Supermarktkasse zu schimpfen. Nutzen sie die Zeit zum Nachdenken und sehen Sie es als kleine geschenkte Auszeit vom Alltag an.“
http://www.zeit.de/karriere/beruf/2014-12/arbeit-musse-anselm-bilgri (Stand: Mai 2016)

Bei grundlegender Geduld ist es von wesentlicher Bedeutung, nicht nur mit anderen Menschen und äußeren Umständen Geduld zu haben, sondern vor allem mit sich selbst. Du solltest dir bewusst sein, dass man sich nicht von heute auf morgen ändern kann. Es braucht seine Zeit.
Oft ärgern wir uns über uns selbst: Wieder machen wir die gleichen Fehler, obwohl wir uns fest vorgenommen haben, dieses oder jenes zu ändern; wieder fallen wir in die gleichen Muster zurück, obwohl wir für uns erkannt haben, dass diese uns nicht guttun; wieder geben wir uns den Gewohnheiten und Süchten hin, obwohl wir wissen, dass sie nur das empfundene Unglück kompensieren.

„Der Geist ist willig; aber das Fleisch ist schwach.“ (Markus 14, 38)

Es ist nicht schlimm, wenn wir scheitern. Es ist nicht schlimm, wenn wir fallen. Es ist nicht schlimm, wenn wir versagen! Wichtig ist, dass wir es erkennen, wieder aufstehen, daraus lernen und weitermachen!!!

LEITWORT: „Früh und oft scheitern!“

Dieses Leitwort soll dir den Perfektionismus nehmen, alles immer nach deinen Vorstellungen richtig machen zu müssen sowie angebliche Fehler und selbst wahrgenommenes Scheitern als Chance zu sehen, daraus lernen und daran wachsen zu dürfen. Je früher du damit anfängst das „Scheitern" in deinem Leben zuzulassen und zu akzeptieren, desto schneller wirst du erkennen, dass du **nichts leisten musst,** um ans Ziel zu gelangen.

ÜBUNG: Es werden in diesem Kapitel noch weitere Leitworte folgen. Nutze diese als eine Art Mantra, Slogan oder als ein Mut machendes Wort, das dich im Alltag begleitet. Gerade, wenn du in einer schwierigen Situation steckst und nicht mehr weiter weißt, helfen sie dir und können dich durch Zeiten leiten, in denen du nicht mehr klar sehen kannst.
Sicherlich hast du schon einige Leitworte in deinem Leben. Welche sind es und wie haben sie dir bisher geholfen?

Wenn wir „früh und oft scheitern" in unserem Leben zulassen, dann haben wir die Chance zu erkennen, dass das Hinfallen und Wiederaufstehen zu unserem Leben dazugehört. Nur so können wir irgendwann auf sicheren Beinen stehen und das eigenständige Laufen erlernen. Es ist selbstverständlich, dass es sich nicht gut anfühlt, auf unsicheren und wackeligen Beinen durch unsere Welt zu gehen. Schlimmer wird es, wenn daraus möglicherweise eine Angst vor dem nächsten Fallen entsteht und somit ein „auf der Stelle Stehenbleiben" hervorgerufen wird oder wenn nach einem Sturz uns die Selbstaufgabe beim Wiederaufstehen hindert und Antriebslosigkeit ein „kraftloses, am Boden zerstörtes Liegenbleiben" zur Folge hat.

ÜBUNG: Wenn du die Möglichkeit hast, dann beobachte ein Baby, das gerade anfängt, laufen zu lernen. Beschreibe den Zeitraum, die Umstände sowie die damit verbundenen Ängste, Schmerzen, Freuden, Frust, Selbstaufgabe und Motivationen des Kindes. Gehe dabei auf die Geduld und Ausdauer des Kindes und der Erwachsenen ein.

Wie die Eltern das Kind beim Fallen schützen und es beim Laufenlernen begleiten, so ist auch unser Vater im Himmel immer bei uns: „Ich sitze oder stehe auf, so weißt du es; du verstehst meine Gedanken von ferne. Ich gehe oder liege, so bist du um mich und siehst alle meine Wege. Denn siehe, es ist kein Wort auf meiner Zunge, das du, HERR, nicht schon wüsstest. Von allen Seiten umgibst du mich und hältst deine Hand über mir." (Psalm 139, 2-5)

Laufen lernen braucht seine Zeit. Leben lernen auch. Aber wir wollen oft alles und das sofort. Um dies zu ermöglichen versuchen wir unsere Lebenszeit möglichst effektiv und effizient zu nutzen. Insbesondere die heutige Zeit und die westliche Gesellschaft ist davon geprägt. Dieser Trend trägt den stolzen Namen „Zeitmanagement".

Auch das lateinische Sprichwort wurde dafür missbraucht: Carpe diem. Dieser Satz wird oft fälschlicherweise mit „Nutze den Tag!" übersetzt. Somit suggeriert er, dass wir versuchen sollen, unsere Lebenszeit möglichst nützlich zu verbringen. Die wörtliche Übersetzung lautet allerdings: Pflücke den Tag; „pflücken" wie eine Frucht oder einen Blumenstrauß. Dies ruft ein ganz anderes Bild hervor. Aus diesem Grund sind andere Übersetzungen treffender wie zum Beispiel „Genieße den Tag!" oder „Lebe den Tag!".

Grundlegende Geduld steht im engen Zusammenhang mit „Zeit haben" und „Zeit lassen". Dem entgegen steht unser Zeitgeist, der sagt: „Nutze deine Zeit möglichst effizient und effektiv." Dies hat zur Folge, dass wir mehr und mehr das geduldige Abwarten verlernen, da uns gelehrt wird, möglichst schnell unser Ziel zu erreichen. Dabei wird auch immer mehr auf Sorgfalt und Genauigkeit verzichtet. So wird beispielsweise geworben: „Lernen Sie eine Sprache in nur 4 Wochen! "Doch eine neue Sprache zu erlernen braucht viel mehr Zeit in Verbindung mit Geduld und Ausdauer. Hinzu kommt, dass jeder Mensch anders ist und somit nicht alle Menschen die gleiche Zeit benötigen.
Wenn wir also erkennen, dass alles seine Zeit hat und braucht, merken wir schnell, dass wir uns noch so sehr „abstrampeln" und „abmühen" können und doch an der benötigten und vorgegebenen Zeit nichts ändern können. Diese Sichtweise lässt sich auf alle Lebensbereiche übertragen: Geduld in einsamen Stunden, Geduld in Krankheit, Geduld in Arbeitslosigkeit, Geduld in Armut und so weiter.

ÜBUNG: Werde dir bewusst, in welchen Bereichen du dich bisher gezwungen hast, ein Ziel zu erreichen (Beispiele dafür sind: einen Lebenspartner zu finden, das Idealgewicht zu erreichen, Karriere zu machen, ein bestimmtes Gehalt zu verdienen, anderen Menschen oder Vorstellungen zu entsprechen, etc.)! Was hindert dich daran, die aktuelle Situation zu genießen und zu leben? Warum fällt es dir schwer, in Geduld die benötigte Zeit abzuwarten?

____

____

____

____

____

____

____

Alles hat seine Zeit

Ein jegliches hat seine Zeit, und alles Vorhaben unter dem Himmel hat seine Stunde: geboren werden hat seine Zeit, sterben hat seine Zeit; pflanzen hat seine Zeit, ausreißen, was gepflanzt ist, hat seine Zeit; töten hat seine Zeit, heilen hat seine Zeit; abbrechen hat seine Zeit, bauen hat seine Zeit; weinen hat seine Zeit, lachen hat seine Zeit; klagen hat seine Zeit, tanzen hat seine Zeit; Steine wegwerfen hat seine Zeit, Steine sammeln hat seine Zeit; herzen hat seine Zeit, aufhören zu herzen hat seine Zeit; suchen hat seine Zeit, verlieren hat seine Zeit; behalten hat seine Zeit, wegwerfen hat seine Zeit; zerreißen hat seine Zeit, zunähen hat seine Zeit; schweigen hat seine Zeit, reden hat seine Zeit; lieben hat seine Zeit, hassen hat seine Zeit; Streit hat seine Zeit, Friede hat seine Zeit.

Man mühe sich ab, wie man will, so hat man keinen Gewinn davon.

Ich sah die Arbeit, die Gott den Menschen gegeben hat, dass sie sich damit plagen. Er hat alles schön gemacht zu seiner Zeit, auch hat er die Ewigkeit in ihr Herz gelegt; nur dass der Mensch nicht ergründen kann das Werk, das Gott tut, weder Anfang noch Ende. Da merkte ich, dass es nichts Besseres dabei gibt als fröhlich sein und sich gütlich tun in seinem Leben. Denn ein Mensch, der da isst und trinkt und hat guten Mut bei all seinem Mühen, das ist eine Gabe Gottes. (Prediger 3, 1–13)

KURZ UND KNAPP (Grundlegende Geduld)

1. **Säe einen Samen und beobachte**. Alles braucht seine Zeit und kann nicht von uns erzwungen werden. So ist es auch mit unserem inneren Wachstum.
2. **Warte bewusst.** Ampeln, Kassen, Zug-Stationen und Verabredungen eignen sich dafür besonders gut. Streiche Zeitmanagement aus deinem Leben. Warten ist wertvolle Lebenszeit.
3. **Verinnerliche das Leitwort: Früh und oft scheitern**. Laufen können wir nur durch hinfallen und wiederaufstehen erlernen. Erinnere dich an diesen Leitsatz, wenn du das Gefühl hast, versagt zu haben, wenn du denkst, leisten zu müssen und der Meinung bist, alles perfekt haben zu wollen.
4. **„Pflücke“ deine aktuelle Lebenssituation**. Werde dir dabei bewusst, dass alles im Leben seine Zeit hat und wir nichts erzwingen können. Lies „Alles hat seine Zeit“.

Optimistischer Optimismus

„Ich wünsche dir, dass du erfahren mögest, dass alles, woran du gelitten hast, nicht vergeblich gewesen ist, und dass dir Kräfte zuwachsen, deine Begabungen zu entfalten und die Beziehungen zu Menschen heilvoll und fruchtbar zu gestalten." (Christa Spilling-Nöker)

Warum diese Dopplung: Optimistischer Optimismus? Ich habe mich viel mit dem Thema Optimismus auseinandergesetzt und festgestellt, dass „nur" Optimismus nicht ausreicht, um das auszudrücken, was es bedeutet, zu glauben „alles in meinem Leben führt zum Guten".

Um dem Ganzen ein Bild zu geben, ein klassisches Beispiel. Ist das Glas halb voll oder halb leer? Was würdest du sagen?

Längst glauben wir, die Antwort zu wissen und sagen: „Ja, ja, das Glas ist halb voll."

Aber der optimistische Optimismus geht noch einen Schritt weiter und sagt: „Das Glas war niemals nur halb voll. Es ist immer bis zum Rand gefüllt."

Denn wenn man sich das Glas genauer anschaut, wird man feststellen, dass es nicht nur mit Wasser gefüllt ist, sondern auch mit Luft. Und je nach Situation kann beides plötzlich sehr wertvoll sein. So ist für den Verdurstenden das Wasser, jedoch für den Ertrinkenden die Luft überlebenswichtig.

In diesem Beispiel ist es sehr offensichtlich, wann uns die Luft und wann uns das Wasser guttut. Aber oftmals werden wir erst viel später oder gar nicht erfahren, warum etwas in unserem Leben gut war.

ÜBUNG: Lies noch einmal die Geschichte „Der chinesische Bauer". (Seite 86)

„Wer weiß!", antwortet der Bauer immer wieder. Die Menschen wollen aber direkt analysieren, was, wie und warum in ihrem Leben geschieht, um es dann in „gut und schlecht", in „positiv und negativ" oder „Glück und Unglück" einordnen zu können. In dieser Geschichte ist direkt erkennbar, warum eine Lebenssituation zunächst als schlecht gesehen wird, aber sich letztlich doch als gut erwiesen hat. Zurück zu unserem persönlichen Lebensweg, da ist das nicht immer so einfach und deutlich. Hier spielt natürlich der Glaube eine wichtige Rolle; der Glaube an die Wahrheit des folgenden Leitwortes.

Leitwort: Alles dient mir zum Guten!

Wichtig bei diesem Leitsatz ist das Wort „alles". Dies beinhaltet nämlich sowohl das Gute als auch das Schlechte in unserem Leben. Im Grunde ist dies auch nichts Neues. Es gibt dazu bereits viele Ideen und Bücher, auch der Buddhismus befasst sich ausführlich mit dem Thema Leid und Schmerz. Eine der bekanntesten Ideen ist:

Krankheit als Weg

„Niemand leidet zufällig an einer bestimmten Krankheit. Jedes Organ, das nicht mehr funktioniert, hat eine Botschaft, die auf den engen Zusammenhang zwischen der seelischen Verfassung und dem Körper hinweist. Was will Ihr Körper Ihnen sagen?
Schon der Volksmund fühlt, dass etwas „im Magen liegt", „an die Nieren geht", „das Herz bricht" oder „zum Aus-der-Haut-Fahren ist". Wenn Ihr schmerzender Magen sprechen könnte, würde er Ihnen zuflüstern, dass er bestimmte Konflikte nicht mehr verdauen kann, Ihr armes Herz Sie wissen lassen, dass die Belastungen zu groß geworden sind und der Krebs Sie eindringlich fragen: „Hast du dich selbst genug geliebt?" Jede Krankheit spricht. Über den Körper teilt uns die Seele mit, dass sie nicht

mehr willens und imstande ist, mehr zu verkraften – es entsteht ein Symptom. Wir haben Schmerzen, sind schwach und fühlen uns schlecht. Die mehrmalige zarte Botschaft der Seele konnten wir ignorieren, der weitaus massiveren des Körpers müssen wir zuhören."
http://jako20.twoday.net/stories/2123537/ (Stand: Mai 2016)

In diesem Beispiel geht es also nicht darum, die Krankheit möglichst schnell zu „besiegen" und wieder gesund zu werden, sondern seinen Weg darin zu erkennen. Somit kann ich sagen, dass es gut ist, dass ich krank bin. Manchmal erkenne ich ziemlich deutlich das Gute in Form einer Auszeit und Erholung für Körper und Seele. Schwieriger wird es bei tödlichen und lebenseinschränkenden Krankheiten, Behinderungen, Abhängigkeiten oder Verlusten. Aber auch hier dürfen wir uns sicher sein und darauf vertrauen, dass es gut ist, an Krebs zu erkranken, querschnittsgelähmt zu sein oder ein Kind zu verlieren – um die Extremsituationen gleich beim Namen zu nennen.

Erkennen und Übertragen wir diesen Gedanken auf alle unsere Lebenssituationen, dann ermöglicht dies einen Blickwechsel. Wir müssen nicht mehr Leid, Kummer und Schmerz mit aller Mühe aus unserem Leben schaffen. Als „gut" in unserem Leben gekennzeichnet dürfen wir sogar fröhlich schwierige Zeiten durchleben, weil wir wissen, es führt zum Guten. Natürlich verschwinden dadurch die körperlichen Schmerzen nicht und auch die tief sitzende Trauer über den Verlust eines Menschen sollen wir zulassen. Aber durch diesen Blickwechsel verändert sich unsere Haltung. Wir fallen nicht in ein tiefes Selbstmitleids- oder Depressions-Loch. Zu wissen, **„die Dinge sind so, wie sie sind und so wie sie sind, ist es gut"**, gibt uns die Kraft und Freude zurück, auch schweren Zeiten mit Zufriedenheit und einem Lächeln zu begegnen (Zufriedenheit ist, wenn man trotzdem lacht) und alles wird seine Zeit brauchen, die dafür vorgesehen ist.

Plötzlich ändert sich auch die Sicht auf viele gut gemeinte Ratschläge. Meist wissen wir auch schon, dass sie uns nicht wirklich weiterhelfen. Hier ein paar Beispiele mit verändertem Blickwinkel:

„Alles wird gut!"
Nein: „Alles ist gut!"

„Nach dem Regen scheint die Sonne."
Nein: „Die Sonne scheint auch, wenn es regnet!"

„Du musst zur richtigen Zeit am richtigen Ort sein!"
Nein: „Du bist immer zur richtigen Zeit am richtigen Ort!"

ÜBUNG: Finde weitere Beispiele. Diese können Sprichwörter, Ratschläge, aber auch persönliche Sätze sein. Schreibe sie (wie oben) mit neuem Blickwinkel auf.

____

____

____

____

____

____

Ein weiteres klassisches Beispiel, um den optimistischen Optimismus vom „klassischen" Optimismus zu unterscheiden, ist das Wetter. Kein Thema ist wohl so heiß begehrt wie das Wetter. Dabei reden wir bestimmt genauso häufig vom schlechten wie vom guten Wetter. Der Pessimist geht eher davon aus, dass es schlechtes Wetter geben wird. Der Optimist geht vom guten Wetter aus. Die Steigerung bringt der optimistische Optimist, der sagt: „Das Wetter, das ist und sein wird, ist genau das richtige

Wetter für mich." Für ihn ist immer das passende Wetter. Auch hier bewirkt der Blickwechsel, dass das Wetter nicht mehr als schlecht empfunden wird. Ein Sprichwort sagt: „Es gibt kein schlechtes Wetter, nur schlechte Kleidung."

ÜBUNG: Wenn die Menschen das Wetter bestimmen könnten, wie würde es wohl aussehen? Und welche Auswirkungen/Folgen hätte dies?

____

____

____

____

____

ÜBUNG: Versuche in dieser Woche jeden Tag das Wetter bewusst wahrzunehmen und zu beschreiben. Anschließend sage zu dir, dass es genau das richtige Wetter für den heutigen Tag für dich ist. Dies kannst du am Tag mehrere Male wiederholen.

Wie beschrieben, entsteht der optimistische Optimismus in der Gedankenwelt. Doch nicht nur die Gedanken spielen eine wichtige Rolle, sondern auch die körperliche Haltung, die wiederum Einfluss auf das innere Seelenleben hat.
Eine grundlegende und fördernde Körperhaltung mit unterschätzten Auswirkungen und ungeahnten Kräften ist das Lächeln. Werfen wir dafür wieder einen Blick auf die östliche Kultur. Das wohl berühmteste Land für sein Lächeln ist:
*„**Thailand** (...) **Land des Lächelns** (...). Lächeln hat eine eminent wichtige Bedeutung für das Miteinander. Bei nahezu jeder denkbaren Situation immerzu freundlich zu lächeln ist als Höflichkeit und nicht unbedingt als Zuneigung zu verstehen. Auch in peinlichen Situationen dient ein Lächeln*

dazu, die eigene Verlegenheit zu überspielen. Bei eigenem Fehlverhalten wird ein Lächeln auch dazu genutzt, seinen Gegenüber gnädig zu stimmen. Einem freundlich lächelnden Menschen muss man einfach verzeihen."
http://www.siam-info.de/german/umgangsformen.html (Stand: Mai 2016)

<u>ÜBUNG</u>: Beschreibe, was du empfindest, wenn du von anderen Menschen angelächelt wirst! Unterscheide hierbei zwischen dir fremden und bekannten Menschen.

____

____

____

____

____

Die Kraft des Lächelns hat nicht nur eine immense Auswirkung auf zwischenmenschliche Beziehungen, sondern wirkt sich auch positiv auf unseren Körper aus:
„Lächeln hält fit. *Das Lächeln ist nicht nur ein Geschenk für Sie und Andere. Lachen ist gesund: Es schützt vor Herzinfarkt, Depressionen, Diabetes, löst Muskelverspannungen, lindert Schmerzen, schützt vor Erkältung, vertreibt Stress, fördert die Verdauung, bremst Aggressionen und setzt Glückshormone frei. Eine einfachere und günstigere Vorbeugung gegen Krankheiten als das Lachen gibt es wohl kaum."*
http://www.experto.de/lebensberatung/oefter-laecheln-kleine-geste-grosse-wirkung.html (Stand: Mai 2016)

Und es hat nicht nur auf den Körper, sondern auch auf unsere Psyche großen Einfluss, selbst wenn es ein Lächeln ohne ersichtlichen Grund ist:

„Lächeln macht sofort glücklich: *Grundlos lächeln ist Quatsch?*

Quatsch! Lächeln macht glücklich – unabhängig davon, ob wir wirklich einen Grund zur Freude haben. Das fand unter anderem der französische Psychologe Robert Soussignan in einer Studie im Jahr 2002 heraus.“
http://www.alltagsforschung.de/die-psychologie-des-lachelns/(Stand: Mai 2016)

Wie wichtig ist es also, das Lächeln zu erlernen? Lächeln zu erlernen klingt erst einmal etwas komisch, ist aber so einfach. Wie gerade gelesen, muss es eben nicht erzwungen werden. Allein grundloses Lächeln zeigt große Wirkung. Dabei gilt „weniger ist mehr“. Bei der folgenden Übung müssen wir das Lächeln nicht übertreiben. Wie das Lächeln funktioniert, wissen wir. Dafür gilt es nur die beiden Mundwinkel links und rechts nach oben zu bewegen. Das war's. Mehr nicht. Du wirst sehen, was für eine Auswirkung es auf dich haben wird.

ÜBUNG: Der optimistische Optimist lächelt auch in Situationen, in denen wir sonst meinen, es sei unangebracht und gerade dann, bevor wir wüten, traurig oder schlecht gelaunt werden. Diese Übung ist wunderbar, da wir sie immer und zu jeder Zeit ausführen können. Schön ist bei dieser Übung, dass du auch keinen Gegenspieler brauchst. Du musst niemanden anlächeln, sondern du tust es ganz für dich allein. Deine Aufgabe ist es nun, immer, wenn du dich schlecht fühlst und gerade dann, wenn dir nicht danach zumute ist, zu lächeln. Das mag am Anfang unangenehm und seltsam wirken. Aber du wirst merken, was das Lächeln bei dir und in deiner Seele bewirkt.
Schreibe hier deine Erfahrungen auf:

____

____

____

____

Für Fortgeschrittene I: Versuche immer wieder und immer mehr zu lächeln. Denke dabei immer daran, dass weniger mehr ist. Je länger und öfter es dir gelingt, desto besser.

Für Fortgeschrittene II: Gehe zu einem Passfoto-Automaten, der mehrere Fotos hintereinander schießt oder mache ein paar Selbstaufnahmen von dir. Schaue erst „normal" oder sogar ernst und dann in verschiedenen Intensionen des Lächelns; von ganz leicht (kaum sichtbar) bis hin zu einem herzhaften Lachen. Beim Lachen hilft es, sich eine lustige Situation vorzustellen. Das können tatsächlich erlebte Situationen sein oder ein witziger Filmausschnitt und vieles mehr. Betrachte dich und die verschiedenen Fotos von dir. Wie wirken sie auf dich?

____

____

____

____

____

____

Für Fortgeschrittene III: Lächele andere Menschen an. Was passiert?

____

____

____

____

____

____

„Das Lächeln, das du aussendest, kehrt zu dir zurück."
(indisches Sprichwort)

Natürlich ist es schwierig, immer den optimistischen Optimismus auch zu leben, unangenehme und schmerzvolle Situationen zwar zuzulassen und gleichzeitig auch loszulassen. Dabei ist nicht nur das Lächeln nützlich. Es gibt noch weitere Möglichkeiten, sich nicht von den äußeren Umständen mitreißen zu lassen:

„Mehr Immunglobuline nach dem Singen. *Die Forscher untersuchten die Speichelproben der Mitglieder eines Kirchenchores, die das Requiem von Mozart sangen. Nach der Chorprobe war die Anzahl der Immunglobuline A, die in den Schleimhäuten sitzen und Krankheitserreger bekämpfen, stark gestiegen. Wenn die Chormitglieder dagegen Mozarts Musik nur vom Band hörten, blieb die Anzahl der Antikörper unverändert. (…)*
Diese Art des Singens fordert den ganzen Körper. Schon zehn bis 15 Minuten Singen und Trällern reichen aus, um das Herz-Kreislauf-System auf Trab zu bringen. Die Atmung intensiviert sich, der Körper wird besser mit Sauerstoff versorgt. Profisänger besitzen sogar eine deutlich erhöhte „Herzratenvariabilität", die die Schwingungsbreite der Herzfrequenz anzeigt, und sind so fit wie Dauerläufer. (…)
Mit Gesang befreit. *In manchen Fällen wirkt Singen wie ein „Anti-Depressivum", meint Musiktherapeut Bossinger. „Ich habe immer wieder erlebt, dass es Menschen mit seelischen Problemen sehr helfen kann, wenn sie in der Gruppe singen", erzählt Bossinger. Schon im Alten Testament wird berichtet, dass Musik Depressionen heilen kann. David der Hirtenjunge, der spätere König von Israel, befreit König Saul mit seinem Gesang und durch das Spiel seiner Harfe von dessen depressiven Grübeleien. Die moderne Forschung hat die Gemütsaufhellende Wirkung des Singens in mehreren Untersuchungen nachgewiesen. Schon nach dreißig Minuten Singen produziert unser Gehirn erhöhte Anteile von Beta-Endorphine, Serotonin und Noradrenalin. Stresshormone wie zum Beispiel Cortisol werden praktischerweise gleich mitabgebaut. (…)*
Chorsänger leben länger. *Singen scheint sogar einen lebensverlängernden Einfluss zu haben. Schwedische Forscher untersuchten in den neunziger Jahren über 12 000 Menschen aller Altersgruppen und entdeckten, dass*

Mitglieder von Chören und Gesangsgruppen eine signifikant höhere Lebenserwartung haben als Menschen, die nicht singen."
http://www.welt.de/wissenschaft/article1461487/Warum-Singen-gesund-ist.html (Stand: Mai 2016)

ÜBUNG: Ich hoffe das war Motivation genug, diese Übung immer wieder auszuführen. Hier spielt es auch keine Rolle, ob du der Meinung bist, dass du nicht singen kannst. Singe so, wie du es persönlich empfindest oder für richtig hältst, auch wenn andere komisch gucken. Wer sich unsicher ist, kann ja mit einem Summen beginnen. Hilfreich sind für diese Übungen Lieder und Melodien, die dir am Herzen liegen. Daher solltest du dir zunächst mindestens fünf Titel von Liedern oder Musikstücken aufschreiben, die du gerne hörst. Dies müssen auch nicht nur fröhliche und poppige Lieder sein. Sie können auch traurig bis melancholisch sein. Wichtig ist, dass du dich mit ihnen wohlfühlst.

Nun kannst du in stressigen, traurigen oder unangenehmen Situationen anfangen, diese Melodien zu summen und wenn dir danach ist, auch zu singen. Hier ist Platz für deine Erfahrungen:

Für Fortgeschrittene I: Es müssen nicht immer authentische Texte und Melodien sein. Manchmal ist es sehr entlastend, einfach seinem Geist freien Lauf zu lassen und sich alles von der Seele zu singen, was diese gerade belastet oder beschäftigt. Improvisation von Text und Melodie kommt meist von ganz allein. Es muss auch nicht immer Text sein. Die Melodie ist oft ausreichend.

Für Fortgeschrittene II: Kombiniere das Singen und Summen mit einem Lächeln.

Gift für den optimistischen Optimismus sind die oft unbegründeten Sorgen und Ängste. Doch es gibt ein Gegenmittel: Vertrauen. *„Wer von euch kann durch Sorgen sein Leben auch nur um einen Tag verlängern? Wenn ihr nicht einmal so eine Kleinigkeit zustande bringt, warum quält ihr euch dann mit Sorgen um all die anderen Dinge? Seht euch die Blumen auf den Feldern an, wie sie wachsen! Sie arbeiten nicht und machen sich keine Kleider, doch ich sage euch: Nicht einmal Salomo bei all seinem Reichtum war so prächtig gekleidet wie irgendeine von ihnen. Wenn Gott sogar die Feldblumen so ausstattet, die heute blühen und morgen verbrannt werden, dann wird er sich erst recht um euch kümmern. Habt doch mehr Vertrauen!" (Lukas 12, 25-28)*

Vertrauen beruht häufig auf Gegenvertrauen. Vertrauen ist hier auf allen Ebenen gemeint: Selbstvertrauen, das Vertrauen in andere, das Vertrauen in Gott. Zu Letzterem hat mal ein nichtgläubiger Mensch gesagt: „Ich glaube nicht an Gott, aber er glaubt an mich." Bei genauerem Betrachten des Wortes Glauben, merken wir, dass es sehr eng mit Vertrauen zusammenhängt.

ÜBUNG: Was bedeuten für dich die Sätze „Ich glaube dir." und „Ich vertraue dir."? Was für Unterschiede und Gemeinsamkeiten empfindest du bei diesen Sätzen?

Vertrauen ist für den optimistischen Optimismus unabdingbar. Ein Spruch besagt, dass sowohl der Pessimist als auch der Optimist gleich oft falschliegen bei ihren Ansichten, aber der Optimist insgesamt leichter lebt. Der optimistische Optimist hingegen hat durch sein Vertrauen darauf, dass alles für ihn zum Guten dient, immer recht und lebt beschwingt. Hier ein Beispiel: Der Pessimist denkt: „Es ist so spät. Mein Partner kommt nicht von der Arbeit. Bestimmt geht er fremd oder hat einen Autounfall." Der Optimist kommt zu dem Schluss: „Es ist so spät. Mein Partner kommt nicht von der Arbeit. Bestimmt hat er noch viel zu tun." Der optimistische Optimist hingegen meint: „Mein Partner kommt dann von der Arbeit, wenn es der richtige Zeitpunkt für mein Leben ist." Über das Wie und Warum macht er sich keine Gedanken und Sorgen. Er hat auch keine Ängste, weil er seinem Partner vertraut (bis dieser das Vertrauen vielleicht missbraucht). Somit kommen wir zu zwei wichtigen Punkten. *Gott- oder* Groß-Vertrauen, „weil es der richtige Zeitpunkt für mich ist" und Menschenvertrauen, „weil ich diesem Menschen *durch Gott* vertrauen kann". So brauche ich mir keine Gedanken und Sorgen zu machen über mögliche Eventualitäten; seien sie optimistischer oder pessimistischer Natur.

ÜBUNG: Warum neigen wir allerdings dazu, uns über diese Eventualitäten Gedanken zu machen?

____

____

____

____

____

____

____

Wir wollen uns selbst vor Verletzungen schützen, indem wir versuchen, alles zu kontrollieren. Wir wollen auf alles gefasst sein und angemessen reagieren können, um möglichst wenig Schaden davonzutragen. Bestimmt kennt jeder den Ratschlag: „Verlass deinen Partner, bevor er dich verlässt."

Diese Gedankennetze über ungeschehene Dinge spinnen sich in unseren Köpfen schnell zu großen Gebilden und oftmals fangen wir an, ihnen viel zu viel Raum zu geben und sie als Wirklichkeit anzusehen. Dabei schwindet Vertrauen *in Gott*: „Ihm ist bestimmt etwas zugestoßen"; in andere Menschen: „Er geht bestimmt fremd" und auch das Vertrauen in sich selbst: „Ich bin nichts wert, er mag mich nicht, ich bin hässlich".

Ängste und Sorgen machen sich breit, die nur durch Vertrauen besiegt werden können. Bei diesen Ängsten und Sorgen besteht das Paradoxe darin, dass sie sich niemals auf die Gegenwart beziehen, sondern immer Ungeschehenes und diverse Möglichkeiten in der Zukunft widerspiegeln wie zum Beispiel: „Was soll ich nur machen, wenn unser Urlaub ins Wasser fällt?", „Meine Eltern werden meinen neuen Partner bestimmt nicht mögen.", „Bei meiner letzten Klausur hatte ich ein ganz schlechtes Gefühl. Das wird garantiert eine schlechte Zensur geben."

Wir sind wahre Meister darin, uns und andere mit diesen Gedankenschlössern verrückt zu machen. Wenn wir allerdings ehrlich zu uns selbst werden, merken wir, dass diese Gedankengebilde aus mangelndem Vertrauen heraus wachsen. Wir vertrauen nicht darauf, dass unser Urlaub auch bei Regenwetter fantastisch werden kann. Wir vertrauen nicht auf den Partner und die Eltern, dass sie sich verstehen können. Wir vertrauen nicht uns selbst, dass unsere erbrachten Leistungen für eine gute Zensur ausreichend waren. Und selbst wenn alles anders kommt, vertrauen wir nicht darauf, dass dies – genau so – zu unserem Leben gehört.

ÜBUNG: Durchleuchte deinen Tag. Wie oft am Tag und über was machst du dir Gedanken und Sorgen? Was in der Zukunft macht dir Angst und wie viel Zeit verbringst du damit, dafür Lösungen zu finden?

Aber auch das Gegenteil ist Gift für den optimistischen Optimismus: Dinge in der Zukunft schön malen. Längst ist allen bekannt, dass dies nicht selten zu herben Enttäuschungen führt. Zwar sagt ein Sprichwort „Vorfreude ist die schönste Freude", aber wenn die Dinge nicht so eintreffen, wie wir es wollen, nimmt es uns die Lebensfreude für den Augenblick, für die Wahrheit und für den gelebten Moment.

ÜBUNG: Durchleuchte deinen Tag. Wie viel Zeit am Tag verbringst du mit Tagträumen? Wie oft am Tag und über welche Dinge machst du dir Gedanken, wie sie sein könnten?

ÜBUNG: Durchbreche alle Gedanken, die in der Zukunft liegen. Wenn du merkst, dass du dir Sorgen machst, Angst um ein Ereignis in der Zukunft hast, dich in Tagträumereien wiederfindest, dann sage zu dir selbst (egal ob leise oder laut) „STOPP!“. Da es überhaupt nicht leicht ist, dann auch sein Gedankenkarussell anzuhalten, hilft es, wenn du stattdessen anfängst, dir deinem aktuellen Augenblick bewusst zu werden. Beschreibe das, was du mit deinen fünf Sinnen wahrnimmst. Was siehst, hörst, riechst, fühlst und schmeckst du gerade? Und beginne die Dinge, die Menschen und dich so zu sehen **und anzunehmen**, wie sie sind – mit einem Lächeln! (Das heißt nicht, dass sie sich nicht noch ändern können.)

KURZ UND KNAPP (Optimistischer Optimismus)

1. **Verinnerliche das Leitwort: Alles dient mir zum Guten.** Die Dinge sind so, wie sie sind und wie sie sind, ist es gut.
2. **Verändere deine Sicht auf die Dinge.** Ordne nicht in „gut und schlecht“, in „positiv und negativ“ oder in „Glück und Unglück“. Alles ist für dich genau richtig, wie es ist.
3. **Lächele und summe in allen und gerade in schwierigen Lebenslagen.** Lächeln und singen hat positiven Einfluss auf Körper, Seele und Geist.
4. **Vertraue! Stoppe deine Gedanken zu zukünftigen Ereignissen.** Nehme den Augenblick, deine Mitmenschen und dich selbst an, wie sie gerade sind.

Lebendige Liebe

Ein Mädchen kommt weinend zu mir und sagt: „Niemand versteht mich!" Ich sage: „Du hast Eltern, die sich Mühe geben mit dir." „Ja, aber richtig verstehen können sie mich nicht!" Ich frage: „Hast du Freundinnen und Freunde, mit denen du reden und deine Gedanken teilen kannst?" „Ja, die sind alle nett zu mir, aber mein Innerstes, was mich letztlich bewegt, verstehen sie auch nicht." Dann sage ich zu ihr: „Verstehst du dich denn selbst?" Da hören die Tränen plötzlich auf, und nachdenklich sagt das Mädchen: „Ich verstehe mich ja selber nicht ganz!"

http://www.miriam-stiftung.de/truebetage/text.php?id=15 (Stand: April 2016)

Lebendige Liebe ist keine Liebe, die tot ist, sondern eine Liebe, die lebt. Eine Liebe, die nicht nur aus leeren Worten besteht, sondern eine Liebe, die handelt: bewusst wahrnehmen, annehmen, zugehen, vergeben, vertrauen, nicht aufgeben, das sehen, was ist und sein könnte, dranbleiben, verletzbar und offen sein, Zeit haben, zuhören und verstehen, mitleiden, ehrliches Interesse zeigen, sich selbst zurücknehmen, dienen, mitfreuen, das Beste wollen, teilen, hoffen, aushalten, standhaft sein und vieles, vieles mehr.

Die lebendige Liebe wird hier unterteilt in Selbstliebe und Nächstenliebe sowie Gottesliebe. Wie die kleine Geschichte am Anfang zeigt, wird die Liebe zu sich selbst unterschätzt. Wie können wir andere lieben, wenn wir uns selbst nicht kennen und uns selbst nicht lieben? Wir schimpfen auf andere, ärgern uns über andere und sind sehr hart im Verurteilen von anderen.

Aber: Vielleicht liegt die Lösung in uns selbst? Müssten wir eigentlich (in Wahrheit) mit uns selbst schimpfen, uns über uns selbst ärgern, uns selbst verurteilen? *„Deshalb bist du nicht zu entschuldigen, o Mensch, jeder der da richtet; denn worin du den anderen richtest, verdammst du dich selbst; denn du, der du richtest, tust dasselbe." (Römer 2, 1) „Wer unter euch ohne Schuld ist, der werfe den ersten Stein." (Johannes 8, 7)*

Daher spielt die Vergebung nicht ohne Grund in der Bibel und in der Psychologie eine wesentliche Schlüsselrolle. Es ist wie eine

Grundreinigung. So steht die VERGEBUNG beim dritten Schritt auf dem goldenen Weg zum Glück ganz oben. Ohne Vergebung ist eine lebendige Liebe *zu Gott*, zu sich selbst und zu anderen nicht möglich.

<u>ÜBUNG</u>: Besorge dir den Film „Flatliners – Heute ist ein schöner Tag zum Sterben". Lies erst weiter, wenn du dir den Film angeschaut hast. Hier schon mal ein Link zum Trailer:
https://www.youtube.com/watch?v=oCm_NMU6Phw (Stand: Mai 2016)

Der Film „Flatliners" zeigt auf eine sehr spannende Art und Weise 4 verschiedene Formen der Vergebung:

a) Vergebe dir selbst
b) Vergebe anderen
c) Bitte andere um Vergebung
d) *Bitte Gott um Vergebung*

Vergebe dir selbst: In dem Film wird dies durch die Begegnung von Rachel mit ihrem Vater deutlich. Jahrelang hat sie sich die Schuld für den Tod ihres Vaters gegeben. Diese selbst aufgelastete Schuld hat sie ihr Leben lang begleitet, belastet und gequält. Erst als sie sich selbst vergeben hat, konnte sie loslassen und von der schweren Last befreit werden.

Vergebe anderen: Für diesen Schritt gibt es oft einen Gegenspieler, der um Verzeihung bittet. Aber er ist nicht zwingend dafür notwendig. In diesem Fall vergeben wir nicht für den anderen, sondern wiederum für uns selbst! Wir müssen nicht mehr das schlimme Erlebnis mit uns herumschleppen, wir müssen uns nicht mehr damit plagen, Gerechtigkeit in Form von Rache zu fordern, wir müssen nicht mehr den Hass und Ärger mit uns tragen, wir müssen nicht mehr! Wir dürfen erfahren, dass Vergeben Freiheit bedeutet, Freiheit von Schuld, Freiheit von Hass.

Um Vergebung bitten: David hat in dem Film „Flatliners" ein Mädchen in seinen Jugendjahren sehr gequält. Dieses Vergehen lastet so schwer auf ihm, dass er sich Jahrzehnte später auf die Suche nach ihr begibt, um sie um Verzeihung zu bitten. Dieser Schritt ist unabhängig davon, ob dir der andere auch vergibt. Wichtig ist, dass du ihn machst. Dieses Mädchen hat den zuvor erläuterten Part „Vergebe anderen" für sich selbst zu regeln und braucht ihre eigene Zeit.

Gott um Vergebung bitten: Wenn man jemanden um Vergebung bitten möchte, kommt man an seine Grenzen. Was ist, wenn die Person, die wir um Vergebung bitten wollen, nicht mehr lebt? So ergeht es Nelson. Er hat in seinen Kindertagen einen Jungen so sehr bedroht, dass dieser dabei ums Leben gekommen ist. Da ist nun niemand mehr, der vergeben kann. Da ist nun niemand mehr, den ich um Vergebung bitten kann. *Doch auch diese Last kann einem genommen werden, indem wir sie (wie im Film angedeutet) zu Gott bringen.*

Vergebung gehört zu den schwersten Handlungen in unserem Leben. Dabei fällt jemandem um Vergebung zu bitten genauso schwer wie einem anderen Menschen zu vergeben.
„Eine der größten Herausforderungen, denen man begegnen kann, ist es, denen zu vergeben, die deine Liebsten getötet haben (...). In einer solchen Situation ist der Schmerz so groß und die Verletzung so tief, dass es dir das Messer noch tiefer in die Brust bohrt, wenn dir jemand sagt, du solltest vergeben."
http://www.welt.de/gesundheit/psychologie/article106308660/Die-Kunst-des-Vergebens-will-gelernt-sein.html (Stand: Juni 2016)

Wenn wir allerdings vergeben, dann reinigt es nicht nur unsere Seele und unseren Geist, sondern hat auch positive Auswirkungen auf unseren Körper:
Frederic Luskin hat 259 Menschen, die zuvor in ihrem Umfeld gekränkt und beleidigt worden waren, darin unterrichtet, den Beleidiger bzw. Kränker zu vergeben. Nach diesem Vergebungstraining ging es ihnen gesundheit-

lich geistig und körperlich erkennbar besser: sie klagten über weniger Stress und weniger Rückenschmerzen, sie litten weniger an Schlaflosigkeit und auch die Magenbeschwerden ließen nach. Depressionen wurden gelindert, der Blutdruck sank und das Körpergewicht nahm ab.

http://psychologie-news.stangl.eu/538/verzeihen-fordert-die-gesundheit (Stand: Juni 2016)

<u>ÜBUNG</u>: Aber was hindert uns am Vergeben? Schreibe vor allem persönliche, aber auch allgemeingültige Gründe auf.

____

____

____

____

____

____

Vergebung ist eine sehr spannende Sache. Es ist eines der ganz wenigen Dinge, die wir tatsächlich praktizieren, während wir es aussprechen. In vielen Situationen können wir uns und andere belügen. Aber für uns Menschen ist es bei Vergebung nicht möglich, diese Worte einfach so auszusprechen, ohne sie auch so zu meinen. Bisher habe ich keinen Menschen angetroffen, der „ich vergebe … “ für sich selbst laut aussprechen konnte, wenn er nicht bereit dazu war. Doch sobald diese Worte über die Lippen kamen, war eine ehrliche Vergebung möglich und alle sprachen davon, dass sie von einer schweren Last befreit wurden.

Daher sollten wir uns immer bewusst sein, dass wir uns selbst schaden, wenn wir anderen Menschen nicht vergeben.

**Leitwort: Was bringt es mir denn,
wenn ich nicht vergebe?**

Wie wir gesehen haben, ist Vergebung eigentlich (in Wahrheit) etwas Irrationales. Es sind „nur" Gedanken oder Worte, die auf der anderen Seite aber eine so große Macht und Auswirkung auf uns Menschen haben.

„Robert Enright, Gründer des internationalen Instituts für Vergebungsforschung: „Wir finden jetzt mit wissenschaftlichen Methoden heraus, was wir seit Tausenden von Jahren wissen könnten: Vergebung tut psychisch und körperlich gut." Ein verletzter Mensch muss zur Kränkung stehen und der Person, die ihm das angetan hat, sagen, was ihn so gekränkt hat. Vergeben heißt aber nicht, dem anderen die Schuld zu nehmen und schon gar nicht, sich gleich mit ihm zu versöhnen. Wer nicht verzeihen kann, leidet selbst am allermeisten, denn an nichts ist man so gebunden wie an seinen Feind, jedoch funktioniert Vergebung nicht von heute auf morgen, denn man braucht dafür Zeit und auch Distanz. Selbstsichere, gefestigte Menschen verzeihen leichter, während sich emotional instabile Personen damit eher schwertun, und auch wer gewissenhaft und besonders extrovertiert ist, verzeiht schneller."
http://psychologie-news.stangl.eu/538/verzeihen-fordert-die-gesundheit (Stand: Juni 2016)

Allerdings heißt vergeben NICHT gleich vergessen!!! Dies lässt sich mit einem Beispiel leicht veranschaulichen. Eine Frau, die von ihrem Mann geschlagen wird, sollte zwar diesem vergeben, aber zu vergessen, was er ihr angetan hat, wäre fatal bis lebensgefährlich. Sie kann nicht einfach so tun, als ob nichts gewesen wäre und mit ihm weiterleben, als sei nichts geschehen. Vielleicht endet das nächste Schlagen tödlich. Vergeben heißt jedoch Freiheit: frei werden von Rachegedanken, frei werden vom Richten und Urteilen-Wollen, frei werden vom inneren Hass und Groll, frei werden vom sich ständig drehenden Gedankenkarussell; frei werden und weiter leben können.

Dies war nur ein kleiner Abriss über Vergebung. Auch zu diesem Thema gibt es zahlreiche Literatur, auf die ich hier nicht eingehen kann und möchte. Wenn du allerdings merkst, dass das Nichtvergeben-Können schwer auf dir lastet, solltest du dir vielleicht professionelle Hilfe oder weitere Lektüre holen – es lohnt sich.

ÜBUNG: Zeit für eine Grundreinigung in deinem Leben? Diese Übung dient dazu, sein bisheriges Leben nach allen vier Ebenen der Vergebung zu durchleuchten. Es ermöglicht, einen Schlussstrich unter unser bisheriges Leben zu ziehen und endlich nicht mehr nach hinten, sondern nach vorne zu schauen, um unbelastet seinen Lebensweg weitergehen zu können. Mit Sicherheit werden weitere Ereignisse folgen, in denen wir wieder um Vergebung bitten oder vergeben sollten, aber dann ohne Altlasten mit uns herumzuschleppen.
Kommen wir nun zur eigentlichen Übung. Diese ist im Prinzip ganz simpel. Notiere dir alle Ereignisse und Menschen, die dir zu den folgenden Fragen einfallen:

Was habe ich mir bisher nicht vergeben können?

Was habe ich anderen bisher nicht vergeben können?

<u>Wem</u> sollte ich noch für <u>was</u> um Vergebung bitten?

____

____

____

____

____

____

<u>Was</u> belastet mich so, dass ich es <u>nur Gott</u> erzählen und um Vergebung bitten kann?

____

____

____

____

____

____

Mit dem Aufschreiben alleine ist es natürlich nicht getan. Hast du diese Liste ehrlich mit allen Ereignissen aus der Vergangenheit ausgefüllt, dann handele! Es klingt genauso einfach, wie es letztlich ist. Und du wirst sehen, dass es dir immer leichter fallen wird, entweder zu vergeben (laut für sich auszusprechen genügt meist) oder andere um Vergebung zu bitten. Wenn du nicht weißt, wo du anfangen sollst, dann „arbeite" die Liste von oben nach unten ab!

Es gibt keine lebendige Liebe ohne AKZEPTANZ. Und ohne Akzeptanz gibt es keine Veränderung. Das mag im ersten Moment etwas paradox klingen, da schnell der Eindruck entsteht, wenn ich etwas, jemanden oder eine Situation akzeptiere, dann bleibt alles wie es ist und nichts wird sich verändern können. Aber es ist genau das Gegenteil der Fall!

Durch das Nicht-akzeptieren-Wollen setze ich mich und andere so unter Druck, dass sich nicht nur die Fronten verhärten, sondern sich der Zustand sehr oft sogar in eine entgegengesetzte Richtung entwickelt als gewünscht. Die folgenden Beispiele beziehen sich auf Akzeptanz zu sich selbst, zu anderen und zur Lebenssituation, *aber auch zu Gott:*

a) Ich akzeptiere nicht, dass ich zu dick bin. Dadurch setze ich mich so sehr unter Druck, dass ich, anstatt abzunehmen, mehr Gewicht zulege.
b) Ich akzeptiere nicht, dass mein Freund zu spät kommt. Dadurch setze ich ihn so sehr unter Druck, dass er sich gar nicht mehr mit mir Treffen möchte oder sogar absichtlich zu spät kommt.
c) Ich akzeptiere nicht, dass ich arbeitslos bin. Dadurch setze ich mich so sehr unter Druck, dass ich gar nicht erst anfange, Bewerbungen zu schreiben.
d) *Ich akzeptiere nicht, dass Gott mich geschaffen hat. Dadurch setzte ich mich so sehr unter Druck, erfolglos einen Lebenssinn oder eine Lebensaufgabe zu suchen.*

Akzeptanz verändert **nicht** in erster Linie das betrachtete „Problem". Es verändert die Einstellung und den Blickwinkel. Dies hat aber unweigerlich Auswirkung auf mich, andere und meine Lebensumstände:

a) Ich akzeptiere, dass ich nicht das Idealgewicht habe. Dadurch nehme ich mir den Druck, abnehmen zu müssen. Das heißt, ich erlaube mir, so zu sein, wie ich bin und streiche das „ich muss" aus meinem Leben. Aus „**ich muss** abnehmen" wird ein „ich darf einfach nur **sein**" und ich vertraue darauf, dass ich meinen Weg gehe und sich alles zum Guten entwickelt. Aus persönlicher Erfahrung und der Erfahrung anderer weiß ich, dass dies oft der Anfang für eine bewusste Ernährung und somit das Erreichen des Idealgewichts möglich ist.

b) Ich akzeptiere, dass mein Freund zu spät kommt. Dadurch nehme ich mir und ihm den Druck. Meist wollen wir andere verändern, indem wir ihnen sagen, was uns stört: „Ich finde es blöd, dass ich immer auf dich warten muss." Aber es steht gar nicht in unserer Macht, den anderen zu verändern. So wird aus ein „**ich muss** ihn verändern" ein „ich nehme ihn so an, wie er **ist**". Dann gehört das Zu-spät-Kommen zu seiner Persönlichkeit. Ich lasse ihn einfach sein. Zum einen wird es mich nicht mehr aufregen, dass mein Freund zu spät kommt, weil er eben so ist. Zum anderen bin ich ja darauf vorbereitet und kann wie zuvor beschrieben die Wartezeit als geschenkte Zeit annehmen und sie für mich genießen, indem ich mich erhole, ein Buch lese oder meine Umgebung bewusst wahrnehme. Oft habe ich erlebt, dass daraufhin mein Gegenüber von sich aus und mir zuliebe pünktlich gekommen ist.

c) Ich akzeptiere, dass ich arbeitslos bin. Dadurch nehme ich mir den Druck, eine Arbeit finden zu müssen. Auch hier wird aus „**ich muss** eine Arbeit finden" ein „ich darf arbeitslos **sein**". Aus dieser Zwanglosigkeit schreiben sich die Lebensläufe und Bewerbungen auf einmal viel lockerer, ich gehe entspannter in Bewerbungsgespräche hinein, da ich mich nicht mehr davon abhängig mache. Wenn es nicht dieser Job wird, dann vielleicht jener. Wenn es drei Monate dauert, dann ist das ebenso in Ordnung, wie eine Zeitspanne von drei Jahren. Auch hier sagt die Erfahrung, dass die Chance bei einem Bewerbungsgespräch einen guten Eindruck zu hinterlassen, bei gelassenen Menschen höher ist, als bei Menschen, die sich unter Druck setzen.

d) *Ich akzeptiere, dass Gott mich gemacht hat. Dadurch nehme ich den Druck, nach einem Sinn und einer Aufgabe in meinem Leben zu suchen. In diesem Fall wird aus „ich muss doch eine Aufgabe oder einen Sinn auf dieser Erde erfüllen" ein „ich bin (ein Geschöpf Gottes)". Auf einmal kann ich ruhig, erfüllt, sorgenfrei und ohne Ängste leben. Ich weiß mich beschützt, versorgt und geborgen. Alles was ich in meinem Leben lediglich mache, ist leben.*

ÜBUNG: Beginnen wir mit dem Schwersten, der Selbstliebe. Schreibe zunächst alles auf, das du gerne an dir verändern möchtest, nicht akzeptieren kannst oder noch in deinem Leben erreichen willst. Dazu zählen: dein Körper (zu dick, falsche Augenfarbe, krumme Nase, piepsige Stimme, zu kleine Brüste etc.), dein Charakter (aufbrausend, schüchtern, gierig, unzufrieden, selbstlos etc.) und deine Lebensumstände (geringer Verdienst, Einsamkeit, falscher Wohnort, schlechtes Wetter etc.)

____

____

____

____

____

____

ÜBUNG: Gehe zu einem Spiegel. Schaue dich genau an. Sage laut „(deinen Namen)“ und „ich liebe dich.“ (Z.B. „Jonathan, ich liebe dich.“)

Für Fortgeschrittene I: „(Name), ich liebe dich, so wie du bist.“

Für Fortgeschrittene II: „(Name), ich liebe dich, so wie du bist.“ Nun kannst du dir auch noch Dinge sagen, die du in der Übung zuvor aufgeschrieben hast. (Z.B. „Jonathan, ich liebe dich, so wie du bist: ohne Abitur und Studium, mit deinen abstehenden Ohren und deinen blaugrünen Augen.“)

Andere Menschen verändern zu wollen ist immer leicht. Immer wissen wir es besser. Immer wissen wir einen Rat. Immer wissen wir, was der andere machen oder lassen sollte. Aber mein Gegenüber zu akzeptieren fällt schwer?

ÜBUNG: Stelle dir einen Menschen vor, der dir sehr am Herzen liegt. Schreibe alles auf, was dir nicht gefällt, was du nicht akzeptieren möchtest und was du dieser Person bestimmt schon mehrfach gesagt hast; er solle dieses oder jenes bitte sein lassen oder anders machen:

Nenne nun Gründe, warum du diesen Menschen nicht so akzeptieren kannst, wie er ist:

Wie du an deinen Antworten sehen wirst, steht das Nicht-akzeptieren-Können in einem engen Zusammenhang mit deiner eigenen Einstellung. Es hat also keinen großen Sinn, deinem Gegenüber immer wieder zu sagen, was dir nicht gefällt und was er bitteschön zu ändern hat. Vielmehr solltest du den anderen so annehmen, wie er ist, um ihm dadurch Raum zu geben, aus freiem Willen heraus sich verändern zu können. **Eine Hilfe ist es, immer wenn du diesen Menschen auf eine Veränderung hinweisen möchtest, stattdessen etwas zu benennen, was dir gefällt und was er nach deinem Empfinden gut macht**! Was wäre das bei der oben ausgewählten Person?

____

____

____

____

____

Für Fortgeschrittene I: Es ist schon schwer genug, Menschen, die wir mögen, so anzunehmen wie sie sind. Wie schwer fällt es uns bei Menschen, mit denen wir uns nicht verstehen oder in denen wir wenig Gutes sehen? Dabei hilft es, den Menschen nicht nur mit dem <u>Blick der Wahrheit</u> zu sehen, sondern auch mit dem <u>Blick der Liebe</u>. Der erstgenannte zeigt uns, wie ein Mensch im Moment ist, mit all seinen Stärken und Schwächen. Diese Sicht auf einen Menschen ist auch wichtig, um ihn einschätzen zu können. Allerdings sollte dann auch der Blick der Liebe folgen. Er zeigt uns, wie ein Mensch sein könnte. Dieser Blick gibt Hoffnung, Vertrauen und Zuversicht. **Also: Sieh demnächst in einem Menschen nicht nur seine guten und schlechten Seiten, sondern auch das Potenzial, das in ihm steckt!**

ÜBUNG: Gott in meinem Leben akzeptieren!? Viele Menschen wollen Gott keine Chance in ihrem Leben geben, weil sie dann das Gefühl haben, plötzlich Rechenschaft über ihr Leben abgeben zu müssen. Sie fühlen sich der Freiheit beraubt, das machen zu können, was sie wollen. Somit können sie auch nie die Erfahrung machen, durch Gott zur eigentlichen Freiheit zu gelangen. Gott zu akzeptieren bedeutet, eine Beziehung zu ihm aufzubauen. Und grundlegend für jede Beziehung ist Kommunikation. Daher besteht diese Übung lediglich aus: Rede mit Gott – über alles, was dir einfällt. Er hört zu und antwortet – ganz bestimmt. Wenn du nicht glaubst und dich trotzdem auf ein Abenteuer einlassen möchtest, dann hier eine kleine Unterstützung: Schreibe alles auf, was du Gott erzählen, sagen oder fragen würdest, wenn es ihn gäbe. Dann rede. Und schau, was passiert.

Wesentlicher Bestandteil der lebendigen Liebe ist nebst Vergebung und Akzeptanz: ZEIT. Ein Sprichwort sagt: „Wer liebt, hat Zeit." Gerade in unserer westlichen Gesellschaft wird Zeit mit Geld gleichgesetzt und auch ebenso damit gehandelt. Viel zu spät erkennen wir meist, dass wir uns für die wesentlichen Dinge keine Zeit genommen haben: weder für uns selbst noch für andere *noch für Gott*.

ÜBUNG: Suche dir heute (und in Zukunft: jeden Tag) einen Menschen aus, für den du dir bewusst Zeit nimmst. Versuche hierbei nicht die Aktion (ein Abendessen, ein Telefonat, einen Kinobesuch, eine geschriebene Mail) im Vordergrund zu sehen, sondern den Menschen.

Wenn wir uns Zeit nehmen, merken wir, dass wir uns selbst sowie andere *und auch Gott* besser kennenlernen. Oft kennen wir einen Menschen und uns selbst schon jahrelang, aber können die einfachsten Fragen nicht beantworten.

ÜBUNG: Hier folgt eine Liste an Fragen. Zunächst solltest du sie für dich beantworten und dir Zeit nehmen, dich selbst besser kennenzulernen. Nimm dir dann immer wieder mal die Zeit, einem lieben Menschen in deiner Umgebung die Gelegenheit zu geben, von sich zu erzählen. Bestimmt wird die eine oder andere Frage dabei sein, bei der du sagen wirst: „das weiß ich nicht", „habe ich gar nicht" oder „da gibt es so viele Antworten". Versuche aber auf dein Inneres zu hören und entscheide dich bewusst für nur eine und ganz konkrete Antwort. Dem sollen dann die anderen gleichtun. Hier im Buch solltest du zumindest deine Antworten festhalten und wenn du möchtest, auch die der Befragten. (Ergänze eigene Fragen!)

1. Was ist dein Lieblingstier?

2. Welche ist deine Lieblingsfarbe?

3. Was ist dein Lieblingsessen, -getränk, -kuchen, -nachtisch?

4. Wie heißt deine Lieblingsblume?

5. In welchem Land machst du am liebsten Urlaub?

6. Welches Obst/Gemüse isst du am liebsten?

7. Was ist dein Lieblingsauto?

8. Welchen Geruch hast du am liebsten?

9. Was ist dein Lieblingssport?

10. Wie heißt dein/e Lieblingsfilm, -musik, -buch?

Für Fortgeschrittene I: Wie wir schnell merken, konnten wir die Fragen nicht immer schnell für uns selbst beantworten und schon gar nicht für eine andere Person, auch wenn wir diese schon sehr lange und sehr gut zu kennen glaubten. Nun kann man sich und seinem Gegenüber auch tief gehende Fragen stellen. Was war dein bisher schlimmstes/schönstes/peinlichstes Erlebnis? Welcher Herzenswunsch liegt dir auf der Seele? Wem und warum fällt es dir schwer zu verzeihen? Welche Sorgen, Ängste, Nöte und Ideen hast du? Und viele andere Fragen mehr.

Für Fortgeschrittene II: Kennenlernen heißt aber auch, den anderen besser verstehen zu wollen. Dabei ist es wichtig, seine eigenen und persönlichen Maßstäbe, Bilder, Meinungen in den Hintergrund zu setzen, um ganz offen dem gegenüberzutreten, was mir der andere versucht zu erklären und mitzuteilen. Hierbei ist es viel schwieriger seinen Mund zu halten, als seine Meinung zu sagen. Lass dein Gegenüber einfach mal erzählen und versuche seine Gedankengänge nachzuvollziehen und zeige ehrliches Interesse, es verstehen zu wollen. Es wird dir ganz neue Perspektiven eröffnen. Heikle Themen sind hierbei immer Politik (Warum bist du für eine rechtsradikale Partei?), Religion (Warum bist du Atheist, Jude, Moslem, Buddhist etc.?), Sex (Warum hast du ungeschützten Sex? Warum lebst du gerne eine offene Partnerschaft?) und Vorurteile (Warum bist du der Meinung, dass Frauen schlechte Autofahrerinnen sind? Warum sollten Frauen nicht an Führungspositionen sitzen?) **ACHTUNG**: Prüfe deine Motive! Versuche nicht, deine Meinung dem anderen aufzudrängen, sondern wirklich seine Position zu verstehen!

Sich Zeit zu nehmen, um sich und andere besser kennen- und verstehen zu lernen ist die Vorstufe zum nächsten Schritt der lebendigen Liebe: SELBSTLOSIGKEIT. Meist sprechen wir vom Gegenteil, dem Egoismus oder der Ich-Sucht. Selbstlosigkeit bedeutet nun, sein Ego nicht mehr an die erste Stelle zu setzen. Oder wieder in anderen Worten ausgedrückt: „Ich richte meinen Blick von mir weg auf andere.“

Um diesen Schritt allerdings leisten zu können, bedarf es einer gesunden Selbstliebe. Daher sind die Übungen zuvor sehr wichtig. Denn ohne sich selbst lieben zu können, ist es schwierig seinen Mitmenschen in wahrer Liebe zu begegnen. Wenn ich mir zum Beispiel selbst nicht vergeben kann, wie soll ich anderen vergeben können? Wenn ich mich selbst hart verurteile, wie kann ich anderen gegenüber barmherzig sein? Wenn ich es in Ordnung finde, dass mir Schmerzen zugefügt werden, wie behandele ich dann andere Menschen? Wenn ich über mein Leben verbittert bin, wie kann ich anderen Menschen Trost spenden?

ÜBUNG: Bevor wir zu den eigentlichen Übungen der Selbstlosigkeit kommen, zuvor noch eine Übung, in der wir uns bewusst mit uns selbst auseinandersetzen. Diese Übung ist nicht so einfach, da sie etwas abstrakt ist und sie bedarf einer gewissen Ernsthaftigkeit sowie Vorstellungskraft: Du triffst dich mit deiner Seele und deinem Körper in einem gemütlichen Café. Ihr unterhaltet euch. Was möchtest du ihnen gerne mitteilen und was werden sie dir erzählen? Schreibe die Unterhaltung, so wie du sie dir vorstellst, als eine Art Drehbuch oder Manuskript auf:

Sind wir mit uns selbst im Reinen, wird es uns ganz leichtfallen, unseren Blick nach und nach immer mehr von uns weg auf andere zu richten. Wir drehen uns nicht mehr um uns selbst, um unsere persönlichen Belange und Bedürfnisse, sondern finden plötzlich Zeit, auch die Ängste, Sorgen und Nöte unserer Mitmenschen wahrzunehmen, für die wir immer mehr sensibilisiert werden. Die Welt, in die wir geboren und in der wir groß werden, stellt jedoch das Ego ins Zentrum. Der Egoismus wird uns sozusagen durch die „Muttermilch" mitgegeben. Natürlich hat dies auch mit dem instinktiven Überlebensdrang zu tun, aber was uns Menschen von den Tieren unterscheidet, ist unser Verstand, der nicht nur instinktgesteuert ist. Schnell bekommen wir heraus, dass wir durch lautes Schreien Aufmerksamkeit bekommen, lernen Nahrung in kleine und große Stücke zu zerteilen und erfahren: „Wer zuerst kommt, mahlt zuerst."
Wir erleben das Leben als Wettbewerb und Wettkampf. Uns wird beigebracht: „Nur der Schnellste und Stärkere gewinnt und kommt ans Ziel." Spätestens im Kindergarten und in der Schule geraten wir unter Leistungsdruck und stehen im ständigen Vergleich. Nicht mehr die individuelle Leistung und Entwicklung zählt, sondern möglichst weit oben an der „Nahrungskette" zu stehen. Unsere als Vorbild fungierende Gesellschaft lebt uns täglich vor, dass nur der erste Platz zählt, um wahrgenommen und gewürdigt zu werden – meist auf Kosten von anderen. Dies ist in der Schule, beim Sport, im Beruf und so gut wie in allen Bereichen unseres Lebens wiederzufinden. Angefangen vom Einsteigen in einen Bus, über das Anstellen an einer Kasse im Supermarkt, bis hin zum Streit um den letzten Parkplatz. Oft nehmen wir Menschen dann sehr animalische Züge und Verhaltensmuster an: warnen, spucken, schreien, brüllen, kämpfen, kratzen, beißen, verletzen und so weiter.

> *„Aber diese Menschen lästern über alles, wovon sie nichts verstehen – und wovon sie allein etwas verstehen, das bringt ihnen den Untergang: die naturhaften Triebe und Instinkte, die sie mit den vernunftlosen Tieren teilen!" (Judas 1, 10)*

Es ist sehr schwer aus diesem „**ich muss** als Erster an der Kasse sein", „**ich muss** als Erster in den Bus einsteigen", „**ich muss** das größte Stück Fleisch oder das letzte Stück Kuchen abbekommen", „**ich muss** gewinnen" herauszubrechen. Legen wir diesen (Leistungs-) Druck ab, ermöglicht dies uns, auf andere Menschen zuzugehen und lebendige Liebe zu (er-)leben, indem wir sichselbstliebende Menschen **sind**, die nicht mehr den eigenen Vorteil im Blick haben, sondern mehr und mehr die Belange und Bedürfnisse anderer wahrnehmen.

„Dient einander in selbstloser Liebe." (Epheser 4, 2)

Aber gibt es Selbstlosigkeit überhaupt? Viele sind der Meinung, dass niemand wirklich selbstlos handeln kann. Alles geschieht immer aus einem eigenen Nutzen heraus. Wer so denkt, der hat die Notwendigkeit von Selbstlosigkeit nicht verstanden. Hierbei geht es nicht darum, keinen eigenen Nutzen zu verfolgen, sondern vielmehr darum, für das Leben der Mitmenschen sensibilisiert zu werden und Nächstenliebe zu üben.

*„Es ist nicht möglich, dauerhaft ausschließlich altruistisch zu handeln. Zum einen ist **Egoismus in Maßen nötig**, um auch einmal an sich selbst zu denken und der Gefahr zu entgehen, ständig von seinem Umfeld ausgenutzt zu werden. Auf der anderen Seite würde **pausenlose Selbstlosigkeit zu einem Widerspruch** führen: So werden selbstlose Handlungen – auch wenn sie anfangs gut gemeint waren – zu einem Problem werden, wenn das gesamte Selbstbild auf der Selbstlosigkeit fußt. Selbstlosigkeit darf daher nicht den Zweck haben, anderen zu gefallen oder das eigene Selbstwertgefühl aufzupolieren. Dies kann ein Nebeneffekt sein, darf aber **nicht im Vordergrund der Handlung stehen**, da es das gesamte Konzept der scheinbar selbstlosen Handlung zunichte machen würde."*

http://karrierebibel.de/selbstlosigkeit/ (Stand: Juni 2016)

ÜBUNG: Selbsteinschätzungen sind immer wichtig. Wie stark stimmst du diesen zehn Aussagen zu? Schreibe unterhalb deine Gedanken zu diesen Sätzen auf.

- *Ich liebe es, anderen zu helfen.*
- *Ich habe für jeden ein gutes Wort übrig.*
- *Ich achte auf die Bedürfnisse anderer.*
- *Ich nehme mir Zeit für andere.*
- *Ich teile gerne mit anderen.*
- *Das Wohlbefinden anderer ist mir wichtig.*
- *Mein eigener Vorteil ist mir nicht so wichtig.*
- *Ich helfe anderen auch dann, wenn mir dadurch Nachteile entstehen.*
- *Ich bin gerne großzügig, ohne dafür eine Gegenleistung zu erwarten.*
- *Es macht mir nichts aus, wenn andere von etwas mehr bekommen, als ich.*

http://www.typentest.de/typentest_de_-_erklarung/altruismus.htm (Stand: Juni 2016)

____

____

____

____

____

____

Menschen, die an den Gott der Bibel glauben, haben einen kleinen Bonus. Sie haben jemanden, der sie begleitet und die Selbstlosigkeit unterstützt:
„Lasst euer Leben vom Heiligen Geist bestimmen. Wenn er euch führt, werdet ihr allen selbstsüchtigen Wünschen und Verlockungen widerstehen können. Denn selbstsüchtig wie wir sind, wollen wir immer das Gegenteil von dem, was Gottes Geist will. Doch der Geist Gottes duldet unseren Egoismus nicht. Beide kämpfen gegeneinander, so dass ihr nicht ungehindert tun könnt, was ihr wollt" (Galater 5, 16–17)

Welche Auswirkungen haben selbstlose Menschen auf uns?
„Dies kann wie Sonnenstrahlen unseren Tag begleiten: ein gutes Wort, ein Lächeln, manche Freundlichkeit, die Hand, die schenkt und gibt, ein Stück Versöhnung übt, und Menschen, die zum Friedenstiften sind bereit." (Martin Gotthard Schneider)

Wie wir an der letzten Übung und dem Spruch von Martin Gotthard Schneider sehen können, gibt es zahlreiche Möglichkeiten im Leben, um Selbstlosigkeit im Sinne von Nächstenliebe üben und praktizieren zu können. Es sind so viele, dass wir meist gar nicht wissen, wo wir anfangen sollen. Aus diesem Grund folgen nun ein paar ausgewählte und konkrete Vorschläge, die wir sehr leicht in unserem Leben umsetzen können.

ÜBUNG: Diese Übung ist eine Erweiterung des Lächelns. Versuche mindestens einmal am Tag einen Menschen bewusst anzulächeln. Du kannst mit dir vertrauten und bekannten Personen in deiner Umgebung anfangen, um dann mehr und mehr dir fremden Menschen mit deinem Lächeln zu begegnen. **ACHTUNG**: Prüfe deine Motive! Du solltest nicht nur Menschen anlächeln, die du sympathisch findest und kennenlernen möchtest.

ÜBUNG: Schau dir das Video „Validation" bei YouTube an:
https://www.youtube.com/watch?v=Cbk980jV7Ao (Stand: Juni 2016)

Wir Menschen sind immer gut und schnell im (negativen) Kritisieren. Sofort erkennen wir, was der andere nicht richtig macht oder besser machen könnte. Selten haben wir Worte für Lob und Komplimente übrig. Dabei hat beides eine unterschätze Kraft. Ein Lob zum Beispiel kann einen Menschen eher zur Veränderung bewegen als eine Standpauke und ein Kompliment kann einer labilen Person Selbstbewusstsein schenken.

ÜBUNG: Wie in dem Video „Validation" gut dargestellt ist, haben Lob und Komplimente große Auswirkungen. Aber wie übt man das? Mach (als kleine Motivation) ein kleines Spiel aus dieser Übung. Lege dir (zum Beispiel in deinem Kalender) eine kleine Strichliste an. Für jedes Lob oder Kompliment, das du gibst, bekommst du einen Punkt. Am Ende des Tages, der Woche oder des Monats zählst du alle Punkte zusammen (du kannst dir den Zeitraum am besten selbst wählen). So könntest du z.B. täglich versuchen deinen Score zu überbieten. Gelingt es dir, dann kannst du dir etwas Besonderes gönnen: Kuchen, Kaffeepause, Kinobesuch, Wellness-Abend oder Ähnliches.

„Sorgen drücken einen Menschen – aber freundliche Worte richten ihn wieder auf." (Sprüche 12, 25) „Eine freundliche Antwort vertreibt den Zorn, aber ein kränkendes Wort lässt ihn aufflammen. Ein freundliches Wort schenkt Freude am Leben, aber eine böse Zunge verletzt schwer." (Sprüche 15, 1+4)

ÜBUNG: Auf Worte sollten auch Taten folgen. Hier ein paar Ideen zum Abhaken und Datum-Dazuschreiben. Erweitere die Liste. Übung gerne öfter wiederholen. Heute habe ich:

☐ … einer Person hinter mir die Tür offen gehalten:

____________________ (Datum)

☐ … meinen Nachbarn zum Essen eingeladen:

____________________ (Datum)

☐ … an die Windschutzscheibe eines Autos eine Blume gesteckt:

____________________ (Datum)

☐ … jemandem meine Hilfe angeboten:

____________________ (Datum)

☐ … einem bettelnden Menschen Essen gegeben:

____________________ (Datum)

☐ … jemandem den Rücken/Nacken massiert:

____________________ (Datum)

☐ … einer Person die Füße gewaschen:

____________________ (Datum)

☐ … die Last eines anderen getragen:

____________________ (Datum)

☐ … bei jemandem die Fenster geputzt:

____________________ (Datum)

☐ … bei einem Umzug geholfen:

____________________ (Datum)

☐ … einfach so ein Überraschungspaket an jemanden geschickt:

____________________ (Datum)

☐ … im Garten bei einer Person das Unkraut gezupft:

____________________ (Datum)

☐ … jemanden im Knast besucht:

____________________ (Datum)

☐ … auf der Straße bei einer Spendenaktion mitgemacht:

____________________ (Datum)

☐ … ____

____

☐ … ____

____

„Hass führt zum Streit, aber Liebe sieht über Fehler hinweg.“
(Sprüche 10, 12)

Leitwort: Ich bin auch nicht perfekt.

Wir sollten uns immer bewusst sein, dass wir alle nur Menschen sind. Wir sind keine Götter und somit fehlbar. So sehr wir uns auch anstrengen mögen, wir sind nicht perfekt und unsere Mitmenschen auch nicht. Daher sollten wir immer wieder Verständnis dafür haben, wenn anderen ein Fehler unterläuft und ihnen diesen nicht ständig unter die Nase reiben. Im Gegenteil: Wir sollten sie unterstützen, den Fehler wiedergutzumachen.

ÜBUNG: Enden möchte ich mit folgender Übung: Denke nicht nur „Ich liebe dich!", sondern sage es auch. Wem diese Worte schwer über die Lippen kommen, der kann mit „ich mag dich" beginnen. Diese Worte sind nicht nur dem Partner vorbehalten!

KURZ UND KNAPP (Lebendige Liebe)

1. **Erstelle eine Vergebungs-Liste.** Vergebe dir und anderen. Bitte andere *und Gott* um Verzeihung. Erlebe dadurch Freiheit.
2. **Verinnerliche das Leitwort: Was bringt es mir denn, wenn ich nicht vergebe?** Vergebung wirkt sich positiv auf Körper und Seele aus.
3. **Schau in den Spiegel und sage: „Ich liebe dich!"** Nimm dadurch den Druck, dich ändern zu müssen, und verändere dich, indem du einfach bist.
4. **Sage anderen, was du an ihnen magst, statt verändern zu wollen.** Dieser Blickwechsel verändert deine Einstellung und gibt dem anderen die Chance, aus freien Stücken heraus sich dir zuliebe verändern zu können.
5. **Nehme dir täglich bewusst Zeit für jemanden.** Nutze die Gelegenheit, diesen Menschen besser kennenzulernen.
6. **Übe dich täglich in Lächeln, Lob und Komplimenten.** Du wirst sehen, dass du damit ein Stück die Welt um dich herum veränderst.
7. **Habe stets eine tröstende und eine helfende Hand.** Erstelle eine Liste mit Ideen, anderen zu helfen und zu unterstützen.
8. **Verinnerliche das Leitwort: Ich bin auch nicht perfekt.**

Demütige Dankbarkeit

„Und reichst Du uns den schweren Kelch, den bittern
Des Leids, gefüllt bis an den höchsten Rand
So nehmen wir ihn ***dankbar*** *ohne Zittern*
Aus deiner guten und geliebten Hand"
(Bonhoeffer 1944)

Diese Worte geben kurz und knapp demütige Dankbarkeit wieder. Dankbar sein, nicht nur, wenn es uns gut geht, sondern auch in und für schwierige Zeiten. Bonhoeffer schrieb diese Zeilen im Dezember 1944. Er war bereits seit 18 Monaten in Haft und nun auch ins Kellergefängnis der Gestapo verlegt worden. Die Hinrichtung am 9. April 1945 erahnend, schrieb er, dass er auch das Leid in seinem Leben dankbar annehmen möchte. Demütige Dankbarkeit ist eine Dankbarkeit, die nicht vergisst, für das Gute zu danken, aber auch mit ehrlichem Herzen für das Schlechte danken kann. Es ist eine Dankbarkeit, die das Gute nicht als selbstverständlich nimmt und sich für kein „Danke" zu schade ist.

„Wenige Wochen vorher hatte Bonhoeffer an Maria geschrieben: „Lass uns nie an dem irre werden, was uns widerfährt; es kommt alles aus guten, guten Händen." Aus den „guten Mächten", die vielleicht noch gar nicht so sehr die Macht Gottes meinten, sondern vielmehr geistige Wirklichkeiten wie das Bibelwort, Gespräche, Musik, die Familie, Freunde, Bräuche, die in ihm und in ihnen lebendig sind und sie über die räumliche Trennung hinweg verbinden, aus diesen „guten Mächten" wird die „gute und geliebte Hand" Gottes."

http://www.predigtpreis.de/predigtdatenbank/predigt/article/liedpredigt-ueber-von-guten-maechten-treu-und-still-umgeben-von-dietrich-bonhoeffer-und-otto-abel-e.html (Stand: Juni 2016)

„Doch willst du uns noch einmal Freude schenken
an dieser Welt und ihrer Sonne Glanz,
dann wolln wir ***des Vergangenen gedenken,***
und dann gehört dir unser Leben ganz.“
(Bonhoeffer 1944)

ÜBUNG: Wir wollen mit einer leichten Aufgabe anfangen; dem Bewusstwerden für das Positive in unserem Leben. Organisiere dir einen Kalender oder ein Tagebuch. Schreibe dort täglich aber nur die schönen, lustigen und tollen Erlebnisse hinein, die dir Kraft geben und dich gut fühlen lassen. Wichtig ist, dass du dich nicht gleich überforderst:

a) Nehme dir für jeden Tag nur ein Ereignis vor und schreibe in Stichpunkten. Das erhöht die Wahrscheinlichkeit, dass du es auch konsequent durchziehst.
b) Mache ein Ritual (wie z. B. das Zähneputzen) daraus und schreibe an einem bestimmten Zeitpunkt des Tages in den Kalender (morgens nach dem Aufstehen, nach dem Frühstück, nach der Arbeit oder vor dem Schlafengehen).
c) Wenn du es an manchen Tagen nicht schaffst, dann gib nicht auf. Entweder lass die fehlenden Tage einfach frei oder trage sie nach.
d) Steigere dich nach Lust und Laune. Wenn du merkst, dass du gerne mehr und lieber in ganzen Sätzen schreiben möchtest, dann tu das.
e) Fange gleich heute damit an!

„Lobe den Herrn, meine Seele, und ***vergiss nicht****, was er dir Gutes getan hat.“ (Psalm 103, 2)*

Auch wenn wir es nicht immer sehen oder fühlen, jeder Tag hat etwas Gutes, für das wir danken sollten. Oft werden sie vom Mantel der Selbstverständlichkeit und Gewohnheit verdeckt. Ich habe die folgende Übung schon mit vielen Personen durchgeführt und fast bei allen zeigte sich ein ähnliches Muster. Sie wurden gebeten, für mindestens eine Sache in ihrem Leben zu danken. Zunächst Schweigen und langes Überlegen. Manchmal kam auch die Antwort: „Mir fällt nichts ein." Oder: „Für was soll ich denn danken?". Bei wenigen kam auch nach ein paar Minuten keine Rückmeldung. Als mit weiteren Fragen unterstützt wurde wie „Hast du gerade Schmerzen? Frierst du im Moment? Konntest du die Nacht in einem Bett schlafen? Hast du gerade Hunger zu leiden? Gibt es Familie und Freunde in deinem Leben, für die du dankbar bist?" kamen so nach und nach Ideen, wofür sie danken konnten.

Fand diese Übung in einer größeren Runde statt, war es sehr auffällig, dass es vielen unangenehm war, für Dinge, die wir in unserem Leben als selbstverständlich sehen, zu danken. Dies wurde oft durch ein unsicheres Lachen überspielt. Vergleichbar mit dem Verhalten von Menschen, die sich nicht trauen, in der Öffentlichkeit zu weinen (z.B. bei einem traurigen Film) und dies mit Gelächter überspielen. Wurde das Danken jedoch zur Gewohnheit, verschwand die Unsicherheit und immer mehr wurde genannt, für das gedankt wurde. Als weiteren Schritt konnte beobachtet werden, dass mit der Zeit auch Begründungen folgten: „Ich bin dankbar für den Regen, damit die Pflanzen gut wachsen können." Eine Übung, die anfangs mit nur einem Satz und langem Überlegen begann, endete nach ein paar Wochen damit, dass jeder nun mehrere Minuten lang seinen Dank zum Ausdruck brachte. Spannend war es bei Gruppen zu beobachten, dass so mancher Dank für ein Ereignis hervorbrachte, der für andere zunächst nicht nachzuvollziehen war. Als nach den Gründen der Dankbarkeit gefragt wurde, erhielt das scheinbar Schlechte auch eine gute Seite.

Weiterhin verschärfte es bei vielen den Blick für die unscheinbaren und selbstverständlichen Dinge in unserem Leben. So wurde zum Beispiel für „die Luft, die wir atmen", „den singenden Vogel im Baum", „das Sehen, Schmecken, Fühlen, Hören, Riechen" und vieles mehr gedankt.

Ich persönlich starte seit einigen Monaten jeden Morgen mit einer dankbaren Haltung in den Tag. Das Erste, was ich nach dem

Aufwachen mache, ist mindestens eine Sache zu nennen, für die ich dankbar bin. So falle ich nicht gleich in den Tag mit meinen Sorgen, Planungen und dahin schweifenden Gedanken. Durch das Danken merke ich immer wieder, dass es Auswirkungen auf meinen Körper und meine Gefühle hat. Ich werde ruhig, gelassen, gut gelaunt und fange an, automatisch zu lächeln. Und je nach Zeit, Lust und Laune danke ich entweder nur eine Minute, aber es kam auch vor, dass ich noch auf dem Rad sitzend länger als eine halbe Stunde gedankt habe, weil mir so viele Dinge und Ereignisse in den Kopf kamen, für die ich „Danke“ sagen wollte.

<u>ÜBUNG</u>: Versuche täglich, gleich nach dem Aufstehen, für mindestens eine Sache in deinem Leben zu danken. Fange mit: „Ich bin dankbar für …“ an.

Für Fortgeschrittene I: Erweitere auf mindestens 5 Dinge oder Ereignisse.

Für Fortgeschrittene II: Erläutere deinen Dank nun auch mit einer Begründung: „Ich bin dankbar für …, weil …!“

Für Fortgeschrittene III: Gerne kannst du das Danken auf morgens und abends erweitern oder aber auch immer wieder mal in den Tag einbauen.

<u>ÜBUNG</u>: Schreibe hier nach einer gewissen Zeit (ein paar Tage, Wochen, Monate) des morgendlichen Dankens deine Erfahrungen dazu auf. Wie hat es sich bei dir entwickelt? Welche Auswirkungen hatte es für dich und dein Leben?

____

____

____

„Dankbarkeit zu fühlen und sie nicht auszudrücken, ist wie ein Geschenk zu verpacken und es nicht zu verschenken.“
(William Arthur Ward)

Selbstverständlichkeit ist auch hier der größte Feind. Wann haben wir das letzte Mal der Putzfrau im Büro dafür gedankt, dass sie regelmäßig alles sauber macht? Oder sagen wir, dass es schließlich auch ihr Job ist und werden nur auf sie aufmerksam, wenn etwas nicht ganz sauber ist? Wann haben wir das letzte Mal dem Busfahrer gedankt, dass er den Zeitplan versucht einzuhalten und uns sicher durch den Verkehr manövriert? Oder meckern wir nur über ihn, wenn er zu spät kommt und eine Vollbremsung macht? Wann haben wir das letzte Mal dem Partner dafür gedankt, dass er immer wieder kocht und die Wohnung in Ordnung bringt? Oder fallen uns seine Bemühungen nur auf, wenn die Suppe versalzen und Staub auf dem Regal zu finden ist? Wann haben wir das letzte Mal unseren Freunden gedankt, dass sie sich immer wieder Zeit nehmen und sich auf den Weg machen, um sich mit uns zu treffen? Oder blaffen wir sie gleich an, weil sie fünfzehn Minuten zu spät kommen? Wann haben wir das letzte Mal dem Kellner für seinen Service gedankt? Oder lästern wird hinter seinem Rücken, weil er die Rechnung nicht im Kopf zusammenrechnen kann, sondern einen Taschenrechner zur Hilfe nimmt? Wann haben wir das letzte Mal einem lieben Menschen dafür gedankt, dass er uns anlächelt? Oder sind wir eher neidisch auf seine offene, empathische und herzliche Art? Wann haben wir das letzte Mal unserem Partner für die sexuelle Zuneigung gedankt, für das Zulassen von Nähe, Zärtlichkeit und Intimität? Oder verspüren wir ein Anrecht darauf, nur weil man ein Paar ist? Diese Liste könnte noch ewig weitergeführt werden und sicherlich kommen dir noch zahlreiche weitere Beispiele in den Kopf.

Warum danken wir anderen Menschen so wenig? Sind wir uns für ein „Danke“ zu schade? Finden wir es unangebracht oder sogar peinlich? Oder reicht es, wenn ich eine Person für den Dienst bezahle? Habe ich dann wirklich einen Anspruch darauf?

ÜBUNG: Aber warum ist es eigentlich wichtig, dass ich mich bedanke? Probiere es einfach mal aus und bedanke dich bei deinen Mitmenschen für Dinge, Ereignisse und Dienstleistungen, die du bisher als selbstverständlich gesehen hast oder die zum gewohnten Alltag geworden sind. Schreibe deine Erfahrungen auf:

____

____

____

____

____

„Ich bin dankbar, nicht weil es vorteilhaft ist, sondern weil es Freude macht.“
(Lucius Annaeus Seneca)

Außer Freude hat Dankbarkeit noch folgende Nebenwirkungen:
„Der Psychologe Shawn Achor fand ebenfalls heraus, (…) ein simples „Danke“ auszusprechen oder zu hören, führt zu einer tatsächlichen Ausschüttung von Dopamin in unserem Gehirn. (…)
Dopamin hat viele Funktionen: (…) Diese Neurotransmitter führen dann tatsächlich zu Leistungssteigerungen und einer erhöhten Kreativität – bei allen Dingen, mit denen wir uns beschäftigen.
Außerdem steht der Botenstoff Dopamin in direkter Verbindung zur emotionalen und motivationsfördernden Region des Gehirns: Das Glückshormon reguliert unseren Kreislauf, wirkt auf das Essverhalten und erhöht sogar die kognitiven Funktionen. (…)
Genuine Dankbarkeit und positive Denkansätze sind also ganzheitlich gesehen pures Glück für unseren gesamten Körper und Organismus: Wir

schlafen besser, sind weniger depressiv, unser Immunsystem wird unterstützt, unsere Stresslevel gesenkt. Höchste Zeit also, ein wenig Dankbarkeit zu einem festen Bestandteil unseres täglichen Lebens zu machen, oder?"
http://www.desired.de/dankbarkeit-wie-sie-mit-dem-kleinen-woertchen-danke-gluecklicher-schoener-und-erfolgreicher-werden/id_73310878/index (Stand: Juni 2016)

ÜBUNG: Versuchen wir unsere Dankbarkeit gegenüber unseren Mitmenschen noch ein wenig zu steigern, indem wir bei möglichst jeder Begegnung ein „Danke für ..." oder ein „Danke, dass ..." einbauen. Damit wir uns nicht gleich überfordert fühlen:

a) Beginne im Familien- und Freundeskreis
b) Erweitere auf dein Schul-, Studien- und Arbeitsumfeld
c) Finde die absolute Steigerung in jeder Begegnung mit deinem Nächsten

Wenn du nicht weißt, für was du dich bedanken könntest, dann lass deiner Intuition freien Lauf und danke für das Erste, das dir in den Sinn kommt – und das Schwerste an der Übung: Sprich es aus!

„Nicht die Glücklichen sind dankbar. Es sind die Dankbaren, die glücklich sind."
(Sir Francis Bacon)

Begegnungen

„Ich traf einen jungen Mann, kerngesund, modisch gekleidet, Sportwagen, und fragte beiläufig, wie er sich fühle: Was 'ne Frage, sagte er, beschissen!
Ich fragte, ein wenig verlegen, eine schwerbehinderte ältere Frau in ihrem Rollstuhl, wie es ihr gehe: Gut, sagte sie, es geht mir gut.
Da sieht man wieder, dachte ich bei mir, immer hat man mit den falschen Leuten Mitleid."
(Lothar Zenetti)

Jahrelang war ich ein Gegner von: „Sei für alles in deinem Leben dankbar." Für alles? Das würde auch beinhalten, dass ich dankbar sein sollte für die Erkältung, für den Tod einer geliebten Person, für die dauerhaften Rückenschmerzen, für den Streit in der Familie, für meine Arbeitslosigkeit, für den Krieg in dieser Welt, für das schlechte Wetter, für die verletzenden Beschimpfungen; für all das?!
Ich konnte (auch wenn ich es mir fest vorgenommen hatte) dafür nicht dankbar sein, da ich der Meinung war, das kann *von Gott* nicht für mein Leben vorgesehen sein. Es reicht ja auch aus, nur für das Gute in meinem Leben zu danken.
Durch ein sehr einschneidendes Ereignis in meinem Leben, das mir alle meine Träume, Wünsche und Hoffnungen nahm, sodass es für mich keinen Lebenssinn mehr gab und ich am absoluten Ende stand mit der Frage „Warum überhaupt noch weitermachen? Warum überhaupt noch leben? Warum?", wurde ich eines Besseren belehrt. Auch die für uns so schweren Zeiten, Erlebnisse und Schicksalsschläge sind exakt für unser Leben bestimmt und erfüllen einen Zweck, *insbesondere wenn wir Kinder Gottes sind. Wie zuvor beschrieben, wird kein Vater sein geliebtes Kind absichtlich verletzen, es sei denn, es ist notwendig, um es zu retten.* Und genauso war es in meinem Leben. Durch dieses tief greifende Erlebnis, das mir fast das Leben kostete, habe ich so viel Positives empfangen und bin einen Weg gegangen, den ich garantiert nicht gefunden hätte, wäre ich dem alten Weg einfach weiter gefolgt. Zudem konnte ich dadurch erfahren, dass wir tatsächlich auch für Schweres in unserem Leben danken können, da wir gewiss sein dürfen, dass es sein Gutes hat.
Der ausgewählte Text von Lothar Zenetti zeigt sehr schön, dass wir zu sehr nach den äußeren Umständen urteilen. Wir meinen, wenn ein Mensch Geld, Gesundheit und so weiter hat, dass es ihm auch innerlich gut gehen müsse. Und vielleicht hat die Frau in der Geschichte gerade durch den Schicksalsschlag ihre Zufriedenheit gefunden.

ÜBUNG: Schreibe zunächst alles auf, für das du in deinem Leben nicht dankbar sein kannst:

____

____

____

____

____

Überlege dir, warum du dafür nicht dankbar sein möchtest. Was hindert dich daran? Schreibe deine Gedanken dazu auf:

____

____

____

____

____

„»Mein fehlerhafter Körper ist zu einem richtig guten Werkzeug geworden. Ich habe das Talent, andere aufzubauen, ihnen Mut zu machen, Gott sei Dank!« Das schreibt ein Mann mit 28 Jahren, dem von Geburt an Arme und Beine fehlen. Als ich die 280 Seiten seines Buches »Mein Leben ohne Limits« gelesen habe, war ich tief beeindruckt. Als Kind wurde er von anderen Kindern als »Monster« bezeichnet. In dieser Zeit wurde Nick Vujicic von Selbstmitleid und Depressionen überrollt. Und die Frage, welchen Sinn das Leben für ihn überhaupt hat, bedrängte ihn so sehr, dass er sich in einer Badewanne ertränken wollte. Was brachte die Wende in seinem Leben? »Es ging mit mir bergauf, als mir klar wurde: Obwohl ich alles andere als perfekt bin, bin ich trotzdem der perfekte Nick Vujicic. Ich bin ein Gedanke Gottes!« Er begriff, dass er genauso war, wie Gott es wollte. Dann musste er auch alles können, was Gott von ihm getan haben wollte.

Ich halte das für eine großartige Einsicht, weil sie ihn nicht nur vor Verzweiflung bewahrte, sondern ihn sogar befähigte, anderen Menschen Mut zu machen, *ihr Vertrauen auf Gott zu setzen und ihm zuzutrauen, dass er keine Fehler macht und dass ihm auch nichts unmöglich ist.*
Alle Schwächen unserer Seele und unseres Körpers hat Gott doch nur zugelassen, damit wir unsere Abhängigkeit von unserem Schöpfer sehen lernen. Sie ist immer da; aber leider übersehen wir sie, solange wir scheinbar ohne Gott fertig werden. Welche Kraft liegt doch in dem Bewusstsein, den großen Gott zum Freund zu haben! Und das will er gern sein, wenn wir an Christus als an unseren Erlöser glauben. Dann können auch wir Mutmacher für andere werden."
http://www.talk-about.org/leben-ist-mehr/default.asp?Datum=12.01.2014 (Stand: Juni 2016)

ÜBUNG: Lerne für das Schwere in deinem Leben zu danken. Schreibe in die Lücke erneut das auf, was dir Schmerzen, Leid, Sorgen und Kummer bereitet. Beginne mit nur einer Sache:
„Ich bin dankbar für/dass

____

____

denn genau das, ist für mein Leben bestimmt und führt zum Guten. (Auch wenn ich es jetzt noch nicht erkennen und verstehen kann.)"

Für Fortgeschrittene I: Sprich den Satz laut vor dir selbst aus!

Für Fortgeschrittene II: Wenn du das wirklich glauben kannst, dann wiederhole diese Aufgabe mit all den Punkten, die du in der letzten Übung aufgeschrieben hast.

„Seid dankbar in ***allen*** *Dingen" (1. Thessalonicher 5, 18)*

„Im Februar 1945 wurde Bonhoeffer ins Konzentrationslager Buchenwald verlegt, im April ins KZ Flossenbürg. Am 5. April verfügte Hitler, die Verschwörer seien zu exekutieren. Drei Tage später fand ein Scheinprozess statt, den die Angeklagten ohne Verteidigung über sich ergehen lassen mussten.
Ein Gebet in der Zelle, dann musste sich Bonhoeffer ausziehen. Nackt trat er den Gang zum Galgen an – eine letzte Demütigung für den Pastor, der es gewagt hatte, von Anfang an gegen Hitler zu reden. „Ich habe in meiner fast 50-jährigen ärztlichen Tätigkeit kaum je einen Mann so gottergeben sterben sehen", schrieb Hermann Fischer, der Lagerarzt von Flossenbürg später. (...) Was bleibt, ist die Erinnerung an einen Mann, der sein Leben für den Kampf gegen das Unrecht opferte – und seine Worte."
http://www.spiegel.de/einestages/dietrich-bonhoeffer-zum-70-todestag-des-freiheitskaempfers-a-1027462.html (Stand: Juni 2016)

„Noch will das alte unsre Herzen quälen,
Noch drückt uns böser Tage schwere Last.
Ach, Herr, gib unsern aufgeschreckten Seelen
Das Heil, für das du uns geschaffen hast."
(Bonhoeffer 1944)

KURZ UND KNAPP (Demütige Dankbarkeit)

1. **Führe ein Positiv-Tagebuch.** Erlange dadurch ein Bewusstsein für die vielen guten Dinge in deinem Leben.
2. **Starte den Tag mit danken.** Mit dieser Einstellung gibst du dem Tag eine ganz andere Perspektive.
3. **Danke anderen Menschen auch für Kleinigkeiten.** Nehme das, was Menschen in deinem Leben bewirken, nicht als selbstverständlich hin.
4. **Danke auch für das schlechte, schwierige und leidvolle in deinem Leben.** Erlebe dadurch einen Blickwechsel auf deine Lebensumstände und nehme den schweren Gedanken die Macht, dein Leben in Ketten zu legen.

Ereignisreiches Erleben

„Ein Sonnenblumenkern sollte mit vielen anderen in die Erde gesenkt werden. Das wollte er aber nicht. Er entwischte der Hausfrau in einem günstigen Moment und versteckte sich unter einem Schrank „Man darf nicht immer über sich verfügen lassen“, sagte der Kern und fristete nun ein recht unruhiges Leben unter dem Schrank. Im Kampf um sein Leben – er war ja immer auf der Flucht vor Besen und Putzlappen, wenn diese unter den Schrank fuhren – hatte er manche Not zu bestehen. Aber was tat's, er war dabei doch sein eigener Herr. Bis zum herbstlichen Hausputz! Da wurde er entdeckt und als wertloser Kern auf den Abfallhaufen am Gartenzaun geworfen.

„Man hat mich in meinem Wert völlig verkannt“, sagte der Sonnenblumenkern zu dem welken Rosenblatt auf dem Komposthaufen. „Ich gehöre nicht hierher, ich habe wertvolle Öle in mir!“ – Da neigte sich eine große, goldene Blütensonne zu ihm herab. „Wer bist du?“ schrie der kleine Kern; ganz hingerissen von so viel Schönheit. „Eine Sonnenblume! Ich wurde als Samenkorn vor Monaten in die Erde gelegt.“ „Ich will auch in die Erde“, rief der Kern, „ich will auch!“ „Zu spät! Die Saatzeit ist vorbei und dein Leben vertrocknet“, sagte die Sonnenblume und wandte ihr schönes Blütengesicht mit der reifenden Frucht darin dem Licht zu.“

http://www.miriam-stiftung.de/gedanken-fuer-den-tag/index.php?anzeigedatum=2015-06-09 (Stand: Juni 2016)

Wir Menschen meinen, wie der Sonnenblumenkern in der Geschichte, unser Leben selbst in die Hand nehmen zu müssen und sträuben uns dagegen, uns führen zu lassen und der guten Pflege der Hausfrau hinzugeben, weil wir dann das Gefühl haben, unser Leben nicht mehr selbst zu leben. Stattdessen glauben wir, es besser zu wissen und gehen unsere eigenen Wege, die mit viel Anstrengungen, Ängsten und etwas „leisten zu müssen“ verbunden sind. Oft sehr spät oder auch viel zu spät erkennen wir dann, dass ein sich auf seine Bestimmung (Mensch zu **sein**) Einlassen und sich in die Erde legen und öffnen lassen (führen lassen), zu einem erfüllten und blühenden Leben führen würde.

Es ist allerdings gar nicht so einfach in dieser Welt nur Mensch zu sein und ein Leben zu führen, in dem man nur lebt und kein Leben führt, wo Menschen aus eigener Kraft und Leistung sich selbst gesteckte Ziele erreichen **müssen**. Denn wie zuvor beschrieben, bekommen wir von klein auf beigebracht, für unser Glück selbst verantwortlich zu sein, das wir nur durch Disziplin, Willenskraft und Zielstrebigkeit erreichen können. So lernen wir unser Leben zu planen, zu strukturieren und Lebenskonturen vorzuzeichnen. Später verbringen wir unsere Lebenszeit nur noch damit, diesen Plan zu verfolgen, Lebensstrukturen entlang zu hangeln und die vorgezeichneten Konturen auszumalen. Sobald etwas nicht mehr den gewünschten Vorstellungen entspricht, wird alle Energie darangesetzt, diese mit Gewalt wieder in eine Form zu bringen, die wir für richtig halten. Damit sind unweigerlich Ängste, Sorgen, Kämpfe und Flucht verbunden.
Dabei kann das Leben so einfach und unkompliziert sein, wenn wir uns nur darauf einlassen, unsere Bestimmung als Mensch zu erkennen, wo wir einfach nur leben und **sein** dürfen, ohne etwas zu **müssen**.
Doch wie sieht es in unserem Leben aus? Längst haben wir es verlernt, einfach nur zu sein, sondern glauben durch Planung das erreichen zu müssen, was unserer Meinung nach einem erfüllten Leben entspricht – oder viel schlimmer noch, was uns die Gesellschaft vorgibt, wie ein erfülltes Leben auszusehen hat.
Wir brauchen nur auf unseren Alltag zu schauen, um zu erkennen, dass wir dem Leben und dem Sein keine Zeit und keinen Raum mehr geben. Durch unsere gesellschaftlichen Strukturen haben wir es verlernt, in den Tag zu leben und dem nachzugehen, was tatsächlich an diesem Tag für uns dran wäre. Vielleicht wäre es gerade für uns das Beste, mit Freunden ins Kino zu gehen, aber der schon seit drei Wochen geplante Spieleabend steht dem im Weg. Innerlich verspüren wir ein Verlangen nach einem ruhigen und besinnlichen Abend, aber die Freunde kommen schon in einer Stunde zum verabredeten Grillabend. Eigentlich hatte man sich schon seit Monaten auf den Urlaub auf Teneriffa gefreut, aber eine Woche vorm Abflug realisieren wir, dass es uns eher nach Thailand zieht.

Ausbrechen scheint unmöglich und so ersticken wir die Stimme des wahren Seins und Lebens in uns. Wir fangen an zu zweifeln, dass das Leben auch anders funktionieren könnte. Wir **müssen** doch planen, um uns mit anderen verabreden zu können. Spontan hat doch keiner mehr Zeit. Wir **müssen** doch einen Flug mehrere Wochen im Voraus buchen. Spontan sind sie doch viel zu teuer oder ausgebucht. Wir **müssen** uns doch auf einer Dating-Seite im Internet anmelden. Spontan ergeben sich doch keine Partnerschaften mehr.

Dies führt dazu, dass wir unser Leben nicht mehr leben, sondern verplanen. Wir leben nicht mehr, sondern werden gelebt. Termine werden fleißig und selbstverständlich gemacht und Verabredungen werden nicht mehr spontan gemacht, sondern mit Ort, Zeit und Ereignis in kleine Kästchen eingetragen. Je mehr wir in einen Tag packen können, desto mehr glauben wir, unsere Lebenszeit zu nutzen. Unser Terminkalender wird zu einem lebensbedrohlichen Killer unserer wertvollen Lebenszeit.

ÜBUNG: Schaue dir deine letzte Woche an. Trage in die Tabelle ein, welche Termine und Verabredungen im Voraus geplant waren und markiere sie grün. Anschließend schreibst du die Ereignisse auf, die sich am Tag spontan ergeben haben und markierst sie rot:

MO	DI	MI	DO	FR	SA	SO

Wie viele Stunden waren bereits vorgezeichnet? Schreibe die Anzahl auf: ____________________

Wie viele Stunden hast du das gelebt, was im Moment dran war? Schreibe auf: ____________________

Ereignisreiches Erleben ist an eine Bedingung geknüpft: leerer Terminkalender (FREIRAUM)! Je leerer, desto mehr Freiheit, das zu leben, was wirklich dran ist. Wenn wir unser komplettes Leben immer verplanen, ist kein Freiraum mehr vorhanden, gelenkt und geführt zu werden. Weder können wir auf spontane Ereignisse eingehen noch auf unsere momentanen inneren Bedürfnisse hören noch unserer Intuition folgen. „Lass uns doch mal spontan nächste Woche Donnerstag treffen.“, gilt in den Augen vieler schon als sehr flexibel, aber ist und bleibt eine rationale, vorausgeplante Entscheidung.
Wie soll denn dann mein Leben aussehen? Ich kann doch gar nicht anders als planen! Das Leben ist dann gar nicht mehr möglich. Das klappt vielleicht mit zwei Personen, aber bei einer ganzen Gruppe ist das unmöglich. Und wenn ich zum Arzt muss, geht es gar nicht ohne einen Termin.
All das sind vorgeschobene Gründe. In Wahrheit stehen hinter all diesen Aussagen und Fragen tief sitzende Ängste und Sorgen. Ich habe die Sorge, lange beim Arzt sitzen und warten zu müssen, bis ich dran bin oder sogar wieder nach Hause geschickt zu werden. Ich habe die Befürchtung, den Abend allein verbringen zu müssen, weil keiner Zeit haben wird oder alle schon verplant sind. Ich habe Angst, meine Arbeit zu verlieren, wenn ich mal zu Hause bleibe. Ich mache mir Gedanken, dass der Urlaub nicht erholsam wird, wenn ich nicht weiß, wo ich ihn verbringen und übernachten werde.

Wir bauen uns mit unserem Terminkalender und unserem tollen Planungssystem eine Welt der Pseudo-Kontrolle und -Sicherheit auf, in der wir uns auch sehr wohlfühlen. Aber was bedeutet es tatsächlich? Mit dem fest verplanten Spieleabend versuchen wir unsere Freunde festzunageln und nehmen ihnen somit die Freiheit, sich spontan für etwas anderes entscheiden zu können. Mit dem fest geplanten Urlaub versuchen wir nach unseren Vorstellungen

Entspannung, Spaß und Party zu erzwingen und nehmen dem Urlaub jegliche Art von Freiheit, unerwartete Abenteuer zu erleben. Mit den festgelegten Arbeitszeiten drängen wir uns in ein vorgegebenes System, das uns die Freiheit nimmt, über uns selbst zu verfügen.

Natürlich ist es schwierig aus einem gesellschaftlichen Gefüge herauszubrechen. Das ist auch in erster Linie nicht notwendig. An erster Stelle steht zunächst die Erkenntnis (wie es auch schon Seneca geschrieben hat), wer und was alles über unsere Lebenszeit verfügt. An zweiter Stelle folgt die Absicht, aus dieser Selbst- und Fremdkontrolle herauszubrechen.

Aber warum eigentlich Pseudo-Sicherheit? Hierzu ein kleines Beispiel: Wir wollen unbedingt mit unseren Freuden einen Spieleabend machen. Weil wir der Meinung sind, dass dieser spontan nicht zustande kommt, glauben wir höhere Chancen zu haben, wenn wir einen festen Termin mit Freunden ausmachen. Und unser Plan scheint aufzugehen. Alle haben für Mittwoch acht Uhr zugesagt. Wir fühlen uns sehr gut dabei. Doch am Mittwoch kommt das böse Erwachen. Kurz vor acht Uhr die Nachricht von Katrin per „WhatsApp“, dass ihre Mutter im Krankenhaus liegt, Peter meldet sich per SMS, dass er gerade als nachträgliches Geburtstagsgeschenk für diesen Abend von Freunden Konzertkarten geschenkt bekommen hat. Aber es bleiben ja noch Paul und Anneliese. Es ist allerdings bereits nach acht und noch keiner da. Viertel nach acht schreibt Paul eine Mail, dass er einen Streit mit seiner Freundin hatte und er nicht mehr in Stimmung war, zum Spieleabend zu kommen. Und Anneliese? Sie meldet sich gar nicht mehr. Sie hat es schlicht und einfach vergessen. Der so sicher geglaubte Spieleabend findet also nicht mehr statt. Wir sind alleine. Meist gesellt sich zu uns eine eigentlich (in Wahrheit) unbegründete Wut über unsere Freunde, von denen wir uns im Stich gelassen fühlen. Es war doch alles fest ausgemacht und geplant!

Im Gegensatz dazu folgendes Szenario: Es ist Mittwoch. Wir haben Lust auf einen Spieleabend und rufen spontan bei unseren Freunden an. Jetzt gibt es nur zwei Möglichkeiten:

a) Es hat keiner Zeit, dann findet das gewünschte Ereignis nicht statt. Aber wir sind auch nicht enttäuscht darüber, weil es ja keine festen Zusagen gab.
b) Es hat mindestens eine Person Zeit, dann wird auch gespielt. Zudem kommen die Gäste jetzt, weil sie Lust dazu haben und nicht, weil sie schon zugesagt hatten.

Dieses Beispiel lässt sich so gut wie auf alles in unserem Leben übertragen. Aus eigener Erfahrung weiß ich, wie schwer es ist, alte Gewohnheiten hinter sich zu lassen, ein System zu verlassen, dass die Mehrheit um uns herum lebt, einen Weg zu gehen, der vor allem von der westlichen Gesellschaft (so gut wie) von keinem vorgelebt oder akzeptiert wird.
Aber es gibt Möglichkeiten durch das Gittergeflecht des Terminkalender-Zeitplanungs-Käfigs auszubrechen. Dieser Fluchtplan gliedert sich grob in drei Schritte:

1. Ich mache es einfach.
2. Ich informiere mein Umfeld darüber.
3. Ich cancele nach und nach alle Termine, die ich bereit bin, zu streichen.

ÜBUNG: Der Weg zur Spontanität und mehr Freiraum in deinem Leben beginnt wie beschrieben mit dem ersten Schritt: Ich mache es einfach. Symbolhafte Bestätigungen für eine Entscheidung sind immer förderlich. Daher setze in folgenden Satz deinen Namen und das heutige Datum ein.
Heute ______________________________(Datum)
beginne ich, __________________________(Name),
mich von der Pseudo-Sicherheit der Terminplanung nach und nach zu lösen.

Für Fortgeschrittene I: Darauf folgt auch schon sofort der nächste Schritt. Informiere dein Umfeld darüber. Es ist wichtig, dass dieser Schritt sehr zeitnah geschieht, denn in der Psycho-

logie heißt es, dass eine Entscheidung, die innerhalb der nächsten 72 Stunden nicht umgesetzt wird, mit sehr hoher Wahrscheinlichkeit nicht weiter fruchten wird. Am besten ist es daher mit einer Person anzufangen, die dir am nächsten steht und dich am besten kennt. Verabrede dich zum Kaffee, rufe sie an oder schreibe eine Mail. Dabei kannst du mitteilen, dass du in Zukunft weniger planen möchtest und daher in der Regel (wichtig sind Ausnahmen!!!) bei festen Terminen nicht mehr zusagen möchtest, sondern am Tag des Ereignisses selbst entscheiden möchtest, ob du mit dabei sein wirst oder nicht. Hilfreich ist auch auf Fragen wie „Hast du am kommenden Donnerstag um acht Uhr Zeit und Lust mit dabei zu sein?“ mit einem „Gerne, aber wie du weißt, möchte ich aufgrund meines neuen Lebenskonzeptes nicht fest zusagen.“ oder (wer es einfacher haben möchte) mit einem simplen „Vielleicht.“ antworten.
Weiß erst einmal eine Person in deinem Umfeld darüber Bescheid, ist es nicht mehr schwer, auch anderen Menschen von deiner Entscheidung zu erzählen. <u>WICHTIG</u>: Ausnahmen sind, wie kurz angedeutet, sehr wichtig. Wir leben nun einmal in einer Planungs-Gesellschaft. Lass Ausnahmen zu, wenn du es für richtig hältst wie z. B. Hochzeiten, Geburtstage und Ähnliches. Somit nimmst du dir und anderen den Druck.

Leitwort: Niemals dogmatisch, immer pragmatisch!

<u>ÜBUNG</u>: Schreibe deinen Wochenplan auf.

MO	DI	MI	DO	FR	SA	SO

Für Fortgeschrittene I: Welche Termine **müssen** wirklich in deinem Kalender bleiben oder im Voraus geplant werden? Welche Ereignisse können auch gestrichen und spontan entschieden werden? Müssen Arzttermine geplant sein? Wie sieht es mit dem wöchentlichen Gesangsunterricht *oder dem sonntäglichen Gottesdienst* aus? Und meine Arbeit? Wie flexibel bin ich mit meinen Arbeitszeiten und Arbeitstagen? Markiere nun alle Termine, die du noch nicht in der Lage bist, zu streichen, rot und die anderen grün. WICHTIG: Streiche wirklich nur die Termine, die du auch bereit bist, zu streichen! Keiner zwingt dich dazu. Aber es ist viel leichter, als die Sorgen und Gedanken, die du dir gerade machst. UND: Nutze die Lücke im System. Zum Beispiel kannst du auch mal nicht zur Arbeit gehen, wenn du innerlich das Verlangen danach verspürst, zu Hause zu bleiben und melde dich krank. Oder sage deinen Mitmenschen unter Vorbehalt zu. Denke dran: Niemals dogmatisch, immer pragmatisch!!!

Für Fortgeschrittene II: Halte nun deinen Terminkalender möglichst leer! Es ist einfacher als es im ersten Moment scheinen mag. Die Übung mit dem Streichen sollte übrigens von Zeit zu Zeit wiederholt werden. Meist ist die Bereitschaft zu einem anderen Zeitpunkt größer.

Für Fortgeschrittene III: Schreibe nun erneut deinen Wochenplan, aber dieses Mal nur mit den Terminen, die du beibehalten hast.

MO	DI	MI	DO	FR	SA	SO

Vergleiche mit zuvor: Wie viel mehr Freiraum hast du dadurch gewonnen?

Schreibe hier den gewonnenen neuen Zeitraum in Stunden auf:

____

Wenn es nun wieder mehr FREIRAUM in deinem Leben gibt, hast du dir den Weg gebahnt, zum Kern des ereignisreichen Erlebens vorzudringen: FÜHRUNG (Intuition).
Bisher war dein Leben wie bei dem Sonnenblumenkern darauf ausgerichtet, nach deinen eigenen Wünschen und Vorstellungen zu leben (unter dem Schrank – Kern bleiben) und nicht nach dem Leben, welches für dich das Beste ist (in der Erde – zur Sonnenblume werden).
„Aber ich muss doch etwas leisten, um etwas zu werden?!", wirst du vielleicht denken. Wie ist das mit dem Sonnenblumenkern? Kann er etwas dazu leisten, um zu keimen und zu wachsen? Könnte er im Gegensatz dazu bei optimalen Bedingungen (die ihm die Hausfrau bietet) das Keimen verhindern? Besteht wirklich ein so großer Unterschied zwischen uns und dem Kern? Was haben wir denn wirklich in der Hand? Was können wir denn tatsächlich lenken und verhindern?
„Ihr lebt, als ob ihr immer leben würdet, nie kommt euch eure Vergänglichkeit in den Sinn, ihr bemerkt nicht, wie viel Zeit schon vergangen ist; wie wenn ihr sie in Hülle und Fülle hättet, verschwendet ihr sie, während unterdessen vielleicht gerade jener Tag, den ihr irgendeinem Menschen oder irgendeiner Sache widmet, euer letzter ist. ***Alles fürchtet ihr wie Sterbliche, alles begehrt ihr, wie wenn ihr unsterblich wäret.****" (Seneca – Die Kürze des Lebens)*

ÜBUNG: Sich im Leben leiten und führen zu lassen, beinhaltet auch immer das Bewusstsein „ICH **BIN** MENSCH“. Kreuze an.

Ich bin mir bewusst, dass …	JA	NEIN
… ich ein sterblicher Mensch bin. Ich habe mich nicht freiwillig dafür entschieden, auf diese Welt zu kommen und werde nicht ewig hier leben.		
… Ärzte viel leisten können, aber weder sie noch ich können das Leben oder den Tod meiner Mitmenschen kontrollieren.		
… ich meine Gesundheit positiv beeinflussen kann, aber es nicht in der Hand habe, wenn ich krank werde.		
… ich jederzeit mein Hab und Gut, meine Arbeit und meine finanzielle Absicherung verlieren kann.		
… ich es genießen kann, mich frei bewegen und entfalten zu können, aber andere Menschen mir diese Freiheit gewaltsam rauben können.		
…		
…		

Für Fortgeschrittene I: Fülle die Tabelle mit eigenen Gedanken aus.

Bin ich bereit, mich auf meine Bestimmung „Mensch zu **sein**" einzulassen? Letztlich ist und bleibt dies eine rhetorische Frage. Haben wir eine Wahl? Der Sonnenblumenkern ist und bleibt ein Sonnenblumenkern – unter dem Schrank oder in der Erde. Der Unterschied besteht lediglich darin, sich das Leben schwer oder leicht zu machen, zur Entfaltung seiner selbst zu kommen oder in seiner äußeren Kernhülle zu bleiben und sich nicht zu entwickeln. Klar werden viele sagen: „Meinen Job, meine Familie und meine Gesundheit habe ich mir hart erarbeitet. Da, wo ich jetzt im Leben stehe und was ich besitze, das habe ich mir doch alles selbst erarbeitet."
Ja, aber zu welchem Preis? Das ist die erste Frage, deren Antwort wir erst realisieren, wenn uns alles genommen wird. Was bleibt, wenn uns alles durch Krieg oder andere Krisen aus der Hand gleitet? Die zweite Frage: Was hast du tatsächlich dafür geleistet? Hast du entschieden, in die Familie geboren zu werden, die dich fördern konnte? Hast du bei den Prüfungen die Antworten durch die elektrischen Impulse in deinem Gehirn zu Gedanken werden lassen? Hast du es regnen und das Obst und Gemüse auf dem Feld gedeihen lassen, damit du dich gesund ernähren kannst?
Weißt du eigentlich, was „Mensch sein" bedeutet? Was heißt es, nach seiner Bestimmung „Mensch" zu leben? Seneca schreibt dazu: *„Der hingegen, der jeden Augenblick zu seinem Nutzen verwendet, der jeden Tag so einteilt, als wäre er sein Leben, sehnt sich nicht nach dem folgenden Tag und fürchtet sich nicht davor (...). Diesem Menschen kann man noch etwas dazugeben, wegnehmen nichts; und dazugeben so wie einem schon völlig Gesättigten noch etwas Speise: er nimmt es, hat aber kein Verlangen danach."*

<u>ÜBUNG</u>: Aber warum fürchten wir uns so sehr, uns auf unsere Bestimmung einzulassen? Warum sind wir der Meinung, immer etwas leisten zu müssen, um unser Glück zu erreichen?

____

____

____

____

Für jeden kann es etwas anderes sein. Manche waren sich nie wirklich über die Sterblichkeit bewusst. Andere glauben, dass sie durch „leisten müssen" das Leben besser unter Kontrolle haben. Wieder andere haben Angst, ihre Pseudo-Sicherheit zu verlieren. Oder haben wir das vorgelebte Modell der Gesellschaft niemals infrage gestellt, in der wir funktionieren und leisten müssen? Geht das denn überhaupt: einfach nur leben?

Wenn wir uns weiter damit befassen, wie wir unser Leben bisher gelebt haben, werden wir schnell merken, dass sich das Leben, das wir uns so mühsam aufgebaut haben, sich meistens um ein Zentrum dreht: dem EGO.
Das ist der eigentliche und wahre Grund, warum es uns so schwerfällt, einfach nur Mensch zu sein. Denn wenn wir ehrlich zu uns selbst sind und mit einem wahren Blick auf unser Leben schauen, werden wir erkennen, dass wir das Leben nicht als Mensch leben wollen, sondern als GÖTTER oder um es in Worten Senecas auszudrücken, als wären wir unsterblich. So treiben wir an unserer eigentlichen Bestimmung vorbei und verstehen nicht, warum wir uns denn als Sonnenblumenkerne der Fürsorge der Hausfrau hingeben sollten. NEIN. Wir wollen unser Leben selbst in die Hand nehmen und selbst bestimmen (= EGO als Zentrum).
Möchte ich also den Schritt „Ereignisreiches Erleben" gehen und mich auf die FÜHRUNG einlassen, dann darf ich auf der einen Seite einfach nur Mensch sein, aber auf der anderen Seite bedeutet es auch, das Leben nach meinen Vorstellungen loszulassen. Unser Ego und die damit verbundenen Wünsche sowie Vorausplanungen stehen uns oft im Weg (oder führen direkt in eine Sackgasse), dass wir nicht erkennen können, welche anderen Möglichkeiten es noch gibt, die zum wahren Lebensglück führen würden.

ÜBUNG: Nun folgt wieder eine schwere Übung; das Loslassen der eigenen Lebensplanung. Dazu ist es immer gut, sich dieser erst einmal bewusst zu werden. Schreibe auf, was du in deinem Leben in Zukunft geplant hast:

Wenn diese Zeilen (in Zukunft) leer bleiben, dann hast du es geschafft, loszulassen. Eine Hilfe ist es am Anfang vor jeden Satz ein „vielleicht werde ich" zu setzen. Versuche es:

Wie wirken deine Aussagen nun auf dich? Was fühlst du dabei?

Durch dieses Bewusstsein fiel es mir viel leichter, Ereignisse, die nicht meinen Vorstellungen entsprachen, für mein Leben anzunehmen. Und ich durfte erfahren, dass diese unerwarteten Erlebnisse mich an Orte und Ziele gebracht haben, von denen ich niemals zu träumen gewagt oder die ich auch nie für möglich gehalten hätte. Mit der Erfahrung konnte ich auch mehr und mehr loslassen und meine Ego-Wünsche zurückstellen. Sie sind zwar immer noch vorhanden, aber ich muss nicht mehr „auf Teufel komm' raus" diese erreichen. Erst dann habe ich den Spruch verstanden:

„Wer des Glückes teilhaftig werden will, muss zunächst das Tor der Wünsche schließen." (Friedrich Georg Jünger)

Jahrelang habe ich versucht einen anderen Zugang zum Glück zu finden, aber letztlich gab es tatsächlich nur diese von Jünger zitierte Möglichkeit. Jahrelang bin ich dem weltlichen Prinzip hinterhergelaufen: „Du musst dein Glück selbst in die Hand nehmen. Du musst an deinen Träumen und Wünschen festhalten. Du darfst nicht aufgeben. Kämpfe für deine Ziele." Und ich glaubte auch, viel selbst erreicht zu haben. Es kostete mich allerdings viel Lebensenergie und Lebenszeit. Als ich auf einen Schlag alles verloren hatte, realisierte ich, dass auch die damit verbundene Energie und Zeit verschwendet war. Anstatt diese in meine Wünsche, Träume und Ziele zu stecken, wäre beides besser investiert in „einfach nur zu leben und zu genießen".
Durch den Weg der Führung kommen wir an Ziele, die nicht immer mit unseren Vorstellungen übereinstimmen, aber für unser Leben genau richtig sind. Das heißt nicht, dass sie sich nicht auch decken können (was natürlich der Idealzustand wäre, weil ich dann ein Gespür dafür entwickelt habe, was das Richtige für mich im Leben ist). Der große Unterschied ist, dass ich auf diesem Wege niemals umsonst Lebenszeit und Lebensenergie hineinstecken werde, um ein Ziel zu erreichen, weil ich einfach lebe und mache.
Um Führung in meinem Leben zu erreichen, folgt nach dem Loslassen, das Zulassen. Ich gebe meine Führung ab und nehme

die neue an. Das klingt im ersten Augenblick vielleicht schwerer als es jedoch ist. Das liegt einfach daran, dass wir es nicht gewohnt sind, auf unser Inneres zu hören. Unsere Intuition wird von der Rationalität verdrängt. Längst sind wir nicht mehr für die Schwingungen und Eingebungen sensibilisiert.
Schauen wir auf die Tierwelt, ist dieses selbstverständlich. Obwohl Tiere (laut Wissenschaft) nur nach ihrem Instinkt und nicht nach dem Verstand handeln, rennen diese nicht einfach drauflos und stürzen in eine Schlucht. Im Gegenteil, bei Naturgewalten wie Erdbeben, Vulkanausbrüche und Tsunamis sind es die Tiere, die durch warnende Vorboten in Form von Schwingungen oder Ähnliches die Flucht ergreifen und sich somit in Sicherheit bringen können. Wir Menschen nehmen selbst dieses Fluchtverhalten kaum wahr.
Auf seine Intuition zu vertrauen, bedeutet daher eben nicht, in seinem Leben nichts mehr zu tun. Das ist meist die erste Reaktion, wenn ich Leuten davon erzähle, nichts mehr leisten zu müssen und nicht mehr seine selbst gesteckten Ziele erreichen zu müssen, sondern einfach nur zu sein. Denn die Betonung liegt in diesem Satz nicht auf „leisten", sondern auf „müssen"; wir leisten immer etwas. Auch heißt es nicht, dass wir unseren Verstand abschalten sollen und ohne zu gucken über die Straße laufen. Wir sind zwar keine Götter, aber Menschen mit Verstand und Erfahrung, die zusätzlich die Fähigkeit haben, zu denken und zu lernen.

Die Bibel verdeutlicht dies durch den Satz, den Jesus sagt: „Du sollst den Herrn, deinen Gott, nicht herausfordern." (Matthäus 4, 7) Wir sollen uns also von Gott führen und leiten lassen. Auch hat er seinen Engeln befohlen, uns zu beschützen, aber wir sollen dieses Vertrauen nicht ausnutzen und missbrauchen.

So lasse ich nicht nur los, sondern auch das Neue und Unerwartete in meinem Leben zu und kann es mit Freude leben, da ich weiß, dass es zu meinem Lebensweg gehört. All meine Energie und Zeit kann ich nun mit Leben füllen und erlebe dadurch viel mehr, als ich mir mit meinem kleinen Verstand hätte ausmalen können.

Ein Spruch sagt: „Warum der Güte Gottes Grenzen setzen?" Wir Menschen neigen immer dazu, alles zu begrenzen: „Ich würde gerne eine Million im Lotto gewinnen." (Warum nicht zwei oder drei Millionen?), „Ich hätte gerne zwei Kinder." (Warum nicht mehr?), „Ich möchte gerne vereisen, wenn ich Urlaub habe." (Warum nur in der Urlaubszeit?)

Früher habe ich so gelebt, dass ich genau wusste, was ich wollte. Wenn es nicht so kam wie gewünscht, habe ich dafür gekämpft und mich dagegen gewährt, etwas anderes anzunehmen. Es ist sicherlich immer gut zu wissen, was man möchte, aber es ist besser, zusätzlich das Gespür wahrzunehmen, wann ich etwas ändern kann und wann nicht. Da es eine wichtige Lebensweisheit ist, möchte ich sie an dieser Stelle gerne noch einmal wiederholen:

„*Gott*, gib mir die **Gelassenheit**,
Dinge hinzunehmen, die ich nicht ändern kann,
den **Mut**, Dinge zu ändern, die ich ändern kann,
und die **Weisheit**, das eine vom anderen zu unterscheiden."
(Reinhold Niebuhr)

Die ersten beiden Punkte zu leben, ist schon schwierig. Aber die wahre Herausforderung steckt in der Weisheit, beides zu unterscheiden. Hier ein paar Beispiele:

a) Du bist auf dem Weg zur U-Bahn und weißt, dass du die nächste U-Bahn mit deinem gewohnten Schritttempo nicht mehr erreichen würdest. Nimmst du es gelassen hin und gehst in selber Geschwindigkeit weiter? Oder lohnt sich der Mut zu rennen, um zur vorgegebenen Uhrzeit am U-Bahnhof zu sein?
b) Du hast die Diagnose Krebs. Nimmst du es gelassen hin und lebst weiter mit dem Krebs? Oder lohnt sich der Mut, dagegen anzukämpfen?

c) Du wurdest im Café von der Kellnerin mit Rotwein überschüttet und somit dein neues und teures Kleid ruiniert. Nimmst du es gelassen hin und lachst über den Fleck? Oder lohnt sich der Mut, sich für die Rückerstattung eines neuen Kleides einzusetzen?
d) Du wirst von deinem Partner verlassen. Nimmst du es, ohne weiter darauf einzugehen, gelassen hin? Oder lohnt sich der Mut, ein klärendes Gespräch zu suchen?
e) Du wirst von deinem Chef in der Probezeit zu Unrecht vor allen runtergemacht. Nimmst du es gelassen hin mit der Berücksichtigung, dass der Chef gerade Schwierigkeiten mit der Firma hat? Oder lohnt sich der Mut, sich zu verteidigen und zu kontern oder im Nachhinein den Sachverhalt richtigzustellen?

Wie erkennen wir, was für uns dran ist? Jede der beschriebenen Situationen kann zu einem anderen Ergebnis führen. Die U-Bahn kann mit unterschiedlichem Geh-Tempo erreicht werden, weil die U-Bahn zu spät oder zu früh kommt. Der Krebs kann von alleine verschwinden oder der körperliche Zustand beispielsweise durch eine Chemotherapie oder Operation zu einer Verschlechterung führen. Vielleicht nimmt uns die Aufregung und der Prozess, eine Rückerstattung für das Kleid zu bekommen, mehr Lebensfreude, als wenn wir die Situation im Café als eine humorvolle Begegnung speichern und vielleicht bietet dir die Kellnerin zwei Tage später von sich aus an, das Kleid zu ersetzen. Bei der Trennung kann sowohl das klärende Gespräch als auch das Loslassen dazu führen, dass der Partner wieder zu dir zurückkommt. Auch das Beispiel mit der Arbeit gibt keine eindeutigen Antworten, denn beide Handlungen können zu einer Entlassung oder Entschuldigung des Chefs führen.
Wie die Beispiele zeigen, ist das Leben nicht schwarz-weiß. Es ist selten einfach zu erkennen, wann ich etwas gelassen hinnehmen sollte und wann es sich lohnt, mit Mut etwas daran ändern zu wollen. Was bedeutet, Weisheit zu erlangen und zwischen beiden zu unterscheiden? Wie erkenne ich den Unterschied? Rationalität hilft meist nicht weiter.

ÜBUNG: Wenn du verlernt haben solltest, auf deine Intuition zu hören, kannst du mit einer rationalen Vorübung beginnen. Folge dem Siebprinzip (nach Sokrates „Die drei Siebe des Weisen"). Beantwortest du eine der drei Fragen mit „Ja", dann solltest du den Mut haben, etwas zu ändern. Beantwortest du Frage 1 und 2 mit einem „Nein", dann fällt die Entscheidung durch das erste und zweite Sieb. Fällt deine Entscheidung auch durch das dritte Sieb, dann solltest du sehr wahrscheinlich die Situation gelassen hinnehmen.

1. Gibt es eine **Notwendigkeit**? JA, es ist Gefahr im Verzug, dann handele. NEIN, dann weiter mit Sieb 2.
2. Steht **Liebe** im Vordergrund? JA, es ist zum Wohle aller (*Gott*, sich selbst, andere), dann handele. NEIN, dann weiter mit Sieb 3.
3. Verspürst du eine innere **Ruhe**? JA, es ist ein innerer Friede (kein Unwohlsein) zu spüren, dann handele. Bist du unruhig über eine mögliche Entscheidung, dann ist es unter Umständen nicht der Weg, den du gehen solltest. Eine innere Ruhe oder Frieden ist immer ein gutes Zeichen.

Für Fortgeschrittene I: Innere Ruhe ist eines der deutlichsten Signale, weil sie sich auch körperlich wahrnehmen lässt – die sogenannte „innere Stimme" (oder der „siebte Sinn") hingegen ist etwas schwerer zu erfassen, da sie einen sehr starken Gegner hat: Rationalität. Viele hören nicht auf sie, weil sie sich unsicher sind, ob es sich hierbei um ein eigenes Einreden handelt oder um eine intuitive Eingabe. Deswegen ist es zunächst wichtig, sich überhaupt darauf einzulassen und es einfach mal auszutesten, damit jeder seine eigenen Erfahrungen mit der „inneren Stimme" machen kann. WICHTIG: Meist ist es keine intuitive Entscheidung, wenn ein Argument hinter einer Entscheidung steht: „ich sollte … , weil … " Auch ist es selten der „siebte Sinn", wenn ich schon zu lange über etwas nachdenke.

Für Fortgeschrittene II: Eine Hilfe ist es, das wahrzunehmen, was mir als Erstes in den Sinn kam: ein Bild, eine Idee, ein Spruch und so weiter. WICHTIG: Aus einer emotionalen Handlung heraus kann es unter Umständen verfälscht sein. Wenn ich zum Beispiel angeschrien werde, ist die Emotion Wut und Ärger lauter als die inneren Signale und werden davon überdeckt. Daher sind Handlungen im Affekt oft nicht der richtige Weg.

Für Fortgeschrittene III: *Wenn du dir wirklich nicht sicher bist und dir Weisheit für eine Entscheidung fehlt, ist Gott immer noch der beste Ratgeber. Bitte ihn um Weisheit, den Weg zu sehen, den er für dich vorgesehen hat. Da er für seine Kinder sorgt, wird er sie nicht im Stich lassen und wenn es nötig ist, auch über Umwege zum Ziel führen. WICHTIG: Wir sollten mehr und mehr lernen, auf seine Führung zu hören und zu vertrauen; also unseren Willen unter seinen stellen.*

Auch wenn wir gelernt haben, rationale und auf Fakten beruhende Entscheidungen zu treffen, sind der Rationalität Grenzen gesetzt. Dies möchte ich durch das Beispiel „Autokauf" verdeutlichen. Ist es tatsächlich möglich, beim Kauf eines Neuwagens auf alle Fragen eine rationale Antwort zu finden? Warum und wie entscheide ich mich aus welchen rationalen Gedanken heraus für: Marke, Farbe, Getriebe, Gangschaltung, Türen, Unfallrisiko, Sitze, Reifen, Sicherheit, Bremsen, Schrauben, Cabrio, Beratung, Autohaus, Herstellungsort, Lärm, Versicherung, PS, Höchstgeschwindigkeit, Preis, Rabatte, Aktionen, Land, Jahreszeit, Datum, Meinungen, Test, Motor, …, …, …? Habe ich wirklich an alles gedacht?
Diese Liste kann noch bis ins Detail weitergeführt werden. Und wenn es einem Menschen tatsächlich gelingen sollte, alle nur erdenklichen Fragen rational beantworten zu können, steht immer noch die Frage im Raum: „War es die richtige Entscheidung?" Vielleicht gefällt er dir nach einer Woche nicht mehr. Vielleicht gab es gerade bei deinem Wagen einen Fehler an den Bremsen und du fährst damit in den Tod. Vielleicht gibt es eine Woche später einen höheren Rabatt. Ab wann also kommt Rationalität

an ihre Grenzen, ab wann entscheidest du nicht mehr rational und ab wann könnte sie dich in die Irre leiten?

ÜBUNG: Schreibe kurz auf, wie du bei einem Autokauf vorgehen würdest. Was entscheidest du rational und was nicht? Warum?

____

____

____

____

____

____

Wenn wir nun gelernt haben, uns freie Zeiträume zu verschaffen und auf unsere Intuition zu hören, dann folgt das Sich-Führen-Lassen, was viele mit Spontanität gleichsetzen. Es ist nichts geplant, also habe ich Freiraum. Ich höre in dieser Zeit auf meine Intuition und erkenne für mich einen Weg. Nun muss ich ihn auch gehen. Und beim Gehen wird mir schnell klar, dass es mit einer Entscheidung nicht getan ist. Ein Netz an Abzweigungen und Möglichkeiten tut sich vor mir auf; genau wie im oben genannten Beispiel. Mit der Entscheidung „Ich kaufe mir ein neues Auto!“ ist es nicht getan.

ÜBUNG: Ein Urlaub eignet sich immer sehr gut dazu, seine Intuition besser kennenzulernen und das Gespür für sie zu stärken, da wir im Urlaub die Chance haben, den gesellschaftlichen Zwängen zu entfliehen. Nutze also die kommende Urlaubszeit und plane NICHTS, sondern lasse dich täglich durch den Tag leiten. Hier ein paar Aufgabenstellungen als Unterstützung:

a) Wähle dein Reiseziel erst 1–3 Tage vorher (ideal: am Reisetag)
b) Plane Tag für Tag deine Reiseroute (nicht schon im Kopf die komplette Strecke)
c) Suche deine Unterkunft erst vor Ort (bleibe immer erst für einen Tag)
d) Entscheide jeden Tag neu (bleibst du einen Tag länger oder ziehst du weiter?)
e) Mache keine Tagesplanung (lebe in den Tag und mache eins nach dem anderen)

Schnell wirst du merken, dass wir unser Leben mehr verplanen, als es zu leben. Wenn wir zum Beispiel ein Auto mieten wollen, dann müssen wir uns gleich entscheiden, wie viele Tage wir es nehmen wollen. Wenn wir morgens aufwachen, gehen wir im Kopf den Tag bereits durch und nehmen uns vor, was wir alles machen und sehen wollen. Wenn wir zu einem Strand wollen, dann erkundigen wir uns schon vorher, wo der beste und schönste Strand sein könnte. Das Leben zu leben (und nicht alles im Voraus zu planen) ist gar nicht so einfach! *„Nichts kann ein viel beschäftigter Mensch weniger als leben; nichts ist schwerer zu erlernen. (...)* ***Leben muss man ein Leben lang lernen****." (Seneca – Die Kürze des Lebens)*

ÜBUNG: Aber auch im Alltag bieten sich Gelegenheiten, seine Intuition zu verschärfen und sich führen zu lassen. Städte eignen sich dafür besonders. Meistens gehen wir durch einen Ort bereits mit Stadtplan, lassen uns die Strecke bei Google-Maps anzeigen oder folgen der Stimme des Navis. In unserem Wohnumfeld sind wir schon so sehr unsere Wege gewohnt zu gehen, dass wir sie schon gar nicht mehr bewusst wahrnehmen. Bestimmt kennst du auch das Phänomen, dass du einen gewohnten Weg gegangen bist, obwohl du an einen anderen Ort wolltest.
Wenn du dich also mal wieder den gesellschaftlichen Zwängen entbinden kannst, gehe doch einfach mal drauflos und schau was passiert. Auch hier ein paar kleine Aufgabenstellungen zur Hilfe:

a) Gehe los, ohne ein Ziel bereits im Kopf zu haben
b) Entscheide dich bei jeder Kreuzung und Abzweigung neu
c) Beobachte dein Umfeld und lass dieses auf dich wirken
d) Schalte rationale Entscheidungen ab und gehe nicht gezielt eine Richtung
e) Lass Eindrücke, Bilder, Gedanken und Neues zu – folge ihnen

Was es aus biblischer Sicht bedeutet, sich führen zu lassen, soll folgender Bibeltext verdeutlichen:
„Die beiden Kinder waren noch nicht geboren und keines von beiden hatte irgendetwas Gutes oder Böses getan. Da sagte Gott zu ihrer Mutter Rebekka: »Der Ältere muss dem Jüngeren dienen.« Damit stellte er klar, dass es allein von seinem freien Entschluss abhängt, wenn er einen Menschen erwählt. Es kommt dabei ***nicht auf menschliche Leistungen****, sondern nur auf den göttlichen Ruf an." (Römer 9, 11-12)*

Und auf einmal wurde mir klar: ***Wenn Gott will****, werden wir dies oder jenes tun.*
Oft hatte ich diese Stelle in der Bibel gelesen und mir nichts weiter dabei gedacht. Aber nun ist mir bewusst, dass ich dann etwas tun werde, wenn Gott (und nicht ich) es will. Also werde ich zum Beispiel Geige lernen, wenn Gott dahintersteht, in ein anderes Land ziehen, wenn Gott es möchte. Wie in dem Beispiel von Esau und Jakob hängt es NICHT von den menschlichen Leistungen ab, sondern allein von Gottes Entschluss:
„Nun zu euch, die ihr sagt: »Heute oder morgen werden wir in die und die Stadt reisen! Dort werden wir ein Jahr lang Geschäfte machen und viel Geld verdienen.« Woher wisst ihr denn, was morgen sein wird? Was ist euer Leben? Es gleicht einem Dampfwölkchen, das aufsteigt und sich sogleich wieder auflöst. Sagt lieber: »Wenn der Herr es will, werden wir noch leben und dies oder jenes tun.«" (Jakobus 4, 13-15)

*Und das gibt gleichzeitig Ruhe, Entspannung und Gelassenheit. Ich darf mein „****ich muss****" im Leben loslassen und eintauschen in „****wenn Gott will****" und einfach nur „****sein****". Diese Weisheit spiegelt sich auch im folgenden Lied von Peter Strauch wider:*

Meine Zeit steht in deinen Händen. *Nun kann ich* ***ruhigsein,***
ruhig sein in dir. Du gibst Geborgenheit, du kannst alles wenden.
Gib mir ein festes Herz, mach es fest in dir.

Sorgen quälen und werden mir zu groß.
Mutlos frag ich: Was wird Morgen sein?
Doch du liebst mich, du lässt mich nicht los.
Vater, du wirst bei mir sein.

Hast und Eile, Zeitnot und Betrieb
nehmen mich gefangen, jagen mich.
Herr ich rufe: Komm und mach mich frei!
Führe du mich Schritt für Schritt.

Es gibt Tage die bleiben ohne Sinn,
hilflos seh' ich wie die Zeit verrinnt.
Stunden, Tage, Jahre gehen hin,
und ich frag', wo sie geblieben sind.

Ich muss also nicht mehr die Zeit optimal nutzen und unzählige Zeitmanagement-Bücher lesen, sondern meine Zeit auf der Erde „nur" leben.
Wie sehr unser gesellschaftliches Denken dem Konzept „einfach nur leben und sein" entgegenwirkt, sollen die folgenden Zeitspartipps zeigen: Zeitplanbuch führen, Ziele festlegen, Wege planen, Prioritäten setzen, Gewohnheiten entwickeln, gezielt entspannen, Nein sagen, Unwichtiges meiden, Zeitlimits setzen, Leerzeiten ausfüllen, einmaliges Mail-Lesen, überfliegendes Lesen, Ein-Minuten-Lob, begrenzter Schlaf, Zeitverschwender meiden, Technik nutzen, regelmäßige Fitness usw.
http://www.mein-finanzbrief.de/pdf/22_zeitspartipps.pdf (Stand: Juni 2016)

Wo bleibt da noch Raum für Führung in deinem Leben, wenn alles bereits verplant ist? Wir wollen Lebenszeit gewinnen, indem wir unsere Lebenszeit nutzen, statt zu leben?

Abschließend ist es wichtig festzuhalten, dass es ein Irrglaube wäre, zu meinen, dass wenn ich mich in meinem Leben führen lasse, das Leben nur noch „Friede, Freude, Eierkuchen" wäre. Führung bedeutet nicht, dass es in unserem Leben keine Trauer, Schmerzen und Leid geben wird. Im Gegenteil, meist sind sie wesentlicher Bestandteil der Führung.

Wenn ich Gottes Kind bin, vertraue ich als sein Kind darauf, dass mein Vater im Himmel mir nichts Schlechtes will. Daher kann ich davon ausgehen, dass alles „Schlechte" in meinem Leben einen Grund hat, der letztlich zum Guten führt.

Warum wir Menschen in Trauer und Leid geführt werden, hat oft einen ganz simplen Grund: **Wir Menschen sind träge!** Bis wir uns in eine neue, unbekannte und ungewohnte oder gar ungewollte Richtung bewegen, muss eine gewisse Schmerzgrenze erreicht werden. Aus eigener Erfahrung kann ich berichten, dass ich auf der Suche nach dem Glück erst einen absoluten Tiefpunkt erreichen musste, um mich in eine ganz neue Richtung zu bewegen, um eine Antwort zu finden. Ohne diese schmerzliche Erfahrung wäre ich garantiert heute noch an der gleichen Stelle wie damals. Oder ein ganz einfaches Beispiel: Eine Krankheit, die mir den Weg zur Ruhe zeigt.

„Verhaltensänderungen werden oftmals erst dann wirklich herbeigeführt, wenn die „Schmerzgrenze" erreicht ist. Leider gibt es genügend Menschen, die sich erst in diesem totalen Schmerzzustand befinden müssen, um etwas zu ändern."
www.gesundheit.de/medizin/psychologie/psychologie-und-erfolg (Juni 2016)

*„Es heißt nicht umsonst: **Wenn die Schmerzgrenze erreicht ist**, dann wendet sich der Mensch nach innen."*
https://books.google.de/books?isbn=3641089166 (Stand: Juni 2016)

Auch in der Bibel sehen wir diesen Zusammenhang. Fast das komplette Buch der Richter beschäftigt sich mit diesem Thema. Dort heißt es, immer wenn es dem Volk gut ging, hat es sich von Gott abgewendet und ist in sein Unglück gelaufen. Daraufhin hat Gott sie leiden lassen, damit sie wieder den Weg zu ihm zurückfinden. Und Gottes Barmherzigkeit ist so groß, dass er sich auch immer wieder darauf eingelassen hat. Jedes Mal, wenn sie zu ihm zurückkehrten, hat er ihnen gute und segensreiche (glückliche) Jahre geschenkt.

Wende ich mich als Sonnenblumenkern also von der Hausfrau ab, verplane mein Leben und weiß selbst, was das Beste für mich ist und komme nicht zur Entfaltung und Blüte meines Lebens? Oder vertraue ich mich den Händen sowie der Führung der Hausfrau an und darf das sein und werden, was ich bin? Wollen wir wirklich die Kontrolle über unser Leben abgeben?

KURZ UND KNAPP (Ereignisreiches Erleben)

1. **Schaffe Freiraum in deinem Leben und streiche Termine.** Ohne im Voraus geplante Termine kannst du mehr in den Tag leben und dadurch erfahren, was wirklich für dich dran ist.
2. **Verinnerliche das Leitwort: Niemals dogmatisch, immer pragmatisch**. Erkenne dadurch, dass du im Leben viel weniger musst, als du glaubst.
3. **Lasse deine Wünsche und Vorstellungen los, um Neues zuzulassen**! Sei dir bewusst, dass du nicht unsterblich bist und somit Mensch.
4. **Höre auf die innere Ruhe oder Unruhe**. Der innere Frieden ist ein sehr deutlicher Wegweiser, ob du einen Weg weitergehen oder einen neuen einschlagen solltest.
5. **Verlebe den kommenden Urlaub, ohne zu planen.** Nutze die Gelegenheit, ohne gesellschaftlichen Druck, dich und deine Intuition kennenzulernen.
6. **Lass dich durch Orte und Straßen führen.** Erlebe und entdecke ganz neue Möglichkeiten und höre auf Eindrücke, Bilder und Eingebungen.

Notwendige Neuausrichtung

„Im Fernen Osten heißt es: Jedes Ding hat drei Seiten, eine, die du siehst, eine, die ich sehe und eine, die wir beide nicht sehen. Es gibt also drei Wahrheiten: Meine Wahrheit, deine Wahrheit und die Wahrheit.“
http://www.omomom.com/programme.html (Stand: September 2016)

Meine Wahrheit – das, was du nicht siehst.
Deine Wahrheit – das, was ich nicht sehe.
Die Wahrheit – das, was wir beide nicht sehen.

Open your mind! Notwendige Neuausrichtung ist dazu da, den festgefahrenen Geist zu öffnen. Wir leben so sehr in unserer eigenen Welt, dass wir es gar nicht für möglich halten, dass andere Menschen anders denken, dass andere Wege genau zum gleichen Ziel führen und dass es zwischen Himmel und Erde mehr gibt, als das, was wir zu wissen glauben. Notwendige Neuausrichtung bezieht sich daher auf drei Aspekte:

a) seinen Blickwinkel für das andere in anderen zu öffnen
b) seinen Blickwinkel für das andere in sich zu öffnen
c) seinen Blickwinkel für das andere zu öffnen

Beginnen wir mit dem Blick auf das andere in anderen Menschen. Den meisten (ich würde sogar sagen allen) Menschen geht es so, dass sie in erster Linie von sich ausgehen. Daher heißt es auch: „Du sollst nicht von dir auf andere schließen!“
Nur weil wir die Welt so sehen, durch den Blick der eigenen Wahrheit, heißt es noch lange nicht, dass diese Wahrheit auch für alle anderen Menschen gültig sein muss und es heißt zugleich, dass die eigene Wahrheit für einen selbst nicht falsch oder schlecht ist. Aber wir sollten nicht diese als Norm sehen oder gar anderen Menschen aufzwingen. Ein kreativer Mensch kann zum Beispiel nicht verstehen, warum es anderen Menschen so schwerfällt, sich etwas auszudenken. Im buddhistischen Glauben groß geworden, ist kaum Verständnis dafür da, warum die westliche Welt nach materiellen

Werten strebt und dafür Einsamkeit und das Alleinsein in Kauf nimmt. Menschen, die sehr logisch denken können und nach Fakten ihr Leben systematisieren, ist es nicht nachvollziehbar, wie andere überhaupt an etwas anderes als die Wissenschaft glauben können. Ein schwarzes Kind, dass noch nie ein weißes gesehen hat, kann nicht glauben, dass es auch andere Hautfarben geben kann.
Gerade der Kulturkreis sowie das Land, in dem wir aufwachsen, fixieren unseren geistigen Blick. So existiert zum Beispiel für Kinder, die in Europa aufwachsen, das Wechselspiel der Jahreszeiten. Automatisch gehen sie davon aus, dass es auf der ganzen Welt so sein muss. In ihrer Wahrheit gibt es keine Welt, in der es nur Winter oder Sommer sein kann.
Äußerliche Begebenheiten können mit der Zeit, Erfahrung und Bildung zu einem erweiterten Blickwinkel führen. So lernen Kinder in der Schule, wie die Jahreszeiten entstehen und dass es auf der Welt unterschiedliche Klimazonen gibt und nicht überall auf der Welt das Wechselspiel der Jahreszeiten zu erleben ist. Am idealsten ist natürlich, wenn persönliche Erfahrungen (wie für längere Zeit im Ausland wohnen) den Blickwinkel erweitern.
Doch wie sieht es mit den inneren Begebenheiten aus? Schmerz zum Beispiel. Empfinden wir Menschen alle den gleichen Schmerz? Glaube ich einer anderen Person nicht, dass ihre Kopfschmerzen nicht auszuhalten sind, nur weil ich meine Kopfschmerzen so empfinde, dass ich ohne Probleme noch am Alltag teilhaben kann? Oder Stress. Wie unterschiedlich sind da die Empfindungen, Wahrnehmungen und Reaktionen? Der eine bricht zusammen, wenn er mit einer fremden Person sprechen muss oder mit einer unbekannten Situation konfrontiert wird. Wieder ein anderer kann sich mehreren Dingen gleichzeitig widmen, ohne dass das Gefühl der Überforderung in ihm aufkommt.
Über Geschmack lässt sich bekanntlich am besten streiten. Nur weil jemand seine ganze Wohnung komplett in Weiß-Rosa eingerichtet hat, darf es ihm deswegen nicht gefallen?
Wie sieht es mit der sexuellen Orientierung aus? Kann der liberalste heterosexuelle Mensch wirklich nachvollziehen, wie es sich anfühlt, einen Menschen des gleichen Geschlechts sexuell attraktiv

und anziehend zu finden? Ist den Menschen mit männlichem oder weiblichem biologischen Geschlecht bewusst, dass es auch Menschen gibt, die beide Geschlechter haben? Ist der Pädophile nur pervers?
Noch weiter bricht die Moral unseren Blickwinkel. Ab wann halte ich es für gerechtfertigt, einen anderen Menschen zu schlagen, Schmerzen zuzufügen oder gar über Leben und Tod zu bestimmen? Ist es tatsächlich in Ordnung, aus Notwehr zu töten? Sollte ich ein Leben opfern, wenn ich dafür das Leben von Millionen retten kann? Darf ich jemanden verurteilen, der einen Freund mit Sterbehilfe unterstützt hat? Finde ich plötzlich einen Diebstahl okay, wenn es dadurch meinem Partner gesundheitlich besser geht? Sind meine Gedanken zulässig, wenn ich einen sehr übergewichtigen Mann mit einem riesigen Eisbecher in der Hand verurteilend und verständnislos anschaue? Dass ich andere Menschen beschimpfe, hat natürlich immer einen Grund, aber wie reagiere ich auf verletzende Worte von anderen mir gegenüber?

ÜBUNG: Zunächst eine kleine Aufgabe, die deutlich machen soll, dass wir nicht nur unsere Sicht wahrnehmen und als die Wahrheit sehen sollten. Finde dich mit mindestens 5 Personen (je mehr, desto besser) zusammen. Jeder bekommt ein weißes Blatt Papier und einen Bleistift in die Hand. Es sollte möglichst jeder für sich sein. Wenn alle startklar sind, wird die Aufgabenstellung verkündet: „Jeder soll innerhalb von 7 Minuten einen Universal-Stuhl zeichnen! Einen Stuhl, wie ihn jeder zeichnen würde.“ Nach 7 Minuten legt ihr die Zeichnungen nebeneinander und vergleicht. Was euch an unterschieden auffällt, das könnt ihr hier festhalten:

Für Fortgeschrittene I: Diese Aufgabe kann entweder mit der gleichen oder auch einer anderen Gruppe durchgeführt werden. Nun gibt es wieder für alle Papier und Bleistift. Dieses Mal sehen sich alle einen realen Stuhl an und sollen ihn, ohne dass sie bei einer anderen Person abschauen oder sich Ideen holen, so genau wie möglich abzeichnen. Dafür gibt es 10 Minuten Zeit für alle – mit dem deutlichen Hinweis, dass am Ende alle Zeichnungen möglichst einheitlich aussehen sollen. Auch hier wieder vergleichen und Unterschiede schriftlich festhalten:

Für Fortgeschrittene II: Erweitern können wir diese Aufgabe, indem weder Papier noch Stifte vorgegeben werden. Also jeder darf den Stuhl so wiedergeben, wie er es möchte.

Selbstverständlich wissen wir bereits aus Erfahrung, dass es unmöglich scheint, weder den gedanklichen noch den realen Stuhl von jeder Person einheitlich wiedergegeben zu bekommen. Und was gilt nach unseren Vorstellungen noch als ein Stuhl und welche Zeichnung bewerten wir als gelungen? Warum? Ist er nicht in jedem Fall gelungen?

ÜBUNG: Kommen wir doch gleich zu moralischen Fragestellungen. Am besten eignet sich dafür eine kleine Gruppe. Eine kurze Geschichte wird durch Vorlesen in den Raum gestellt. Zunächst soll jeder für sich, seine Gedanken und Lösungsansätze dazu aufschreiben, um diese dann den anderen vorstellen zu können. Alle haben die gleiche Zeitvorgabe von 10 Minuten. Danach stellt jeder seine Idee mit seinen Begründungen vor. Dabei wird noch nicht diskutiert, sodass jeder, ohne unterbrochen zu werden, ausreden kann. Wenn alle erzählt haben, können zum besseren Verständnis Fragen gestellt werden. Um Chaos zu vermeiden, kann mit der ersten oder letzten Person begonnen werden und dann geht es der Reihe nach weiter.
WICHTIG: Es geht **nicht** darum, den anderen die persönliche Sichtweise aufzudrängen. Sinn und Zweck ist es, den persönlichen Blickwinkel zu erweitern und die Wahrheiten der anderen erkennen zu können. Also alle Ansichten zulassen und diese auch nicht verurteilen.

„Eine Frau, die an einer besonderen Krebsart erkrankt war, lag im Sterben. Es gab eine Medizin, von der die Ärzte glaubten, sie könne die Frau retten. Es handelte sich um eine besondere Form von Radium, die ein Apotheker in der gleichen Stadt erst kürzlich entdeckt hatte. Die Herstellung war teuer, doch der Apotheker verlangte zehnmal mehr dafür, als ihn die Produktion gekostet hatte. Er hatte 2000 Dollar für das Radium bezahlt und verlangte 20000 Dollar für eine kleine Dosis des Medikaments. Heinz, der Ehemann der kranken Frau, suchte alle seine Bekannten auf, um sich das Geld auszuleihen, und er bemühte sich auch um eine Unterstützung durch die Behörden. Doch er bekam nur 10000

Dollar zusammen, also die Hälfte des verlangten Preises. Er erzählte dem Apotheker, dass seine Frau im Sterben lag, und bat, ihm die Medizin billiger zu verkaufen bzw. ihn den Rest später bezahlen zu lassen. Doch der Apotheker sagte: „Nein, ich habe das Mittel entdeckt, und ich will damit viel Geld verdienen." Heinz hat nun alle legalen Möglichkeiten erschöpft; er ist ganz verzweifelt und überlegt, ob er in die Apotheke einbrechen und das Medikament für seine Frau stehlen soll. Sollte Heinz das Medikament stehlen oder nicht?"

http://arbeitsblaetter.stangl-taller.at/MORALISCHEENTWICKLUNG/KohlbergDilemmata.shtml (Stand: September 2016)

Haltet das Wesentliche eurer Gesprächsrunde schriftlich fest:

____

____

____

____

ÜBUNG: Anleitung siehe Übung zuvor.

„Ein Team von fünf Möbelpackern führt einen Umzug durch. Sie stehen – wie immer – unter Zeitdruck und der Platz im Wagen ist knapp, so dass sie sich gut überlegen müssen, wie sie die Möbel verstauen. Sie bekommen für den Umzug 1000 Euro. Die fünf Männer haben sich bei der Arbeit folgendermaßen verhalten:

A. *ist kräftig, strengt sich an und schafft daher sehr viel.*
B. *ist nicht so kräftig, strengt sich aber an und erbringt eine normale Arbeitsleistung*
C. *strengt sich nicht an, ist aber kräftig und erbringt eine normale Arbeitsleistung*
D. *ist weder kräftig, noch strengt er sich besonders an und schafft dementsprechend wenig*
E. *schließlich ist körperlich fürs Möbelpacken nicht mehr geeignet, kann aber das Verstauen von Möbeln gut planen. Er steht auf dem Wagen und dirigiert sehr geschickt das Aufladen.*

Wie würden Sie die 1000 Euro auf die fünf Arbeiter verteilen? (Voraussetzung – Arbeitsmoral – Ergebnis – Bezahlung):

A. *ist kräftig – strengt sich an – leistet viel:* ______________ *Euro*

B. *nicht kräftig – strengt sich an – leistet normal:* _________ *Euro*

C. *ist kräftig – strengt sich nicht an – leistet normal:* _______ *Euro*

D. *nicht kräftig – strengt sich nicht an – leistet wenig:* ______ *Euro*

E. *nicht kräftig – strengt sich nicht an – guter Planer:* ______ *Euro*

Welche der folgenden Gesichtspunkte sind für Ihre Entscheidung ausschlaggebend gewesen:
Kraft, Arbeitsmoral, Arbeitsklima, Tagesform, Gruppengeist, Erfahrung und so weiter. In welcher Reihenfolge?

1. ____

2. ____

3. ____ "

https://wiki.zum.de/wiki/Dilemma (Stand: September 2016)

Hier ist wieder Platz für das Wesentliche:

____

____

____

____

____

____

____

____

____

____

____

ÜBUNG: Siehe Übung zuvor.

„Lara ist 16 und wohnt in einem armen, südamerikanischen Land. Sie hat keine Ausbildung und findet nirgends eine Anstellung. Die Aussichten sind gering, je eine zu bekommen, da es bereits viele Arbeitslose gibt. Auch ihre Eltern sind ohne Arbeit und ihre jüngeren Geschwister gehen noch zur Schule. Als sie wegen einer ungewollten Schwangerschaft im Armenhospital abtreiben lässt, sagt ihr die Ärztin, dass sie für einen großen Pharmakonzern arbeite, der viele Embryonen benötige für neue gentechnische Heilungsmethoden. Sie könnte gut verdienen, wenn sie der Firma nicht nur den abgetriebenen Fötus überlässt, sondern sich auch verpflichtet, fünf Jahre lang einmal pro Jahr sich künstlich befruchten zu lassen und den Embryo der Firma zu geben. Das Geld, das Lara angeboten wurde, würde genügen, um sich und ihre Familie zu ernähren und dazu noch eine Ausbildung als Lehrerin zu machen. Auch das Hospital würde davon profitieren. Sie würde das Geld im Voraus bekommen. Bei Vertragsbruch müsste sie aber das Geld wieder zurückgeben. Lara plagen Zweifel. Schon die Abtreibung war ihr schwer gefallen, aber noch viel schwerer fällt ihr, den abgetriebenen Embryo zu verkaufen und das jedes Jahr wieder zu tun. Sie wollte ihn eigentlich beerdigen, wie es ihr Glauben vorschreibt. Aber sie weiß nicht mehr, wovon sie überhaupt leben soll. Daher beschließt sie, den Vertrag zu unterschreiben. War die Entscheidung Laras Ihrer Meinung nach eher falsch oder eher richtig?"

https://www.yumpu.com/de/document/view/36700108/moralisches-dilemma-lind/7 (Stand: April 2018)

Hier ist wieder Platz für das Wesentliche:

____

____

____

____

____

____

ÜBUNG: Siehe Übung zuvor.

„Eine Straßenbahn rast unkontrolliert auf fünf an ein Gleis gefesselte Personen zu. Du stehst auf einer Brücke, unter der die Straßenbahn durchfahren wird. Neben dir – so will es der Zufall – steht ein sehr dicker Mann. Wenn du ihn von der Brücke stößt und dadurch tötest, bringst du die Straßenbahn zum Stoppen und rettest somit die fünf Personen. Eine andere Möglichkeit, die Bahn zu stoppen, gibt es leider nicht. Würdest du den Mann runterstoßen?"

http://gbs-schweiz.org/blog/wie-wir-moralische-entscheide-faellen/ (Stand: September 2016)

____

____

____

____

____

Für Fortgeschrittene I:

„Stell dir vor, du stehst an einer Weiche. Die Straßenbahn rast wieder unkontrolliert auf fünf gefesselte Personen zu. Falls du nicht handelst, werden diese Personen überfahren und getötet werden. Falls du jedoch die Weiche umstellst, verändert die Straßenbahn ihren Kurs und rast lediglich auf eine Person zu. Diese wird dadurch getötet. Würdest du die Weiche umstellen?"

http://gbs-schweiz.org/blog/wie-wir-moralische-entscheide-faellen/ (Stand: September 2016)

____

____

____

____

Für Fortgeschrittene II: Die folgende Aufgabe bietet in Klammern mehrere Variationen!

„Stell dir vor, du stehst an einer Weiche. Die Straßenbahn rast wieder unkontrolliert auf [5/500/5.000] gefesselte Personen zu. Falls du nicht handelst, werden diese Personen überfahren und getötet werden. Falls du jedoch die Weiche umstellst, verändert die Straßenbahn ihren Kurs und rast [auf deinen 1. Freund, 2. Partner, 3. Sohn] zu. Diese Person wird dadurch getötet, aber rettet damit das Leben aller anderen. Würdest du die Weiche umstellen?"

____

____

____

____

____

Für Fortgeschrittene III:

„Eine Straßenbahn rast unkontrolliert auf [deinen 1. Freund, 2. Partner, 3. Sohn 4. 5/500/5.000 Personen] zu, der/die an ein Gleis gefesselt ist/sind. Du stehst auf einer Brücke, unter der die Straßenbahn durchfahren wird. Wenn du von der Brücke springst und dabei getötet wirst, bringst du die Straßenbahn zum Stoppen und rettest somit das Leben des/der Anderen. Eine andere Möglichkeit, die Bahn zu stoppen, gibt es leider nicht. Würdest du springen?"

____

____

____

____

____

____

____

ÜBUNG: Denke dir oder gemeinsam mit anderen neue Aufgaben aus und sprecht über verschiedene Ansichtsweisen. Erkenne daraus, dass es nicht nur deine persönliche Wahrheit gibt. Nutze die Chance, deinen Blick für die Wahrheiten der anderen zu erweitern. Schreibt eure Ideen und Überlegungen auf:

Die Wahrheit des anderen ist das, was wir nicht sehen! Bisher haben wir uns damit beschäftigt, unseren Blickwinkel zu erweitern, um sich für die Wahrheit des anderen öffnen zu lernen. Open your mind!
Das heißt allerdings nicht, dass wir sie auch verstanden haben. Können wir auch gar nicht, da wir auch bei der besten Beschreibung nicht vergessen dürfen, dass wir blind für seine Wahrheit sind.

ÜBUNG: Eine kleine Aufgabe, um dies zu verdeutlichen. Beschreibe einem Menschen, der von Geburt an blind ist, die Farbe „Rot".

So sollten beide Seiten behutsam miteinander umgehen. Der seine Gedanken beschreibt, sollte wissen, dass der andere ihn nie zu 100% verstehen kann und der die Gedanken beschrieben bekommt, sollte wissen, dass er nie zu 100% verstehen kann, was der andere wirklich meint und denkt. Dies sollte uns aber niemals abschrecken, es nicht zu versuchen. Vielmehr sollten aus diesem Hintergrundwissen Geduld, Achtsamkeit und Verständnis wachsen. Vergleichbar ist dies mit einem Weg, den wir entweder bei völliger Dunkelheit, mit Sternenhimmel, bei Vollmond, mit Taschenlampe, Fackel, bei Tages- oder Sonnenlicht entlanggehen. Je nach Helligkeitsgrad, wird es uns eher leichter fallen, unseren Weg zu finden.

<u>ÜBUNG</u>: Auch hier eine Aufgabe, die uns klarmachen soll, dass wir erstens den anderen nie 100%ig verstehen können und wir aber zweitens den anderen immer mehr kennenlernen dürfen, je mehr Zeit wir für einander investieren, Geduld mitbringen und uns in verständnisvoller Kommunikation und Mitteilung üben. Für diese Aufgabe brauchst du einen Partner. Jeder von euch sucht sich ein DIN-A4-Bild aus, das der andere nicht kennt. Ihr setzt euch gegenüber, sodass der andere das Bild nicht sehen kann. Zudem bekommt jeder sechs weiße Blätter (auch in DIN-A4) und Material zum Zeichnen und Malen. Es folgen nun mehrere Aufgabenstellungen, wie jeweils eine Person das Bild vor sich dem anderen beschreibt. Auf diese Beschreibung hin versucht die andere Person so genau wie möglich das Bild des anderen zu malen. Das immer im Wechsel.

1. Blatt: Der „Maler“ hat **<u>eine</u>** Minute Zeit, sein Bild zu malen. Der „Sprecher“ teilt in dieser Minute seinem Gegenüber nichts mit (auch nicht über Mimik und Gestik).

2. Blatt: Der „Maler“ hat **<u>eine</u>** Minute Zeit, sein Bild zu malen und der „Sprecher“ darf aber nur Farben nennen (auch hier keine Mimik und Gestik).

3. Blatt: Der „Maler“ hat **eine** Minute Zeit, sein Bild zu malen. Dieses Mal darf der „Sprecher“ nur Formen (keine Gegenstände) beschreiben sowie keine Farben nennen (auch wieder ohne Mimik und Gestik).

4. Blatt: Der „Maler“ hat dieses Mal **drei** Minuten Zeit, sein Bild zu malen und der „Sprecher“ darf alles sagen (ohne Mimik und Gestik), aber ohne Farben mitzuteilen.

5. Blatt: Der „Maler“ hat **eine** Minute Zeit, sein Bild zu malen. Der „Sprecher“ darf nun alles an Kommunikationsmöglichkeiten nutzen.

6. Blatt: Der „Maler“ hat **zehn** Minuten Zeit, sein Bild zu malen, während der „Sprecher“ auf allen Wegen der Kommunikation sein Bild beschreiben kann.

Ihr könnt die sechs Aufgaben am besten immer im Wechsel oder jeweils hintereinander machen. Aber erst, wenn beide alle sechs Bilder gemalt haben, könnt ihr sie nebeneinanderlegen und sie mit dem Original des Gegenübers vergleichen. Was fällt euch auf? Welches Bild ist dem Original am ähnlichsten? Was sind die Gründe, warum das Bild nicht genauso wie das Original aussieht?

Auch wenn wir uns noch so sehr Mühe geben, es wird uns wohl nie gelingen, dem anderen meine Gedankenwelt zu 100 % zu vermitteln. Wie wir durch die vorhergehende Übung feststellen konnten, sind es die lückenhaften Informationen, die mein Gegenüber automatisch mit seiner Gedankenwelt, also mit seiner Wahrheit, versucht zu füllen. Wir hören „Rot" und haben automatisch eine persönliche Vorstellung von diesem „Rot" in unserem Kopf. Wir hören „groß und quadratisch" und wir haben ein Bild von dieser Form in unserer wahren Gedankenwelt geschaffen. Wir hören eine Geschichte und schmücken diese mit unseren Wahrheiten aus, ohne dass sie tatsächlich erwähnt wurden. Wir hören die Beschreibung von Emotionen und Gefühlen, die wir mit unseren wahren Emotionen und Gefühlen vergleichen, um den anderen besser verstehen zu können.

ÜBUNG: Bei der folgenden Aufgabe handelt es sich immer um den leiblichen/biologischen Sohn oder den leiblichen/biologischen Vater.
„Ein Vater fährt mit seinem Sohn im Auto. Sie haben einen schweren Unfall, bei dem der Vater sofort stirbt. Der Sohn wird mit schweren Kopfverletzungen in eine Spezialklinik eingeflogen. Die Operation wird vorbereitet, alles ist fertig. Der Chef-Chirurg erscheint, wird plötzlich blass und sagt: „Ich kann nicht operieren, das ist mein Sohn!"
Wie kann das sein?"

____

____

____

____

____

____

(Erst die Antwort aufschreiben, dann unten gucken!)[4]

Die meisten Menschen haben bei dieser Beschreibung der Geschichte eine männliche Person im Kopf. Automatisch füllen wir die Lücke des Gesagten in Bezug auf das Geschlecht „Chef-Chirurg" mit „männlich". Dieses kleine Beispiel sollte zeigen:
... dass es erstens viel Achtsamkeit und Aufmerksamkeit des Sprechers bedarf, seine Wahrheit mitzuteilen, mit dem Bewusstsein, dass der Zuhörer blind für seine Wahrheit ist,
... dass zweitens der Zuhörer sich darüber im Klaren sein sollte, dass er die Lücken der mitgeteilten Wahrheit des Sprechers automatisch durch seine persönliche Wahrheit auffüllt,
... und dass es drittens viel Geduld und Verständnis braucht, um sich mit der Zeit auf eine geübte Kommunikation einzuspielen, die immer mehr der persönlichen Wahrheit ähnelt.

Das Lückenfüllen mit der persönlichen Wahrheit betrifft nicht nur die verbale Kommunikation. Wenn ich von einem im Park spazieren gehenden Paar erzähle, das von einem Kind mit Puppe begleitet wird, dann gehen die meisten Menschen von einem verheirateten, heterosexuellen Paar aus, das eine Tochter hat. In meiner Wahrheit sehe ich jedoch zwei unverheiratete Frauen (ein lesbisches Paar), das von einem fremden Jungen mit Puppe in der Hand begleitet wird, der auf der Suche nach seinen Eltern ist. Das lesbische Paar hat dem Jungen lediglich seine Hilfe angeboten, die Eltern wiederzufinden.
Genau das Gleiche funktioniert, wenn wir diesen dreien im Park begegnen würden. Optisch sieht vielleicht eine der beiden Frauen nach unserem Verständnis „wie ein Mann" aus und schon haben wir diese lückenhafte optische Wahrheit mit unserer persönlichen Wahrheit ausgefüllt. Daher: Open your mind!

---

4 *„Lösung: Der Chef-Chirurg ist eine Frau – die Mutter des Sohns."* http://www.denksport-raetsel.de/Rätsel/Logikrätsel/Das_ist_mein_Sohn (Stand: September 2016)

Dieses „Spiel“ lässt sich auf alle Sinne übertragen. Wir nehmen einen Duft wahr und haben ihn mit unserer Wahrheit einem Begriff oder einer Herkunft zugeordnet. Sobald wir jedoch die Wahrheit erfahren, kann es passieren, dass sich der Geruch plötzlich von wohlriechend zu stickend und umgekehrt wandelt. Oder wir fühlen in unserer Wahrheit unter dem Tisch die Hand unseres Partners auf unserem Oberschenkel. Als wir sehen, wie dieser plötzlich beide Hände auf den Tisch legt, werden wir mit einer anderen Wahrheit konfrontiert. Oder wir essen und schmecken etwas Leckeres. Doch wie kollidieren die Wahrheiten aufeinander, sobald wir mitbekommen, dass das Essen bereits vorgekaut war.

Zurück zur Wahrheit des anderen, für die wir uns eine notwendige Neuausrichtung wünschen. Wir dürfen uns also darin üben, den anderen in seiner Wahrheit besser zu verstehen mit dem Wissen, dass ich automatisch das Gesagte mit meiner Wahrheit interpretiere und das Nicht-Gesagte mit der gleichen auszufüllen versuche. Darin kann ich aber zugleich die Chance entdecken, verstehen zu lernen, dass nicht alles so laufen und sein muss, wie es in meiner Wahrheit präsent ist. Ich darf vielmehr meine Gedankenwelt loslassen und erkennen, dass eigentlich (in Wahrheit) keiner die Wahrheit wirklich kennt. Nicht nur ich werde aus diesem Grund nicht 100%ig verstanden, sondern alle anderen auch. Zusätzlich bietet sich dann die geniale Möglichkeit, von anderen Menschen lernen zu können. Halte ich nicht mehr stur an meiner Wahrheit fest, habe ich zugleich durch das Loslassen den Kopf frei, neue Wahrheiten und Gedankengänge zuzulassen, von denen ich etwas lerne, an denen ich wachse und mit denen ich einen erweiterten Blick auf meine Welt und meine Mitmenschen bekomme.
Hier einige Beispiel die durch andere zur Erweiterung des persönlichen Horizonts führen können:

- In der westlichen Gesellschaft sind wir es eher gewohnt, mit Messer und Gabel unser Essen zu uns zu nehmen. Bei einem internationalen Abend erfahren wir durch andere, dass das gleiche Essen sowohl mit Stäbchen, Löffel oder mit der Hand gegessen werden kann. Welche Art bevorzugst du eigentlich? Warum?

- Eine Thailänderin erzählt, dass sie verheiratet ist. Aber sie hat ihren Mann nicht aus Liebe geheiratet. Ihr Mann versorgt sie mit allem Lebenswichtigen und ist ein guter Vater für die Kinder. Welche Gründe sprechen für eine Partnerschaft aus Liebe und welche für eine rationale Ehe?

- Ich höre eine Frau sagen: „Du hast dich von deinem Mann, der dich von Herzen liebt, getrennt, weil er fremdgegangen ist? Männer sind halt anders als Frauen. Sie sind nun mal so veranlagt, dass sie auch mal woanders ‚schnüffeln' müssen. Ich weiß, dass mein Mann auch mal mit einer anderen schläft, aber er gibt mir das Gefühl und die Geborgenheit, dass er mich liebt und nur das Beste für mich möchte. Es wäre doch dumm, ihn deswegen zu verlassen!" Wie siehst du das?

- Dein Kollege verrichtet seine Arbeit in der doppelten Arbeitszeit wie du. Da nur das Ergebnis und nicht die Arbeitsstunden bezahlt werden, fragst du ihn neugierig, warum er sich so viel Zeit bei der Arbeit lässt und alles so sorgsam macht. Auf die Frage antwortet er: „Schnell ist für mich ein Synonym für Fehler." Welche Gründe bringen dich in einer wirtschaftlich denkenden Gesellschaft dazu, alles so schnell wie möglich zu verrichten? Warum eigentlich?

ÜBUNG: Was (und warum?) hast du von anderen übernommen? Schreibe 9 Beispiele auf.

01. ______________________________

____

02. ______________________________

____

03. ______________________________

____

04. ______________________________

____

05. ______________________________

____

06. ______________________________

____

07. ______________________________

____

08. ______________________________

____

09. ______________________________

____

Für Fortgeschrittene I: Was und warum wirst du von anderen übernommen haben? Schreibe zukünftig 9 Beispiele auf, sobald du sie übernommen haben wirst.

01. ______________________________

____

02. ______________________________

____

03. ______________________________

____

04. ______________________________

____

05. ______________________________

____

06. ______________________________

____

07. ______________________________

____

08. ______________________________

____

09. ______________________________

____

Gerade kleine Kinder nehmen kein Blatt vor den Mund und beschweren sich: „Der macht mir alles nach!“ und ärgern sich darüber. Sobald sie jedoch verstehen, dass es etwas sehr Positives ist, dass ein anderer etwas von ihnen übernimmt, weil es ein Zeichen dafür ist, dass sie etwas besonders gut gemacht haben, können sie es mit einem sogar aufgewerteten Selbstwertgefühl sehr gut annehmen. Auf der anderen Seite trauen sich viele Menschen nicht, etwas anderen „nachzumachen“, weil sie der Meinung sind, dass sie dann von anderen ausgelacht oder für dumm und faul gehalten werden. Doch genau das Gegenteil liegt vor. Warum sollten wir gleiche Fehler machen, wenn wir von den Erfahrungen anderer lernen können? Und warum das Rad noch einmal neu erfinden?

Notwendige Neuausrichtung hat unweigerlich immer etwas mit uns selbst zu tun. Schauen wir auf die Gedanken und Verhaltensweisen von anderen, dann können wir diese infrage stellen, prüfen und auch für uns selbst übernehmen. Das Leben begegnet uns allerdings nicht nur in anderen Menschen, sondern auf so vielen anderen Ebenen. Aus diesem Grund sollten wir nicht immer das Gleiche machen, den gewohnten Weg gehen und nach dem Motto leben: „Was der Bauer nicht kennt, das frisst er nicht.“ Stattdessen sollten wir immer wieder über unseren Tellerrand hinausschauen, neue Wege finden, Unmögliches zulassen und Neues austesten. Und das immer wieder.

Leitwort: Open your mind!

„Herr K. trifft einen Bekannten, den er lange Zeit nicht mehr gesehen hat und dieser sagt zu ihm: „Sie haben sich gar nicht verändert.“ „Oh“, sagte Herr K. und erbleicht.“ (Bertolt Brecht)

Veränderung ist die Voraussetzung für Entwicklung. Sich nicht zu verändern bedeutet stehen zu bleiben. Wir dürfen uns also verändern. Wir müssen nicht so bleiben und uns dafür nicht rechtfertigen. Gehen wir den Weg der Veränderung, dann stoßen wir nicht selten auf Sätze wie: „Das hast du doch noch nie gemacht.“ –

„Du bist verrückt!" – „Das hat dir doch noch nie geschmeckt." – „Aber gestern hast du doch noch das Gegenteil gesagt."

Leitwort: „Man wird doch noch mal seine Meinung ändern dürfen!"

Doch was ist eigentlich (in Wahrheit) meine Meinung? Um diese ausfindig machen zu können, haben wir das Vergnügen, einiges auszuprobieren und in Erfahrung zu bringen. Durch anschließendes In-sich-Hineinhorchen erkennen wir sehr schnell, wie Körper, Seele und Geist darauf reagieren und ob es uns guttut, wir gefallen daran haben, es uns in unserem Leben weiterbringt oder wir einen anderen Weg ausprobieren sollten.

Vielleicht hast du dein Leben lang immer nur hart gekochte Eier gegessen. Wenn du es nicht austestest, wirst du um den Genuss gebracht, eine andere Form zu entdecken, die dir mehr zusagt oder auch Abwechslung in dein Leben bringt. So gibt es: weiche Eier, Spiegeleier, Setzeier, Rühreier mit allen Variationen, pochierte Eier, Eierflädli und vieles mehr, als das, was wir bisher gewohnt waren. Aber damit nicht genug. Warum Eier immer mit Salz und Pfeffer würzen? Wie wäre es mal mit Zucker, Zimt, Nutella, Marmelade, Lavendelblüten, Erdbeeren, Karamell oder ganz neuen Ideen? Open your mind!
Essen ist immer ein sehr gutes Beispiel zur Verdeutlichung. So ist mir zum Beispiel immer schlecht geworden, wenn ich versucht habe, Käse zu essen. Aber ich habe es immer wieder ausprobiert und plötzlich hat sich mein Geschmack für Käse gewandelt. Mittlerweile liebe ich Käse und kann ihn in allen verschiedenen Formen genießen. Und es wäre sehr schade darum, wenn ich zwischendurch aufgegeben hätte. Open your mind!
Oder ein weiteres Beispiel: Wie kann ich wissen, ob es sich nicht für mich lohnt, mehr Geld für einen First-Class-Flug auszugeben oder eine Unterkunft in einem 5-Sterne-Hotel zu buchen, wenn ich es nicht einmal ausprobiert habe? Open your mind!

Wir lernen daraus drei wichtige Elemente für die persönliche notwendige Neuausrichtung:

1. Wir dürfen ausprobieren, austesten, ausfindig machen.
2. Wir dürfen kreativ sein und den Möglichkeiten die Grenzen nehmen.
3. Wir dürfen immer wieder erneut ausprobieren, austesten und ausfindig machen.

ÜBUNG: Versuche drei neue Dinge in deinem Leben auszuprobieren. Schreibe hier auf, was es war und deine persönliche Erfahrung dazu.

1. Ich habe Folgendes neu ausgetestet:

___

Meine Meinung dazu:

___

___

___

2. Ich habe Folgendes neu ausgetestet:

___

Meine Meinung dazu:

___

___

___

3. Ich habe Folgendes neu ausgetestet:

____

Meine Meinung dazu:

____

____

____

Das Konzept ist auch ganz leicht übertragbar auf unsere Probleme und Schwierigkeiten. Oft gehen wir den gleichen oder vorgegebenen Lösungsweg. Dabei gibt es unendlich viele Möglichkeiten, ans Ziel zu gelangen. Es heißt ja nicht umsonst:

„Alle Wege führen nach Rom!“

So kommen wir zur dritten Form der notwendigen Neuausrichtung: die uns verborgene Sicht auf die Welt der Wahrheit.

„Das Unmögliche zu schaffen, gelingt einem nur wenn man es für möglich befindet.“
„Manchmal denke ich bereits vor dem Frühstück an sechs unmögliche Dinge.“
„Das ist Unmöglich! – Nur wenn man daran nicht glaubt.“
(Filmzitate: Alice im Wunderland)

Bleiben wir kurz bei Alice. Hier ihre sechs unmöglichen Dinge:
Erstens: An einen Trank, der die Dinge schrumpfen lässt
Zweitens: An einen Kuchen, der bewirkt, dass man wächst
Drittens: Dass es Tiere gibt, die sprechen können
Viertens: Dass es Katzen gibt, die verschwinden können
Fünftens: Es gibt den Ort Wunderland
Sechstens: Ich kann den Jabberwocky erschlagen

ÜBUNG: Nun deine sechs unmöglichen Dinge:

01. ____

____

02. ____

____

03. ____

____

04. ____

____

05. ____

____

06. ____

____

Hier kommen meine sechs unmöglichen Dinge:

1. Die Erde ist eine Kugel? Unmöglich. Sie ist eine Scheibe.
2. Menschen können mit einer Maschine fliegen? Unmöglich. Nur Vögel können fliegen.
3. Weltweit mit Sprache und Bild kommunizieren? Unmöglich. So laut rufen kann keiner.
4. Menschen betreten den Mond? Unmöglich. Sie können nicht einmal fliegen.
5. Es gibt Lebensformen außerhalb der Erde? Unmöglich. Ich habe noch keine gesehen.
6. Sich von einem Ort zu einem anderen beamen? Unmöglich. Das gibt's nur im Fernsehen.

Nur das Unmögliche für möglich halten, hat unsere Entwicklung zu dem heutigen Stand gebracht!

ÜBUNG: Beschreibe die Entwicklung der letzten 100 Jahre. Was gab es vor 100 Jahren noch nicht, was wir jetzt als selbstverständlich sehen, aber damals als unmöglich galt?

____

____

____

____

____

____

„Vor etwas über 400 Jahren sorgte Galileo Galilei dafür, dass die Sonne nicht mehr um die Erde kreist. Mit der Entdeckung der Jupitermonde veränderte er das bestehende Weltbild. Bis dahin glaubte man, dass die Erde im Mittelpunkte stehe und alle Himmelskörper darum kreisen (...). Doch damit stieß er auf gewaltigen Widerstand der Kirche. Die Inquisition verbot seine Schriften und zwang ihn dazu, seinen Theorien abzuschwören. Galilei blieb jedoch ein ***Querdenker*** *– und heute wissen wir zum Glück: Er hatte Recht (...).*
Ein Querdenker beherrscht das um die Ecke denken. Damit hebt er sich von der breiten Masse ab und schwimmt in seiner Herangehensweise und in seinen Erkenntnissen gegen den Strom. Von vertrauten Wegen abweichen, seine Komfortzone verlassen – das tut der Mensch allerdings nicht gerne. Wer möchte schon, dass an seinem Weltbild gerüttelt wird? Trotzdem tut uns das allen ab und an gut – persönlich genauso wie Teams, Abteilungen und Unternehmen. Wie aber werden Sie zum Querdenker? Hier ein paar ***Tipps****, die Sie genau dazu anstiften sollen:*

- ***Umgeben Sie sich mit Leuten, die anders sind als Sie selbst.*** *(...)*
- ***Beschäftigen Sie sich mit Dingen, die über das eigene Fachgebiet hinausgehen.*** *(...)*
- ***Lassen Sie Reibungen zu.*** *(...)*
- ***Stellen Sie sich gegen Konventionen.*** *(...)*
- ***Geben Sie sich nicht mit dem Ist-Zustand zufrieden.*** *(...)*
- ***Eigenen Sie sich einen Blick fürs Detail an.*** *(...)*
- ***Bewahren Sie sich die Distanz.*** *(...)*

Querdenker haben es schwer. Sie gelten als Unruhestifter, Außenseiter, Abweichler. Nicht umsonst ist wohl die sprachliche Verwandtschaft von Querdenker und Querulant so nah. Wer anders denkt als die Masse, gehört folglich einer Minderheit an. Und Minderheiten haben keine Macht. Ihnen fehlt es an genügender Zustimmung und Konformität. Doch weit gefehlt: Querdenker sind nicht nur außergewöhnliche Denkertypen – ohne Menschen wie diese gäbe es keinen Fortschritt. Sie bringen frischen Wind, sorgen für Neuerungen und Veränderungen. Damit sind Sie für Unternehmen ein wertvolles Gut – wenn diese sie zu schätzen wissen."
http://karrierebibel.de/querdenker/ (Stand: September 2016)

Wer sich immer wieder der notwendigen Neuausrichtung hingibt, der wird automatisch zum Querdenker. Wie wir gelesen haben, auf der einen Seite gefürchtet, weil sie der Gesellschaft als Unbekannte und nicht einzuordnende Minderheit begegnen, aber auf der anderen Seite gewollt und erforderlich, weil sie Entwicklung mit sich bringen und Wahrheiten aufdecken.

„Eine Frau geht in eine New Yorker Bank. Sie sagt, sie möchte morgen für eine Woche nach Europa reisen und brauche dafür dringend einen Kredit von 5000 Dollar. „Nun", sagt der Bankmanager, „das machen wir gerne, aber welche Sicherheiten bieten Sie uns dafür?" Darauf zeigt die Blondine auf einen nagelneuen Rolls-Royce, der draußen auf der Straße steht und dessen Papiere und Schlüssel sie dabei hat. „Das geht natürlich in Ordnung", sagt der Bankmanager. Der Wert des Rolls-Royce übersteigt schließlich den Kreditrahmen bei weitem. Ein Bankangestellter nimmt die Wagenschlüssel an sich und parkt den

Rolls-Royce in der Tiefgarage der Bank. Danach bekommt die Frau das Geld und verreist.
Nach einer Woche kehrt sie gut gelaunt und sichtlich erholt zurück. Sie überreicht dem Bankmanager zuerst die 5000 Dollar in cash und schließlich noch die Zinsen von rund 15 Dollar.
„Wissen Sie", sagt der Manager, „es freut uns wirklich, dass dieses Geschäft so wunderbar über die Bühne gegangen ist. Aber was uns die vergangene Woche wirklich sehr beschäftigt hat: Wozu brauchten Sie 5000 Dollar? Wir haben uns nämlich ein bisschen über Sie erkundigt und dabei herausgefunden, dass Sie eine Multimillionärin sind und sich das Geld überhaupt nicht leihen müssten."
„Das ist richtig", sagt die Frau. „Aber wissen Sie, auch ich habe etwas recherchiert. Und es gibt in ganz New York keinen anderen Ort, an dem man sein Auto für 15 Dollar eine Woche lang sicher parken kann."
http://karrierebibel.de/querdenker/ (Stand: September 2016)

Diese kleine Geschichte zeigt auf humorvolle Weise, was es bedeutet, der gewohnten und gesellschaftlich konformen Denkweise zu entfliehen und über die von Menschen gesetzten Schranken unserer Gedankenwelt zu schreiten und sich in die unendliche Welt der unbegrenzten Möglichkeiten zu begeben. Open your mind! Wir glauben immer alles zu wissen, erklären zu können und die Wahrheit zu kennen. Aber in Wirklichkeit haben wir den Blick nicht, um die Wahrheit sehen zu können: Die Wahrheit ist das, was wir beide nicht sehen! Das Einzige, was wir mit Sicherheit sagen können, ist der Ausspruch, der bereits vor etwa 2.400 Jahren von Sokrates in die Welt gesetzt wurde:

Leitwort: „Ich weiß, dass ich nichts weiß!"

Wer sich diesen Spruch immer wieder vor Augen hält, läuft nicht Gefahr, in die Irre zu laufen und ist sich stets bewusst, dass alle seine persönlichen Wahrheiten mit Glauben zu tun haben! Unser Glaube steht also immer am Anfang; vor unserem Wissen. Open your mind!

ÜBUNG: Wollen wir doch ein wenig das Querdenken üben und neue Wege finden; genauso wie die Blondine in der kleinen Geschichte zuvor. Es folgen nun verschiedene Querdenker-Aufgaben, die es zu lösen gilt. Dabei ist es wichtig, dass du dir auch immer ein zeitliches Limit von 15 Minuten setzt. Schreibe anschließend deine Antwort auf und schaue dir erst dann die (möglichen) Lösungen am Ende des Buches an:

1. Zwillinge:

„Zwei Mädchen werden am selben Tag, im selben Monat und im selben Jahr geboren, von denselben Eltern. Doch sie sind keine Zwillinge – wie kommt das?“

http://www.praxisvita.de/dieses-raetsel-zeigt-ob-sie-genug-geschlafen-haben (Stand: September 2016)

Deine Antwort – Open your mind:

____

____

____

____

____

____

____ [5]

2. Die Parole:

„Ein Ritter sollte im Auftrag seines Königs in eine fremde Burg eindringen. Dazu musste er aber den Wachen am Burgtor die richtige Parole nennen, die er leider noch nicht wusste. Er legte sich also nahe des Tores versteckt in einem Busch auf die Lauer und wartete. Kurz darauf kommt ein Händler auf einem Karren und verlangt Einlass. Der Wächter sagt: 28, was ist deine Antwort? Der Händler antwortet mit 14 und wird ein-

gelassen. Dann kommt eine junge Magd und nun sagt der Wächter: 8, was ist deine Antwort? Die Magd antwortet mit 4 und wird eingelassen. Später steht ein Mönch vor den Stadttoren und der Wächter sagt: 16, was ist deine Antwort? Der Mönch antwortet mit 8 und wird eingelassen. Der spionierende Ritter glaubt nun alles zu wissen und stolziert mit einem breiten Lächeln vor das Burgtor. Der Wächter verstellt ihm den Weg und sagt: 12, was ist deine Antwort? Ich sage 6, antwortet der Ritter und will weiterlaufen, aber bevor er auch nur einen Schritt machen kann, zieht der Wächter sein Schwert und tötet ihn. Der Ritter hatte die falsche Zahl genannt! Aber was wäre denn richtig gewesen?"

http://www.denkspiele-online.de/logikraetsel/raetselfragen-und-logikraetsel-fuer-querdenker-mit-loesungen/ (Stand: September 2016)

Deine Antwort – Open your mind:

6

3. Zwerge:

„In einer dunklen Höhle leben Logik-Zwerge, die entweder eine weiße oder eine schwarze Mütze aufhaben. Die Zwerge wissen nicht, wie viele von ihnen es gibt. Einmal im Jahr dürfen sie die Höhle verlassen und bekommen eine Aufgabe gestellt. Können sie diese lösen, sind sie frei. Misslingt die Lösung, müssen sie zurück in die Finsternis.

In diesem Jahr lautet die Aufgabe: Stellt euch nebeneinander auf, und zwar so, dass die Zwerge mit einer weißen Mütze auf der einen Seite stehen und die mit schwarzer Mütze auf der anderen. Dummerweise kann keiner der Zwerge die Farbe seiner eigenen Mütze sehen. Zudem dürfen die Zwerge weder miteinander reden noch sich auf sonstige Weise verständigen oder einander Hinweise geben, etwa mit der Hand oder den Augen. Auch Tricks wie die Verwendung von Spiegeln sind verboten. Ausdrücklich nicht verboten ist den Zwergen aber, ihren scharfen Verstand zu nutzen. Und in der Tat bekommen sie es auf Anhieb hin, sich nach der Farbe der Mützen getrennt aufzustellen. Wie haben Sie das bloß angestellt?"

http://www.spiegel.de/wissenschaft/mensch/raetsel-der-woche-die-cleveren-logik-zwerge-a-1002830.html (Stand: September 2016)

Deine Antwort – Open your mind:

[7]

4. Zeitmessung:

„Gegeben sind zwei sehr alte Zündschnüre, die jeweils in genau einer Stunde abbrennen. Da sie jedoch so alt sind, brennen sie unregelmäßig. Man kann sich also nicht darauf verlassen, dass eine halbe Zündschnur in 30 Minuten abbrennt.

Wie kann man mit Hilfe dieser zwei Zündschnüre nun genau 15 Minuten bestimmen?"

http://www.denksport-raetsel.de/Rätsel/Logikrätsel/Zeitmessung_mit_Zündschnüren (Stand: September 2016)

Deine Antwort – Open your mind:

5. Badewanne:

„In einem Gefängnis soll einer der Häftlinge baden. Im Hochsicherheitstrakt des Gefängnisses gibt es eine spezielle Zelle für schwere Jungs. Der Wärter bringt den Gefangenen in diese Zelle und lässt ihn dort zurück. Sie machen aus, dass der Häftling nach 2 Stunden wieder abgeholt wird. Die Zelle ist 3 m breit 2 m lang und 3 m hoch. Sie hat eine Tür, 0,90 m breit und 2 m hoch, die absolut wasser- und luftdicht verschlossen werden kann. Die Zelle hat keine Fenster. In der Mitte der Decke befindet sich eine Öffnung, 0,20 m x 0,20 m groß. Rechts daneben in 0,10 m Abstand hängt eine Lampe an einem 0,10 m langen Kabel.
In der Zelle steht eine handelsübliche Badewanne, die 200 l Wasser fasst. Beim Aufdrehen bricht dem Häftling der Griff des Wasserhahns ab. Er kann das Wasser nicht mehr abstellen!
Was kann er tun, damit er nicht ertrinkt?
Haben Sie einen Rat für diesen schweren Jungen, der in Lebensgefahr schwebt?“

http://www.blueprints.de/gehirnjogging/harte-nuesse/das-badewannen-raetsel.html (Stand: September 2016)

Deine Antwort – Open your mind:

9

ÜBUNG: Gehen wir nun einen Schritt weiter. Bisher haben wir uns mit Rätseln und anderen fiktiven Aufgabenstellungen beschäftigt. Nun richten wir unseren Blick auf lebensnahe Situationen, die uns auch persönlich betreffen (könnten):
In einer Großstadt begegnen wir ständig Menschen, die kein Dach über dem Kopf haben und unter der Brücke wohnen oder die sich einen anderen Ort als Zuhause ausgesucht und eingerichtet haben. Bisher sind wir ihnen ganz unterschiedlich begegnet: hilflos, herabschauend, mitleidig, ängstlich, verständnislos, helfend und Ähnliches. Vielleicht waren wir auch bereit, auf sie zuzugehen, waren uns aber unsicher, wie? Überlege dir, wie du allen obdachlosen Menschen einer Stadt helfen könntest, ein Zuhause zu finden.

Deine Antwort – Open your mind:

ÜBUNG: Schreibe nun eine Problemstellung auf, die dich seit Längerem schon beschäftigt:

Versuche hierfür um die Ecke zu denken und verschiedene Lösungsansätze zu finden. Es kann auch hilfreich sein, sich mit anderen darüber auszutauschen und dadurch ganz andere Wahrheiten zu entdecken. Versuche das scheinbar Unmögliche zuzulassen. Halte/t deine/eure Ideen fest:

Wenn es die Wahrheit gibt, wir Menschen aber nicht den Blick dafür haben, gibt es jemanden, der den richtigen Blickwinkel dafür hat?

*„**Jesus** antwortete: „Ich bin der Weg, ich bin die Wahrheit, und ich bin das Leben! Ohne mich kann niemand zum Vater kommen."" (Johannes 14, 6)*
*„Doch wir wissen, dass der **Sohn** Gottes zu uns gekommen ist, damit wir durch ihn **Gott** kennen lernen, der die Wahrheit ist. Nun sind wir eng mit dem wahren Gott verbunden, weil wir mit seinem Sohn Jesus **Christus** verbunden sind. Ja, Jesus Christus ist selbst der wahre Gott." (1. Johannes 5, 19-20)*
*„Daran erkennen wir den **Geist** der Wahrheit" (1. Johannes 4, 6)*

Die Wahrheit ist Gott: Vater, Sohn, Geist. Durch ihn haben wir die Möglichkeit, unseren persönlich eingeschränkten Blick erweitern zu können! Open your mind!

Notwendige Neuausrichtung hilft uns, andere Sichtweisen verstehen zu lernen. Diese gilt es zu prüfen und möglicherweise für unser Lebenskonzept anzunehmen und zu übertragen. Bleiben wir stets dabei, uns immer wieder neu auszurichten, dann eröffnet sich vor uns eine Welt der unbegrenzten Möglichkeiten, in der wir die Gelegenheit haben, den anderen, mich selbst und die Wahrheit besser verstehen und annehmen zu können.

„Die Wahrheit wird euch freimachen (Johannes 8, 32). Nicht unsere Tat, unser Mut, unsere Kraft, unser Volk, unsere Wahrheit, sondern Gottes Wahrheit allein. (…) Gottes Wahrheit allein aber lässt mich den Anderen sehen. Sie richtet meinen in mich verbogenen Blick über sich hinaus und zeigt ihm den anderen Menschen. Und indem sie das tut, tut sie an mir die Tat der Liebe, der Gnade Gottes. Sie vernichtet unsere Lüge und schafft die Wahrheit. Sie vernichtet den Hass und schafft die Liebe. Gottes Wahrheit ist Gottes Liebe und Gottes Liebe macht uns frei von uns selbst für den andern. Frei sein heißt nichts anders, als in der Liebe sein. Und in der Liebe sein

heißt nichts anderes, als in der Wahrheit Gottes sein. Der Mensch, der liebt, weil er durch die Wahrheit Gottes frei gemacht ist, ist der revolutionärste Mensch auf Erden. Er ist der Umsturz aller Werte, er ist der Sprengstoff der menschlichen Gesellschaft, er ist der gefährlichste Mensch. Denn er hat erkannt, dass die Menschen im Tiefsten verlogen sind. Und er ist jederzeit bereit, das Licht der Wahrheit auf sie fallen zu lassen – und dies eben um der Liebe willen (…). Gott, bewahre uns, dass wir kein lügnerisches Bild der Freiheit erträumen und in der Liebe bleiben."
http://www.dietrich-bonhoeffer.net/zitat/id/516/ (Stand: September 2016)

KURZ UND KNAPP (Notwendige Neuausrichtung)

1. **Tausche dich in einer kleinen Gruppe über persönliche Wahrheiten aus.** Erkenne so, dass es nicht nur deine Weltsicht gibt und lass andere Wahrheiten zu.
2. **Übe dich in Mitteilung deiner Wahrheit (z.B. Bild beschreiben/malen).** Werde dir dadurch bewusst, wie schwer es ist, das Innere zu beschreiben sowie zu verstehen und wir nicht davon ausgehen dürfen, dass es selbstverständlich für alle Gültigkeit hat.
3. **Lerne von anderen.** Überlege und prüfe, was du von anderen übernehmen möchtest.
4. **Verinnerliche das Leitwort: „Man wird doch noch einmal seine Meinung ändern dürfen!"** Überprüfe stets deine persönliche Wahrheit und stehe zur Veränderung.
5. **Halte das Unmögliche für möglich durch querdenken.** „Um die Ecke denken" bringt ungeahnte Möglichkeiten und Wahrheiten ans Licht.
6. **Verinnerliche das Leitwort: „Ich weiß, dass ich nichts weiß!"** Somit hältst du dir immer wieder vor Augen, dass der Glaube vor unserem Wissen steht.
7. ***Suche den Blick auf die Wahrheit in Gott.*** *Er ist die Wahrheit und das Leben.*

Energiereiche Entschleunigung

„Ja; renn nur nach dem Glück
doch renne nicht zu sehr!
Denn alle rennen nach dem Glück
***Das Glück rennt hinterher**.*
Denn für dieses Leben
ist der Mensch nicht anspruchslos genug
drum ist all sein Streben
nur ein Selbstbetrug."
(Bertolt Brecht 1928)

„Das Glück rennt hinterher" macht kurz und knapp deutlich, warum es sinnvoll ist, Entschleunigung in unserem Leben umzusetzen. Längst ist dieses Wort in unserem Sprachgebrauch etabliert und wurde geschöpft, um den Ausbruch aus der sich stetig beschleunigenden Arbeits- und Lebenswelt des menschlichen Daseins entgegenzutreten. Es beschreibt das „weniger ist mehr", das „Leben im Hier und Jetzt" sowie das Leben, das mit „Hingabe" genossen werden kann.
Wie wir gesehen haben, werden uns Zeitmanagement-Bücher empfohlen, die zahlreiche „Zeitspartipps" anbieten. Jede Sekunde unserer wertvollen Lebenszeit soll genutzt werden. Wir lernen durch unsere Gesellschaft mehrere Dinge gleichzeitig zu machen: Fast Food essen beim Gehen, Bücher lesen beim Busfahren, SMS schreiben beim Autofahren, Mails schreiben beim Kochen und so weiter. Zudem muss alles möglichst schnell gehen: in 4 Wochen eine Sprache lernen, statt in 3 Jahren; das Ziel mit dem ICE in 5 Stunden erreichen, statt mit dem RE in 8 Stunden; Fotos zum Sofort-Mitnehmen, statt in 2 Tagen und vieles mehr.

Warum?

Wenn der Sinn unseres Daseins auf dieser Erde das „Sein" und das „Leben" selbst sind?

„Der Mensch lebt durch den Kopf
der Kopf reicht ihm nicht aus
versuch es nur; von deinem Kopf
lebt höchstens eine Laus.
Denn für dieses Leben
ist der Mensch nicht schlau genug
niemals merkt er eben
allen Lug und Trug.“
(Brecht 1928)

ÜBUNG: Welche Vorteile und welche Nachteile hat Beschleunigung?

____

____

____

____

____

____

Sind wir durch Beschleunigung mehr Mensch? Warum?

____

____

____

____

____

____

Welche Vor- und Nachteile hat Entschleunigung?

Sind wir durch Entschleunigung mehr Mensch? Warum?

„Ja; mach nur einen Plan
sei nur ein großes Licht!
Und mach dann noch'nen zweiten Plan
gehn tun sie beide nicht.
Denn für dieses Leben
ist der Mensch nicht schlecht genug:
doch sein höh'res Streben
ist ein schöner Zug."
(Brecht 1928)

Durch das ereignisreiche Erleben haben wir uns bereits von Planung distanziert. Nun gilt es in diesem Freiraum das Leben mit Hingabe zu genießen und im Hier und Jetzt zu leben.

Leitwort: „Im Leben lernen los- und zuzulassen und das Leben mit Hingabe zu genießen."

Mit dem Los- und Zulassen haben wir uns schon beschäftigt. Das Leben mit Hingabe zu genießen klingt einfacher als es ist. Wann bist du das letzte Mal mit Genuss die Treppen nach oben gegangen? Wann hast du dir mit Hingabe den letzten Tee gemacht? Wann hast du dir Zeit genommen, die Wolken zu zählen? Wann bist du durch den Regen gegangen, statt zu rennen? Wann hast du die Stimme deiner Eltern bewusst wahrgenommen? Wann war der richtige Zeitpunkt, den Flug eines Schmetterlings zu beobachten?

„Wir dürfen niemals vergessen:
Unsere vornehmste Aufgabe ist es zu leben."
(Michel de Montaigne 1533–1592)

Es ist keine neue Erkenntnis „das Leben zu leben". Aber anscheinend müssen wir immer wieder darauf aufmerksam gemacht werden:

„Zu einem ähnlichen Befund kommt die Studie „Die Unfähigkeit zu genießen – die Deutschen und der Genuss" des Instituts Rheingold Salon. (...) Der erschütternde Befund: Das Wohlstandsland Deutschland ist auf dem besten Wege, das Genießen zu verlernen. Zwar ***macht der Genuss für 91 Prozent der Menschen das Leben erst lebenswert****. Aber ganze 46 Prozent haben den Eindruck, dass es ihnen im stressigen Alltag immer seltener gelingt, wirklich etwas zu genießen – bei den Jüngeren sogar 55 Prozent. Als Grund werden vor allem berufliche, aber auch familiäre Belastungen angegeben. „Obgleich das Angebot an Genussmöglichkeiten immer größer wird, hat man das Gefühl, immer weniger genießen zu können", sagt Ines Imdahl, Geschäftsführerin des Rheingold Salons."*

http://www.welt.de/debatte/kommentare/article106380754/Wie-wir-verlernt-haben-das-Leben-zu-geniessen.html (Stand: Juli 2016)

Der Weg zur Entschleunigung führt über die Hingabe und beides bringt Genuss als Lohn mit sich. Beide Begriffe sollten nicht fremd sein. Mit Entschleunigung haben wir uns bereits indirekt befasst, indem wir in unserem Leben mehr Zeitraum geschafft haben (ereignisreiches Erleben). Daher möchte ich den Schwerpunkt in diesem Abschnitt auf Hingabe legen, welche meist automatisch Entschleunigung mit sich bringt. Mache ich zum Beispiel mit Hingabe einen Tee, dann entschleunigt es in der Regel mein Lebenstempo, statt ihn unachtsam mal so eben nebenbei zu machen. Womit wir bei einem weiteren Wort wären, das eng im Zusammenhang mit Hingabe steht: Achtsamkeit!
Es gibt sehr gute Texte und Literatur zum Thema „Hingabe". Allerdings kommen mir in den meisten die konkreten Übungen zu kurz. Der Leser wird oft mit der Umsetzung alleingelassen. Daher möchte ich weniger auf den Inhalt eingehen und vielmehr Übungen und Ideen sowie Anregungen aufzeigen, um das Leben mit mehr Hingabe genießen zu können. Ich persönlich finde den Text von Martin Rubeau über Hingabe sehr treffend. Er fasst in kurzen Worten die wichtigsten Aspekte zusammen. Aus diesem Grund folgen nun ausgewählte Ausschnitte seiner Ausführungen, die durch konkrete Übungen immer wieder unterbrochen werden.

ÜBUNG: Was verstehst du unter den folgenden Begriffen?

Achtsamkeit:

____

____

Hingabe:

____

____

Genuss:

____

____

„Hingabe – dieser Begriff löst bei vielen Menschen unwillkürlich Unbehagen aus. Die Vorstellung von Hingabe wird häufig verbunden mit Auslieferung, ja Kapitulation. (...) In diesem Sinn aktiviert die Vorstellung von Hingabe eine Urangst, die viele Menschen kennen: die Angst vor Auflösung, die Angst, dass nichts mehr von einem übrig bleibt. (...) Diese Art, sich zu ergeben bzw. zu unterwerfen, hat aus meiner Sicht nichts mit Hingabe zu tun. Hingabe beschreibt einen Vorgang, der mit höchster Achtsamkeit verbunden ist. (...) Wenn wir uns hingeben, löst sich unsere Ego-Bezogenheit langsam auf, nicht aber unsere Intelligenz, unser Unterscheidungsvermögen, unsere Stärke. (...) Will ich also Hingabe üben, brauche ich ein Gewahrsein dessen, was im jeweiligen Moment geschieht. Dafür ist es hilfreich, die Wahrnehmung meiner Gedanken, Gefühle und Körperempfindungen zu verfeinern. Es geht darum, sozusagen ein Lauschen nach innen und nach außen zu praktizieren."
https://www.sein.de/hingabe-der-schritt-ins-ungewisse/ (Stand: Juni 2016)

ÜBUNG: Lauschen! Starten wir mit der Wahrnehmung der Außenwelt. Dazu eignet sich das Schärfen der 5 Sinne. Diese Aufgabe besteht darin, eine Party zu organisieren. Hierbei können wir das zuvor Gelernte gleich mit umsetzen. Plane nicht, sondern rufe gute Freunde an, ob sie Lust haben, an einem „Fest der Sinne" teilzuhaben. Dabei können so viele mitmachen, wie sich gerade dazu finden (kein Druck, kein Zwang, keine Kontrolle, kein Vorzeichnen). Vor Ort werden auf mehrere Karten die fünf Sinne geschrieben. Nun kann jeder Teilnehmer eine Karte ziehen. So weiß keiner genau, welche Sinne wie oft gezogen wurden. Daraufhin bereitet nun jeder innerhalb einer vorgegebenen Zeit (z.B. 1–2 Stunden) etwas vor, um seinen Sinn besonders hervorzuheben und zu präsentieren. Dabei kann man im Haus bleiben, rausgehen, etwas einkaufen, basteln oder was einem sonst noch in den Sinn kommt: mit verbundenen Augen die anderen an mit verschiedenen Dürften gefüllten Dosen riechen lassen, Gläser mit unterschiedlichen Mengen an Wasser und Zitrone schmecken und nach Konzentration ordnen lassen, Gegenstände ertasten und erraten lassen sollen nur kleine Anregungen sein.

ÜBUNG: Doch nicht nur bei einem „Fest der Sinne“ können wir unsere Wahrnehmung verschärfen, sondern auch mit einfachen alltäglichen Handlungen, die wir schon als selbstverständlich sehen und das Bewusstsein dafür womöglich verloren haben.

Sehen: Lerne deine Umwelt mit Achtsamkeit zu beobachten. Nimm dir je nach Jahreszeit und Gelegenheit ein Insekt als „Anschauungsmaterial“. Wie achtlos treten wir oft auf Würmer, Spinnen und Ameisen. Bienen, Fliegen und Wespen werden als lästig gesehen. Aber hast du schon einmal beobachtet, wie eine Wespe ein Stück Schinken abtrennt und davonträgt, wie eine Ameise ihre Beute von A nach B schleppt, wie eine Spinne ihr komplettes Netz spinnt, wie Bienen ihre Pollentaschen füllen, wie Fliegen ihre Flügel säubern, wie ein Regenwurm sich fortbewegt?

a) Schreibe hier das ausgewählte Insekt hinein:

____

____

b) Beschreibe deine Beobachtungen:

____

____

c) Versuche in den Kasten das Insekt zu zeichnen!

Doch nicht nur die Fauna, sondern auch die Flora bietet sehr gutes „Anschauungsmaterial“. Auch hier trampeln wir oft achtlos über wunderschöne Blumenwiesen. Aber hast du dir die einzelnen Blüten einer Kleepflanze, eines Gänseblümchens oder eines Löwenzahns genauer angeschaut? Weißt du eigentlich die Namen der unterschiedlichen Wiesenblumen?

a) Schreibe hier die ausgewählte Blume hinein:

b) Beschreibe deine Beobachtungen (Farbe, Form, Blüten, Blätter, etc.):

c) Versuche in den Kasten die Blüte (und die Pflanze) zu zeichnen!

Nachdem wir uns mit der Tier- und Pflanzenwelt beschäftigt haben, nehmen wir nun den Menschen als „Anschauungsmaterial". Setze dich in ein Café, in den Park oder an einen anderen Ort, wo du dich wohlfühlst und in Ruhe Menschen beobachten kannst.

a) Beschreibe hier die ausgewählte Person:

b) Erkläre, warum du dich gerade für sie entschieden hast:

c) Beschreibe das Verhalten dieser Person (z.B. Mimik und Gestik):

___

___

Es gibt so vieles mehr in unserem Leben, dem wir mehr Achtsamkeit, Aufmerksamkeit und Hingabe entgegenbringen können. Dies sollten nur anregende Beispiele sein. Aber vielleicht findet in Zukunft ein spezielles Kunstwerk, ein Gebäude, ein Gemälde, ein abgesägter Baumstumpf, eine Landschaft, ein Geldschein, ein Kieselstein beim flüchtigen Vorbeigehen in deinen Augen ein ganz neues Ansehen, indem du es mit Hingabe beobachtest.

Hören: Unsere armen Ohren sind den ganzen Tag zahlreichen meist willkürlichen Geräuschen ausgesetzt. Es ist der einzige Sinn, den wir so gut wie nicht „ausschalten" bzw. ausruhen lassen können. Jedem von uns fallen bestimmt genügend Momente ein, in denen wir am liebsten unsere Ohren zugemacht hätten. Selbst wenn wir sie zuhalten oder mit Ohropax verdichten, gelingt es uns nicht, das Gehör völlig zu entkoppeln. Aus diesem Grund ist es nur selbsterklärend, dass wir nicht alle Geräusche gleichzeitig und gleich intensiv wahrnehmen können. Wir selektieren, überhören und gewöhnen uns an sie.
Um das Lauschen neu zu erfahren, suche dir einen Ort der Stille. Das kann ein Ort in der Wohnung sein oder auch außerhalb. Manche Städte bieten inzwischen Räume der Ruhe an. So kannst du nun mindestens 5 Minuten der Stille zuhören. Versuche nicht in Gedanken abzuschweifen, sondern höre bewusst hin. Wie ist es dir ergangen?

___

___

___

Alltägliche Geräusche können zu einem ganz neuen Erleben werden. Versuche dich daher einmal am Tag mindestens auf ein neues Geräusch zu konzentrieren und ihm Aufmerksamkeit zu schenken. Schreibe für eine Woche auf, welchem Laut du mit besonderer Hingabe gelauscht hast. Hier ein paar Ideen. Genieße den Klang: wenn du dir ein Getränk in ein Glas eingießt, wenn der Wind durch das Laub eines Baumes weht, wenn der Regen gegen die Fenster tropft, wenn eine dir vertraute Person im Zimmer atmet (vielleicht auch beim Schlafen), wenn das Wasser kocht, wenn Holz brennt, wenn du im Portemonnaie nach Kleingeld suchst, wenn du die Stimme eines lieben Menschen am Telefon hörst, wenn du Zähne putzt, wenn du die Klospülung betätigst, wenn du dich im Bett drehst, wenn du das Auto startest …

1. Tag:

____

2. Tag:

____

3. Tag:

____

4. Tag:

____

5. Tag:

____

6. Tag:

____

7. Tag:

____

Schmecken: Oft essen wir in unserer heutigen Gesellschaft mehr aus Notwenigkeit als mit Hingabe. Essen wird in den seltensten Fällen noch komplett selbst zubereitet. Fertigsoßen, Backmischungen, Tiefkühlgerichte wie Pizza und Aufläufe sind für uns zu einer Selbstverständlichkeit geworden. Daher gliedert sich diese Übung in drei Teilbereiche:

a) Das Kochen: Bereite ein Essen zu, dass aus einzelnen Zutaten entstanden ist. Gewürzmischungen, Gemüsebrühe und bereits Vorgekochtes aus der Dose oder dem Tiefkühlfach sollten nicht verwendet werden.
b) Das Essen: Genieße mit Hingabe ein Gericht. Hilfreich kann dabei sein, sich bewusst zu werden, woher die einzelnen Nahrungsmittel stammen und sich den Weg dieser Produkte bis zu deinem Teller vorzustellen. Dazu zählt auch, sich klar darüber zu werden, wie viel Zeit gewisse Zutaten (Obst, Gemüse, Fleisch, Eier, etc.) brauchten, um zu wachsen und heranzureifen.
c) Der Geschmack: Schließe die Augen und nimm bewusst den Geschmack der einzelnen Bestandteile deines Essens wahr. Wie schmecken die einzelnen Nahrungsmittel jeweils für sich? Wie verändert sich der Geschmack nach langem Kauen? Wie empfindest du den Geschmack, wenn sich verschiedene Lebensmittel miteinander vermischen?

Riechen: Dieser Sinn beinhaltet viel mehr, als nur einen Geruch wahrzunehmen. Er entscheidet auch, ob wir zum Beispiel einen anderen Menschen „riechen“ können. Oft können wir es gar nicht in Worte fassen, warum, und sagen einfach: „Die Chemie stimmt nicht.“ Aus dieser Überlegung beschäftigt sich die erste Aufgabe mit dem bewussten „Erriechen“ deiner Mitmenschen. Wähle mindestens 5 verschiedene Leute aus deinem Umfeld aus, deren Geruch du mit Hingabe erfassen möchtest und versuche diesen zu beschreiben. Hierbei wäre es auch wichtig, nicht nur nahestehende Menschen zu wählen, sondern auch Personen, mit denen du nicht so gerne zusammen bist. Vielleicht fällt dir etwas auf?!

1. Person: ______________________________________

2. Person: ______________________________________

3. Person: ______________________________________

4. Person: ______________________________________

5. Person: ______________________________________

Nimm nun auch deinen eigenen Körpergeruch wahr. Du wirst schnell feststellen, dass er sehr unterschiedlich sein kann; je nach Tag, Zeit, Körperstelle, Stress, Ruhe, Sonne, Regen, Wärme, Kälte, Nahrung (z. B. bei viel oder wenig Fleischkonsum sehr deutlich). Teste aus!

Fühlen: Auch hier gilt es, Alltägliches bewusst zu fühlen und zu empfinden. Hier einige Ideen zum Ankreuzen und Ergänzen.

Wie fühlt sich:

- ☐ … ein Blütenblatt an?
- ☐ … das Vibrieren meines Handys auf meinem Bauch an?
- ☐ … mein Körper an, wenn ich ein Lied summe?
- ☐ … das Ertasten meiner Zähne durch die Zunge an?
- ☐ … der Stich einer Biene oder Wespe an?
- ☐ … das Laufen eines Insekts auf der Haut an?
- ☐ … das Lecken der Zunge einer Katze auf meinem Arm an?
- ☐ … mein Atem durch die Nase auf meinem Handrücken an?
- ☐ … der Schmerz an, wenn ich mich irgendwo stoße?
- ☐ … das Gesicht eines vertrauten Menschen durch Ertasten an?
- ☐ … eine Torte im Gesicht an?
- ☐ … durch die Finger rieselnder Sand an?
- ☐ … eine Träne an, die mir über das Gesicht läuft?
- ☐ … ______________________________________
- ☐ … ______________________________________
- ☐ … ______________________________________

Das nach innen Lauschen ist ganz wichtig. Innerhalb von Sekunden teilt uns unser Körper mit, was uns guttut und was nicht. Allerdings hören wir sehr selten darauf oder gehen rational über dieses Empfinden hinweg. Wenn wir zum Beispiel etwas „Schlechtes“ essen, reagiert unser Körper darauf in der Regel von Unwohlsein bis Schmerzen. Nach wenigen Bissen können wir das schon feststellen. Aber hören wir auch darauf? Wenn die Signale sehr „leise“ sind, überhören wir diese oft oder wollen sie nicht wahrhaben. Auch ist Anstand oft ein Grund, das Gegessene nicht gleich wieder auszuspucken oder sogar die komplette Mahlzeit fertig zu essen. Kinder im Gegensatz dazu hören noch eher auf ihr Körpergefühl, spucken das Essen sofort aus und wehren sich vehement, weiterzuessen.

Doch unser Inneres reagiert nicht nur auf Greifbares. So können zwischenmenschliche Verhältnisse körperliche Empfindsamkeiten hervorrufen, ohne dass es konkret einen Kontakt, eine Berührung oder einen kommunikativen Austausch gab. Wir spüren oft sehr schnell, ob wir mit einem anderen Menschen auf einer Wellenlänge sind oder uns vor jemanden in Acht nehmen sollten. Allerdings nehmen wir uns zu selten bewusst Zeit, auf unser Inneres zu horchen. Rationalität, Gewohnheiten und Konventionen haben meist in unserem Leben mehr Raum. Denn wir erhoffen uns durch die Letztgenannten Sicherheit und Kontrolle in unserem Leben zu erlangen. Dabei sollten wir vor einer Entscheidung stets in uns kehren und in Ruhe wahrnehmen, wie unser Inneres kommuniziert.

ÜBUNG: Dazu ist es hilfreich, generell das „Abschalten“ zu erlernen. Oft sind wir so in Hektik und Stress, dass wir gerade dadurch glauben, uns keine Zeit für eine ruhige Entscheidung nehmen zu können. Unser Umfeld ist dabei wieder eher kontraproduktiv. Wir werden unter Druck gesetzt, müssen schnell zu- oder absagen und feste Termine vereinbaren.

Einer der bekanntesten Wege, nach innen zu finden, ist die Meditation. Sie ist eine Möglichkeit, seine Gedanken von der immerwährenden Reizüberflutung abzuschalten. So viele Informationen prasseln auf uns ein, so vieles muss verarbeitet werden. Da nicht jeder sich der Meditation hingeben kann, würde ich zu Beginn eine geführte Meditation empfehlen und erst mit kurzen Übungen anfangen, um sich dann zu steigern:

- 08 Minuten: https://www.youtube.com/watch?v=OlsumWEJKMg (Stand: Juli 2016)
- 16 Minuten: https://www.youtube.com/watch?v=vExs8zdUxtE (Stand: Juli 2016)
- 32 Minuten: https://www.youtube.com/watch?v=ru5hReSMGnc (Stand: Juli 2016)
- 64 Minuten: https://www.youtube.com/watch?v=uxAM_xKvDLk (Stand: Juli 2016)

ÜBUNG: Nach diesen Meditationsübungen der gelenkten Konzentration nach innen, folgt nun die Aufgabe, die Kommunikation des Inneren mit der Außenwelt konkret wahrzunehmen und zu praktizieren. Diese Übung sollte daher bewusst an unterschiedlichen Orten ausgeführt werden. Hier ein paar Vorschläge: Park, Bar, Café, Spielplatz, Autobahn, Wald, Berg, Wiese, Acker, Fabrik.
Suche dir dort einen ungestörten Ort, an dem du dich hinsetzen kannst. Nun versuche deine Umgebung mit deinen 5 Sinnen bewusst wahrzunehmen. Schließe dazu zunächst immer erst die Augen und nimm dir anfangs für jeden Sinn mindestens 1 Minute Zeit (steigere dich je nach Ort, Verfassung und Bedarf):

1. Wie hört sich die Umgebung an? – Wie reagieren Körper und Geist?
2. Wie riecht sie? – Wie reagieren Körper und Geist?
3. Wie schmeckt sie? – Wie reagieren Körper und Geist?
4. Wie fühlt sie sich an? – Wie reagieren Körper und Geist?
5. Öffne nun die Augen: Wie siehst du dein Umfeld? Wie reagieren Körper und Geist?

HILFE: Hier ein paar Fragen, die dir nützlich sein können, mit deinem Körper und Geist in Kommunikation zu treten. Fühlst du dich an diesem Ort wohl? Möchtest du bleiben? Empfindest du eine innere Ruhe? Hast du Schmerzen? Ist dein Geist im Moment wiederzufinden? Was tut dir gut? Gibt es körperliche Veränderungen? Wie sind die ersten Eindrücke? Welche Bilder entstehen?

WICHTIG: Versuche bei dieser Übung, nicht in „gut“ und „schlecht“ einzuordnen. Es gilt in erster Linie wahrzunehmen und der Kommunikation zu lauschen.

ÜBUNG: Nun können wir einen Schritt weitergehen und schauen, wie unser Inneres auf neue Eindrücke und Gegebenheiten reagiert. Was sagt mir mein Köper und Geist?
Dazu eignet es sich immer, neue Dinge auszuprobieren. Um den Anfang leicht zu machen, werden einige Ideen vorgegeben. Schreibe dazu jeweils auf, was du Neues ausprobierst und versuche so gut wie möglich zu beschreiben, wie dein Inneres darauf reagiert. Dabei ist es unheimlich wichtig, sich Zeit und Ruhe zu nehmen, um in sich kehren zu können!

1. Trinke einen neuen Cocktail (mit oder ohne Alkohol):

____

=> Dein Inneres:

____

2. Probiere eine neue Frucht oder ein neues Gemüse aus:

____

=> Dein Inneres:

____

Und so weiter. Nun bist du dran: fremde Menschen, unbekannte Orte, andere Kleidung, etc.

„Der große Gegenspieler der Hingabe ist die Angst. (…) In Wirklichkeit gab es nur eines, vor dem man Angst hatte: das Sich-fallen-Lassen, den Schritt in das Ungewisse hinaus, den kleinen Schritt hinweg über all die Versicherungen, die es gab. Und wer sich einmal, ein einziges Mal hingegeben hatte, wer einmal das große Vertrauen geübt und sich dem Schicksal anvertraut hatte, der war befreit. (…) Ein Großteil unseres Verhaltens zielt darauf ab, Hingabe zu vermeiden, um das Gefühl der Ohnmacht, des Ausgeliefertseins, der Nacktheit nicht erleben zu müssen. Wenn es uns gelänge, Gefühle von Ohnmacht anzunehmen und sie grundsätzlich zu bejahen, würden wir erkennen, dass Hingabe ohne Verletzlichkeit nicht zu haben ist. Dann könnten wir aufhören, uns selber ständig zu „schützen".“
https://www.sein.de/hingabe-der-schritt-ins-ungewisse/ (Stand: Juni 2016)

<u>ÜBUNG</u>: Um Hingabe mit Verletzlichkeit zu üben, eignet es sich besonders gut, diese mit Offenheit anderen Menschen gegenüber zu kombinieren. Lassen wir doch mal für einen Augenblick unsere Maßstäbe los und geben wir uns den Maßstäben anderer Menschen hin. Dies kann auf ganz unterschiedliche Weise geschehen. Entweder lausche ich mit Interesse anderen Lebenskonzepten, nehme Ideen in meinen Alltag mit auf oder probiere sie tatsächlich für einige Zeit zu leben. WICHTIG: Prüfe deine Motive! Höre nicht nur deinem Gegenüber zu, um ihn später dann doch vom Gegenteil zu überzeugen, sei nicht gelangweilt, sondern mit wahrem Interesse dabei und nehme die Maßstäbe des anderen ernst!
Unterhalte dich mit einem Menschen, der entweder eine andere sexuelle Orientierung (hetero-, bi-, homo-, a-sexuell, aber auch nicht nur sexuelle Orientierung, sondern Transgender, Queer, Zwitter, etc.) hat als du oder sein Beziehungskonzept (mono- oder polygam, Swinger, wechselnde Partnerschaften, Fremdgeher, offen, geschlossen, Patchwork-Familie, mit einem Altersunterschied von über 20 Jahren, die nur aus finanziellen Gründen

heiraten, SM-Praktiken, und vieles mehr) auf eine andere Art und Weise auslebt. Versuche ihn zu verstehen. Nimm dir Zeit und schreibe später aus seiner Sicht:

Besonders im Zusammentreffen mit anderen Menschen wird der Zusammenhang zwischen Hingabe und Verletzlichkeit deutlich. Dazu gibt es zahlreiche Übungen, die den meisten auch schon bekannt sein dürften:

- Mach deine Augen zu und lass dich rückwärts in die Arme eines anderen fallen.
- Lass dir deine Augen verbinden und dich durch die Straßen führen.
- Verbinde die Augen und lasse dich füttern.
- Das möchte ich ausprobieren:

____

- Das möchte ich ausprobieren:

____

WICHTIG: Versuche dabei dich fallen zu lassen, die Kontrolle abzugeben und vertrauen zu lernen; dem Moment, der Situation und dem Menschen mit Hingabe zu begegnen.

„Wir können in der Erfahrung von Hingabe zwei Aspekte unterscheiden: Da ist einerseits der eher aktive Teil der Hingabe. Wir erleben ihn, wenn wir aktiv günstige Voraussetzungen für Hingabe schaffen."
https://www.sein.de/hingabe-der-schritt-ins-ungewisse/ (Stand: Juni 2016)

<u>ÜBUNG</u>: Dazu gibt es eine ganz einfache Übung. Suche dir ein schönes Lied aus (gerne auch mehrere). Schaffe in deinem Zimmer eine angenehme Atmosphäre (Licht, Temperatur, Lautstärke, Platz etc.). Stelle dich in den Raum, schließe deine Augen und beginne, dich mit der Musik zu bewegen. Wenn du dich zunächst unsicher fühlst, dann fange mit den Händen und Armen an. Meist übertragen sich die Bewegungen auf den restlichen Köper.

WICHTIG: Weniger ist mehr. Fange lieber mit kleinen Bewegungen an. Denn es kommt hier nicht auf das wilde „Abtanzen“ an, sondern die Musik zu spüren und mit dem ganzen Körper darauf zu reagieren und zwar so, dass du nicht darüber nachdenkst, sondern so wie dein Körper die Musik empfindet.

Für Fortgeschrittene I: Du kannst dich auch im Sitzen oder Liegen zur Musik bewegen oder alles miteinander kombinieren. Nutze den Raum.

Für Fortgeschrittene II: Praktiziere diese Übung mit einem anderen Menschen, dem du vertraust. Stellt euch dabei Körper an Körper. Nun folgen drei Versionen. In Version 1 bewegt sich jeder nach seinem Empfinden. Bei Version 2 richtet sich jeweils einer nach dem anderen, d. h. einer bewegt sich zunächst nicht, lässt sich aber auf die Bewegungen des anderen ein und versucht die Übertragung der Bewegung zu empfangen und anzunehmen. Die Version 3 vereint beide miteinander und ist am schwierigsten umzusetzen. Denn nun bewegen sich beide Körper als eins und bewegen sich gemeinsam, ohne dass einer von beiden vorgibt.

„Andererseits gibt es den passiven, empfangenden Aspekt der Hingabe: Da existiert etwas, das wir uns nicht erarbeiten können, das uns nur geschenkt werden kann. Ein Beispiel: Ich kann mich bemühen, als Zuhörer während eines Vortrags ganz wach, aufmerksam und engagiert zu sein (aktiver Aspekt der Hingabe). Wenn dann beim Zuhören das honigsüße Gefühl entsteht, dass mich nichts mehr von dem Vortragenden trennt, wenn sich ein Gefühl der Einheit und Verbindung, der Dankbarkeit und der Bereicherung einstellt, dann ist dies der passive Aspekt – das Geschenk, die Gnade.“

https://www.sein.de/hingabe-der-schritt-ins-ungewisse/ (Stand: Juni 2016)

ÜBUNG: Nimm den passiven Prozess in dir wahr und lasse ihn zu. Hier gilt es der Illusion entgegenzuwirken, Hingabe habe nur etwas mit „positiven" Gefühlen zu tun. Es ist auch von wesentlicher Bedeutung Schmerz, Trauer und Enttäuschung zuzulassen, zu spüren und zu akzeptieren. Die Schwierigkeit hierbei besteht allerdings darin, dass wir uns nicht von diesen Empfindungen übermannen lassen dürfen. Sie sind zwar ein Teil von uns, aber bestimmen nicht unser Leben und unser Dasein. Sie dürfen uns nicht runterziehen und nicht als „negativ" gewertet werden. Aus diesem Grund habe ich beide Wertungen in Anführungszeiche gesetzt. Aber wir dürfen sie zulassen, wahrnehmen und leben. Kommen wir nun zur Übung. Schaue dir einen traurigen Film an. Gebe dich den Bildern und der Geschichte hin und lasse die Emotionen in dir zu. Am besten gelingt dir dies, wenn du die Filme alleine schaust. Hier ein paar Vorschläge an Filmen: *Schindlers Liste *Im Namen meiner Schwester *Der Soldat James Ryan *Die Farbe Lila *Aashiqui 2

Für Fortgeschrittene I: Schaue emotionale Filme mit anderen an. Du wirst merken, wie schwer es ist, sich den Emotionen in Gegenwart anderer hinzugeben.

Für Fortgeschrittene II: Wenn du das nächste Mal in dir verspürst, dass dir Tränen kommen, dann lasse sie zu. Achte nicht auf den Umstand. Dir dürfen in jeder Situation Tränen kommen. Auch hier wird schnell klar, dass Hingabe etwas mit Verletzlichkeit zu tun hat. Um dir ein Bewusstsein zu schaffen, schreibe hier die nächsten drei Situationen mit Datum auf, wann du weinen musstest.

Datum:
Situation: ____________________
Datum:
Situation: ____________________
Datum:
Situation: ____________________

„Kinder können sich mit ganzer Hingabe dem Spiel widmen."
https://www.sein.de/hingabe-der-schritt-ins-ungewisse/ (Stand: Juni 2016)

ÜBUNG: Am besten kann man Hingabe von Kindern erlernen. Kinder können sich einer Sache mit voller Hingabe widmen. Während Erwachsene zum Beispiel ein Schoko-Croissant innerhalb von wenigen Minuten aufgegessen haben, dabei vielleicht noch ein Telefonat geführt, SMS geschrieben oder Zeitung gelesen haben, sitzt ein Kind vor diesem Schoko-Croissant mit voller Begeisterung und widmet sich dem Moment. Nach einer halben Stunde ist das Croissant fast geschafft, das Gesicht von oben bis unten mit Schokolade beschmiert und das Kind strahlt bis über beide Ohren. Davon können wir nur lernen. Daher besteht diese Aufgabe lediglich darin, Kinder zu beobachten. Bei dieser Übung können wir auch das Sich-führen-Lassen wiederholen. Deswegen solltest du nicht gezielt nach Ort und Zeit suchen, wo du Kinder gut beobachten kannst, sondern den Moment finden. Wenn du also das nächste Mal ein Kind siehst und an diese Übung denkst, dann nimm die Gelegenheit wahr und schreibe auf, wie sich das Kind einer Sache bewusst hingibt und im Hier und Jetzt lebt:

„Mystiker und Heilige aller Traditionen geben sich ganz und gar Gott hin bzw. dem, was ist. Sie stellen sich zur Verfügung – so wie es im „Vaterunser" heißt: Dein Wille geschehe. ***Weil radikale Hingabe etwas mit Kontrollverlust zu tun hat, tun wir uns schwer damit. Doch zugleich gibt es in uns ein Wissen, dass dieses Leben in Kontrolle und Angst nicht alles sein kann, und es existiert auch eine Sehnsucht, uns rückhaltlos und vollständig dem Leben hinzugeben. Unentbehrlich auf diesem Weg ist Vertrauen: Wer weiß oder glaubt, dass alles, was geschieht, letztlich gut ist und wird, kann sich hingeben. Hingabe bedeutet dann nicht Selbstaufgabe, sondern eher, sich auf eine neue Art wieder zu finden:*** *Wir können nicht tiefer fallen als in Gottes Hand."*

https://www.sein.de/hingabe-der-schritt-ins-ungewisse/ (Stand: Juni 2016)

ÜBUNG: *Sich Gott hingeben? Ich denke, dass diese Übung ein wesentlicher Aspekt von energiereicher Entschleunigung ist. Jeder Mensch bekommt von Gott die gleiche Zeit pro Tag geschenkt. Doch wie viel Zeit von den 24 Stunden widme ich ihm? In dieser Aufgabe soll es darum gehen, ein Bewusstsein dafür zu bekommen und Möglichkeiten zu finden, mit Gott Zeit zu verbringen. Hier ein Vorschlag, den du gerne mal eine Woche ausprobieren, abändern, erweitern, ausbauen und beibehalten kannst:*

1. *Schenke Gott die erste Minute am Tag und beginne das Gespräch ganz einfach mit: „Einen schönen guten Morgen!" und wenn du magst, dann danke ihm doch für die ersten Dinge, die dir in den Sinn kommen.*
2. *Versuche in deinem morgendlichen Ablauf 15–20 Minuten einzubauen. Lies einen Teil aus der Bibel und lasse ihn einfach nur auf dich wirken. Stelle dir Fragen dazu, markiere für dich wichtige Worte und versuche dir den Inhalt durch ein inneres Bild zu merken.*
3. *Singe (oder summe) während des Tages immer wieder ein christliches Lied, das du kennst oder kreiere intuitiv Melodie und Text; „Halleluja" ist oft ein guter Beginn.*
4. *Suche dir einen ruhigen und einsamen Ort. Dort kannst du ganz ungestört (leise oder laut) Gott alles erzählen, was dich gerade beschäftigt; angefangen von dem, was du erlebt hast bis hin zu dem, was dir Sorgen bereitet.*
5. *Lausche! Einfach mal nichts tun, nichts sagen … sich einfach Gott hingeben. Was macht Gott? Was sagt er? Wie antwortet er? Was spürst du? Schreibe auf:*

„Hingeben kann ich mich nur dem, was JETZT ist. Hingabe heißt JA sagen und Eins-Sein mit diesem Augenblick – auch wenn ich nicht weiß, wohin dieses Einverstandensein mich führt. Ich gebe die Kontrolle ab, ich bin einverstanden mit dem, was geschieht. Spätestens im Augenblick unseres Sterbens werden wir Hingabe erleben: Auch wenn wir uns vielleicht lange gewehrt haben, letztlich können wir uns nur hingeben und loslassen“

https://www.sein.de/hingabe-der-schritt-ins-ungewisse/ (Stand: Juni 2016)

„Leben muss man ein Leben lang lernen, und, darüber wirst du dich vielleicht noch wundern: ein Leben lang muss man sterben lernen.“ (Seneca)

ÜBUNG: In dieser Übung werden wir nicht das Sterben lernen. Aber vielleicht können wir das Sterben als Anlass nehmen, das Leben im Jetzt zu praktizieren.
Lade dir vertraute Menschen zu einem „Beerdigungs-Vorbereitungs-Treffen“ ein. Nutzt die Gelegenheit, um das Leben im Hier und Jetzt zu leben. Bei diesem Treffen haben JETZT alle die Gelegenheit das zu sagen und zu tun, was sie dir am Grab sagen würden. Aber am Grab ist es tatsächlich zu spät und du kannst es nicht mehr erleben, was dein enger Freundes- und Bekanntenkreis von dir denkt, welche Erinnerungen sie mit dir verbinden, was du ihnen bedeutest und was sie dir noch sagen wollten, aber es zu Lebzeiten nie gemacht haben. Daher bietet so ein „Beerdigungs-Vorbereitungs-Treffen“ die Möglichkeit dazu.

Diese Idee entstand auch genau aus diesem Grund. Immer wieder bei Beerdigungen stellte ich mit Trauer fest: Wie schade, dass der Betroffene diese Worte und Anteilnahme nicht miterleben kann. Und wie traurig, dass dies ihm wohl nie zu Lebzeiten gesagt wurde. Auch die tollen Blumen; wie schön wäre es doch, unseren Lieben zu Lebzeiten immer wieder solche Blumen zukommen zu lassen. Zudem hast du die Gelegenheit bei diesem Treffen allen mitzuteilen, was sie dir bedeuten und wie du dir deine Beerdigung vorstellst. Leider ist dieses Thema in unserer Gesellschaft zu einem Tabuthema geworden und keiner traut sich, von seinem Tod zu sprechen. Aber der Tod gehört genauso zu uns wie das Leben. Nur weil wir darüber nicht sprechen, werden wir ihn nicht verhindern können.
Falls du nicht weißt, was ihr bei diesem Treffen machen sollt, folgen hier ein paar Ideen: Sprich darüber, wie du dir deine Beerdigung wünschst (Lieder, Kleidung, Essen, Bestattung, etc.). Jeder Gast soll ein peinliches, schönes, denkwürdiges, besonderes und/oder prägendes Erlebnis erzählen, das er mit dir in Verbindung bringt. An welchem Ort, der dir etwas bedeutet, soll gefeiert werden? Welches Essen und welche Blumen liebst du? Und so weiter …

Wir machen die Dinge oft nicht mehr, um ihrer selbst willen, sondern verbinden sie mit einem anderen oder weiteren Ziel und sind mit den Gedanken schon weiter. Zum Beispiel gehen viele Menschen nicht joggen oder zum Sport, weil sie Lust darauf haben, sondern weil sie fit bleiben oder abnehmen wollen. Andere wiederum gehen ihrer Arbeit nach, nicht weil sie Freude daran haben oder weil es ihrer Begabung entspricht, sondern weil sie damit Geld verdienen oder sogar über die Maßen viel Geld damit machen wollen.
Daher endet dieser Abschnitt mit der Aufgabe, Handlungen in unserem Leben bewusster wahrzunehmen, sich ihnen wieder ganz zu widmen und sie um ihrer selbst willen auszuführen. In Zukunft mit Hingabe: duschen, Tee zubereiten, telefonieren, fernsehen, spazieren gehen, einkaufen, Musik hören, rauchen, Auto fahren, essen, Briefe schreiben, …

GIFT für Hingabe ist das Denken:
„Morgen fange ich damit an. Jetzt habe ich gerade keine Zeit und Ruhe dafür."

KURZ UND KNAPP (Energiereiche Entschleunigung)

1. **Verinnerliche das Leitwort: „Im Leben lernen los- und zuzulassen und das Leben mit Hingabe zu genießen."** Erst wenn wir das Gewohnte loslassen, haben wir die Möglichkeit Neues in unserem Leben zuzulassen und für uns zu entdecken.
2. **Organisiere ein „Fest der Sinne".** Nimm dir mit Freunden Zeit, deine Sinne neu zu schärfen und genieße alltägliche Abläufe auf eine ganz neue Art.
3. **Nimm dir Zeit zur Meditation.** Finde dadurch Ruhe und Entspannung, aber auch einen Weg, bis in dein Inneres vorzudringen.
4. **Probiere immer wieder Neues aus und höre auf die Signale deines Körpers.** So lernst du, in Kommunikation mit deinem Körper und Geist zu treten.
5. **Schaue dir traurige Filme an und lass deinen Emotionen freien Lauf.** Dies bietet dir die Möglichkeiten, die passive Hingabe zu praktizieren. Aber auch alle anderen Emotionen mögen ausgelebt werden.
6. **Beobachte Kinder bei einer Tätigkeit.** Entdecke dabei das Leben im Hier und Jetzt und das Sich-einer-Sache-Hingeben.
7. ***Verbringe Zeit mit Gott.*** *Vergiss dabei nicht, nicht nur zu reden, sondern auch zu lauschen.*
8. **Beginne JETZT!!!**

WegFührende Weisheit

„Weit ausgebreitet ist also das Leben der Weisen; ihm umschließt nicht dieselbe Begrenzung wie die übrigen Menschen; er allein untersteht nicht den Gesetzen des Menschengeschlechtes; alle Jahrhunderte dienen ihm wie einem Gott. Eine Zeit ist vergangen – er hält sie in der Erinnerung fest. Eine Zeit ist gegenwärtig – er nutzt sie. Eine Zeit wird kommen – er nimmt sie vorweg. Die Zusammenfassung aller Zeiten in einer einzigen verschafft ihm ein langes Leben.“ (Seneca)

„WegFührende Weisheit“ beinhaltet zwei für diesen Abschnitt relevante Bedeutungen. Zum einen die Weisheit, die uns von Kompensationen wie Sorgen, Ängsten und Süchten wegführt und zum anderen deutet es auf eine Weisheit hin, die uns auf einen Weg führt, der für unser Leben am besten ist. Weisheit spielt in beiden Fällen eine wesentliche Rolle, denn:
„Am kürzesten und unruhigsten ist das Leben derer, die das Vergangene vergessen, das Gegenwärtige nicht beachten und für die Zukunft in Furcht sind: zu spät sehen sie ein, wenn sie ans Ende gekommen sind, die Armen, dass sie so lange beschäftigt waren, ohne wirklich etwas zu tun.“ (Seneca)

Zu Beginn des Buches (Seite 33f.) wurde im Fließdiagramm kurz darauf eingegangen, was passiert, wenn wir unseren Herzenswunsch nicht erfüllt bekommen oder dieser uns genommen wird: „ein Nicht-wahrhaben-Wollen, einen Glücks-Ersatz suchen (die Leere mit anderen Dingen füllen), Glücksmomente wiederholen wollen, in Süchte verfallen (z.B. Beziehungs-, Romanzen-, Sexsucht), der Konsum von Drogen …“
Wenn das Leben nicht nach den eigenen Vorstellungen verläuft oder unsere Grundbedürfnisse nicht ausreichend gedeckt werden, neigen wir Menschen sehr schnell dazu, in Ängste, Zwänge, Süchte oder jegliche andere Art von Kompensation zu verfallen. Die Leere und der Schmerz in unserem Leben möchten gestillt, ersetzt und gefüllt werden:

„Vor allem aber rechne ich hierher auch jene, die nur für Wein und Wollust Zeit haben; denn niemand hat eine schändlichere Beschäftigung. Wenn die anderen auch von einem trügerischen Bild des Ruhms gebannt sind, so hat ihr Irrtum doch etwas Glanzvolles; du magst mir die Habsüchtigen, magst mir die Jähzornigen aufzählen oder diejenigen, die ungerechte Feindseligkeiten oder Kriege entfachten (...). An scheinbarer Seuche leidet dagegen, wer sich der Völlerei und der Unzucht in die Arme geworfen hat." (Seneca)

ÜBUNG: Was verstehst du unter folgenden Begriffen?

Kompensation:

____

____

Angst:

____

____

Sorge:

____

____

Sucht:

____

____

Depression:

Suizid:

„Mit Kompensation wird in der Psychologie nach Alfred Adler eine Strategie bezeichnet, mit der bewusst oder unbewusst versucht wird, eine echte oder eingebildete Minderwertigkeit auszugleichen; nach C.G. Jung kann als ‚Kompensation' jeglicher Prozess bezeichnet werden, der darauf zielt, psychische Ungleichgewichte und Einseitigkeiten auszugleichen."
https://de.wikipedia.org/wiki/Kompensation_(Psychologie) (Stand: Juli 2016)

Wie viel Lebenszeit verbringen wir eigentlich damit, dieses „psychische Ungleichgewicht" (meist erfolglos) wieder ins rechte Lot zu bringen?

„Prüfe einmal die ganze Lebenszeit dieser Menschen, schau, wie lange sie sich mit Rechnungen, wie lange mit Intrigen beschäftigen, wie lange sie voll Furcht sind, wie lange sie jemanden hofieren, wie lange sie sich hofieren lassen, wie viel Zeit eigene und fremde Verabredungen beanspruchen, wie viel die Gelage, die schon regelrechte Dienstpflichten sind: du wirst sehen, wie ihr Wohl und ihr Wehe sie nicht zu Atem kommen lassen." (Seneca)

Aus diesem Grund ist es schwer, von einer Kompensation wieder die Finger zu lassen. Wir glauben, damit etwas ausgleichen zu können, widmen ihr sehr viel unserer wertvollen Lebenszeit, ohne zu erkennen, dass wir uns weitab vom rechten Weg befinden und auf eine Sackgasse zusteuern. Schnell wird sie zu einer Zwangshandlung oder führt zu einem Suchtverhalten. Daher ist

es schwer, erstens eine Kompensation zu erkennen, um sie dann zweitens wieder loszuwerden, da wir damit etwas (bewusst oder unbewusst) ersetzen wollen.
Ein weiterer Grund, dass uns die Entlarvung so schwerfällt, ist die gesellschaftliche Anerkennung und Akzeptanz vieler Kompensationen:
„Drogen sind in jede Kultur eingebettet. Gesellschaftliche Regeln bestimmen, was akzeptiert wird. Dazu gehört bei uns z. B. Alkohol, Nikotin und Koffein als gesellschaftlich akzeptierte Drogen. 20 Tassen Kaffee im Büro gehören ebenso dazu, wie der Alkohol auf Festen und Feiern. Viele nicht stoffgebundene Süchte sind ebenfalls akzeptiert oder sogar angesehen. Dazu gehören z. B. arbeiten, einkaufen oder exzessives Sporttreiben."
http://www.medizinfo.de/sucht/ursachen/soziokulturell.shtml (Stand: Juli 2016)

Letztlich kann jede Kompensation in unserem Leben zu einer Sucht werden. Sinnvoll ist es, diese loszuwerden, damit ein Leben in Freiheit möglich ist. Um allerdings eine Zwangshandlung oder Zwangsgedanken aus seinem Leben zu befördern, muss man diese erst einmal entdecken. Denn ganz schnell versuchen wir uns zu rechtfertigen und sagen: „Ach, Quatsch, das ist doch kein Zwang. Das ist doch ganz normal." Folgendes Experiment soll dazu anregen, sich den unbewussten Zwängen klar zu werden und sich diesen zu stellen:
„Zuckersucht – SIE betrifft das nicht? SIE haben Ihren Zuckerkonsum unter Kontrolle? Dann ist folgendes Experiment für Sie sicher gar kein Problem: Streichen Sie ab sofort jeden Zucker aus Ihrem Leben – und zwar drei Wochen lang.
Keine Schokolade, keine Bonbons, keine Schokoriegel, keine Milchschnitten, keine Nuss-Nougat-Brotaufstriche, keine Marmelade, keine süßen Teilchen, keinen Kuchen, keine Kekse und natürlich auch keine gesüßten Getränke. Denken Sie auch an den versteckten Zucker und meiden Sie ihn! (…)
Sie haben alle Zuckervorräte verbannt? Und alle zuckerhaltigen Lebensmittel, die noch in Ihrer Küche waren, verschenkt? Prima, ***dann lesen Sie hier doch in drei Tagen weiter …***

1 Tag später: Was machen SIE denn hier? Warum so gereizt? Sie fühlen sich überfordert? Sie haben Ihre Kinder grundlos angebrüllt? Sie können sich nicht auf Ihre Arbeit konzentrieren? Sie finden diese Ohne-Zucker-Aktion besch … eiden?
2 weitere Tage später: Wie geht es Ihnen? Drei Tage ohne Zucker! Eine tolle Leistung! Aua! Wie bitte? Sie können das Wort „Zucker" nicht mehr hören, ohne handgreiflich zu werden? (…) Sie haben sich und Ihre Emotionen nicht mehr unter Kontrolle? Sie fühlen sich ferngesteuert? Vielleicht ist Zuckersucht für Sie DOCH ein Thema? Keine Sorge, Sie sind nicht allein! Zuckersucht ist ein häufiges Phänomen."
http://www.zentrum-der-gesundheit.de/zuckersucht-ausstieg-ia.html (Stand: Juli 2016)

Wichtig anzumerken wäre, dass nicht jede Kompensation gleich eine Sucht ist oder zu einer Zwangshandlung wird. Aber die Frage bleibt im Raum: „Was in unserem Leben wollen wir kompensieren? Welche Leere in unserem Inneren füllen? Wo und wann verspüren wir einen Mangel und Unausgeglichenheit? Denn nicht ohne Grund neigen wir in Stresssituationen eher zum Zucker, zur Zigarette, zum Alkohol zu greifen, als in Lebensphasen, in denen wir uns ausgeglichen fühlen. Also sollten wir uns zunächst mit zwei Fragen beschäftigen:

1. Welche Handlungen und Gedanken nutze ich zum Kompensieren?
2. Welchen Mangel in meinem Leben möchte ich damit eigentlich ausgleichen?

Leitwort: Prüfe deine Motive!

Zur Beantwortung der ersten Fragen hilft das obige Leitwort. Aus welcher Motivation heraus handele und denke ich?! Esse ich die Schokolade, weil ich mich gerade dem Genuss der Schokolade hingeben möchte oder kompensiere ich etwas damit? Gehe ich in eine Bar, um einen Drink in Gesellschaft zu genießen oder steckt da doch mehr dahinter? Trinke ich den morgendlichen Kaffee mit Achtsamkeit oder bestimmt ein Mangel in meinem Leben meinen Tagesablauf?

Und wie sieht es mit Ängsten, Trauer und Sorgen aus? Gibt es wirklich eine gerechtfertigte Motivation dazu? Oder steckt dahinter immer ein Mangel, eine Unausgeglichenheit oder Leere? Vielleicht sind Ursachen dafür mangelndes Vertrauen, fehlendes Selbstbewusstsein und leere Lebensinhalte?!

Eine Kompensation, die sich als Sucht herauskristallisiert, ist zwar sehr leicht zu erkennen, aber äußerst schwer wieder loszuwerden. Das Fatale daran ist, dass nahezu alles zu einer Abhängigkeit werden kann. Diese Abhängigkeiten zeigen sich in körperlicher oder psychischer Form, treten jedoch meist in Kombination auf. Was zunächst als Ausgleich eines inneren Ungleichgewichtes „missbraucht" wurde, kann durch Regelmäßigkeit zu einem Gedankenzwang oder zur Zwangshandlung werden:

„Die psychische Abhängigkeit zeigt sich an dem „Nicht-Aufhören-können", es entsteht ein unausweichliches Verlangen (...). Die körperliche Abhängigkeit äußert sich insbesondere in Entziehungserscheinungen beim Versuch des Absetzens oder Reduzierens."

http://www.internisten-im-netz.de/de_sucht-symptome_731.html (Stand: Juli 2016)

<u>ÜBUNG</u>: Nun gilt es eine persönliche Bilanz zu erstellen. Es folgt eine Tabelle mit zahlreichen Suchttendenzen. Da wie beschrieben alles zu einer Abhängigkeit führen kann, ist es nicht möglich, alle aufzuzählen. Aber sie sollen ein Bewusstsein dafür geben, was uns alles im Leben binden kann und uns die Freiheit nimmt, einfach zu sein und zu leben. Du kannst die Tabelle gerne mit eigenen Ideen und Erfahrungen erweitern und überall dort ein Kreuz setzen, wo du glaubst, davon betroffen zu sein. Kleiner Tipp: Wenn du etwas länger darüber nachdenkst, setze ein Kreuz. Später folgt eine Übung, die zur Überprüfung dient.

	Streitsucht		Sexsucht		Magersucht
	Fluchen		TV-Sucht		Kaufsucht
	Romanzensucht		ICH-Sucht		Spielsucht
	Sex-Magersucht		Alkohol		Rauchen
	Party-Sucht		Fettsucht		Rechthaberei
	Arbeitssucht		Beziehungssucht		Tabletten
	Internet-Sucht		Handysucht		Zuckersucht
	Sport-Sucht		Lästern		Anerkennung
	Marken-Sucht		Daumenlutschen		Genusssucht
	Todessehnsucht		Eifersucht		Selbstmitleid
	Habgier		Ansehen		Minderwertigkeit
	Ritzen (Schmerz)		Fingernägel-kauen		Pflanzliche Drogen
	Schönheit (Aussehen)		Chemische Drogen		

Oft wissen wir gar nicht, woran wir messen können, ob wir wirklich von einem Zwang sprechen können. „Diese eine Tasse Kaffee am Morgen oder das eine Glas Rotwein am Abend ist doch ganz normal. Das macht mich doch nicht süchtig." Der folgende Text kann als Richtlinie genutzt werden, wenn wir uns unsicher sind: ***„Sechs Warnsignale –*** *(...) Diese Alarmsignale lassen sich auf sämtliche Arten der Sucht übertragen – von Alkohol-, Medikamenten- über Drogen- und Nikotin- bis hin zur Glücksspielsucht. Die Grenzen zwischen gefährlichem Konsum (oder Verhalten) und Abhängigkeit sind fließend. Jeder einzelne der unten angeführten Warnhinweise ist ein deutliches Alarmsignal. Treffen drei der unten genannten Punkte zu, liegt in der Regel eine Suchterkrankung vor.*

__1. Starker Wunsch (...)__, eine Substanz zu konsumieren oder etwas immer wieder zu tun. (…)

__2. Kontrollverlust__ (…): Ein Spielsüchtiger oder Kaufsüchtiger wird weiterspielen und einkaufen, auch wenn er es sich finanziell gar nicht mehr leisten kann.

__3. Abstinenzunfähigkeit:__ Aus der Unfähigkeit, den Konsum einer Droge zu kontrollieren beziehungsweise auf ein bestimmtes Verhalten zu verzichten, resultiert die Unfähigkeit zur Abstinenz. (…) [selbst bei schweren gesundheitliche oder soziale Konsequenzen].

4. Toleranzbildung:
Menschen, die in eine Sucht schlittern, brauchen immer größere Mengen ihrer Droge um den gleichen Effekt zu erzielen. (…) Das kann auch für Verhaltensweisen mit Suchtcharakter gelten, die häufig immer weiter ausufern.

5. Entzugserscheinungen:
Die heftigsten Entzugserscheinungen treten beim Absetzen harter Drogen wie Heroin, aber auch bei schweren Alkoholikern beim Entzug auf. (…) Verhaltenssüchte oder -zwänge wie Spiel- oder Kaufsucht machen natürlich nicht körperlich abhängig (…). Der Kick für den Suchtkranken beruht aber auf biochemischen Prozessen im Gehirn. Bleiben sie aus, können durchaus Entzugserscheinungen auftreten wie Nervosität, Aggressivität und der unwiderstehlichen Drang, das Suchtverhalten wieder auszuüben.

6. Rückzug aus dem Sozialleben:
Wer in einer Sucht gefangen ist, verliert das Interesse an anderen Beschäftigungen. Hobbys, soziale Kontakte und selbst der Beruf werden vernachlässigt. (…)
http://www.netdoktor.de/Krankheiten/Sucht/Sucht-die-Anzeichen-10689.html (Stand: Juli 2016)

Nun kannst du deine persönliche Liste noch einmal durchgehen. Wir neigen dabei schnell dazu, uns selbst zu belügen und versuchen unser Verhalten zu verharmlosen. Ausreden und Begründungen sind schnell gefunden, warum der schnelle Partnerwechsel, der morgendliche Kaffee, das abendliche Nachrichten-Schauen, das wöchentliche Lottospielen, das tägliche Streiten, die wiederkehrenden Selbstmordgedanken, das Baden in Selbstmitleid, die Zigarettenpausen, die vielen Überstunden ganz normal sind.

„[Es gibt] eine Reihe von körperlichen und psychischen Symptomen (…). Dazu nennt die Bundeszentrale für gesundheitliche Aufklärung (BZgA): Häufige Schweißausbrüche, Händezittern, Schlafstörungen, Unruhe, Körperliche Verwahrlosung, Konzentrationsstörungen.

Fragebögen, die eine mögliche Suchterkrankung aufdecken sollen, bewerten neben den Warnsignalen den heimlichen Konsum bestimmter Substanzen oder Schuldgefühle nach dem Konsum als Warnhinweise. Ein Alarmsignal für eine Sucht ist häufig auch, dass andere den Betroffenen schon auf sein Verhalten angesprochen haben."

http://www.netdoktor.de/Krankheiten/Sucht/Sucht-die-Anzeichen-10689.html (Stand: Juli 2016)

ÜBUNG: Nutze den Platz nun für eine Selbstanalyse:

____

____

____

____

____

Für Fortgeschrittene I: Bist du dir nicht ganz sicher, ob du von einem Stoff, einem Verhalten oder einem Gedanken abhängig bist, dann versuche doch einfach mal für einen bestimmten Zeitraum bewusst darauf zu verzichten. (Beispiel: 7 Tage lang keinen Zucker/Kaffee/Alkohol, zwischen den Partnerschaften mal mehrere Monate keine, schaffe ich zwei Wochen ohne Selbstmitleidsgedanken?)

ÜBUNG: Wege aus einer Sucht: einer der bekanntesten und erfolgreichsten Wege aus einer Sucht heraus, ist das 12-Schritte-Programm. Nutze es weise!

„Die 12 Schritte – Frei werden von Zwangsgedanken und Zwangshandlungen:

1. *Wir haben zugegeben, dass wir unseren Zwangsgedanken und Zwangshandlungen gegenüber machtlos waren, dass unser Leben nicht mehr zu meistern war.*
2. *Wir kamen zu dem Glauben, dass eine Macht größer als wir selbst, uns unsere geistige Gesundheit wiedergeben kann.*
3. *Wir fassten den Entschluss, unseren Willen und unser Leben der Sorge Gottes, wie wir ihn verstanden, anzuvertrauen.*
4. *Wir machten eine gründliche und furchtlose Inventur in unserem Innern.*
5. *Wir gaben Gott, uns selbst und einem anderen Menschen die genaue Art unserer Verfehlungen zu.*
6. *Wir waren völlig bereit, alle diese Charakterfehler von Gott beseitigen zu lassen.*
7. *Demütig baten wir ihn, uns von unseren Mängeln zu befreien.*
8. *Wir stellten eine Liste aller Personen auf, denen wir Schaden zugefügt hatten und wurden bereit, ihn bei allen wieder gut zu machen.*
9. *Wir machten bei diesen Menschen alles wieder gut, wo immer es möglich war, es sei denn, wir hätten dadurch sie oder andere verletzt.*
10. *Wir setzten unsere persönliche Inventur fort und wenn wir Unrecht hatten, gaben wir es sofort zu.*
11. *Wir suchten durch Gebet und Besinnung unsere bewusste Verbindung zu Gott – wie wir ihn verstanden – zu verbessern. Wir baten ihn nur darum, uns seinen Willen erkennbar werden zu lassen und um die Kraft, ihn auszuführen.*
12. *Nachdem wir durch diese Schritte ein spirituelles (geistiges) Erwachen erlebt hatten, versuchten wir, diese Botschaft an Menschen weiterzugeben, die noch an einer Zwangsstörung leiden und unser tägliches Leben nach diesen Grundsätzen auszurichten.“*

http://www.zwaenge-oca.de/frei-von-zwangshandlungen.html (Stand: Juli 2016)

ÜBUNG: Diese Übung ist nicht einfach, kann aber mit Freunden, Familie und Bekannten zu einer sehr lustigen Herausforderung werden. Dabei spielt Vertrauen und Ehrlichkeit eine wesentliche Rolle (vor allem zu sich selbst). Hierbei eröffnet man einer Person seines Vertrauens seine Suchttendenzen – am besten gegenseitig, somit wird die Motivation erhöht, auch durchzuhalten, da jeder weiß, dass er mit seiner (möglichen) Abhängigkeit nicht alleine ist. Gemeinsam werden vier überschaubare Zeiträume festgelegt, in denen auf die Suchtgedanken und -handlungen verzichtet werden soll. Da diese Übung äußerst schwer ist, erhält jeder eine bestimmte Anzahl an Jokern, die wie folgt aufgeteilt werden:

1. Zeitraum = 3 Joker (der Betroffene darf an drei Tagen den Joker ausspielen und der Sucht nachgeben)
2. Zeitraum = 2 Joker (der Betroffene darf an zwei Tagen den Joker ausspielen und der Sucht nachgeben)
3. Zeitraum = 1 Joker (der Betroffene darf an einem Tag den Joker ausspielen und der Sucht nachgeben)
4. Zeitraum = 0 Joker (der Betroffene darf an keinem Tag den Joker ausspielen und der Sucht nicht mehr nachgeben)

Diese Joker dürfen (aber müssen nicht) pro Zeitraum eingesetzt werden. Wenn diese Aufgabe mit mehreren durchgeführt wird, ist die Motivation erfahrungsgemäß größer, da man nicht alleine dasteht, sich austauschen kann und andere liebevolle Menschen einem zur Seite stehen, die einen unterstützen.
Zur besseren Veranschaulichung ein kleines Beispiel: Person A äußert sein Bedenken über Zuckersucht. Person B gibt einen Zeitraum von einer Woche vor. Das bedeutet, dass Person A in der ersten Woche dreimal Süßes zu sich nehmen kann, in der zweiten nur noch zweimal und so weiter. Schafft es Person A trotz der Joker nicht, seiner (möglichen) Sucht zu widerstehen, könnte sich der Suchtverdacht bestätigen. Im Gegenzug gesteht Person B ihre Schwierigkeiten mit Gedanken der Todessehnsucht. Nach vertrautem Austausch über die Häufigkeit des Auftretens, veranschlagt Person A einen Zeitraum von zwei Wochen.

So hat Person B in den ersten zwei Wochen 3 Joker-Tage. Außer dass der Zeitraum unterschiedlich ist, wird nach dem gleichen Prinzip vorgegangen.

WICHTIG: Da diese Übung sehr an die persönlichen Grenzen gehen kann, sollte sie mehr als Art „Spiel“ oder „Spaß“ gesehen werden. Sonst entsteht schnell ein Gefühl von Druck und Versagen und verliert seine eigentliche Bedeutung und Zweckmäßigkeit, eventuell sich einer Suchtgefahr bewusst zu werden oder sogar von einer Sucht loszukommen.

Kommen wir nun zur zweiten Frage. WAS wollen wir eigentlich kompensieren? Ganz ungeachtet davon, ob es sich hierbei um eine kurzfristige oder um eine Suchtgekennzeichnete Kompensation handelt. Diese Frage scheint schwieriger zu beantworten zu sein, als es in Wirklichkeit ist. Viele Befragte glaubten zunächst keine Antwort darauf zu wissen oder hatten sich bisher darüber keine Gedanken gemacht. Aber bei genauerem Überlegen und In-sich-Hineinhorchen kamen fast alle ziemlich bald auf die Leere und den Mangel zu sprechen, den sie in ihrem Leben verspüren. Unabdingbar sind hierbei die Ehrlichkeit zu sich selbst und das tiefe Vertrauen zu einer Person.

<u>ÜBUNG</u>:
Mit wem kannst du über persönliche Probleme sprechen?

____

Für Fortgeschrittene I: Beantworte im Gespräch die weiteren Fragen!

Welche Kompensationen und Süchte sind dir aufgefallen?

____

____

Welche möchtest du ansprechen?

Welchen Mangel, Verlust, Leere oder Unausgeglichenheit möchtest du damit kompensieren?

Es ist eine Illusion, zu denken, dass ein empfundener Mangel oder erlebter Verlust in unserem Leben sofort verschwinden würde, wenn wir nur darüber reden. Allerdings erlangen wir durch den Austausch mit anderen ein Feingefühl dafür, was uns im Inneren bewegt und werden uns eventuell über Verhaltensmuster bewusst, die nicht unser Selbst widerspiegeln, sondern vielmehr durch einen Mangel in uns hervorgerufen wurden. Nach diesem Schritt folgt das Akzeptieren der benannten Leere in uns. Doch warum ist es wichtig, die Leere in uns zuzulassen, die Leere sein zu lassen und nicht „auf Teufel komm' raus" alles daranzusetzen, unsere Bedürfnisse zu befriedigen, unsere Wünsche zu erfüllen und unsere Sehnsüchte zu stillen?

ÜBUNG: Schreibe kurz deine Gedanken dazu auf!

Durch das Akzeptieren des inneren Mangels, nehmen wir uns selbst die Last und den Zwang, sie mit irgendetwas „Unsinnigem" füllen zu müssen. Erst dadurch haben wir die Möglichkeit festzustellen, dass wir ihn nicht nötig haben. Denn ein Mangel in unserem Leben kann durch nichts ersetzt werden. Er kann nur mit der Zeit verschwinden.

ÜBUNG: Beim Akzeptieren einer inneren Leere verhält es sich in etwa so wie mit der Vergebung. Es ist eine der schwersten Handlungen in unserem Leben. Aber auch hier liegt der Beginn im Benennen und Aussprechen. Füge im folgenden Satz deinen Mangel oder Leere ein. Sind dir mehrere Dinge bewusst geworden, so zähle nicht alles auf einmal auf, sondern nehme dir jeden einzelnen Gedanken separat vor. Denn nicht für alles in unserem Leben sind wir zur gleichen Zeit bereit.

SATZ: „Ich akzeptiere die Leere in meinem Inneren, die durch

____

____

____

____

____

____

(z. B. den Tod meines Kindes, den Verlust meiner Arbeit, den Missbrauch durch meine Eltern, der fehlenden Liebe in dieser Welt, den Krieg in meinem Land, etc.) entstanden ist."

Für Fortgeschrittene I: Falls du wieder in alte Muster und Gewohnheiten zurückfällst, dann werde dir über deinen Satz bewusst, indem du ihn dir immer wieder sagst. Hierin liegen zwei große Herausforderungen. Erstens zu erkennen, dass ich mich wieder in einer Zwangshandlung oder Kompensation befinde, da wir sie schon oft automatisiert ausführen oder uns erst viel später darüber bewusst werden. Und zweitens trotz des Scheiterns weiterzumachen und sich nicht darüber zu ärgern. Im Gegenteil, wir sollten uns freuen, dass wir uns immer klarer darüber werden und zu sich selbst den vorangegangenen Satz sagen.

Was bleibt, wenn wir nun nicht mehr all unsere Lebenszeit und -energie darauf verwenden, einen Mangel in unserem Leben auszugleichen? Wir gewinnen beides wieder zurück! Zeit und Energie. Es mag sich im ersten Moment ein bisschen komisch anfühlen, sich nicht mehr mit voller Hingabe seiner inneren Leere hinzugeben, da wir es gewohnt sind, alles selbst in die Hand nehmen zu müssen. Doch befanden wir uns bisher weitab vom rechten Weg, haben wir nun die Gelegenheit, auf einen Lebensweg geführt zu werden, der Erfüllung bringt.

„Ein Rabbi bat Gott einmal darum, Himmel und Hölle sehen zu dürfen. Gott erlaubte es ihm und gab ihm den Propheten Elias als Führer mit auf den Weg. Elias führte den Rabbi zuerst in einen großen Raum, in dessen Mitte auf einem Feuer ein Topf mit einem köstlichen Gericht stand. Rundum saßen Menschen mit langen Löffeln und schöpften alle aus dem Topf. Aber sie sahen blass, mager und elend aus. Es herrschte eine eisige Stille. Denn die Stiele ihrer Löffel waren so lang, dass sie das herrliche Essen nicht in den Mund bringen konnten. Als die beiden Besucher wieder draußen waren, fragte der Rabbi den Propheten, welch ein seltsamer Ort das gewesen sei. Es war die Hölle.
Daraufhin führte Elias den Rabbi in einen zweiten Raum, der genauso aussah wie der erste.
In der Mitte brannte ein Feuer und kochte ein köstliches Essen.
Die Menschen hatten auch alle lange Löffel in der Hand. Aber sie waren alle gut genährt, gesund und glücklich. Sie unterhielten sich angeregt. Sie versuchten nicht, sich selbst zu füttern, sondern benutzten die langen Löffel, um sich gegenseitig zu essen zu geben.
Dieser Raum war der Himmel.“

http://www.quantenintelligenz.at/resources/Himmel+und+H$C3$B6lle.pdf (Stand: August 2016)

Diese kleine Geschichte ist ein schönes Bild dafür, warum „das Leben die Hölle ist“. Wir Menschen sind dermaßen auf die Erfüllung unserer eigenen Wünsche und Bedürfnisse fixiert, dass wir alles um uns herum vergessen und somit unseren Blick extrem beschränken, sodass wir nicht mehr den Weg aus der Hölle herausfinden, sondern uns weiter und weiter um uns selbst drehen. Obwohl unser Seelenleben quasi am verhungern ist, immer mehr abmagert und sich nach Glück sowie Zufriedenheit sehnt, kommen wir nicht auf den Gedanken, uns selbst hinten anzustellen, um somit den Bedürfnissen meines Gegenübers den Vorrang zu geben. Das Schöne an dieser Geschichte ist, dass sie nicht nur die Hölle beschreibt. Sie deutet auch auf einen Weg hin, der dort herausführt und uns zum ersehnten Glück bringen kann. Sollte es uns gelingen, uns selbstlos um die Belange, Wünsche, Sorgen und Bedürfnisse unserer Mitmenschen zu kümmern, werden wir erleben dürfen, wie auch wir versorgt werden.
Bedeutungsschwere liegt im letzten Satz auf dem Wort „selbstlos“, oder besser ausgedrückt: nicht etwas fordern und zurückerwarten; oder noch einfacher: dem anderen in Liebe begegnen.

Daher wird uns nicht umsonst folgende Übung nahegelegt: *„Wenn du ein Mahl machst, so lade Arme, Verkrüppelte, Lahme und Blinde ein, dann wirst du selig sein, denn sie habe nichts, um es dir zu vergelten.“ (Lukas 14, 13–14)*

<u>ÜBUNG</u>: Berechne ganz grob die Zeit, die du bisher durchschnittlich pro Woche für deine Wünsche, Gedanken und Belange genutzt hast (Was esse ich und mit wem? Wie möchte ich den Tag verbringen? Wie lebe ich? Etc.) und vergleiche diese mit der Zeit für andere.
Zeit pro Woche für mich: ______________________________
und für andere: ______________________________________

ÜBUNG: Biete bedürftigen Menschen deine Hilfe an. So könntest du beispielsweise Blinden über die Straße helfen oder mit ihnen einen Spaziergang machen, alten Menschen ihre Einkäufe tragen oder sie im Altersheim besuchen, Zeit mit einsamen Menschen verbringen oder mit Obdachlosen etwas im Restaurant essen gehen. Schreibe deine Erfahrungen auf:

Für Fortgeschrittene I: Notiere dir weitere Ideen und setze sie um!

Für Fortgeschrittene II: Wenn du das Gefühl hast, nun soweit zu sein, dass du anderen eine Stütze sein kannst, ohne dass du es „vergelten" bekommen möchtest, dann kannst du mal dein Umfeld genauer unter die Lupe nehmen. Was sind eigentlich die Bedürfnisse, Wünsche und Sorgen deiner Familie und Freunde oder Menschen aus deinem näheren Umfeld? Wähle dir zunächst drei Menschen aus, um deren Belange du dich gerne kümmern möchtest, ohne dass sie davon wissen. Denn darin liegt das Geheimnis. Prüfe deine Motive! Möchtest du ihnen helfen, auch wenn sie nicht offensichtlich mitbekommen, wie „gut" du bist oder steckt doch noch ein wenig Eigennutz dahinter? Sicherlich dürfen sie davon wissen. Aber was macht es mit dir? Erwartest du Dank, Anerkennung oder etwas anderes im Gegenzug?

Schreibe im Folgenden drei Namen auf und finde heraus, wie du ihnen eine Hilfe sein kannst und setze es in die Tat um.

Name Person 1: ______________________________

Name Person 2: ______________________________

Name Person 3: ______________________________

Zeit, die wir bisher damit verbracht haben, uns um die Erfüllung unserer Herzenswünsche zu kümmern, können wir nun investieren, um uns den Belangen anderer zu widmen.

Auch die Brüder Grimm schrieben zu diesem Thema eines der bekanntesten Märchen:

„Es war einmal ein kleines Mädchen, dem war Vater und Mutter gestorben, und es war so arm, dass es kein Kämmerchen mehr hatte, darin zu wohnen, und kein Bettchen mehr hatte, darin zu schlafen, und endlich gar nichts mehr als die Kleider auf dem Leib und ein Stückchen Brot in der Hand, das ihm ein mitleidiges Herz geschenkt hatte. Es war aber gut und fromm. Und weil es so von aller Welt verlassen war, ging es im Ver-

trauen auf den lieben Gott hinaus ins Feld. Da begegnete ihm ein armer Mann, der sprach: »Ach, gib mir etwas zu essen, ich bin so hungerig.« Es reichte ihm das ganze Stückchen Brot und sagte: »Gott segne dir's«, und ging weiter. Da kam ein Kind, das jammerte und sprach: »Es friert mich so an meinem Kopfe, schenk mir etwas, womit ich ihn bedecken kann.« Da tat es seine Mütze ab und gab sie ihm. Und als es noch eine Weile gegangen war, kam wieder ein Kind und hatte kein Leibchen an und fror: da gab es ihm seins; und noch weiter, da bat eins um ein Röcklein, das gab es auch von sich hin. Endlich gelangte es in einen Wald, und es war schon dunkel geworden, da kam noch eins und bat um ein Hemdlein, und das fromme Mädchen dachte: »Es ist dunkle Nacht, da sieht dich niemand, du kannst wohl dein Hemd weggeben«, und zog das Hemd ab und gab es auch noch hin. Und wie es so stand und gar nichts mehr hatte, fielen auf einmal die Sterne vom Himmel, und waren lauter blanke Taler; und ob es gleich sein Hemdlein weggegeben, so hatte es ein neues an, und das war vom allerfeinsten Linnen. Da sammelte es sich die Taler hinein und war reich für sein Lebtag.“

http://gutenberg.spiegel.de/buch/-6248/162 (Stand: August 2016)

Ich finde dieses Märchen fasst kurz und knapp „WegFührende Weisheit“ zusammen: Eine Weisheit, die uns vom EGO wegführt und eine Weisheit, die uns auf den Weg führt, unseren Mitmenschen in selbstloser LIEBE zu begegnen.

Oft verstehen wir das nicht. Auch wenn wir das Märchen der Brüder Grimm lesen, ertappen wir uns vielleicht dabei, dass wir denken: „Das Mädchen war ein bisschen naiv. Alles, was es hat, einfach so wegzugeben.“ – „Wie kann man nur Brot einem anderen schenken, wenn einem selbst der Magen knurrt? Bin ich nicht mir selbst der Nächste?“ – „Es ist ja nur ein Märchen. In der brutalen Wirklichkeit wäre sie bestimmt verhungert, erfroren oder ermordet worden.“ – „Ich hätte an ihrer Stelle anders gehandelt.“

ÜBUNG: Wie hättest du an der Stelle des Mädchens gehandelt? Und warum?

____

____

____

____

Leitwort:

„Meine Gedanken sind nicht eure Gedanken
und eure Wege sind nicht meine Wege, spricht der Herr."
(Jesaja 55, 8)

Wir Menschen gehen meist unseren eigenen Weg, ohne darauf zu achten, ob es auch dem Weg Gottes entspricht, auf den wir eigentlich gehen sollten. Es ist sogar so, dass wir unsere Wege nicht infrage stellen, aber die anderen von Gott sehr wohl. Ganz oft höre ich: „Warum hat diese Person mir das angetan?" – „Warum passiert das gerade mir?" – „Warum lässt Gott das in meinem Leben zu?" – „Warum erfüllt mir Gott meinen Herzenswunsch nicht?"
Das Mädchen hätte dem gleichtun können: „Warum wurden mir meine Eltern genommen und warum muss mich nun alleine durch diese Welt ohne Hab und Gut schlagen?"
Aber nein! *„Es war aber* ***gut und fromm****. Und weil es so von aller Welt verlassen war, ging es im* ***Vertrauen*** *auf den lieben Gott* ***hinaus ins*** *Feld.* "Hier steckt wieder das Schlüsselwort „VERTRAUEN"!

Ich finde das Leitwort super, wenn Dinge in meinem Leben nicht so laufen, wie ich sie gerne hätte oder mir vorgestellt habe: „Deine Gedanken sind nicht meine Gedanken und meine Wege sind nicht deine Wege." Oftmals stelle ich dem noch ein „Dankeschön für diese Situation!" voran. Es bringt mich dann erneut auf den Boden der Tatsachen zurück und erdet mich. Er zeigt mir immer wieder, wer ich eigentlich bin: Töpfer oder Ton!?

Es ist eine (neue) Lebenseinstellung. Und jeder von uns weiß bestimmt, wie schwer es ist, etwas in seinem Leben zu verändern. Nicht umsonst gibt es die alljährlichen guten Vorsätze an Silvester. Und wie schnell geben wir sie wieder auf? Oder wir lassen es ganz sein, weil wir der Meinung sind, dafür brauchen wir kein fixes Datum. Wie dem auch sei. Wir können nicht von heute auf morgen Mutter Teresa sein. Aber in den nächsten Jahren vielleicht schon!

„Ich habe euch in allem gezeigt, dass man so arbeiten und sich der Schwachen annehmen muss im Gedenken an das Wort des Herrn Jesus, der selbst gesagt hat: Geben ist seliger als nehmen." (Apostelgeschichte 20, 35)

ÜBUNG: Prüfe immer wieder zwischendurch deine Motive. Aus welcher Motivation heraus machst du das gerade? EGO oder LIEBE? Gehe ich wieder den alten Wegen und Mustern nach oder befinde ich mich auf dem neu geführten Weg? Diese Übung soll uns nicht überführen, sondern dazu dienen, ein Bewusstsein dafür zu schaffen, uns von den alten Wegen fernzuhalten und uns wieder auf den neuen Weg zu führen. *Ich weiß, wie schnell man wieder bei seinen eigenen Gedanken und Wegen ist, die nicht mehr mit Gottes Gedanken und Wegen übereinstimmen.*

WICHTIG: Auch hier gilt wie in einer Übung zuvor: Nur nicht aufgeben, stattdessen weitermachen und sich freuen, dass man sich dessen schon bewusst ist!

ÜBUNG: Kommen wir nun zu einer (wie ich finde) sehr schönen Aufgabe. Beschreibe in eigenen Worten, wie eine Welt aussieht, in der jeder nicht in erster Linie an sich, sondern vor allem an den anderen denkt. Eine Welt, in der ich mir meine Wünsche nicht erarbeiten muss. Sie werden mir einfach erfüllt und geschenkt. Zudem darf ich selbst erleben, welchen wertvollen Platz ich hier auf der Erde habe und anderen Menschen eine Freude sein darf.

Bei der Ausführung kannst du dir gerne eine Geschichte ausdenken, einen Tag aus deinem Leben beschreiben, deine Gedanken in Stichpunkten aufschreiben oder was dir sonst noch dazu einfällt:

____

____

____

____

____

____

____

„Siehe, wie fein und lieblich ist's, wenn Brüder einträchtig beieinander wohnen! (…) Dort verheißt der Herr den Segen und Leben bis in Ewigkeit!" (Psalm 133, 1-3)

„Der jüngere war verheiratet und hatte Kinder, der ältere war unverheiratet und allein. Die beiden Brüder arbeiteten zusammen (…). Zur Zeit der Ernte brachten sie das Getreide ein und teilten die Garben in zwei gleich große Stöße (…). Der Ältere aber (…) sprach in seinem Herzen: „Mein Bruder hat eine Familie, ich dagegen bin allein (…) und doch habe ich gleich viele Garben (…). Das ist nicht recht." (…) Auch [der Jüngere] musste an seinen Bruder denken (…): „Mein Bruder ist allein (…). Wer wird in seinen alten Tagen für ihn sorgen?" (…) In der (…) Nacht wartete jeder (…), bis er den anderen schlafend wähnte (…) und jeder nahm von seinen Garben, um sie zum Stoß des anderen zu tragen. Auf halben Weg trafen sie plötzlich aufeinander und jeder erkannte, wie gut es der andere mit ihm meinte."

http://www.bdkj-speyer.de/service/glaubenskiste.html?single=227 (Stand: August 2016)

KURZ UND KNAPP (WegFührende Weisheit)

1. **Verinnerliche das Leitwort: Prüfe deine Motive!** Nicht selten belügen wir uns selbst, daher sollten wir uns der wahren Motivation immer bewusst sein.
2. **Führe eine Selbstanalyse zu „Kompensation und Suchttendenzen" durch.** Sie verändert dein Bewusstsein zu manchen Verhaltensweisen, die entweder zwanghaft sind oder einen inneren Mangel ausgleichen wollen.
3. **Finde mit einer Person deines Vertrauens deinen Mangel heraus.** Durch ein Gespräch kann leichter ans Licht, was eigentlich schon offen in uns liegt.
4. **Akzeptiere die Leere in dir.** Sage diesen Satz, auch wenn du dich wieder dabei ertappst, wie du sie mit irgendetwas auszugleichen versuchst und erkenne, dass eine innere Leere nicht gefüllt werden, sondern nur mit der Zeit verschwinden kann.
5. **Sei (ohne eine Gegenleistung zu erwarten) Bedürftigen eine Unterstützung.** Das ist der Weg, der dazu führt, dass alle satt werden.
6. **Unterstütze drei Menschen in deinem näheren Umfeld.** Bleibe dran, auch wenn sie dir keine Gegenleistung bringen und erwarte nicht das Gleiche von ihnen.
7. ***Verinnerliche das Leitwort: „Meine Gedanken sind nicht eure Gedanken und eure Wege sind nicht meine Wege, spricht der Herr."*** *Das ist der Schlüssel, um viele Lebenssituationen aus einem anderen Blickwinkel sehen zu können.*
8. **Beschreibe eine Welt, in der jeder dem anderen beisteht, stützt und hilft.** Somit kannst du einen Einblick in den Himmel auf Erden bekommen.

Erfrischende Einsamkeit

Leitwort:
Im Leben geht es NICHT darum,
dass ich meinen eigenen Wünschen und
Bedürfnissen nachjage,
SONDERN vielmehr darum,
mich um die Bedürfnisse, Nöte und
Wünsche meiner Mitmenschen zu kümmern.

Diesen Abschnitt möchte ich gerne mit diesem Leitwort eröffnen. Es fasst zum einen noch einmal kurz den letzten Schritt der WegFührenden Weisheit zusammen und richtet zum anderen den Blick davon weg, durch eigene Leistungen seine Wünsche und Ziele erreichen zu müssen. Haben wir letztlich verstanden, dass die Erfüllung darin liegt, durch die Zuwendung anderer bedacht zu werden, die es gut mit einem meinen und von Herzen das Beste für einen wollen, ohne dass wir dies von ihnen einfordern, fällt es uns umso leichter, die Welt nicht mehr aus der EGO-Perspektive zu betrachten. So ändert sich vieles in unserem alltäglichen Leben. Bei einem Restaurantbesuch z. B. sind wir nicht mehr darauf aus, dass wir die Art der Küche bestimmen, dass wir auf dem besten Platz sitzen und einen guten Abend verbringen, sondern wir sorgen dafür, dass es ein schöner Abend für die anderen wird und sind bereit, unser Lieblingsrestaurant hintanzustellen, die anderen zuerst die Plätze wählen zu lassen und vielleicht sogar, die anderen zum Essen einzuladen.
Oder um ein weiteres Beispiel zu geben. In einer Partnerschaft gilt nun: Ich bin nicht mehr der Mittelpunkt. Das Leben muss nicht nach meinen Maßstäben ablaufen. Die Erwartungen an meinen Partner wie z. B. „er muss an meinen Geburtstag oder an unseren Jahrestag denken", „er muss die Wohnung sauber halten", „er muss immer mit mir Zeit und den Urlaub verbringen", „er muss mir Freiraum geben", „er muss die Zahnpastatube zuschrauben", „er muss mir immer Bescheid geben, wo er gerade

ist und was er vorhat", „er muss beim Pinkeln den Klodeckel geschlossen halten", „er muss mich sexuell befriedigen", „er muss auch Affären dulden" und vieles mehr, wandelt sich nun in einfachen Worten zu einem „Wie kann ich meinen Partner unterstützen, eine Hilfe sein oder eine Freude bereiten?".
Diese Lebensphilosophie fällt uns im näheren Umfeld, bei Freuden, Familie und Bekannten vielleicht noch leicht. Aber letzten Endes sollten wir den Blick so erweitern, dass wir in jedem Menschen unseren Nächsten (Verwandten) sehen. Dazu gibt es eine sehr schöne, kleine und anschauliche Geschichte:

„Der Rabbi stellt seinen Schülern eine knifflige Frage: Woran erkennt man, wann die Nacht zu Ende ist und der Tag beginnt? Nach längerem Grübeln sagt ein Schüler: „Wenn ich von ferne das Schaf von der Ziege unterscheiden kann, dann hat der Tag begonnen." Ein zweiter meint: „Wenn ich von ferne den Olivenbaum vom Feigenbaum unterscheiden kann, dann ist die Nacht zu Ende." So diskutierten sie eine Weile. Schließlich spricht der Rabbi: „Wenn du eine Frau triffst und zu ihr, egal, ob sie weiß ist oder schwarz, sagen kannst: Du bist meine Schwester; wenn du einen Mann triffst und du zu ihm, egal, ob er arm ist oder reich, sagen kannst: Du bist mein Bruder – dann ist die Nacht zu Ende, und der Tag beginnt.""
http://www.zeit.de/1999/47/199947.europa-linke_.xml (Stand: August 2016)

> *„Ich sage aber: Liebt eure Feinde und betet für alle, die euch verfolgen! (…) Wollt ihr etwa noch dafür belohnt werden, dass ihr die Menschen liebt, die euch auch lieben? (…) Wenn ihr nur euren Freunden liebevoll begegnet, ist das etwas Besonderes? Das tun auch die, die von Gott nichts wissen." (Matthäus 5, 44-47)*

Doch wieso nun erfrischende Einsamkeit?

ÜBUNG: Was fällt dir zu erfrischender Einsamkeit ein? Schreibe dazu deine Gedanken auf.

Auch wenn wir von nun an nicht mehr unsere eigenen Wünsche und Ziele im Blick haben, sollten wir uns stets über Folgendes bewusst sein: Für den anderen da zu sein heißt nicht, dass wir in eine Opfer-Rolle schlüpfen und uns naiv ausnutzen lassen sollen. Auch heißt es nicht, dass wir uns selbst und unseren Körper, wie Seele und Geist vernachlässigen sollen.

Im Gegenteil! Es ist unheimlich wichtig, sich selbst zu kennen, sich selbst zu lieben und gut für sich zu sorgen. Daher widmet sich dieser Schritt der erfrischenden Einsamkeit. Denn hier soll Einsamkeit nicht als etwas Negatives gesehen werden, sondern zeigen, wie wichtig es ist, sich konkret Zeit für sich selbst zu nehmen und sich selbst mit Liebe zu begegnen. Dazu gleich vorab eine Frage: Unsere Füße leisten jeden Tag enorm viel für uns; tragen uns kilometerweit. Aber wann hast du z. B. deine Füße das letzte Mal massiert, gestreichelt oder mit wohltuenden Ölen eingerieben?

„Oder wisst ihr nicht, dass euer Leib ein Tempel des Heiligen Geistes ist, der in euch ist und den ihr von Gott habt, und dass ihr nicht euch selbst gehört. Denn ihr seid teuer erkauft; darum preist Gott mit eurem Leibe." (1. Korinther 6, 19–20)
Unser Körper ist sozusagen eine Leihgabe von Gott – eigentlich viel mehr als das. Er ist ein Geschenk von Gott an uns, mit dem wir an dieser Welt teilhaben können. Zudem dient er als Tempel für den Heiligen Geist, der durch ihn in uns wohnen kann, wodurch wir in ständiger Verbindung mit Gott sind.

Aber aus welchen Gründen kümmere ich mich um meinen Körper? Was sind die wahren Motive? Jage ich Schönheitsidealen nach, strebe ich nach positivem Feedback anderer oder möchte ich im Wettkampf der Beste sein? Oder ist mir mein Körper völlig egal und ich lasse ihn verwahrlosen? Oder vergifte ich ihn sogar mit Nikotin, zu viel Alkohol oder anderen Drogen und Süchten? Was ist eigentlich gesund und was tut meinem Körper wirklich gut?

ÜBUNG: Die folgende Aufgabe hat als Grundlage den Vers *„So hat er [der Mensch] Wein, der ihn erfreut, Öl, das seinen Körper pflegt, und Brot, das ihn stärkt." (Psalm 104, 15).*

1. „Wein, der ihn erfreut"

Wein, auf der einen Seite ein Getränk, das Freude bringen kann, auf der anderen Seite ein Getränk, das durch unkontrolliertes Übermaß auch viel Unheil anrichtet. Über die Folgen von zu viel Alkohol sollte sich jeder bewusst sein. In dieser Übung geht es aber darum, die positiven Aspekte sich zu eigen zu machen und zu nutzen: *„Nun gebe ich dir noch einen persönlichen Rat: Trink nicht länger nur Wasser. Du bist so oft krank, und da würde etwas Wein deinem Magen gut tun." (1. Timotheus 5, 23).* Wein hat nicht nur eine aufheiternde Wirkung auf unsere Stimmung, sondern ist auch für unsere Gesundheit förderlich. Nun kannst du bei nächster Gelegenheit in einen Weinladen gehen und dir Zeit nehmen, einen besonderen Wein auszusuchen. Zwar ist es immer gut, Wein in

Gesellschaft zu genießen, aber in diesem Schritt soll es darum gehen, bewusst Zeit für sich zu nehmen und sich etwas Gutes zu tun. So muss man auch niemandem etwas „beweisen" und kann die Wirkung des Weins auf den Körper viel deutlicher wahrnehmen und sich dem erfreuenden Effekt hingeben. Um nicht in Suchttendenzen zu verfallen sollte darauf geachtet werden, nicht jeden Tag alleine Wein zu sich zu nehmen und das Maximum von ein bis zwei Gläsern nicht zu überschreiten!
WICHTIG: Wenn du Schwierigkeiten oder gar Probleme mit Alkohol haben solltest, dann überspringe diese Aufgabe einfach!

2. „Öl, das seinen Körper pflegt"

Diese Aufgabe bedarf einer kleinen Vorbereitung. Gehe zunächst in ein Drogeriegeschäft und wähle sorgfältig eine Gesichtsmaske, eine Handcreme und ein Massageöl aus. Lass dir dabei ruhig Zeit und nehme auch gerne Beratung in Anspruch. Du solltest den Duft mögen und das Gefühl der Produkte auf der Haut angenehm finden und vertragen. Nun folgt der zweite Schritt. Dafür brauchst du Zeit, einen ruhigen Ort zum Entspannen und vielleicht Musik oder du hast sogar die Möglichkeit, ein tolles Plätzchen in der Natur zu finden, wie zum Beispiel einen See, einen Bach, das Meer, den Strand oder eine gemütliche Wiese. Bedenke dabei, dass du für die Gesichtsmaske eine Option zum Abwaschen benötigst.
Beginne mit der Gesichtsmaske. Lies dir die Anweisungen genau durch und lasse die Maske dementsprechend einwirken. Gerne kannst du dir auch eine Gurke besorgen, diese in Scheiben scheiden und auf deine Augen legen. Nebst der gesundheitsfördernden Wirkung hat es den Vorteil, dass du mit geschlossenen Augen besser entspannen kannst, da du optisch nicht abgelenkt wirst. Auch beim Abwaschen sollte es dir nicht nur darum gehen, die Substanz wieder von der Haut zu bekommen. Lasse dir Zeit, gehe liebevoll mit deiner Gesichtshaut um und spüre wie sie sich nach der Behandlung anfühlt.
Widme dich nun deinen Füßen. Hier möchte ich keine Anleitung geben, denn es ist unheimlich wichtig, sich selbst und auch seinen

Körper besser kennenzulernen. Teste einfach mit dem Massageöl aus, welche Berührungen, Akupressuren und Massagebewegungen guttun und dich wohlfühlen lassen. Spüre die Haut, die Knochen und Gelenke. Dabei hilft es wiederum, die Augen zu schließen. Andererseits kannst du auch mit deinen Augen, deine Füße im Detail betrachten und bewusst wahrnehmen, wie sie aufgebaut sind. Nimm dir für jeden Fuß mindestens 10 Minuten Zeit. Nach den Füßen kannst du dich um deine Hände kümmern. Dabei solltest du das Öl erst an deinen Händen abwaschen oder mit einem Handtuch trocken reiben. Nutze die Creme, die du speziell für deine Hände gedacht hast. Versuche erst die eine, dann die andere Hand zu massieren. Achte darauf, dass die massierte Hand völlig entspannt ist. Auch hier steht im Vordergrund, auf seinen Körper zu hören. Wenn du das Verlangen verspürst, die Hände immer im Wechsel zu massieren, dann folge dem Gefühl. Nimm dir hierfür auch pro Hand mindestens 10 Minuten Zeit.

3. „Brot, das ihn stärkt“

Dafür kannst du dir (z. B. einmal die Woche) beim Bäcker ein frisches Brot auswählen. Iss einen Teil des Brotes bewusst ohne einen Aufstrich oder Belag. Kaue bewusst langsam und schmecke die „Gesamtkomposition“ und genieße die Vielfalt der Getreideprodukte.

> *„Freu dich am Leben! Also iss dein Brot, trink deinen Wein, und sei fröhlich dabei! Denn schon lange gefällt Gott dein Tun! Trag immer schöne Kleider und salbe dein Gesicht mit duftenden Ölen! Genieße das Leben mit der Frau, die du liebst, solange du dein vergängliches Leben führst, das Gott dir auf dieser Welt gegeben hat. Genieße jeden flüchtigen Tag, denn das ist der einzige Lohn für deine Mühen. Alles, was du tun kannst, wozu deine Kraft ausreicht, das tu! Denn im Totenreich, wohin auch du gehen wirst, gibt es weder Tun noch Denken, weder Erkenntnis noch Weisheit.“ (Prediger 9, 7-10)*

Erfrischende Einsamkeit für Körper, Seele und Geist. Bekanntlich hängen diese drei sehr eng miteinander zusammen und beeinflussen sich gegenseitig. Wenn es dem einen nicht gut geht, dann macht es sich auch bei den anderen beiden Komponenten bemerkbar. Gerade haben wir uns sehr unserem Körper gewidmet. Nun wollen wir auch unserer Seele Zeit, Raum und Möglichkeit geben, sich zu erfrischen. Wie oft hetzen wir von Ort zu Ort, von Termin zu Termin und merken eigentlich, dass wir noch nicht wirklich mit dem Alten abgeschlossen haben bzw. unsere Seele noch gar nicht die Gelegenheit hatte, hinterherzukommen:

„Ein europäischer Biologe hatte für eine Himalaja-Expedition eine Gruppe indischer Träger angeheuert. Der Forscher war in großer Eile, denn er wollte schnell an sein Ziel kommen. Nachdem die Gruppe den ersten großen Pass überschritten hatte, erlaubte er ihnen eine kurze Rast. Nach einigen Minuten rief er aber wieder zum Aufbruch. Die indischen Träger blieben aber einfach auf dem Boden sitzen, als hätten sie ihn gar nicht gehört. Sie schwiegen und ihr Blick war zu Boden gerichtet. Als der Forscher die Inder schärfer aufforderte, weiterzugehen, schauten ihn einige von ihnen verwundert an. Schließlich sagte einer: ***‚Wir können nicht weitergehen. Wir müssen warten, bis unsere Seelen nachgekommen sind.'“***

http://www.zeitzuleben.de/bis-die-seele-nachkommt/ (Stand: August 2016)

Vor allem in der westlichen Gesellschaft und gerade in der heutigen Zeit, mit ihrer rasanten Entwicklung an technischen Möglichkeiten, zu verreisen und miteinander zu kommunizieren, lässt uns unter Umständen schnell vergessen, dass wir auch Ruhe-Phasen zum Innehalten brauchen. Einige Übungen dazu wurden bereits im Abschnitt „Energiereiche Entschleunigung“ vorgestellt. Jetzt soll allerdings der Schwerpunkt auf unser Seelenleben gelegt werden. Es ist nicht nur wichtig, langsamer zu werden, sondern auch sich auf sein Inneres zu konzentrieren, sich mit sich selbst auseinanderzusetzen, um sich besser kennenzulernen, sich regenerieren und sich selbst näherkommen zu können.

ÜBUNG: Suche dir einen Ort, an dem du ungestört und alleine sein kannst. Es sollte ein Ort sein, an dem du dich wohlfühlst; ein Ort, der etwas Meditatives und Lebendiges hat. Das Vorhandensein eines der vier Elemente (Feuer, Wasser, Luft, Erde) ist von Vorteil. Aber auch das Bewegen von Tieren hat einen ähnlichen Effekt. Um dem Ganzen ein Bild zu geben, hier ein paar Beispiele:

- Vor dem Kamin oder eine Feuerstelle im Freien
- Am Meer, am See oder an einem Bach oder Wasserfall
- Das Bewegen der Blätter durch den Wind, das Ziehen der Wolken
- Veränderung des durch die Hand rieselnden Sandes, Natur bei Regen
- Eine Ameisenstraße, Fische im Aquarium, das Tummeln von Tauben/Spatzen

Hast du einen solchen Ort gefunden, dann mache es dir dort bequem und lass diesen Ort auf dich wirken. Nimm dir dafür mindestens 30–60 Minuten Zeit. Versuche in dieser Zeit nicht etwas machen und denken zu müssen, sondern versuche einfach nur zu sein. Lass deinen Gedanken freien Lauf. Vermeide über Probleme nachzudenken, Pläne zu schmieden oder einen Gedanken festhalten zu wollen. Genau wie der Wind und das Meer – ein Kommen und Gehen. Keiner kann sie greifen, keiner weiß, woher sie kommen und wohin sie gehen. Lass dich treiben und genieße den Augenblick der Regeneration.

Erfrischende Einsamkeit; wie versuchen wir doch meistens, Einsamkeit zu vermeiden. Wann war der letzte Tag, den du komplett von morgens bis abends nur für dich hattest? Ohne einen Anruf, ohne ein Treffen, ohne Fernsehen, ohne Mail-Kontakt, ohne das wilde Treiben einer anonymen Menschenmenge. Das Leben in Gesellschaft ist mindestens genauso wichtig, wie die Zeit für sich alleine. Doch wann nehmen wir uns mal einen ganzen Tag oder sogar ein Wochenende nur für uns, ohne diese Zeit mit Arbeit, Hobbys oder einer Tätigkeit zu füllen, sondern einfach nur zu sein?

ÜBUNG: Nimm dir einmal im Monat einen Tag für dich selbst. Meist fällt es einem das erste Mal besonders schwer, weil wir es nicht gewohnt sind, mit uns selbst Zeit zu verbringen. Die Zeit allein verbringen wir meist damit, uns einem Hobby oder einer Tätigkeit, aber nicht uns selbst zu widmen. Daher ist es für diese Aufgabe wichtig, sich darüber bewusst zu sein, die Zeit nicht mit etwas zu tun zu verleben (wie z. B. ein Buch lesen, etwas zu schreiben oder zu lernen). Du wirst merken, wie schwer es fallen kann, einfach nur zu sein, sich dem Moment hinzugeben und zu leben; das zu machen und zu denken, was sich gerade ergibt. Schreibe im Nachhinein deine Erfahrungen auf:

Werde dir in dieser Zeit bewusst:
„Denk schon als junger Mensch an deinen Schöpfer, *bevor die beschwerlichen Tage kommen und die Jahre näher rücken, in denen du keine Freude mehr am Leben hast. Dann wird selbst das Licht immer dunkler für dich: Sonne, Mond und Sterne verfinstern sich, und nach einem Regenschauer ziehen die Wolken von neuem auf. Deine Hände, mit denen du dich schützen konntest, zittern; deine starken Beine werden schwach und krumm. Die Zähne fallen dir aus, du kannst kaum noch kauen, und deine Augen werden trübe. Deine Ohren können den Lärm auf der Straße nicht mehr wahrnehmen, und deine Stimme wird immer leiser. Schon frühmorgens beim Zwitschern der Vögel wachst du auf, obwohl du ihren Gesang kaum noch hören kannst. Du fürchtest dich vor jeder Steigung und hast Angst,*

wenn du unterwegs bist. Dein Haar wird weiß, mühsam schleppst du dich durch den Tag, und deine Lebenslust schwindet. Dann trägt man dich in deine ewige Wohnung, und deine Freunde laufen trauernd durch die Straßen. ***Ja, koste das Leben aus****, ehe es zu Ende geht – so wie eine silberne Schnur zerreißt oder eine goldene Schale zerspringt, so wie ein Krug bei der Quelle zerbricht oder das Schöpfrad in den Brunnen fällt und zerschellt. Dann kehrt der Leib zur Erde zurück, aus der er genommen wurde;* *und der Lebensgeist geht wieder zu Gott, der ihn gegeben hat. Ja, alles ist vergänglich und vergeblich, sagte der Prediger, alles ist völlig sinnlos!" (Prediger 12, 1–8)*

ÜBUNG: Zusätzlich kann die Zeit in Einsamkeit zur **Reinigung** von Körper, Seele und Geist genutzt werden. Hierzu drei kurze Anregungen:

1. Reinige deinen Körper, indem du fastest und mit Wasser alle Gifte herausspülst.
2. Reinige deine Seele, indem du in der Natur verweilst und sie sinnlich wahrnimmst.
3. Reinige deinen Geist, indem du Gutes im Schlechten (Mensch, Ereignis, ...) findest.

Erfrischende Einsamkeit; Raum und Zeit sich zu suchen, kennenzulernen und besser zu verstehen. Wer bin ich? Wer bin ich wirklich? Körperlich gesehen, ist die Frage zunächst einfach zu beantworten. Ich bin das genetische Produkt meiner biologischen Eltern. Das Gute daran ist, dass wir darauf keinen großen Einfluss haben. So brauche ich es „lediglich" zu akzeptieren. Selbstverständlich kann ich meinen Köper formen und deformieren. Aber den genetischen Code kann ich doch nicht knacken oder verändern, auch wenn ich meine Haare koloriere, meine Augenfarbe durch Kontaktlinsen verändere oder der Meinung bin, durch Implantate und anderen „Schönheits"-Operationen mir einen anderen Körper geben zu können. Wie dem auch sei, die Frage bleibt:
Wer bin ich? Wer bin ich wirklich?

ÜBUNG: Versuche deinen Körper so genau wie möglich zu beschreiben. Versuche dabei so wertneutral wie möglich vorzugehen und vermeide Ausdrücke wie: zu groß, unansehnlich, hässlich, krumm und so weiter. Wenn du nicht weißt, wie und wo anfangen, dann beginne mit den Füßen und Ende mit deinem Gesicht. Hilfreich ist es, bei der Beschreibung bei Fakten, Zahlen, Farben und Größen zu bleiben.

Das Äußere hat sicherlich viel Einfluss auf uns, wie uns andere wahrnehmen (z.B. Bewunderung), wie wir in Wechselwirkung mit unserer Umwelt (z.B. Kommunikation) treten können und wie unser Wohlbefinden (z.B. Verletzungen) ist. Doch die Frage geht tiefer: Wer bin ich? Wer bin ich wirklich?

Haben wir unseren genetischen Code akzeptiert und sind uns bewusst darüber, dass kein Mensch ihn beeinflussen kann und wir – so wie wir sind – schön sind, so sind wir unserem „Ich" ein Stück nähergekommen. Natürlich sind wir viel mehr als nur die natürliche Hülle, mit der wir uns durch die Welt bewegen. Werfen wir also einen Blick hinein. Was verbirgt sich dahinter oder besser gesagt darin?
Beobachten wir unsere Umwelt, fällt uns schnell auf, dass unsere Familie uns nicht nur in den Genen bestimmt und beeinflusst. Auch unser Geist wird durch unsere Eltern, Geschwister und Verwandten geprägt. Wir übernehmen automatisch ihre Denk, Verhaltens- und Lebensweisen. Kurz zusammengefasst findet es sich in den Worten „Erziehung" wieder. Es ist für uns ganz selbstverständlich, dass ein Kind zunächst die Meinung der Eltern vertritt, es den Kleidungskodex übernimmt, den ihm die Eltern vorleben und die Einteilung von Menschen, Ereignissen und Erlebnissen in „Gut und Böse" sowie „Positiv und Negativ" und in ähnliche Schubladen erfolgt, wie die der unmittelbaren Vorbilder. Dabei werden auch Ängste, Sorgen und Suchttendenzen übernommen oder als die Norm gesehen. Das klassische Beispiel einer erzogenen Angst ist die vor Spinnen:
„Die Wurzel von dieser Angst liegt in der Erziehung. Kleine Kinder haben keine Angst vor Insekten, sondern spielen oft mit ihnen, wenn sie eines erwischen. Da aber Mütter oft sofort reagieren und die Kinder wegziehen, oftmals selber noch panisch überreagieren, überträgt sich diese Reaktion auf das Kind. Das Baby lernt: Achtung Spinne! Das bleibt im Unterbewusstsein hängen."
http://www.20min.ch/community/stories/story/13381061 (Stand: August 2016)

Nach den unmittelbaren Lebensweisen der Verwandtschaft folgen die Konventionen der Gesellschaft und des Landes, wo wir aufwachsen. So ist es z.B. in der westlichen Welt selbstverständlich, dass es nur einen Lebenspartner gibt, mit dem man aus Liebe zusammenkommt; in anderen Ländern können Menschen gar nicht verstehen, warum ein Mann nicht mehrere Frauen haben sollte und wieso nicht die Eltern die Eheschließung vornehmen. Was habe ich also davon einfach unterbewusst übernommen und welche Position würde ich eigentlich (in Wahrheit) vertreten wollen:

Wer bin ich? Wer bin ich wirklich?

Diese Frage führt letztlich zu unserer Seele; unser Selbst. Doch wie finde ich mich – mich selbst? Woher weiß ich, wer ich bin? Wer ich wirklich bin?

ÜBUNG: Beschreibe dich zunächst so gut und so ausführlich wie nur möglich:

____

____

____

____

____

____

____

ÜBUNG: Nun folgen ein paar Einschätzungsfragen. Die Antworten sollen durch eine Werteskala von 1–9 ausgedrückt werden. Dabei steht 1 für sehr gering und 9 für sehr hoch ausgeprägt. Den geschätzten Zahlenwert über deine persönlichen Eigenschaften kannst du immer direkt dahinter schreiben. Damit Tendenzen besser sichtbar werden, sind die Zahlen bereits gruppiert. Ich bin …

eher positiv besetzt	1–3	4–6	7–9
… liebevoll.			
… humorvoll.			
… gebefreudig.			
… offen für Neues.			
… achtsam.			
… weise.			
… diszipliniert.			

eher negativ besetzt	1–3	4–6	7–9
… ängstlich.			
… böse.			
… eifersüchtig.			
… neidisch.			
… schadenfroh.			
… misstrauisch.			
… auf meinen Vorteil aus.			

Als du deinen Körper beschrieben hast, hast du bestimmt an dir herunter oder in einen Spiegel geschaut. Das ist dir sicherlich ganz einfach gefallen, weil wir von klein auf darauf trainiert werden, äußere Dinge wahrzunehmen und einzuordnen. Aber innere Dinge wahrzunehmen und einzuordnen, fällt uns wesentlich schwerer; insbesondere wenn es um das persönliche Bild geht, das dann plötzliche Überraschungen hervorbringen kann, die nicht mit unseren Wunschvorstellungen, wie wir gerne sein würden, übereinstimmen. Hierbei möchte ich bewusst nicht die Worte „positiver und negativer“ oder „besser und schlechter“ nutzen, sondern es einfach mit dem Wort „anders“ beschreiben.

Der Schlüssel: ***„Im Wasser spiegelt sich dein Gesicht und in deinen Gedanken und Gefühlen erkennst du dich selbst!" (Sprüche 27,19)***

ÜBUNG: Nun wollen wir einen Blick auf unsere Gedanken- und Gefühlswelt werfen. Dazu werden gleich ein paar fiktive Situationen beschrieben, in die du dich hineinversetzen sollst, um dazu deine Gedanken und Gefühle äußern und aufschreiben zu können.

WICHTIG I: Die Tabelle in der vorangegangenen Übung sollte ausgefüllt sein!

WICHTIG II: Nimm dir beim Beantworten Zeit! Versuche ein inneres Bild hervorzurufen und lasse die beschriebene Situation eine Weile auf dich wirken!

1. **Situation**:
Du gehst über einen Zebrastreifen. Ein Autofahrer fährt trotzdem ganz knapp an dir vorbei und beschimpft dich mit „Du Idiot!".

Gedanken: ______________________________

Gefühle: ______________________________

____

2. **Situation**:
Du gibst einem Bettler auf der Straße 1 Euro. Der schaut dich weder an noch bedankt er sich bei dir und fordert: „Gib mir noch 'n Euro!"

Gedanken: ______________________________

Gefühle: ______________________________

____

3. **Situation**:
Du schenkst einem Freund einen sehr teuren Blumenstrauß. Dieser reagiert darauf, dass er den Geruch gar nicht mag und auch die Farbe schrecklich findet.

Gedanken: ____

Gefühle: ____

____

4. **Situation**:
Du gehst in einem Park spazieren. Eine dunkel gekleidete Person läuft direkt hinter dir in einem geringen Abstand den gleichen Weg.

Gedanken: ____

Gefühle: ____

____

5. **Situation**:
Du rennst 5 min. zum Bus. Ganz außer Atem kommst du rechtzeitig an. Doch der Bus ist vor dem Zeitplan da. Die Türen sind bereits geschlossen und der Fahrer öffnet nicht mehr.

Gedanken: ____

Gefühle: ____

____

6. **Situation**:
Du erwischst deinen Partner in einer „treuen“ Beziehung beim Fremdgehen. In einem klärenden Gespräch später gibt er dir die Schuld, ihn soweit gebracht zu haben.

Gedanken: ______________________________

Gefühle: ______________________________

____

7. **Situation**:
Du versuchst im Park auf einer Wiese zu entspannen und ein Buch zu lesen. In deiner Nähe hört eine kleine Gruppe mit ihren Smartphones laut Musik.

Gedanken: ______________________________

Gefühle: ______________________________

____

8. **Situation**:
Du brauchst dringend Eier. Obwohl du als Erstes am Regal bist, schnappt dir ein anderer die letzte Packung Eier weg. In der Hektik fallen sie ihm zu Boden und zerbrechen.

Gedanken: ______________________________

Gefühle: ______________________________

____

9. **Situation**:

Du siehst eine ältere Frau schwere Taschen tragen. Zugleich wirft ein Typ achtlos seinen Müll vor deine Füße. Kurz darauf beobachtest du, wie er der Frau tragen hilft.

Gedanken: ______________________________

Gefühle: ______________________________

____

ÜBUNG: Vergleiche nun deine Gefühle und Gedanken mit den Selbsteinschätzungen in der Aufgabe zuvor, indem du jede aufgelistete Eigenschaft mit jeder einzelnen Situation durchspielst. Hier ein Beispiel zur Eigenschaft „Ich bin liebevoll“: Wie liebevoll begegnete ich dem mich zu Unrecht beschimpfenden Autofahrer, dem undankbaren Bettler, dem meckernden Freund, dem Fremden im Park, dem rücksichtslosen Busfahrer, dem untreuen Partner, den lauten Parkbesuchern, dem Eierkäufer sowie der alten Frau und dem nicht umweltbewussten Typen?

____

____

____

____

____

____

____

____

____

____

Verfahre so mit jeder genannten Eigenschaft. Wenn du alle durchgegangen bist, würdest du die Zahlenwerte beibehalten oder abändern? Fülle die Tabelle erneut aus:

eher positiv besetzt	**1–3**	**4–6**	**7–9**
… liebevoll.			
… humorvoll.			
… gebefreudig.			
… offen für Neues.			
… achtsam.			
… weise.			
… diszipliniert.			

eher negativ besetzt	**1–3**	**4–6**	**7–9**
… ängstlich.			
… böse.			
… eifersüchtig.			
… neidisch.			
… schadenfroh.			
… misstrauisch.			
… auf meinen Vorteil aus.			

Halte kurz fest, was dir durch den Kopf geht!

Wer bin ich? Wer bin ich wirklich?
Sind wir der Antwort ein wenig nähergekommen?

Was oft ein Hindernis sein kann, ganz uns selbst zu wissen, sind die vielen wohlbekannten Masken, die wir Tag für Tag tragen. Über die Jahre werden es bei den meisten immer mehr und wir perfektionieren diese mit der Zeit. Natürlich erfüllen die Masken ihren Zweck: Schutz vor Blöße, Wahrheit, Enthüllung, Verletzung und Bloßstellung. Gefährlich werden diese Masken vor allem, wenn wir in diesen Rollen stecken bleiben. Versteckt und verdeckt vor uns selbst, finden wir den Weg nicht mehr oder nur noch schwer zurück. Denke daran: Sie sollen dich schützen, aber du sollst dich nicht darin verlieren.

ÜBUNG: Werde dir über deine alltäglichen Masken bewusst. Benenne sie, hinterfrage sie und überlege dir, ob du sie wirklich notwendig hast! (Finde selbst drei Beispiele!)
Hier zur Unterstützung ein paar Beispiele von Masken:

- Die Maske der Schüchternheit: verbirgt die Unsicherheit
- Die Macho-Maske: verbirgt die Schwachheit
- Die Party-Maske: verbirgt das Sorgengesicht
- Die Nörgler-Maske: verbirgt die Verlorenheit
- Die Schönheitsmaske: verbirgt die Angst vor dem Älterwerden
- Die Maske der Unschuld: verbirgt die „dunkle" Seite in dir
- Die Mitläufer-Maske: verbirgt das geringe Selbstbewusstsein
- ____________________
- ____________________
- ____________________

Schreibe nun deine persönlichen Masken auf:

____

____

Hinterfrage sie! Nicht jedem musst du dein wahres Gesicht zeigen. In vielen Fällen können Masken sogar überlebenswichtig sein. Aber auch umgekehrt können sie lebenshinderlich sein. Werde dir bewusst: Welche Masken sind für dich notwendig, welche solltest du lieber ablegen?

____

____

____

____

____

Was tun, wenn die Seele zerbricht?

„Guten Morgen oder auch Mahlzeit zusammen,
Vorerst möchte Ich Anonym bleiben. Ich habe auch lange überlegt ob Ich diesen Schritt gehe mich mal über das was mich beschäftigt, stört und in den Abgrund zieht auszulassen & eventuell die einen oder anderen hilfreichen Ratschläge zu bekommen.

Ich fang einfach mal an zu erzählen …
Mein Name ist Julian, ich bin 25 Jahre alt. Seit einer gewissen Zeit geht irgendwie alles um mich herum kaputt, Stirbt oder distanziert sich von mir. Ich verstehe nicht warum, ich muss dazu sagen Ich bin kein Mensch mit Heiligenschein, ich habe viel vielscheisse gebaut in meinem Leben. Ich habe Menschen erpresst, beraubt, angestochen und abgezogen. Hierzu möchte Ich erwähnen, Das auch wenn es keine Entschuldigung ist kein Mensch zu einem Engel werden kann wenn er nur von Teufeln umgeben ist.
Früher sah ich alles nur als ein Spiel an, heute fahr ich schon so lange auf dem Zug das ich glaube, das ich nicht wirklich mehr abspringen kann. Der erste richtige Tiefpunkt war als Ich dann auf der Straße landete, in die Heilsarmee ging um nicht draußen penn zu müssen, 2 1/2

Jahre verbrachte Ich dann in diesem „Obdachlosenheim" sah sachen an denen wohl manche zerbrochen wären … Normal ist diese Heilsarmee ein Haus Gottes, für mich war es ein weiterer Trip durch die Hölle. So viele Drogen, Zimmergenossen die vor meinen Augen an einer Überdosis verreckten …
kein Mensch ist von anfang an eiskalt, aber genau das haben diese sachen aus mir gemacht …

Im Juni 2012 traf Ich dann eine Frau die ein kleiner Lichtblick war, Vieles versprochen, vieles durchlebt und das Fazit ist: Auch da habe Ich wieder gemerkt.
Egal wer einen mal Trägen wenn man fällt, fällt man allein …

Vieles der sachen haben in mir etwas ausgelöst das manche als Misantroph Delux ausdrücken würden. Ich habe eine echt krasse ab Eignung gegen den Menschen entwickelt, ein paar Leuten sagen ich bin krank weil ich das Leben hasse. Wie oben schon gesagt hatte ich auch viel mit Drogen zu tun dementsprechend konsumiere Ich selbst auch.
Als Ich anfing mit den Konsum von Marihuana, war es einfach der Spaß am turn … Heute hilft es mir nicht durchzustehen in meinen Hass freien lauf zu lassen … Beim Kiffen allerdings blieb es nicht. Die nächste Instanz war dann das Chemische Speed/Pepp dann kam das Koks … Und schlussendlich bin ich heute bei einem Täglichen Konsum von 5Gramm Weed & 1 Riegel Doxipin.

Mein Soziales Umfeld besteht zu 95 % aus Süchtigen, Knastis eben aus dem Rand der Gesellschaft. Und ja auch wenn man umgeben ist von Menschen kann man trotzdem Einsam sein, dieses Gefühl ist bei mir allgegenwärtig, Und auch da denke ich mir Tag ein, Tag aus nur drogen sind das was gegen Einsamkeit wirkt.

Ich merke wie ich immer mehr und mehr abstumpfe, ich spüre wie meine Seele zerbricht
Es macht mich verrückt im Kopf … Ein Anscheinend nie endener Alptraum …

Nun das war ein kleiner teil meine Gedanken und meines Lebens ... Gibt es wen der es versteht? Oder vielleicht auch ähnliches durchmacht oder hat? Oder einfach nur jemand mal n Rat, tipp? Entschuldigt mein wohl wirres schreiben, normal liegt mir so was nicht ich verpacke meine lasten sonst immer in Gedichten. grüße Julian"

http://www.hilferuf.de/forum/ich/187483-was-tun-wenn-die-seele-zerbricht.html (Stand: Juli 2016)

ÜBUNG: Schreibe einen Brief an Julian. Wie würdest du auf seinen Hilfeschrei reagieren?

____

____

____

____

____

____

____

____

____

____

____

____

____

____

Am Beispiel der Geschichte von Julian sehen wir, wie wichtig eine gefestigte, stabile und gesunde Seele ist, wie wichtig es ist, diese in erfrischender Einsamkeit zu stärken und wie wichtig es ist, sich dafür Zeit zu nehmen.

Aber was machen wir, wenn die Seele zerbrochen ist?
Mit dieser Frage haben viele im ersten Augenblick Schwierigkeiten. Im Prinzip liegt die Antwort auf der Hand. Bei der Frage „Was machst du, wenn du dir den Arm brichst?“ würde wohl mit einem Tonfall der Selbstverständlichkeit jeder antworten „Natürlich zum Arzt gehen!“. Im Falle einer Seelenerkrankung ist das auch meist der erste und beste Schritt. Dies gilt auch für Menschen in unserem näheren Umfeld, die ein Seelenleiden haben. Oft versuchen wir ihnen mit gut gemeinten Ratschlägen zu helfen und zerbrechen fast selbst daran, wenn wir meinen, ihnen aus eigener Kraft helfen zu können. Hilfreicher ist es jedoch, die betreffende Person zu einem Therapeuten oder Psychologen zu begleiten, Termine zu vereinbaren und zugleich auf diesen Menschen keinen Druck auszuüben. Denn der Weg zur professionellen Hilfe sollte aus freiem Willen erfolgen.

> *Eines sollten wir dabei nie vergessen: „Ich bin der Herr, dein Arzt!“ (2. Mose 15, 26)*
> *Wer könnte uns besser heilen, als die Person, die uns geschaffen hat. So sollten wir uns vor allem an unseren Schöpfer wenden und auf seine Wege vertrauen.*

Auch wenn wir für unser Leben das zu Beginn beschriebene Leitwort verinnerlicht haben „Es geht nicht um uns!“ und somit unseren Blick von unseren Wünschen sowie Bedürfnissen weg auf die der anderen gerichtet haben, können wir nicht die ganze Welt retten und allen Menschen helfen. Allein der Brief an Julian hat gezeigt, wie schnell wir nicht weiterwissen, wie schwer es ist, anderen eine Hilfe zu sein und wie nahe uns persönliche Schicksalsschläge gehen können. Und das Leben ist voll davon. Täglich treffen wir auf unzählige Probleme, Dramen und Nöte unserer Mitmenschen. Erschwerend kommt hinzu, dass Menschen (leider?) mit einem eigenen Willen ausgestattet sind. Das heißt, viele gute und möglicherweise sogar hilfreiche Ratschläge müssen von den betreffenden Personen freiwillig angenommen und auch umgesetzt werden. Das können wir nicht für sie übernehmen. Ich denke, jeder von uns hat schon einmal diese Erfahrung gemacht. Da ist die Freundin, die von ihrem Partner schlecht behandelt wird und wir sagen „Verlass ihn!“, da ist der Bekannte, der gerne abnehmen möchte und wir sagen „Mach doch Sport!“, da ist der arbeitslose Bruder, dem wir sagen „Ich helfe dir auch, Stellen zu suchen und Bewerbungen zu schreiben!“, da ist der Bettler auf der Straße, dem wir sagen „Komm mit, ich kaufe dir etwas zu essen!“; und auch wenn die Ratschläge und Angebote noch so gut gemeint sind, sie bringen dem Betroffenen nichts, wenn er sie nicht annimmt. Hier gilt es für uns loszulassen, sich nicht zu ärgern oder gar böse auf seine Mitmenschen zu werden. Wir können nur Angebote machen – in Liebe. So ist es dem anderen freigestellt, was er daraus macht und wir frei davon, dem anderen unsere gut gemeinte Hilfe aufdrängen zu müssen. Wir bieten lächelnd unsere helfende Hand an, ohne mit ihr die betreffende Person zu erdrücken. Zugreifen muss sie selbst. Somit geben wir Zeit, lassen dem anderen Freiraum und signalisieren zugleich „Ich bin da für dich“.

Schwieriger wird es bei den Fällen, denen wir machtlos gegenüberstehen. Da ist der Krebskranke beste Freund, der verkrüppelte Obdachlose mit offenen Wunden auf der Straße, die Mutter mit dem toten Kind im Arm, die Flüchtlinge, die nicht nur ihr Land, das Hab und Gut, sondern auch Familie verloren haben und auch unsere wertvolle Umwelt, die Artenverlust und Verschmutzung erleiden muss. Auch hier gilt es loszulassen.

ÜBUNG: Immer wenn du merkst, du kommst an deine Grenzen, die Nöte der Welt und deiner Mitmenschen sind so groß, dass du dich machtlos dem gegenüber fühlst, dann gibt es *an Gott* ab, *indem du einen Segen dafür aussprichst*.

Sage: „*Lieber Vater,* ich fühle mich

___

(hier ist Platz für die empfundene Hilflosigkeit) machtlos gegenüber. Ich möchte diesen Menschen und diese Situation innerlich *an dich* abgeben *und bitte dich um deinen Segen dafür*.“

Schnell können wir uns verloren fühlen, weil wir gar nicht wissen, wo anfangen? Was können wir tun, wenn wir das Leitwort wirklich leben wollen?

Leitwort:
Im Leben geht es NICHT darum,
dass ich meinen eigenen Wünschen und
Bedürfnissen nachjage,
SONDERN vielmehr darum,
mich um die Bedürfnisse, Nöte und Wünsche
meiner Mitmenschen zu kümmern.

Im Prinzip ist auch hier die Antwort ganz einfach. Auch hier dürfen wir das Wort „müssen" streichen. Ich muss mich nicht um alle Probleme und Nöte der Welt kümmern. Denn wir haben gar nicht die Kraft und Macht dazu. Vielmehr geht es darum, an dem Ort und in der Zeit, wo wir uns befinden, mit dem, was wir haben sowie durch unsere persönliche Begabung anderen Menschen eine Stütze zu sein.

So macht es auch das Mädchen im Märchen „Sterntaler". Sie hat nicht viel. Sie hat nicht erst versucht, allen hungernden Menschen mit ihrem Laib Brot zu helfen oder allen frierenden Menschen Kleidung zu geben, sondern sie hat da angefangen, wo sie gerade war und hat den Menschen geholfen, die ihr als Nächstes begegneten. Ihre Begabung war es anscheinend, die Bedürfnisse anderer Menschen wahrzunehmen und sie hatte zudem ein gebendes Herz.

Was heißt das nun für unser Leben? Schnell fühlen wir uns durch dieses Märchen wieder überfordert, weil wir uns nicht in der Lage sehen, ebenso zu handeln. Aber darum geht es gar nicht. Das müssen wir auch nicht. Es soll uns lehren, darüber nachzudenken: Was kann ich? Was sind meine Stärken? Wo ist mein Platz? Dabei habe ich festgestellt, dass viele Menschen gar nicht wissen, was ihre Begabung eigentlich ist. Denn wir werden von der Gesellschaft und unserem sozialen Umfeld mehr darauf trainiert, egoistische Ziele zu erreichen, nicht nach unseren Begabungen zu

streben, sondern möglichst für Werte zu kämpfen wie Reichtum, Macht, Anerkennung, Ruhm, Karriere, Wissen, Schönheit, Sieg, Besitz, Größe und so weiter.
Erfrischende Einsamkeit bietet uns die Möglichkeit, unserer tatsächlichen Begabung und Bestimmung bewusst zu werden. Das Geniale daran ist, haben wir sie erst einmal gefunden, dann wird es uns leicht von der Hand gehen, anderen Menschen „zu dienen". Ich habe mich bewusst für diese Worte entschieden. Es hört sich zwar unterwürfig an, ist aber in diesem Fall positiv besetzt. Wir sind eine Unterstützung für andere allein durch unser Sein.
Zusammenfassend benötigen wir lediglich drei Schritte, das Leitwort umsetzen zu können:

1. Den Blick von unseren EGO-Zielen abwenden und auf den Nächsten richten.
2. Nicht alles Leid der Welt bewältigen müssen und es bewusst an Gott abgeben.
3. Seine persönliche Begabung leben und dadurch eine Hilfe für andere sein.

Wie erwähnt, haben viele Menschen Schwierigkeiten herauszufinden, was ihre Begabungen sind. Aus persönlicher Erfahrung kann ich sagen, dass es mitunter schwerfallen kann, weil wir uns nicht bewusst sind, dass es sich hierbei um eine Begabung handelt, weil wir sie als selbstverständlich sehen. Beispiele dafür sind: Kreativität, Gastfreundschaft, Weisheit, Empathie, das Loben und so weiter. Oft werden diese verkannt, weil wir meinen: „Das kann doch jeder. Das ist nichts Besonderes." Oder sie werden verdeckt durch die in die Irre führenden gesellschaftlichen Ziele und Prioritäten: „Damit kannst du keinen Blumentopf gewinnen." – „Das ist ein brotloses Unterfangen. Wie willst du dich und später deine Familie damit ernähren?" – „Suche dir doch einen anständigen Job." – „Du bist so sozial. Aber möchtest du nicht lieber Karriere machen?" – „Hausfrau ist doch kein Job. Denk an deine Sicherheit! Du brauchst doch einen Abschluss, ein Diplom."

Doch mit den Jahren wird uns vielleicht bewusst, dass diese gering geschätzte und als selbstverständlich gesehene Begabung doch nicht jeder hat. Nicht alle Menschen haben sofort kreative Ideen und Bilder im Kopf, die einfach ohne große Anstrengung kommen und anderen Menschen bei der Umsetzung große Freude bereiten; nicht alle Menschen haben den Blick für die Bedürfnisse anderer Menschen, sehen ihre Nöte und können sie auf charmante Weise mit in die Geselligkeit eingliedern; nicht alle Menschen haben immer ein freundliches Wort auf den Lippen und können dadurch andere sich gut fühlen lassen; nicht alle Menschen können sich gut Details merken, kleinste Veränderungen feststellen und darauf hinweisen; nicht alle Menschen können Schmutz, Dreck und Durcheinander wahrnehmen und diesen innerhalb kürzester Zeit in Ordnung bringen; nicht alle Menschen haben ein mathematisches und physikalisches Verständnis und können, ohne sich groß damit zu beschäftigen, technische Probleme lösen; nicht alle Menschen können Gäste gut bewirten und ihnen das Gefühl von Vertrauen und Geborgenheit geben.

Ein sechsjähriges Mädchen antwortete einmal auf die Frage „Woher hast du nur die tollen Ideen für deine schönen Bilder?" – „Gott zeigt mir in meinem Kopf, was ich malen soll." Ich finde diese Antwort sehr schön, denn auch wenn wir die Vorgänge im Gehirn wissenschaftlich erklären wollen (Neurobiologie), scheitern wir bei der Frage: „Woher kommt ein Gedanke?"

<u>ÜBUNG</u>: Wollen wir uns nun in erfrischender Einsamkeit Zeit nehmen, um uns auf die Suche zu begeben, unsere tatsächlichen Begabungen zu finden. Dazu zunächst ein paar Fragen zur Orientierung:

1. Welche Arbeit, Job oder Tätigkeit übst du gerade aus?

____

____

2. Was sind deine Motive? (Dazu können zählen: Geld, Freude, Anerkennung, Können …)

3. Welche Hobbys hast du?

4. Was sind hier deine Motive? (Vielleicht Ruhm, Größe, Lob, Spaß, Hingabe …)

5. Was kannst du gut und hast es aber immer als selbstverständlich gesehen oder wurde von anderen verkannt? Wenn man den Blick dafür verloren hat, ist es schwer, diese Frage zu beantworten. Daher folgt auf der nächsten Seite eine kleine Liste zum Nachdenken, Auswählen und Ergänzen.

LISTE: loben, schreiben, zuhören, kochen, putzen, freundlich sein, Lösungen finden, organisieren, basteln, orientieren, Konflikte lösen, kreativ sein, dekorieren, schnell lernen, anpassen können, massieren, lächeln, motivieren, Menschen begeistern, empathisch sein, Technik verstehen, sparsam sein, Geduld haben, Weisheiten erkennen, Dinge flicken, großzügig sein, gewissenhaft sein, neugierig sein, entdecken, helfen, verlässlich sein, planen, malen, singen, Geschmack haben, Bedürfnisse erkennen, ordnen, musikalisch sein, schützen, sportlich sein, spielen, nachdenken, genießen, lesen, Sprachen sprechen, aufräumen, Auto fahren, Pflanzen versorgen, balancieren, Werte erkennen, mutig sein, Geschenke machen, Tiere lieben, Freundschaften pflegen, barmherzig sein, Verständnis haben, aufbauen, gesund leben, Kinder begeistern; und nun Platz zum Ergänzen:

____

____

____

____

____

____

„Dem einen schenkt er im rechten Augenblick das richtige Wort. Ein anderer kann durch den Geist die Weisheit Gottes klar erkennen und weitersagen. Wieder anderen schenkt Gott durch seinen Geist unerschütterliche Glaubenskraft und dem Nächsten die Gabe, Kranke zu heilen. Manchen ist es gegeben, Wunder zu wirken. Einige sprechen in Gottes Auftrag prophetisch; andere sind fähig zu unterscheiden, was vom Geist Gottes kommt und was nicht. Einige reden in unbekannten Sprachen, und manche schließlich können das Gesagte für die Gemeinde auslegen. Dies alles bewirkt ein und derselbe Geist. Und so empfängt jeder die Gabe, die der Geist ihm zugedacht hat." (1. Korinther 12, 8–11)

„Wem Gott einen praktischen Dienst übertragen hat, der soll ihn gewissenhaft ausführen. Wer die Gemeinde im Glauben unterweist, soll diesem Auftrag gerecht werden. Wer andere ermutigen kann, der nutze diese Gabe. Wer beauftragt ist, die Armen zu versorgen, soll das gerecht und unparteiisch tun. Wer eine Gemeinde zu leiten hat, der setze sich ganz für sie ein. Wer Kranke und Alte zu pflegen hat, der soll es gern tun." (Römer 12, 7–8)

ÜBUNG: Jegliche Form der Kommunikation ist ein wesentlicher Bestandteil unserer Persönlichkeit und beeinflusst somit unwillkürlich auch unsere Begabung. Daher hier ein kurzer Abriss in die Kommunikations-Farbenlehre. Diese theoretische Auffassung von Kommunikation ist sehr schön, da sie nicht wirklich in Schubladen denkt, sondern versucht eine verständnisvolle Kommunikation zu ermöglichen, indem wir uns bewusst werden, dass nicht alle so denken und handeln wie wir. Weiterhin ist jeder Mensch nicht einer der vier Kommunikations-Farben zuzuordnen, sondern immer ein Misch-Typ, wobei eine der Farben meist dominant ist. Da wir von allen Farben etwas haben, scheint es im ersten Augenblick schwierig, seine vorherrschende Kommunikations-Form zu finden. Daher sollte nach dem Ausschlussprinzip vorgegangen werden: Was trifft am wenigsten auf mich zu?
(WICHTIG: Es gibt keine bessere oder schlechtere Farbe!!!)

1. ROT: führend, selbstsicher, dominant, Mittelpunkt, entscheidungsfreudig, Bühnen-Mensch, vorgebend, Extreme und Superlative, Macher, ausdauernd, produktiv, direkt, beeinflussend

2. GELB: lächelnd, empathisch, Mitläufer, Konflikt lösend, kann mit jeden und über alles reden, diplomatisch, Mittelmaß, beliebt, redegewandt, lebhaft, manipulativ, kontaktfreudig

3. GRÜN: Beziehungen gehen über alles, verlässlich, harmonisch, kooperativ, zurückhaltend, anpassungsfähig, geduldig, gute Zuhörer, arbeiten lieber „hinter den Kulissen"

4. BLAU: logisch, ängstlich, analytisch, alles im Voraus überdenken, genau, meist pünktlich, liebt Ordnung und Sauberkeit, ernst, skeptisch, hinterfragend, zurückhaltend, distanziert

mehr Infos: http://www.searchandtrain.de/insights/insights-grundfarben.html (Stand: Juli 2016)

Welche Kommunikations-Farbe trifft am ehesten auf dich zu?

Erst-Farbe: ______________________________

Zweit-Farbe: ______________________________

Dritt-Farbe: ______________________________

Viert-Farbe: ______________________________

(In den seltensten Fällen sind alle vier Farben gleich gewichtet. Das wäre so, als würde eine Person gleichzeitig zu gleichen Teilen Französisch, Spanisch, Englisch und Deutsch sprechen, was für den Zuhörer sehr anstrengend wäre. Zudem beeinflussen natürlich Kultur, Konventionen und Kontext wie Arbeit, Familie und Urlaub die Kommunikations-Form.)

ÜBUNG: Entdecke deine Begabung. Dabei ist es unabdingbar, seine Motive zu prüfen! Beim Ausleben einer Begabung stehen folgende Motivationen **nicht** an erster Stelle (können aber mitunter ein toller Nebeneffekt sein!): der Beste sein zu wollen, viel Geld zu verdienen, Ruhm und Anerkennung zu erlangen, Karriere zu machen, auf Kosten anderer zu leben und anderes mehr. Stattdessen kannst du sie daran erkennen: sie geht dir leicht von der Hand, sie macht dir Freude (auch ohne Geld dafür zu bekommen), du bekommst automatisch positives Feedback, sie liegen dir auf dem Herzen (du brennst quasi dafür), Mitmenschen bestätigen deine Begabungen und sehen diese auch in dir, sie ist eine Hilfe und Unterstützung in erster Linie für andere Menschen (nicht für dich selbst). Lass dir deine Antworten der letzten beiden Übungen noch einmal durch den Kopf gehen und schreibe daraufhin eine kleine

Selbstanalyse. Beschreibe zunächst den Ist-Zustand. Welche Begabungen übst du aus und bist du der Meinung, dass sie deinen tatsächlichen Begabungen entsprechen (zum persönlichen besseren Verständnis am besten mit kurzer Begründung).

Hier ein kleines Beispiel: Ich spiele Geige und bin der Meinung, dass ich hierin nicht meine Begabung ausübe, da ich mich immer zum Üben zwingen muss und es mir nicht leicht von der Hand geht. Auch ist die Arbeit als Kellner nicht meiner Begabung entsprechend, weil ich diesen Beruf nicht mit Freude, sondern nur zum Geldverdienen ausübe. Beim Aufräumen meiner Wohnung sehe ich allerdings meine Begabung, da ich, ohne groß darüber nachzudenken, immer Ordnung halte und ich einen Blick für schöne Dekoration habe. Mit meinen Kindern habe ich eher weniger Geduld und zwinge mich immer dazu, mit ihnen die Hausaufgaben zu machen. Im Freundeskreis bin ich dafür bekannt, dass ich sehr gute Kuchen backen kann. Dafür brauche ich längst nicht mehr nach Rezepten zu schauen, sondern kreiere ohne Schwierigkeiten eigene Kuchen und Torten. Zwar habe ich vor drei Jahren mit Italienisch-Lernen angefangen, aber ich kann nicht mal einen Small Talk halten.

Nun folgt deine persönliche Analyse deines Ist-Zustandes:

ÜBUNG: Nach dieser Analyse, folgt nun ein Blick auf den Soll-Zustand. Ziehe aus den letzten drei Übungen eine zusammenfassende Darstellung deiner tatsächlichen Begabungen. Verfahre dabei wie in der Übung zuvor. Beginne mit den Begabungen, die du bereits auslebst und entdecke deine bisher vielleicht verdeckten Begabungen.

Auch hier zur besseren Veranschaulichung ein kleines Beispiel (zunächst wird das bereits Gelebte übernommen – dann folgt der Blick aufs Neue): Beim Aufräumen meiner Wohnung sehe ich allerdings meine Begabung, da ich, ohne groß darüber nachzudenken, immer Ordnung halte und ich einen Blick für schöne Dekoration habe. Im Freundeskreis bin ich dafür bekannt, dass ich sehr gute Kuchen backen kann. Dafür brauche ich längst nicht mehr nach Rezepten zu schauen, sondern kreiere ohne Schwierigkeiten eigene Kuchen und Torten. Beim Ausfüllen der Übungen ist mir aufgefallen, dass ich mich für die neuesten Errungenschaften der Technik interessiere. Mein Herz brennt quasi für technische Abläufe und Vorgänge verstehen, aber auch weiterentwickeln zu wollen. Allerdings haben bisher meine Familie und der Beruf als Kellner mich so sehr in Anspruch genommen, dass ich nie dafür Zeit gefunden habe. Auch war ich bisher noch nicht bereit, weiterhin Geld und Zeit dafür zu investieren; mitunter weil ich es mir vielleicht nicht ganz zutraue und andere mir die Rückmeldung geben, ich solle doch lieber mich um meine Familie und zusätzliches Einkommen kümmern.

Und jetzt du! Schreibe über deinen geglückten Ist- und über deinen Soll-Zustand:

ÜBUNG: Was kannst du nun tun? Schaue auf deine Begabungen, die du bereits in deinem Leben integriert und umgesetzt hast. Wie kannst du diese vielleicht noch verstärken und ausbauen? Dann schaue auf deine Begabungen, die bisher verdeckt waren. Wie kannst du diesen Begabungen mehr Raum in deinem Leben geben? Hierbei geht es nicht darum, die perfekte Lösung zu finden, sondern einfach ganz entspannt nach Möglichkeiten zu suchen und alles aufzuschreiben, was dir durch den Kopf geht (ganz egal ob du es für realistisch hältst oder nicht).

Wieder ein Beispiel: Das Aufräumen und Dekorieren der Wohnung kann ich so beibehalten. Damit mache ich mir und meiner Familie eine Freude. Dies drückt sich auch in meiner Zweit-Farbe der Kommunikation „Grün" aus. Für das Kuchenbacken könnte ich mir mehr Zeit nehmen und vielleicht mehr daraus machen. Da „Rot" erst an dritter Stelle kommt, bin ich nicht der Typ dafür, der ein Café oder Geschäft aufmachen würde. Also entweder ich suche mir einen Geschäftspartner bzw. jemanden mit der Kommunikations-Farbe „Rot", der für mich wirbt sowie anderweitig unterstützt oder ich könnte ein Backbuch mit meinen Ideen und neuen Kreationen schreiben und herausbringen. Da ich festgestellt habe, dass meine Erst-Farbe „Blau" ist, kann ich mir gut vorstellen, dass ich viel Freude haben werde, mir technisches und mathematisches Wissen anzueignen. Dabei muss ich wohl ein bisschen über meinen Schatten springen und loslassen lernen, da nicht alles sicher geplant werden kann. Vielleicht sollte ich mich für Jobs in dieser Richtung bewerben, ein Praktikum machen oder ein Studium beginnen. Auch Freunde und Bekannte nach Rat fragen ist eine Option.

Wieder du! Denke daran, dass die Beispiele immer nur sehr kurz gefasst sind. Sicherlich reicht der vorgegebene Platz nicht aus, um all deine Gedanken fassen zu können. Dann nutze zusätzliches Papier. Dies gilt auch für die zwei vorhergehenden Übungen! Und nun viel Freude beim Offenheit-Üben, Gedanken-Zulassen und Ideen-Aufschreiben:

WICHTIG: Es soll sich hierbei nur um Gedanken handeln und nicht um einen 5-Jahres-Plan. Wir sollen dadurch lernen unseren Blick zu erweitern und neue Möglichkeiten in unserem Leben zuzulassen und alte Gewohnheiten loszulassen. Zudem soll dadurch ein Weg geöffnet werden, durch den wir näher zu uns selbst finden können. Denn wie wir bisher gelernt haben, geht es in erster Linie nicht darum, was ich tun will, sondern man selbst zu sein und einfach zu leben. So können sich viele neue Wege durch diese Gedankengänge öffnen und sich neue Optionen auftun, die wir nie für möglich gehalten haben. Plötzlich können sich Situationen ergeben, die uns zu uns selbst und unseren Begabungen näherbringen, mit denen wir zugleich für andere eine Stütze und Bereicherung sein können.
Auch will ich an dieser Stelle erneut betonen, dass alles seine Zeit braucht. Gerade wenn es darum geht, sich und seine Gewohnheiten sowie Lebensumstände zu ändern. Dabei gilt es, nicht aufzugeben, dem Druck der Gesellschaft standzuhalten und dankbar zu sein für das, was ist und passiert.

Erfrischende Einsamkeit ist etwas sehr Wertvolles und sollte in unserem Leben nicht zu kurz kommen. Zu guter Letzt ist sie bei Entscheidungssituationen unabdingbar. Täglich müssen wir unzählige Entscheidungen treffen. Manchmal sind es auch nur sehr „kleine“, die wir schon gar nicht mehr bewusst als eine Entscheidung wahrnehmen, weil sie schon zur Routine und zur Gewohnheit geworden sind: „Wann stehe ich auf?“, „Was esse ich zum Frühstück?“, „Gehe ich bei Rot oder Grün über die Ampel?“, „Auf die Frage ‚Wie geht's?‘ antworte ich wieder mit ‚Danke, gut.‘ – auch wenn's nicht stimmt?“
Sicherlich gibt es Entscheidungen, mit denen es sich so verhält wie mit „alle Wege führen nach Rom“; zum Beispiel die Entscheidung über die Nahrungsaufnahme. „Was?“ und „Wann?“ können sehr unterschiedlich entschieden werden und führen meist doch zum gleichen Ziel: Sättigung, Befriedigung und Lebenserhaltung. Aber da gibt es auch die Entscheidungen, die uns sehr schwerfallen und uns oft Bauchschmerzen bereiten. Über die wir

lange nachdenken können und wir uns bis zuletzt nicht sicher sind, ob es die richtige Entscheidung war. Wobei hier wieder zu bedenken wäre, was ist richtig und was ist falsch?

Im Allgemeinen möchte ich mich mit dem Thema „Entscheidungen" kurzfassen. Auch hier gibt es unzählige Überlegungen, Definitionen und Theorien. Hier eine davon:

„Es gibt nun vier, und zwar nur vier, Grundarten, wie wir Menschen Entscheidungen treffen. Es kommt dabei darauf an, von welchen Überlegungen wir uns leiten lassen (…):

- *Die vollständig rationale Entscheidung: der Zweck als auch die Mittel sind rational. Bei dieser Entscheidungsform hat jemand nicht nur rationale Argumente für sein Handeln, sondern auch seine Absichten sind rational. (…)*
- *Die wertrationale Entscheidung: der Zweck ist rational. Hier ist ein Wert derart entscheidend, dass jemand bereit ist auch zu nichtrationalen Mitteln zu greifen, um ihn durchzusetzen. Man findet solche Entscheidungen sehr häufig bei Religionen, Weltanschauungen und starken Überzeugungen aller Art. (…)*
- *Die emotionale Entscheidung. Diese Art der Entscheidung hat heutzutage den schlechtesten Ruf von allen und doch ist sie in der Praxis die häufigste. (…)*
- *Die traditionsorientierte Entscheidung: die Entscheidung, die auf der Erfahrung beruht. Hier orientieren wir uns an der Vergangenheit und damit vor allem an unserer bewussten Erfahrung, beziehungsweise jener von anderen (…) mit der Hoffnung, bessere Entscheidungen zu fällen."*

https://freiheitmachterfolg.com/2015/10/10/die-vier-arten-menschlicher-entscheidungen/ (Stand: August 2016)

Wie auch immer Entscheidungen definiert und unterteilt sein möchten, wie auch immer wir bisher Entscheidungen in unserem Leben getroffen haben, soll es in diesem Abschnitt darum gehen, herauszufinden, welche Entscheidungen mir guttun und wie ich am besten meinen Weg finden kann. Denn bei Entscheidungen handelt es sich um nichts weiter, als seinen Weg durch das Labyrinth des Lebens zu finden. Genauso wie bei einem Labyrinth, gibt es auch hier Sackgassen, Umwege, schöne Wege, anstrengende Wege und Abkürzungen. Manchmal führen mehrere Wege zum gleichen Ziel, manchmal müssen wir wieder eine lange Strecke zurückgehen und neue Entscheidungen treffen. Wichtig hierbei ist es, in Bewegung zu bleiben, denn wie ein Sprichwort sagt:

Leitwort: Nur ein fahrendes Schiff kann man lenken!

Fährt man auch einmal eine scheinbar „falsche" Strecke, kann man jederzeit seine Richtung ändern. Entscheidungslos stehenzubleiben führt einen nicht weiter auf dem Lebensweg. Auch hier sagt ein Sprichwort: „Wer rastet, der rostet!"
Und dennoch besteht das Geheimnis bei der Entscheidungsfindung paradoxerweise genau im „Innehalten"; Innehalten, nicht um sich rationalen Fakten zu widmen, nicht um sich seinen Emotionen hinzugeben, sondern um in sich hineinzuhorchen. Dabei können uns gerade „Rationalität" und „Emotionalität" im Wege stehen. Aber am häufigsten stehen wir uns selbst im Weg, da wir uns keine Zeit nehmen oder gar glauben uns keine Zeit dafür nehmen zu können. Dabei ist es oft notwendig, nicht sofort eine Entscheidung zu treffen, sondern erst in sich Ruhe zu finden. Die Schwierigkeit hierbei ist eben, die Motive einer Entscheidung zu prüfen. Entscheide ich aus einer rationalen Überlegung heraus? Oder Entscheide ich aufgrund einer emotionalen Willkür? Meiner Meinung nach werden wir meistens durch beide Optionen in die Irre geführt. Meist bringen uns dann unerwartete Wendungen, Zufälle, Schicksalsschläge oder von uns nicht beeinflussbare Faktoren zurück auf den Weg, der für uns am besten ist.
Wählt man jedoch weder den emotionalen noch den rationalen Weg und entscheidet sich für den Weg des „In-sich-Hineinhörens", bringt er erstaunlicherweise eine Antwort und Entscheidung zum Vorschein, die uns Ruhe und Gewissheit gibt, den für uns bestmöglichen Weg zu gehen. Dabei ist es wichtig, dem Stress und der Hektik unserer Zeit und Welt zu entfliehen,

innezuhalten und zur Ruhe zu kommen. Hilfreich kann es sein, sich tatsächlich auch örtlich zurückzuziehen.
Nicht immer können wir uns örtlich einer Situation entziehen. Aber auch hierfür gibt es Lösungen wie: das „stille Örtchen" aufsuchen, die Augen und Ohren verschließen, sich einfach mal setzen, um die Ecke gehen, sich umdrehen und so weiter. Die Optionen sind natürlich immer abhängig von der jeweiligen Situation. Aber oft glauben wir, Zeit und Raum für uns nicht nehmen zu können oder zu dürfen, weil die Gesellschaft es nicht zulässt, weil wir dadurch auffallen, weil wir der Norm nicht mehr entsprechen, weil wir komisch angeschaut werden und vieles mehr.

ÜBUNG: Fühlst du dich das nächste Mal in Stress oder unter Druck, eine Entscheidung treffen zu müssen, dann finde einen Weg, wie du dich in erfrischende Einsamkeit zurückziehen kannst, um in dein Inneres zu horchen.
Hast du eine Möglichkeit gefunden, prüfe deine Motive! Ist es eine Entscheidung, die du nur aus Rationalität oder Emotionalität triffst? Oder ist die Antwort einfach da und du verspürst dabei eine innere Ruhe und Gewissheit. Oft öffnen sich hierbei ganz neue Wege und Türen, die man zuvor gar nicht wahrgenommen hat. Hast du dich gesammelt und bist zu einem Entschluss gekommen, dann handele. Du wirst sehen, dass du nun kraftvoll und selbstsicher deinen Lebensweg weitergehen kannst.
Schreibe hier die Möglichkeiten auf, die du gefunden hast, dich am besten zurückzuziehen, um innehalten zu können:

Genauso verhält es sich mit der stetigen Kommunikation mit unserem Körper, die wir oft genug ignorieren, für die wir uns weder Zeit nehmen noch innehalten. Unser Körper sendet uns immer wieder Signale, auf die wir hören sollten. Wenn er sagt „Ich bin müde.", dann leg dich hin. Wenn er sagt „Ich brauche Bewegung.", dann laufe. Wenn er sagt „Ich habe Hunger.", dann gib ihm etwas zu essen und zu trinken. Wenn er sagt „Ich muss meine Stoffwechselprodukte loswerden.", dann gehe auf die Toilette. Wenn er sagt „Gib mir Luft zum Atmen.", dann öffne deinen Brustkorb und bringe deinen Körper in eine aufrechte Haltung. Denn oft zwingen wir unseren Körper nach dem Biorhythmus zu funktionieren, wie wir oder die Gesellschaft es gerne hätten. Dabei weiß unser Körper zum Beispiel, ehe wir es rational erfassen können, dass wir ein Nahrungsmittel nicht vertragen oder es schlecht für uns ist. Oder schlimmer, wir essen es trotz der Warnsignale aus Anstand und nehmen Bauchschmerzen und Übelkeit in Kauf, anstatt es sein zu lassen oder auszuspucken.

Zum Schluss: Bei erfrischender Einsamkeit handelt es sich eigentlich (in Wahrheit) um ein Paradoxon. Denn wir sind Kinder von Gott und er hat uns zugesagt, dass er immer bei uns ist und somit sind wir niemals einsam oder allein!

„Ich bin bei euch alle Tage bis zum Ende der Welt!" (Matthäus 28, 20)

KURZ UND KNAPP (Erfrischende Einsamkeit)

1. **Verinnerliche das Leitwort (Kurzform): Es geht nicht um mich!** Im Leben geht es nicht darum, dass ich meinen eigenen Wünschen und Bedürfnissen nachjage, sondern vielmehr darum, mich um die Bedürfnisse, Nöte und Wünsche meiner Mitmenschen zu kümmern.
2. **Versorge deinen Körper mit Wein, Öl und Brot!** Wein zur Freude, Öl zur Pflege und Brot zur Stärkung.
3. **Suche dir einen Ort der Ruhe nur für dich.** Entdecke die meditative Wirkung der vier Elemente. Doch nicht nur kurze Pausen für uns selbst sind wichtig. Spüre wie erfrischend es ist, sich einen Tag oder ein Wochenende im Monat freizuhalten.
4. **Schau in deine Gedanken und Gefühle.** Dort wirst du erkennen, wer du wirklich bist. Oftmals haben wir ein viel zu gutes und ganz anderes Bild von uns selbst. Finde dabei heraus, ob du wirklich alle Masken benötigst, die du dir im Lauf der Zeit angefertigt hast.
5. **Finde deine persönliche Kommunikations-Farbe: Rot, Gelb, Grün, Blau.** Werde dir bewusst darüber, dass nicht alle Menschen genauso denken und kommunizieren wie du. Versuche dich und dein Umfeld durch die Kommunikations-Farben besser zu verstehen.
6. **Setze dich mit deinen Begabungen auseinander.** Analysiere zunächst den Ist-Zustand, daraufhin beschreibe den gewünschten Soll-Zustand und lass dann deinen Gedanken freien Lauf, neue Ideen möglicherweise umzusetzen.
7. **Innehalten vor Entscheidungen!** Ist dir nicht klar, wie dein Lebensweg weitergehen soll, dann triff Entscheidungen nicht rational oder emotional. Finde stattdessen Ruhe (hinsetzen und Augen schließen hilft meist schon) und horche in dich hinein.
8. ***Denke daran: „Ich bin bei euch alle Tage bis zum Ende der Welt!"*** *(nie einsam)*

Großartige Gespräche[10]

„Denn mein Plan mit euch steht fest: ***Ich will euer Glück und nicht euer Unglück****. Ich habe im Sinn, euch eine Zukunft zu schenken, wie ihr sie erhofft. Das sage ich, der Herr. Ihr werdet kommen und zu mir beten, ihr werdet rufen und ich werde euch erhören. Ihr werdet mich suchen und werdet mich finden. Denn wenn ihr mich von ganzem Herzen sucht, werde ich mich von euch finden lassen." (Jeremia 29, 11-14)*

Aber wir entfernen uns immer wieder von Gott und nehmen die Folgen in Kauf.

„Du musst innewerden und erfahren, was es für ***Jammer und Herzeleid*** *bringt, den Herrn, deinen Gott, zu verlassen und nicht zu fürchten." (Jeremia 2, 19)*

Daher ist es für uns das Beste:
„Habe deine Lust am Herrn: ***der wird dir geben, was dein Herz wünscht****!" (Psalm 37, 4)*

Großartige Gespräche mit Gott sind also der Beginn, eine Beziehung zu ihm aufzubauen.

„Du bist mir, Herr, treuer, als ich mir selbst bin, liebst mich umfassender, als ich es kann. Wenn das aber so ist und ich dir, Herr, eher trauen kann als mir selbst, ***dann ist mein Leben in deinen Händen noch besser aufgehoben, als in meinen****." (Hans-Joachim Eckstein)*

Was wünscht sich Gott in dieser Beziehung von uns?

---

10 Da es sich bei „Großartige Gespräche" um eine Glaubensfrage handelt, müsste das komplette Kapitel durch eine andere Schriftart gekennzeichnet sein. Um das Lesen allerdings einfach zu halten, ist nur die Überschrift durch eine andere Schriftart hervorgehoben.

„Es ist dir gesagt, Mensch, was gut ist und was der Herr von dir fordert, nämlich ***(1.) Gottes Wort halten und (2.) Liebe üben und (3.) demütig sein vor deinem Gott****." (Micha 6, 8)*
„Wir erhalten von ihm, worum wir bitten, weil wir seine Gebote befolgen und tun, was ihm gefällt. ***Sein Gebot ist: Wir sollen uns zu seinem Sohn Jesus Christus bekennen und einander so lieben, wie er es uns befohlen hat.*** *Wer Gottes Gebot befolgt, bleibt mit Gott verbunden und Gott mit ihm." (1. Johannes 3, 22–24)*
„Wenn sie ***gehorchen*** *und sich* ***unterwerfen****, so werden sie ihre Tage im* ***Glück*** *und ihre Jahre in* ***Wonne*** *verbringen." (Hiob 36, 11)*

Unser Glück und unsere Wonne stehen also im engen Zusammenhang mit der Beziehung, die wir zu Gott haben. Die Worte „gehorchen" und „unterwerfen" sind für die meisten im ersten Moment abschreckend und schwer anzunehmen. Allerdings zeigt es zugleich den Stellenwert, den wir gegenüber Gott haben. Wir selbst haben somit nicht die erste Stelle. Unser EGO rückt dadurch automatisch in den Hintergrund. Wie schon mehrfach erwähnt: Wir sind nicht der Töpfer, wir sind der Ton! Wir sind nicht der Maler, wir sind das Bild! Wir sind nicht der Schöpfer, wir sind das Geschöpf! Wir sind nicht der Meister, wir sind die „Diener"!

Und genau das ist der wahre Grund, warum die meisten Menschen sich von Gott distanzieren und warum sie Gott nicht an ihrem Leben teilhaben lassen wollen.

Sie wollen ihr Leben selbst bestimmen.
Sie wollen niemandem Rechenschaft schuldig sein.
Sie wollen tun und lassen können, was sie wollen.
Mit Gott ist das dann nicht mehr möglich.

ÜBUNG: Stelle dir vor, es gäbe tatsächlich keinen Gott. Nenne Gründe, die dagegensprechen würden, nach den Prinzipien der Bibel zu leben. Also was würde dagegensprechen, allen Menschen mit Liebe zu begegnen und sich selbst (sein EGO) in den Hintergrund zu nehmen?

Der Weg, zu Gott eine Beziehung aufzubauen, ist ganz einfach: *„**Voll Vertrauen zu Gott beten:** »Bittet und ihr werdet bekommen! Sucht und ihr werdet finden! Klopft an und es wird euch geöffnet! Denn wer bittet, der bekommt; wer sucht, der findet; und wer anklopft, dem wird geöffnet. Wer von euch würde seinem Kind einen Stein geben, wenn es um Brot bittet? Oder eine Schlange, wenn es um Fisch bittet? So schlecht ihr auch seid, ihr wisst doch, was euren Kindern guttut, und gebt es ihnen. Wie viel mehr wird euer Vater im Himmel denen Gutes geben, die ihn darum bitten.«“ (Matthäus 7, 7-11)*

Hierin finden wir die ersten beiden Schritte, um eine Beziehung zu ihm aufzubauen.

1. **Schritt**: Gott suchen => Er wird sich finden lassen!
2. **Schritt**: Mit Gott reden => Er wird antworten!

Das klingt vielleicht für den einen oder anderen etwas kompliziert. Wie suche ich Gott und wie rede ich mit ihm? Dabei ist es nicht anders, als würden wir mit einem Menschen ein Gespräch starten. Mit dem kleinen Vorteil, dass sich Gott leichter finden lässt, da er überall ist. So brauchen wir nicht in eine Kirche zu gehen oder wo wir ihn sonst vermuten.
Und dann? Begrüße Gott einfach, wie du einen anderen Menschen begrüßen würdest. Ein „Hallo!" ist vollkommen ausreichend. Aber hier sind uns Menschen keine Grenzen gesetzt und wir können uns so mit ihm unterhalten, wie wir uns fühlen. Ganz normal. Wie zum Beispiel: „Hallo, ich wünsche dir einen schönen guten Morgen! Wie geht es dir?"

Es handelt sich dabei um eine Vater-Kind-Beziehung. Wir dürfen Gott auch Vater nennen und uns zugleich bewusst werden, dass wir Kinder Gottes sind (Königskinder).
Da es für uns ungewohnt ist, mit Gott zu sprechen, mit einer Person, die wir nicht sehen und oft nicht direkt hören können, gibt uns auch Jesus ein Beispiel, wie wir mit unserem Vater sprechen können:
„Ihr sollt deshalb so beten: ‚Unser Vater im Himmel! Dein heiliger Name soll geehrt werden. Lass deine neue Welt beginnen. Dein Wille geschehe hier auf der Erde, wie er im Himmel geschieht. Gib uns auch heute wieder, was wir zum Leben brauchen. Vergib uns unsere Schuld, wie wir denen vergeben, die uns Unrecht getan haben. Lass uns nicht in Versuchung geraten, dir untreu zu werden, und befreie uns vom Bösen. Denn dir gehören Herrschaft, Macht und Ehre für alle Zeiten. Amen!'" (Matthäus 6, 9–13)
Für den einen oder anderen mag dieses Gespräch mit Gott etwas unpersönlich erscheinen. Das liegt womöglich daran, dass es über 2.000 Jahre alt ist. Zu damaliger Zeit war es bestimmt etwas ganz Neues, so mit Gott wie mit einem Vater zu reden.
In unserer heutigen Zeit ist es bestimmt ein guter Start, so mit Gott zu reden, da es viele wesentliche Punkte der Beziehung zwischen Gott und uns Menschen beinhaltet. Aber ich kann nur jedem raten, mit Gott ganz ungezwungen zu plaudern. Wir müssen auch keine Form und Rituale einhalten, wie es uns die Kirche oft vor-

lebt, wie hinknien, Hände heben oder falten, Augen schließen, Kopf senken und so weiter. Es mag sein, dass wir dadurch einen Ausdruck der Unterwürfigkeit ausdrücken und uns vielleicht auch besser auf Gott konzentrieren können, weil wir mit geschlossenen Augen und gefalteten Händen weniger mit anderen Dingen beschäftigt sind, aber es ist nicht eine Voraussetzung oder Notwendigkeit. Es ist ein ganz gewöhnliches Gespräch, wie mit unserer Familie oder Freunden; mit unserem Papa im Himmel eben.

Gott antwortet. Aber viele sind die Art seiner Kommunikation nicht gewohnt. Auch hier sind keine Grenzen gesetzt. Selten nutzt Gott die „banale" Kommunikationsform der lauten Stimme, die durch Schallwellen an unser Ohr weitergetragen werden. Nur weil wir die anderen Formen nicht gewohnt sind, wahrnehmen können oder noch nicht kennen, heißt es nicht, dass es sie nicht gibt oder Gott sie nicht nutzt, um mit uns zu sprechen. So haben die Menschen z.B. endlich nach Jahrhunderten herausgefunden:

… dass Elefanten durch Infraschallwellen kommunizieren:
„In den Weiten Afrikas «lauschen» Elefanten mit ihren Füssen dem gezielten Trampeln von weit entfernten Artgenossen und können durch die Vibrationen im Boden sogar Freunde von Fremden unterscheiden. Durch das Stampfen mit Rüssel und Füssen erzeugen die Elefanten tiefe Schallwellen, die sich kilometerweit ausbreiten. Mit dieser Kommunikationsmethode können sich die Dickhäuter über sehr große Distanzen hinweg unterhalten. Geredet wird bei diesem «seismischen Kommunizieren» (…) beispielsweise über drohende Gefahren."
http://www.blick.ch/news/elefanten-hoeren-mit-den-fuessen-trampeln-statt-troeten-id135951.html (Stand: August 2016)

… dass Delfine ein Doppel-Echolot nutzen:
„Die Unterwasserwelt ist oft dunkel und trüb, das Echolot-System, das Delfinen hier dennoch die Orientierung ermöglicht, hat Forscher schon lange fasziniert: Die Meeressäuger senden hochfrequente Töne aus, deren Echo ihnen Informationen über Objekte in der umliegenden Unterwasserwelt liefern. Meeresbiologen haben nun entdeckt, dass dieses System raffinierter

ist als bisher angenommen: Zwei Ultraschall-Signal gleichzeitig machen den dreidimensionalen Höreindruck perfekt. „Die beiden Sonar-Strahlen haben unterschiedliche Frequenzen, und die Delfine können sie sogar in verschiedene Richtungen aussenden", sagt Josefin Starkhammar von der schwedischen Lund University. Dadurch könnten die Tiere Objekte sehr fein lokalisieren."
http://www.wissenschaft.de/home/-/journal_content/56/12054/938466/ (Stand: August 2016)

… dass Fledermäuse sich durch hochfrequente Ultraschallrufe mitteilen:
„Fledermäuse produzieren Laute im Ultraschallbereich nicht nur zur Orientierung, sondern auch zur Kommunikation und Übermittlung sozialer Informationen, wie Silke Voigt-Heucke im Rahmen ihrer Diplomarbeit an den Universitäten Wien und Berlin herausgefunden hat. Die Tiere nutzten die Echo-Ortung auch dazu, Informationen über Art- und Gruppenzugehörigkeit anderer Individuen zu erlangen."
http://www.krone.at/wissen/fledermaeuse-kommunizieren-mit-ultraschall-rufen-hochfrequente-rufe-story-201694 (Stand: August 2016)

… dass Vögel für das Erdmagnetfeld sensibilisiert sind:
„Vögel sind mit einem natürlichen Magnetsinn ausgestattet, um hauptsächlich im Flug die Orientierung beibehalten zu können. Für Zugvögel ist der Magnetsinn zur Erde lebensnotwendig. Nur auf diese Weise ist es ihnen überhaupt möglich, ihr typisches Zugverhalten im Jahreszyklus aufrecht zu erhalten und somit ihre Art zu schützen. Betrachtet man beispielsweise den winterlichen Flug in den Süden, zumeist Afrika, kann man erkennen, dass die Vögel unter Einhaltung des Magnetsinns eine Route wählen, die ihr Überleben garantiert. Nicht die direkte Route über Alpen und Sahara wird von den Vögeln in Anspruch genommen, denn dieser könnte ein Verdursten in der Wüste mit sich bringen, sondern vielmehr eine leichte Süd-West-Route, die mit einer späteren Süd-Ost-Wendung einhergeht."
http://www.tiere-online.de/voegel/der-vogel/magnetsinn/ (Stand: August 2016)

… dass Bienen sich durch elektrische Felder und Schwänzeltänze austauschen:

„Bienen nutzen zur Verständigung elektrische Felder. Die Insekten strahlen im Bienenstock einer Studie zufolge elektrische Spannung auf ihre Artgenossen aus – unter anderem beim Schwänzeltanz. Das berichten Forscher um Randolf Menzel von der Freien Universität Berlin nach einer Reihe von Experimenten in der Zeitschrift „Proceedings of the Royal Society B: Biological Sciences". Demnach empfangen die Tiere die mit den elektrischen Feldern übertragenen Informationen etwa zu Futterstellen durch spezielle Rezeptoren in ihren Antennen."
http://www.n-tv.de/wissen/Wie-Bienen-kommunizieren-article10385701.html (Stand: August 2016)

… dass Hunde nicht nur durch Geruch kommunizieren, sondern auch Emotionen riechen:
„Wir sehen jedes Detail. Wir sehen Knospen und welkende Blüten. Blätter, die von Insekten beknabbert wurden und unberührte. Der Hund kann es riechen. Sogar ein Teelöffel Zucker in zwei Olympiabecken voll Wasser entgeht seiner Nase nicht. Der Geruchssinn der Hunde ist zu verblüffenden Leistungen fähig: Hunde können Emotionen riechen. Wenn wir erregt sind erhöht sich der Puls und wir fangen an zu schwitzen. Die Flussrate, mit der Duftmoleküle an der Körperoberfläche abgegeben werden, steigt. Das nimmt die Hundenase wahr. So, als würde aus einem leisen Ton ein lauter werden. Emotionen sind das Ergebnis von biochemischen Prozessen im Körper. Erst wird ein Stoff freigesetzt, dann spüren wir die Emotion. Und der Hund kann sie riechen. (…) Britische Wissenschaftler trainierten daraufhin Hunde, Urinproben von Krebspatienten zu identifizieren. (…) Die Hunde zeigten eine als gesund eingestufte Kontrollperson ausnahmslos positiv an. Eine anschließende Untersuchung ergab, dass diese Kontrollperson tatsächlich an einem Nierentumor erkrankt war."
http://wer-ist-fido.de/die-sinne-des-hundes/ (Stand: August 2016)

Es gäbe noch unzählige weitere Beispiele zu nennen und garantiert gibt es noch unzählige unerforschte Kommunikationsformen, die wir Menschen erst in ein paar Jahrhunderten oder niemals durch Wissenschaft ergründen werden. Mit diesem kleinen Ausflug in die Wissenschaft und Forschung wollte ich zur folgenden Übung anregen.

ÜBUNG: Lasse deinen Gedanken freien Lauf und überlege dir die unmöglichsten und vielseitigen Kommunikationsformen, die Gott nutzen könnte, um dir zu antworten. Versuche keine Grenzen zu setzen.

Gott macht übrigens kein Geheimnis daraus, wie er mit uns kommuniziert. Genannt werden in der Bibel unter anderem: Gottes Wort, Zeichen, Wunder, Träume, Visionen, Propheten, Natur, Tiere, Engel, Herz, Sprache, Menschen, Schrift, Gottes Geist und vieles mehr.
In unserer irdischen Kommunikation mit Menschen sind wir hauptsächlich die „ordinären" Schallwellen gewohnt. Bereits mit Mimik, Gestik und Geruch haben wir Schwierigkeiten. Selbst wenn wir eine SMS schreiben, müssen wir ein Smiley hintendransetzen, damit wir erahnen können, ob eine Aussage oder ein Wort wie „Danke!" ironisch, fröhlich, wütend, ehrlich oder traurig gemeint ist.
Wir haben zudem eine der besten Kommunikationsmöglichkeiten von Gott geschenkt bekommen. Durch seinen Geist stehen wir in

stetiger Verbindung mit unserem Vater. Nur gilt es die „Stimme" wahrnehmen und von der persönlichen „inneren Stimme" unterschieden zu lernen. Aber schnell werden wir herausfinden, was unsere Gedanken und was Antworten von Gott sind. Das Schwerste ist der erste Schritt: sich auf eine völlig neue und ungewohnte Kommunikationsform einzulassen, die da heißt „Heiliger Geist". Schnell kommen wieder tausend Argumente, warum es diese Form der Kommunikation nicht geben kann und wir nicht darauf vertrauen können. Und sowieso, wie kann es Gott möglich sein, mit allen Menschen gleichzeitig zu sprechen?
Besser verstehen können wir das vielleicht, wenn wir uns die Kommunikation der 10^{14} oder 100 Billionen oder 100 000 000 000 000 einzelnen Zellen eines erwachsenen menschlichen Körpers mit dem Gehirn vorstellen. Jede Zelle steht in Verbindung mit dem Gehirn. Jede Zelle kommuniziert mit ihm. Verletzen wir uns beispielsweise, dann „erfährt" dies das Gehirn von jeder Zelle und der Körper reagiert darauf mit einem Heilungs- und Erneuerungsprozess für jede einzelne Zelle und das gleichzeitig, nicht hintereinander. Währenddessen werden z. B. auch die „Bedürfnisse" der Herzmuskelzellen nicht außer Acht gelassen, die bei Anstrengung häufiger „arbeiten" müssen und mehr Sauerstoff brauchen als in Ruhe.

ÜBUNG: Versuchen wir nun, die Kommunikationsform „Heiliger Geist" zu nutzen. Was nicht schwer ist, denn wir müssen die „Leitung" nicht erst öffnen, anlegen oder aufsuchen und sie ist auch nicht so unbeständig wie so manches WLAN, sondern sie ist immer zuverlässig vorhanden. Die einzige Voraussetzung heißt „Glaube" (aber selbst ohne kommt Gott aus).
Fange nun einfach ein Gespräch mit Gott an. Wenn dir nichts einfällt, dann:

- … wünsche ihm doch einen schönen Tag
- … frage ihn, wie es ihm geht
- … höre darauf, was er antwortet
- … lasse die Antwort zu
- … und reagiere darauf

Für Fortgeschrittene I: Halte das Gespräch im Nachhinein fest!

____

____

____

____

____

____

Für Fortgeschrittene II: Stelle Gott eine konkrete Frage! Was wolltest du schon immer fragen? Und schreibe die Antwort auf.

____

____

____

____

____

____

Nun ist das so wie bei einer Unterhaltung zwischen uns Menschen. Gott kann uns Antworten geben, die wir nicht erhofft haben, mit denen wir nicht rechnen oder es sind gar Antworten, die wir nicht hören wollen. Zum Beispiel hatte ich Gott über einen längeren Zeitraum immer wieder die gleiche Frage gestellt, auf die er mir immer wieder die gleiche Antwort gab: „Ich werde dir auf diese Frage keine Antwort geben, denn du sollst lernen, mir zu vertrauen.“ Und es war tatsächlich so. Eigentlich (in Wahrheit) hatte ich mir durch eine konkrete Antwort Sicherheit gewünscht. Ich wollte mir sicher sein, dass ich auch den richtigen Weg gehe. Aber um den richtigen Weg zu gehen, brauche ich keine vorgezeichneten und klaren Konturen über das, was in der Zukunft liegt, sondern lediglich das Vertrauen in ihn.

„Werft euer Vertrauen nicht weg, welche eine große Belohnung hat." (Hebräer 10, 35)

Bei einer anderen Unterhaltung kamen wir immer wieder zu dem Punkt, dass Gott zu mir sagte: „Traust du mir wirklich so wenig zu?" Und ja, ich habe Gott im ersten Moment so wenig zugetraut. Ich habe das Unmögliche nicht für möglich gehalten und wurde durch unglaubliche Wunder eines Besseren belehrt und Gott hat mir gezeigt, dass das Unmögliche für ihn möglich ist.

„Für Menschen ist es unmöglich, aber für Gott ist alles möglich!" (Matthäus 19, 26)

„Denn bei Gott ist kein Ding unmöglich." (Lukas 1, 37)

Um Gott besser kennenzulernen sind großartige Gespräche unabdingbar. So ist es doch auch bei uns Menschen. Wir begegnen anderen Menschen, haben durch den ersten Eindruck bereits ein konkretes Bild von dieser Person; Vorurteile, die sich dann durch ein Kennenlernen und durch tief gehende Gespräche mit der Zeit bestätigen, revidieren oder aber es eröffnen sich auch ganz neue, überraschende und erstaunliche Aspekte meines Gegenübers.

Eine Beziehung aufzubauen heißt also, den anderen besser kennenlernen wollen. Da Gott uns bereits durch und durch kennt (besser als wir uns selbst), ist es Zeit, ihn zu erforschen.
Somit kommen wir zu einer zweiten Form der Kommunikation mit Gott. Wie Gott ist, erfahren wir zwar einerseits – wie gerade beschrieben – im persönlichen Gespräch mit ihm, aber er hat uns Menschen auch andererseits viele Briefe geschrieben, die wir lesen dürfen und in denen er sich uns offenbart und beschreibt, wie und wer er wirklich ist. Aus diesem Grund habe ich bewusst diesen Abschnitt „Großartige Gespräche" mit zahlreichen Bibelstellen begonnen. Bibelstellen, die deutlich zeigen, dass Gott unser Glück und unser Bestes möchte. Und nicht wie viele denken: „Gott interessiert sich gar nicht für meine persön-

lichen Belange." Der folgende Text beschreibt sehr schön, wie gut Gott jeden Einzelnen von uns bereits kennt:

„Herr, du durchschaust mich, du kennst mich durch und durch. Ob ich sitze oder stehe – du weißt es, aus der Ferne erkennst du, was ich denke. Ob ich gehe oder liege – du siehst mich, mein ganzes Leben ist dir vertraut. Schon bevor ich rede, weißt du, was ich sagen will. Von allen Seiten umgibst du mich und hältst deine schützende Hand über mir. Dass du mich so genau kennst – unbegreiflich ist das, zu hoch, ein unergründliches Geheimnis! Wie könnte ich mich dir entziehen; wohin könnte ich fliehen, ohne dass du mich siehst? Stiege ich in den Himmel hinauf – du bist da! Wollte ich mich im Totenreich verbergen – auch dort bist du! Eilte ich dorthin, wo die Sonne aufgeht, oder versteckte ich mich im äußersten Westen, wo sie untergeht, dann würdest du auch dort mich führen und nicht mehr loslassen. Wünschte ich mir: „Völlige Dunkelheit soll mich umhüllen, das Licht um mich her soll zur Nacht werden!" – für dich ist auch das Dunkel nicht finster; die Nacht scheint so hell wie der Tag und die Finsternis so strahlend wie das Licht. Du hast mich geschaffen – meinen Körper und meine Seele, im Leib meiner Mutter hast du mich gebildet. Herr, ich danke dir dafür, dass du mich so wunderbar und einzigartig gemacht hast! Großartig ist alles, was du geschaffen hast – das erkenne ich! Schon als ich im Verborgenen Gestalt annahm, unsichtbar noch, kunstvoll gebildet im Leib meiner Mutter, da war ich dir dennoch nicht verborgen. Als ich gerade erst entstand, hast du mich schon gesehen. Alle Tage meines Lebens hast du in dein Buch geschrieben – noch bevor einer von ihnen begann! Deine Gedanken sind zu schwer für mich, o Gott, es sind so unfassbar viele! Sie sind zahlreicher als der Sand am Meer; wollte ich sie alle zählen, so käme ich doch nie an ein Ende!" (Psalm 139, 1–18)

ÜBUNG: Beschreibe durch das, was du gerade gelesen hast, wie Gott ist.

Die Bibel ist also eine gute Möglichkeit, Gott besser kennenzulernen. Und Gott nutzt sie, um mit uns zu kommunizieren: Fragen, die uns auf dem Herzen brennen, werden plötzlich durch diese lebendigen Worte beantwortet, Unklarheiten für den weiteren Lebensweg beiseitegeräumt, wertvolle Weisheiten an uns weitergegeben und wir erfahren durch sie Trost in schweren Lebensphasen.

Nun stehen wir vor diesem großen Buch, das in Altes und Neues Testament aufgeteilt ist. 66 Bücher bestehend aus zahlreichen Seiten begegnen uns. Wo anfangen, wo aufhören?
Viele Menschen berichten über erstaunliche Erfahrungen, indem sie das Buch einfach willkürlich aufgeschlagen haben. Gott führt!

„Eine Bibelgesellschaft bot in einer Fußgängerzone den Passanten Bibeln an, um sie mit dem Wort Gottes bekanntzumachen. Eine Gruppe Jugendlicher verspottete den Mitarbeiter am Stand: „Mach deinen Laden dicht! Das alte Buch liest doch keiner mehr!“
Der Bibelmissionar sprach den Anführer der Gruppe freundlich an: „Das eine sage ich dir: In diesem Buch spricht Gott ganz persönlich zu dir!“ „Was, zu mir? Dass ich nicht lache. Zeig das Buch her, das will ich sehen!“ Der junge Mann – er hieß Philippus – schlug wahllos die Bibel auf und las aus Johannes 14, 9: „So lange bin ich bei euch gewesen, und du kennst mich nicht, Philippus?“ Er wurde kreidebleich, gab beschämt die Bibel zurück und verschwand.“
http://www.toplife.at/andachten/andacht3672.html (Stand: August 2016)

Mit der Bibel verhält es sich im Übrigen so, dass alle glauben über das, was dort geschrieben steht, Bescheid zu wissen, aber gelesen haben sie die wenigsten. Ich kann nur jedem raten, sich die Zeit zu nehmen, die Bibel komplett zu lesen. Es lohnt sich.

Dabei geht es nicht darum, sie gelesen zu haben. Viel wichtiger ist es, sie zu erleben. Zudem würde ich weiterhin raten, die Bibel nicht als Lese-, sondern als Arbeitsbuch zu nutzen, sich Stellen zu markieren, Fragen an den Rand zu schreiben und sich kleine Notizen zu machen, über die Dinge, die uns beim Lesen durch den Kopf gehen oder die wir besonders wichtig finden.

ÜBUNG: Besorge dir eine Bibel, die du als Arbeits- und Kommunikationsbuch nutzen möchtest. Gehe in eine Buchhandlung, die mehrere Versionen an Bibelübersetzungen vor Ort hat. Lies ein wenig in ihnen und lass sie auf dich wirken. Denn nicht jedem liegt die ca. 500 Jahre alte Übersetzungssprache von Luther. Es gibt daher auch Bibeln im „heutigen Deutsch". Notiere hier, für welche Bibel du dich entschieden hast und warum:

____

____

____

____

____

ÜBUNG: Wenn du gar keine Ahnung hast, wo anfangen, dann gibt es mehrere Möglichkeiten, das Lesen zu beginnen:

1. Beginne mit dem ersten Buch des Neuen Testamentes
2. Beginne mit dem ersten Buch des Alten Testamentes
3. Schaue dir das Inhaltsverzeichnis an und beginne mit dem Buch, das dir auffällt
4. Schlage einfach auf und beginne zu lesen

Wenn dir das „willkürliche" Lesen nicht gefällt, hier ein paar Bücher, die sehr spannend sind, weil sie viele Lebensweisheiten beinhalten, die bis heute aktuell sind oder weil sie sehr leicht zu lesen und verständlich sind:

a) Sprüche: dieses Buch bietet Ideen und Strategien für das alltägliche Leben, Erfahrungen werden weitergegeben, aus denen wir lernen dürfen
b) Psalm: dieses Buch bietet Gedichte und Lieder, die Menschlichkeit widerspiegeln mit all unseren Bedürfnissen, Nöten, Wünschen und Verlangen
c) Prediger: dieses Buch ist meiner Meinung nach das bodenständigste der ganzen Bibel und fasst das Wesentliche unterhaltsam zusammen
d) Evangelien (Matthäus, Markus, Lukas, Johannes): diese Bücher beschreiben das Leben von Jesus und zeigen uns, wie das Leben eigentlich (in Wahrheit) gedacht ist
e) Hiob: dieses Buch ist auf der einen Seite schwer zu lesen, doch finden wir uns selbst mit unserer Leidensgeschichte und Anklagen gegenüber Gott schnell wieder
f) Galater, Epheser, Kolosser, Hebräer, Jakobus: diese Bücher sind wegweisend für uns, einfach zu lesen und eröffnen uns, wie wir in dieser Welt leben sollten

Für Fortgeschrittene I: Lass dich einfach leiten und lese ein Buch nach dem anderen, ohne unbedingt eine Reihenfolge einzubehalten.
Für Fortgeschrittene II: Unterhalte dich mit Gott über das, was du liest. Hast du Fragen? Findest du etwas erstaunlich und toll? Über welche neuen Gedanken möchtest du dich gerne austauschen?

Ich habe für mich persönlich festgestellt, dass ich am liebsten den Morgen mit Gott beginne und mit ihm in den Tag starte. Sorgen, Stress und Alltag haben so erst gar keine Möglichkeit, meinen Tag zu dominieren. Es verändert das Lebensgefühl; den Tag zum Beispiel mit Dank zu beginnen und alle Sorgen, Ängste und Bedürfnisse in Gottes Hände zu legen. Damit weiß ich mich beschützt, versorgt und richte meinen Blick auf das Wesentliche im Leben.

„Am nächsten Morgen stand Jesus vor Tagesanbruch auf und zog sich an eine einsam gelegene Stelle zurück, um dort allein zu beten." (Markus 1, 35)

Mit der Zeit habe ich erfahren dürfen, wie sich die Gespräche mit Gott geändert haben. Mir ist aufgefallen, dass sich die Gespräche in den ersten Jahren so gut wie nur um mich gedreht haben: um mich, meine Bedürfnisse, meine Probleme, meine Wünsche, meine Sehnsüchte, meine Nöte und so weiter. Das drückte sich oft in Meckern, Traurigkeit, Unverständnis, Forderungen und Ärger aus. Es hat sehr lange gebraucht, bis ich das realisiert habe. Bestimmt sind folgende Bitten nicht unbekannt: „Gott, lass mich wieder gesund werden, ich möchte einen Partner finden, beschütze mich … Warum muss ich das erleiden? Warum lässt du all das Leid zu? Warum ist das Leben so ungerecht?“
Plötzlich verstand ich auch, warum das „Vaterunser“ nicht in der Ich-Form geschrieben steht, sondern von „wir“ und „uns“ die Rede ist. Denn wie in den Abschnitten zuvor erwähnt: Es geht in erster Linie nicht um mein EGO!
Auch beim Bitten generell sollte uns bewusst sein, dass Gott kein Wunsch-Automat ist. Gott geht es nicht darum, dass wir nur zu ihm kommen, weil wir was wollen. Abgesehen davon, dass er längst weiß, was wir brauchen und was wir zum Leben nötig haben; was wäre das dann für eine Beziehung oder Verhältnis zu unserem Vater?
Wir müssen nur auf unsere irdischen Beziehungen schauen, um dem nachzufühlen. Stell dir vor, du gehst mit deinem Kind oder einem Kind, das du sehr gerne hast, durch eine große Einkaufs-Mall mit den vielseitigsten Geschäften. Während ihr so durch die Geschäfte spaziert, sagt das Kind zu dir immer wieder: „Kaufst du mir das Spielzeug? Das T-Shirt hier will ich zu meinem Geburtstag geschenkt bekommen! Bitte kauf mir die Schokolade! Ich möchte ein Eis und zwar sofort!“ Und, wenn es das Eis nicht sofort bekommt, dann macht es noch einen kleinen Aufstand, beginnt zu weinen, fühlt sich nicht verstanden, weil doch die anderen Kinder auch alle ein Eis essen. Das Schreien wird lauter. Und wie viel mehr Freude würde es uns doch machen, wenn wir mit dem Kind, das wir so gerne haben, durch die Einkaufs-Mall spazieren und zuhören, wie es uns erzählt: „Oh, guck mal, dieses Spielzeug ist ganz toll. Hier das T-Shirt hat meine Lieblingsfarbe.

Und diese Schokolade esse ich für mein Leben gern, mindestens genauso gerne wie Vanilleeis." Mit welcher Begeisterung würden wir wohl ein weiteres Mal in den Laden gehen, um das Spielzeug für unseren Liebling zu holen und es kaum erwarten zu können, das freudige und überraschte Gesicht an seinem Geburtstag zu sehen. Und der Gedanke auf ein leckeres Vanilleeis bringt uns dazu, sich und dem Kind eine leckere Kugel zu gönnen. Und vielleicht bekommt es ja auch schon das T-Shirt vor seinem Geburtstag?!

Gerne möchte ich noch einmal den Gedanken aufgreifen, den viele Menschen von der Beziehung zwischen Gott und uns Menschen haben: Ich kann nicht mehr das machen, was ich will. Ich muss ihm Rechenschaft über mein Verhalten abgeben. Ich darf mein Leben nicht mehr selbst bestimmen.
Im Prinzip ist dieser Gedankengang auch nachvollziehbar, insbesondere durch die Lehren der Kirche, die immer damit drohen, dass wir die Gesetze einhalten sollen und nur durch eigene Leistung in den Himmel kommen können, um so das ewige Leben zu erhalten. Aber hier liegt ein berühmter Trugschluss vor. Das Pferd wird, wie es so schön heißt, von hinten aufgezäumt. Es ist nicht Gottes Absicht, eine Zwangsbeziehung mit uns zu haben. Auch nicht, dass wir aus Angst vor den Folgen wie Hölle, Strafen und ewige Verdammnis das tun, was seinem Willen entspricht.
Nein – vielmehr möchte er, dass wir aus freien Stücken mit unserem freien Willen zu ihm kommen, weil wir uns freuen, mit ihm Zeit zu verbringen und weil wir ihn lieben. Auch hier helfen uns wieder zum besseren Verständnis die irdischen Beziehungen. Es wäre doch längst nicht so befriedigend, wenn mein Partner mich nicht beschimpft, nicht mit mir streitet oder nicht fremdgeht, nur weil es das Gesetz und mein Wille so vorschreibt. Viel mehr Freude haben wir doch an einer Beziehung, in der mein Partner aus Liebe zu mir diese Dinge unterlässt. Daher ist uns Menschen eigentlich (in Wahrheit) alles erlaubt – und nicht alles verboten, wie die meisten meinen:

„Alles ist mir erlaubt, aber nicht alles dient zum Guten. Alles ist mir erlaubt, aber nicht alles baut auf. Denkt dabei nicht an euch selbst, sondern an die anderen." (1. Korinther 10, 23–24)

Wir sollten also zu Gott, unserem Vater (dem König), ein ganz anderes Verhältnis haben und wenn wir das erkannt haben, dann wissen wir zum einen, dass wir alles dürfen und zum anderen, dass wir Königskinder sind, auf die Gott besonders aufpasst und wir dürfen wissen, dass uns nichts passieren wird, wenn Gott es nicht zulässt oder er es für uns bestimmt hat:

„Gott hat seinen Engeln befohlen, dich zu beschützen, wohin du auch gehst. Sie werden dich auf Händen tragen, damit du nicht über Steine stolperst." (Psalm 91, 11–12)

Und wie auch bei den menschlichen Beziehungen: Wenn ich jemanden liebe, dann versuche ich aus freien Stücken, um dem anderen eine Freude zu machen, die Dinge zu unterlassen, die ihn oder sie ärgern würden. Wenn der Rauch meiner Zigarette stört, dann versuche ich, nicht in seiner oder ihrer Gegenwart zu rauchen oder gebe sogar das Rauchen ganz auf. Wenn meine Liebe sich darüber freut, wenn ich pünktlich bin, dann bemühe ich mich darum. Auch werde ich versuchen, sie nicht zu belügen, betrügen oder anderweitig zu verletzen.
Genauso sollte es sich mit der Beziehung und der Liebe zu Gott verhalten. Gott möchte nicht, dass wir seinen Wunsch „liebe deinen Gott und deinen Nächsten" nur umsetzen, weil wir denken, dass wir es müssen oder gar Angst vor ihm und den Folgen haben. Er wünscht sich von Herzen, dass wir dies in die Tat umsetzen, weil wir ihn lieben; und weil es zu guter Letzt auch das Beste für uns selbst ist. Daher werde ich doch automatisch mit Freude aus Liebe zu ihm nach „seinen Geboten" (ich bevorzuge: nach seinem Willen oder nach seinen Wünschen) leben; so gut es mir eben gelingt.

ÜBUNG: Werde dir über die Beziehung zwischen dir und Gott bewusst. Wie würdest du sie beschreiben? Halte deine Antwort schriftlich fest.

Ein weit unterschätzter Weg der Kommunikation zwischen Gott und uns Menschen ist das „Leid“. Wie im Abschnitt „Ereignisreiches Erleben“ (S. 185f.) kurz angerissen, sind wir Menschen sehr träge, was Veränderungen betrifft. Daher nutzt Gott den Weg des Leids, um uns in die richtige Richtung zu lenken. Würden wir sonst etwas an unserer Lebenssituation und unseren inneren Einstellungen ändern? Wären wir glücklich und zufrieden, dann gäbe es doch für uns gar keinen Grund dazu!
Der innere Reinigungsprozess ist also mit Schmerz und Leid verbunden. Und sehr oft bestätigt sich dies auch im Nachhinein. In der Bibel wird dieser Prozess als „läutern“ bezeichnet:

„Doch bestrafen musste ich euch. Wie ein Silberschmied bin ich mit euch umgegangen: Er schmilzt das Silber, um es von allen Schlacken zu reinigen. So habe ich euch in den Schmelzofen des Elends geworfen.“ (Jesaja 48, 10)

Wenn du also Leid in deinem Leben empfindest oder dich Menschen und Situationen verletzen, dann solltest du darüber nachdenken, was dir Gott vielleicht damit sagen will. Denn oft missverstehen wir diese schmerzhaften Botschaften und werten diese als Ungerechtigkeit in dieser Welt, als eine Last, die wir tragen „müssen“ oder versuchen „auf Teufel komm’ raus“ aus eigener Kraft dort herauszukommen, anstatt Gott zu fragen.

ÜBUNG: Mit was bist du in deinem Leben nicht zufrieden? Was musst du erleiden? Worunter leidest du?

____

____

____

____

Für Fortgeschrittene I: Was glaubst du, möchte Gott dir damit sagen?

____

____

____

____

Für Fortgeschrittene II: Frage Gott, was er dir damit sagen oder zeigen möchte!

____

____

____

____

____

Großartige Gespräche, denn Gott nutzt so viele Wege der Kommunikation, um sich uns mitzuteilen und um mit uns eine Beziehung aufzubauen. Bisher haben wir uns auf lediglich drei Wege konzentriert: Heiliger Geist, Gottes Wort und menschliches Leid. Es ist unmöglich auf alle Kommunikationsformen einzugehen und zudem ist es auch viel spannender, diese für sich selbst zu entdecken. Allerdings möchte ich noch auf eine Art der Kommunikation hinweisen: Türen und Zeichen.

Auch diese Kommunikation wird oft unterschätzt oder mit dem Wort „Zufall“ degradiert. Es ist natürlich nicht immer im ersten Moment ersichtlich, was in unserem Leben zufällig passiert und welche Ereignisse „Schicksal“ oder besser ausgedrückt „Fügung“ bedeuten. Ich persönlich mag diesen Ausdruck sehr, denn er ist sehr bezeichnend für die Kommunikationsform „Türen und Zeichen“. Durch Gottes Fügung eröffnen sich in unserem Leben unerwartet neue Türen, andere werden wiederum vor unserer Nase verschlossen und wir stehen fassungs- und verständnislos davor. Scheinbar belanglose Zeichen leiten uns weg von Gefahren oder lenken uns in eine lebensverändernde Situation. Dies können Zeichen sein, die wir sogar als unangenehm empfinden, wie plötzlicher Lärm oder ein grelles Licht, das uns daran hindert, weiterzugehen.

Aus diesem Grund ärgere ich mich nicht mehr über plötzlich auftretende, unerwartete und unvorhergesehene Ereignisse, Zeichen, Veränderungen oder Einschränkungen, da ich weiß, dass sie für mich bestimmt sind und mich in eine andere Richtung lenken, als ich ursprünglich gedacht hatte. Eine neue Richtung, die für mich die Beste ist.

Doch was ist Zufall und was ist Fügung? Auch diese Frage ist eigentlich (in Wahrheit) leicht zu beantworten. Meist ist es vergleichbar mit den Zahnrädern eines Uhrwerks. Es ist das reibungslose Ineinandergreifen sehr vieler Zahnräder, das dafür sorgt, dass die Uhr funktioniert. Wenn nur eines wegbrechen würde, dann funktioniert das gesamte Uhrwerk nicht mehr. Und genauso ist es mit der Fügung. Denn meistens sorgen mehrere Zahnräder (Umstände) dafür, dass wir richtig ticken und funktionieren.

Zufälle haben keinen Einfluss auf das Funktionieren des Uhrwerks. Ob nun zufällig ein Zahnrad aus Holz, Metall oder Plastik ist oder ob am Boden der tickenden Uhr zufällig noch weitere Zahnräder liegen, spielt für das Zahnrad-**Gefüge** keine große Rolle. Hier zur Verdeutlichung ein kleines Beispiel aus der Bibel:

„Dann lasst die Kühe laufen, wohin sie wollen. Laufen sie in Richtung Bet-Schemesch in Israel, dann hat wirklich der Herr so viel Unglück und Leid über uns gebracht. Laufen sie aber in eine andere Richtung, dann hat nicht der Gott der Israeliten uns bestraft, sondern alles war nur ein Zufall." (1. Samuel 6, 8–9)

Und nun ein Beispiel aus der heutigen Zeit. Es könnte als belanglose Geschichte gesehen werden, aber hier sind die vielen Zeichen, Türen und Zahnräder des Gesamtgefüges deutlich zu erkennen. Würde nur auf die einzelnen Zeichen und Zahnräder geschaut werden, dann wären diese jeweils vielleicht sogar ein Grund, sich darüber aufzuregen und zu ärgern, aber mit Blick auf das Gesamte zeigt sich, dass jedes einzelne Ereignis von Bedeutung war:

„Eine Frau möchte mit dem letzten Bus des Tages in eine andere Stadt reisen. In dem ihr unbekannten Busterminal glaubt sie, noch genügend Zeit zu haben, aufs Klo zu gehen. An den Toiletten stellt sie fest, dass diese nur durch das Passieren eines kostenpflichtigen Drehkreuzes betretbar sind. Mit ein wenig Ärger stellt sie fest, dass sie kein Kleingeld mehr hat. Den Gedanken, Geld zu wechseln, verwirft sie sehr schnell, da auch eine Warteschlange zu sehen ist. Außerdem verspürt sie eine innerliche Unruhe, die sie dazu treibt, sich direkt zur Bushaltestelle zu begeben. Auf dem Weg dorthin fällt ihr Blick auf eine auffällig gekleidete Frau, die gerade in einen Bus einsteigt. Beim genaueren Betrachten erkennt sie, dass es der Bus ist, mit dem sie fahren muss, der unerwarteterweise an einer ganz anderen Haltestelle abfährt. Überrascht rennt sie hin, steigt ein und direkt nach ihr schließt die Bustür und der Bus setzt sich zugleich ein paar Minuten vor planmäßiger Abfahrt in Bewegung."

Ich finde, so „banal" diese Geschichte auch scheinen mag, verdeutlicht sie sehr schön die einzelnen Zusammenhänge. Für die Frau gab es also gar keinen Grund, sich darüber aufzuregen, dass sie nicht auf die Toilette konnte, diese nur durch Bezahlen

betretbar war, sie kein Kleingeld mehr hatte, zudem eine lange Schlange davorstand und der Bus auch noch zu früh an einer völlig anderen Haltestelle abfuhr. Vielmehr brachten alle diese Türen und Zeichen sie dazu, mit dem letzten Bus des Tages noch weiterreisen zu können.
Oder ein weiteres Beispiel von einem jungen Mann, der sich ein E-Bike ausleihen wollte:

„Am Fahrrad-Verleih angekommen ist er ganz froh, dass er so viel Glück hat, das letzte E-Bike leihen zu können, da alle anderen Räder bereits für Wochenend-Radtouren verliehen waren. Beim Erklären über die Handhabung des E-Bikes stellen sich jedoch kleine Mängel fest. Der Akku ist nicht vollständig aufgeladen und lässt sich auch nicht aus der Halterung herausnehmen. Der Vermieter beginnt an der Halterung herumzuschrauben und den Fehler zu beheben. Das Warten beginnt. Nach etwa einer halben Stunde ist das Rad immer noch nicht ganz in Schuss, aber der Vermieter bereit, es trotz Mängel auszuleihen, mit der Einschränkung, das Rad niemals an öffentlichen Plätzen abzustellen, da die Gefahr bestünde, dass der Akku geklaut würde. Die Wünsche des jungen Mannes werden durch diese unerwarteten Ereignisse durchkreuzt. Gewollt war eigentlich eine Tour durch die Natur. Um an besonders schönen Stellen spazieren oder baden gehen zu können, wäre es notwendig, auch das Rad abschließen und stehenlassen zu können. Abgesehen davon sieht er nach und nach seine Zeit „schwinden", denn kurz darauf erhält der Vermieter einen Anruf. Am Telefon ist ein Mieter, der die Hiobsbotschaft überbringt, dass sein ausgeliehenes E-Bike soeben gestohlen wurde. Eine weitere halbe Stunde später scheint wieder alles im Griff zu sein und das Ausfüllen der Leih-Dokumente beginnt. Beim Holen der Unterlagen stößt sich der Vermieter so ungeschickt den Fuß in den offenen Sandalen an einem spitzen Gegenstand, dass eine zwei Zentimeter große Schnittwunde entsteht, aus der sofort das Blut hervortritt. So versorgt er selbsterklärend seine Wunde und kann – nun insgesamt 90 Minuten später – sich weiter um den Mietvertrag kümmern. Gerade beim

Zahlungsvorgang kommt eine Kundin zur Tür herein, die ihr E-Bike zurückbringen möchte. Der Akku des Rades ist voll aufgeladen und lässt sich ohne Probleme aus der Halterung nehmen. Ohne weitere Verzögerungen erhält der junge Mann das neue E-Bike und kann nun seine Tour beginnen."

Auch hier sind die einzelnen Türen und Zeichen gut zu erkennen. Zwar hätte der junge Mann sich über die Mängel des Rades sowie über die 90 Minuten Wartezeit aufregen können, aber das Gesamtgefüge hat ihm letztlich ein funktionsfähiges E-Bike verschafft und verborgen bleibt uns, wie sein Lebensweg – 90 Minuten früher – verlaufen wäre.

Es folgt nun eine kleine Auswahl an möglichen Zahnrädern von Türen und Zeichen:

- Sich öffnende und schließende Wege: der Bankautomat funktioniert nicht, der Akku ist leer, der Bus fällt aus, Anrufe gehen ein, Stromausfall, Stau, Öffnungszeiten
- Worte aus der Bibel: die tägliche Losung deutet auf etwas hin, mir kommt spontan ein Vers in den Kopf, jemand sagt ein passendes Bibelwort zu mir
- Innere Bilder: Ideen entstehen durch äußere Eindrücke und Einflüsse im Kopf, lenken in eine neue und ungeplante, unerwartete Richtung
- Intuition: unbegründete Entscheidungen, von selbst ablaufende Handlungen, spontane Reaktionen auf etwas
- Scheinbare Fehlentscheidungen: auch diese können eine wesentliche Rolle für das Gesamtgefüge einnehmen, notwendige Umwege, etwas vergessen
- Plötzliche Eingebungen: an eine Person zu denken, das Handy auszuschalten, jemanden anzusprechen, sich umzudrehen
- Symbole: uns fällt ein Schild auf, nicht vorhandenes Licht lässt uns einen anderen Weg gehen, ein Wagen versperrt uns den Zugang

- Schmerzen und Krankheiten: verhindern irgendwo hinzugehen, bringen den Körper zur Ruhe, lenken den Gedankengang in eine andere Richtung
- Visionen und Träume: hinterlassen z.B. eine Stimmung, die uns durch den Tag begleiten, haben vielleicht sogar eine klare Botschaft, Verarbeitung von Ängsten
- Unruhe: ich bin unbegründet unruhig, habe das Gefühl mich auf den Weg machen zu müssen, bringt mich dazu, zu handeln oder den Ort zu wechseln

ÜBUNG: Finde Beispiele aus deinem Leben. Schreibe ein paar Erlebnisse auf, von denen du denkst, dass es sich hierbei um Fügung handelt. Welche Türen spielten dabei eine wesentliche Rolle und welche Zeichen waren dir eine Unterstützung? Unterstreiche diese.

Mit diesem Wissen können wir fröhlich sein, weil wir die Ereignisse in unserem Leben nicht mehr in gut oder schlecht bzw. in negativ oder positiv einzuordnen brauchen. Denn sie führen alle zu einem bestimmten Ziel, das am besten für uns ist und so können wir dankbar für alles sein, was in unserem Leben passiert. Und dankbar können wir insbesondere für die vielen Kommunikationsformen zwischen Gott und uns Menschen sein, wodurch wir letztlich die großartigen Gespräche mit Gott erleben und führen dürfen.

„Seid allezeit fröhlich, betet ohne Unterlass, seid dankbar in allen Dingen!" (1. Thessalonicher 5, 16–18)

Abschließend ein kleiner Hinweis, den ich sehr wichtig finde. Der letzte Schritt, wie am Anfang erwähnt, wäre eigentlich komplett durch eine andere Schriftart markiert; also ein Inhalt, bei dem es vor allem um „Glauben" geht. Aber aufgepasst! Glauben heißt nicht, dass wir ihn in Extremen oder in Fanatismus ausleben sollen. Dies führt zu Hass, Streit, Unverständnis, Krieg, Tod, Nicht-Nächstenliebe und vielem mehr. Alles Folgen, die nicht dem Sinn, der Botschaft und den Inhalten der Bibel entsprechen. Selbst die Bibel weist uns sehr deutlich darauf hin:

Vermeide die Extreme!

„Manch einer richtet sich nach Gottes Geboten und kommt trotzdem um; ein anderer will von Gott nichts wissen, aber er genießt ein langes Leben. ***Sei nicht zu fromm****, und übertreib es nicht mit deiner Weisheit! Warum willst du dich selbst zugrunde richten?* ***Sei aber auch nicht gewissenlos*** *und unvernünftig! Warum willst du sterben, bevor deine Zeit gekommen ist? Es ist gut, wenn du ausgewogen bist und die Extreme meidest. Wer Gott gehorcht, der findet den richtigen Weg. Diese Weisheit beschützt einen Menschen mehr, als zehn Machthaber einer Stadt ihm helfen können. Denn es ist kein Mensch auf der Erde so gottesfürchtig, dass er nur Gutes tut und niemals sündigt. Hör nicht auf das Geschwätz der Leute; dann hörst du auch nicht, wie dein Untergebener über dich lästert! Du weißt genau, dass auch du sehr oft über andere hergezogen hast."* (Prediger 7, 15–21)

**Leitwort: Wer Gott gehorcht,
der findet den richtigen Weg!**

Nicht extremer und fanatischer Glaube führt uns auf den richtigen Weg. Den Glauben einfach zu leben und ein Vorbild zu sein, das ist Herausforderung genug.

„So ermahne ich nun, dass man vor allen Dingen tue Bitte, Gebet, Fürbitte und Danksagung für alle Menschen, für die Könige und für alle Obrigkeit, damit wir ein ruhiges und stilles Leben führen können in aller Frömmigkeit und Ehrbarkeit. Dies ist gut und wohlgefällig vor ***Gott, unserm Heiland, welcher will, dass allen Menschen geholfen werde*** *und sie zur Erkenntnis der Wahrheit kommen." (1. Timotheus 2, 1–4)*

So sollten wir als seine Kinder uns nicht von der Welt als christliche Glaubensgemeinde abkapseln. Nein, Gemeinde ist mehr als nur eine christliche Community. Gottes Gemeinde beinhaltet alle Menschen. Denn wir sollen in jedem Menschen unseren Nächsten sehen; also unseren Bruder und unsere Schwester. Somit gehört jeder zur Familie und somit ist die Welt unsere Gemeinde; unser irdisches Zuhause. Eine Gemeinschaft, in die wir uns einbringen und nicht abgrenzen sollten, sondern in der wir uns untereinander dienen!

KURZ UND KNAPP (Großartige Gespräche)

1. **Finde Gründe, die gegen das biblische Prinzip der Liebe sprechen.** Mache dir dadurch deine persönliche Position deutlich und begründe diese.
2. **Sei kreativ und entdecke mögliche Kommunikationsformen Gottes.** Das Leben ist nicht nur schwarz-weiß und beschränkt sich nicht nur auf unser irdisches Wissen. Es gibt so viel mehr Möglichkeiten zu kommunizieren, als wir uns vorstellen können.
3. **Sprich mit Gott durch den Heiligen Geist.** Lerne deine Stimme von Gottes Stimme zu unterscheiden und erfahre, wie unkompliziert wir mit Gott sprechen können.
4. **Kaufe eine Bibel als Arbeits- und Kommunikationsbuch.** Nutze sie und mache dir Notizen, Anmerkungen. Markiere dir für dich wichtige Stellen.
5. **Werde dir über das Leid in deinem Leben bewusst.** Erfahre, was es bedeutet zu ergründen, welche Botschaft für dich dahintersteckt und was du dadurch lernen sollst.

6. **Entwickle Achtsamkeit für Türen und Zeichen in deinem Leben.** Lass dich von ihnen führen und leiten. Sei dankbar, auch wenn sie dir im ersten Augenblick falsch, schlecht oder unangenehm erscheinen, denn sie bringen dich ans Ziel.
7. **Vermeide Extreme.** Sei nicht zu fromm, aber auch nicht zu gewissenlos.
8. **Verinnerliche: Wer Gott gehorcht, der findet den richtigen Weg!** Sei ein Vorbild.

NACHWORT

Es ist sehr schwer, etwas zu verändern. Vor allem wenn es darum geht, SICH SELBST zu verändern. Daher sollten wir uns bewusst sein, dass gefühlte „Niederlagen“ unvermeidlich sind und dazugehören. Vergleichbar ist es mit dem Gehenlernen. Bevor wir laufen können, erfahren wir das Fallen. Fallen gehört zum Gehenlernen dazu. Das Fallen ist oft sehr schmerzhaft und am liebsten würden wir liegenbleiben. Doch das Wiederaufstehen ist ebenso wichtig in diesem Prozess wie das Fallen. Liegenbleiben und darüber klagen, jammern und weinen ist nicht hilfreich, wenn wir irgendwann selbstständig laufen möchten.
Dranbleiben, auch wenn wir scheitern, ist für eine dauerhafte Veränderung in unserem Leben unabdingbar. Oft kommt in uns das Gefühl der „Selbstaufgabe“ hoch. Doch gerade in solchen Momenten ist es wichtig, weiterzumachen. Vorstellen können wir uns diesen Prozess auch wie das Lesen- und Schreibenlernen. Wie oft mussten wir in der Schule die Buchstaben in Druck- und Schreibschrift üben, bis wir sie letztlich verinnerlicht hatten und sie nun, ohne darüber nachzudenken, schreiben und lesen können. Genauso ist es auch mit den Übungen hier in diesem Buch. Einige werden uns sicherlich leichter fallen als andere. Sinn und Zweck dieser Übungen ist es, sie nicht abgehakt zu haben, sondern sie immer wieder zu wiederholen, so oft, bis wir sie verinnerlicht haben und, ohne darüber nachzudenken, ausführen; gerade bei den Aufgaben, bei denen wir Schwierigkeiten hatten.
ALSO: NICHT AUFGEBEN – DRANBLEIBEN!

Dabei sollten wir uns den Leistungsdruck nehmen. Du musst nicht!
Lebe einfach.
Sei einfach.

Und sei dir bewusst, dass alles in Gottes Hand liegt, dass es Gnade ist, wenn wir Weisheit erlangen und dass es Barmherzigkeit ist, wenn wir Glück erfahren dürfen:

„Eure Rettung ist wirklich reine Gnade, und ihr empfangt sie allein durch den Glauben. Ihr selbst habt nichts dazu getan, sie ist Gottes Geschenk. Ihr habt sie nicht durch irgendein Tun verdient; denn niemand soll sich mit irgendetwas rühmen können." (Epheser 2, 8+9)

Und auf einmal war mir klar, was Glück ist! Glück ist ein Geschenk! *Ein Geschenk von Gott. Und jeder weiß, dass wir uns Geschenke nicht verdienen können. Es kommt von einer Person, die uns liebt! Ganz freiwillig.*

Und plötzlich musste ich in mich hinein schmunzeln. Denn die Antwort auf die Frage „Was ist Glück?" lag mein Leben lang direkt vor meinen Augen: Jonathan! Mein Vorname kommt aus dem Hebräischen und bedeutet:

„Der Name Jonathan ist die Ableitung des hebräischen Namens Jeho-nathan (Jonathan) in die deutsche Sprache. Jeho ist eine Kurzform des Namens Jahwe. Nathan bedeutet „hat gegeben". Jonathan oder Jeho-nathan bedeutet somit: „Jahwe hat gegeben", „Jahwe gab", „Gabe Jahwes" oder „Geschenk Jahwes"; (…) mit Jonathan verwandter Namen: „Nathanael"."

https://de.wikipedia.org/wiki/Jonathan_(Vorname) *(Stand: September 2016)*

Glück = Geschenk von Gott = Jonathan

Doch noch etwas wurde mir bewusst. Immer wenn ich von Gott Glück geschenkt bekommen habe, erkannte ich, dass mein Wille seinem Willen entsprach. Ich hatte also nicht meinen Willen über seinen Willen gestellt mit „ich will … " oder „ich will aber, dass … ". Daraus ergab sich folgende Gleichung:

Mein Wille = Gottes Wille = Glück

2. Korinther 4, 8–9	
Wir sind …	*Aber NICHT …*
… in allem bedrängt.	*… in die Enge getrieben.*
… ratlos.	*… verzweifelt.*
… verfolgt.	*… verlassen.*
… zu Boden geworfen.	*… am Boden zerstört.*
2. Korinther 6, 8–10	
Man nennt uns Lügner.	*Wir sagen doch die Wahrheit.*
Für die Welt sind wir Unbekannte.	*Aber Gott kennt uns.*
Wir sind Sterbende.	*Dennoch leben wir.*
Wir werden geschlagen.	*Wir kommen aber nicht um.*
Traurigkeit umgibt uns.	*Wir bleiben doch fröhlich.*
Wir sind arm.	*Aber wir beschenken viele reich.*
Wir besitzen nichts.	*Und haben dennoch alles.*

GLÜCKSRECHNER

Glück lässt sich natürlich nicht errechnen. Aber ich finde es ganz wichtig, sich auch einmal durch eine rationale Zahl vor Augen zu halten, wie gut es uns geht und wie viel Glück wir in unserem Leben haben und erfahren dürfen. Mit diesem Glücksrechner besteht die Chance, das persönliche Glück von 0–100 Prozent ausfindig zu machen und ausdrücken zu können. So haben wir einen Wert, über den wir nachdenken und unsere aktuelle Lebenssituation hinterfragen können.
Es folgen nun 10 Tabellen zum Ankreuzen. Setze nur ein Kreuz pro Tabelle oder trage einen individuellen Wert ein! Manchen Menschen fällt es schwer, sich in einer vorgegebenen Tabelle einzuordnen, anderen fällt es leichter, sich in Vorgaben wiederzufinden. Daher besteht nebst den Vorgaben auch immer die Möglichkeit, seinen persönlichen Wert einzutragen:

I. Gemeinschaft	**Prozent**	**X**
Ich habe ein erfülltes Sozialleben.	10%	
Ich vermisse in meinem Leben Familie, Freunde, Partner, Kollegen, Kinder, Geschwister …		
… ein wenig.	7%	
… ziemlich.	4%	
… absolut.	1%	
Es ist kaum auszuhalten.	0%	
Hier meine persönliche Meinung in Prozenten (0%–10%) ausgedrückt:		

II. Gesundheit	**Prozent**	**X**
Meine Gesundheit ist nicht beeinträchtigt und ich fühle mich fit.	10%	
Meine Gesundheit ist durch Schmerzen, nicht vorhandene oder nicht funktionierende Körperteile, Behinderungen, Krankheiten, Allergien, Schlafstörungen, seelische oder geistige Erkrankungen …		
… ein wenig eingeschränkt.	7%	
… ziemlich eingeschränkt.	4%	
… absolut eingeschränkt.	1%	
Es ist kaum auszuhalten.	0%	
Hier meine persönliche Meinung in Prozenten (0%–10%) ausgedrückt:		

III. Gaben	**Prozent**	**X**
Meine Begabung(en) kann ich voll und ganz ausleben.	10%	
Es stört mich, dass ich meine Begabung weder im Alltag noch im Beruf noch als Hobby ausleben kann …		
… ein wenig.	7%	
… ziemlich.	4%	
… absolut.	1%	
Es ist kaum auszuhalten!	0%	
Hier meine persönliche Meinung in Prozenten (0%–10%) ausgedrückt:		

IV. Geld	**Prozent**	**X**
Mir mangelt es an nichts Materiellem.	10%	
Es fehlt mir in meinem Leben ein Dach über dem Kopf, ein Ort zum Schlafen, etwas zu essen und zu trinken, Wärme, Wohnraum, Hobbys, Geld zum Versorgen der Familie, materielle Werte, Wohnungseinrichtungen, Luxus …		
… ein wenig.	7%	
… ziemlich.	4%	
… absolut.	1%	
Es ist kaum auszuhalten.	0%	
Hier meine persönliche Meinung in Prozenten (0%–10%) ausgedrückt:		

V. Grenzenlosigkeit	**Prozent**	**X**
Ich spüre keine Grenzen in meinem Leben und fühle mich frei.	10%	
Ich werde in meiner persönlichen Entfaltung, Freiheit und Vielfältigkeit …		
… ein wenig eingeschränkt.	7%	
… ziemlich eingeschränkt.	4%	
… absolut eingeschränkt.	1%	
Es ist kaum auszuhalten.	0%	
Hier meine persönliche Meinung in Prozenten (0%–10%) ausgedrückt:		

VI. Großvertrauen	**Prozent**	**X**
Ich habe blindes Vertrauen in allen Lebensbereichen.	10%	
Die Scheinkontrolle und Pseudo-Sicherheit in meinem Leben abzugeben und mich führen zu lassen, fällt mir …		
… ein wenig schwer.	7%	
… ziemlich schwer.	4%	
… absolut schwer.	1%	
Ich schaffe es noch nicht.	0%	
Hier meine persönliche Meinung in Prozenten (0%–10%) ausgedrückt:		

VII. Glaube	**Prozent**	**X**
Dass alles in meinem Leben zum Guten führt, weiß ich.	10%	
Zu glauben, dass wirklich alles in meinem Leben (auch scheinbar Negatives, Schlechtes, Unangenehmes) mir zum Guten dienen soll, damit habe ich …		
… ein wenig Probleme.	7%	
… ziemliche Probleme.	4%	
… absolute Probleme.	1%	
Ich schaffe es noch nicht.	0%	
Hier meine persönliche Meinung in Prozenten (0%–10%) ausgedrückt:		

VIII. Gehorsam	**Prozent**	**X**
Für mich ist es selbstverständlich, mein EGO in den Hintergrund zu stellen und meine Mitmenschen, Gott, aber auch mir in wahrer Liebe zu begegnen.	10%	
Ich bin noch dabei, wahre Liebe zu leben. Mein EGO steht in meinem Leben daher …		
… ein wenig im Vordergrund.	7%	
… ziemlich im Vordergrund.	4%	
… absolut im Vordergrund.	1%	
Ich schaffe es noch nicht.	0%	
Hier meine persönliche Meinung in Prozenten (0%–10%) ausgedrückt:		

IX. Gelassenheit	**Prozent**	**X**
Das Los- und Zulassen ist für mich kein Problem.	10%	
Vorstellungen loszulassen, neue Möglichkeiten zuzulassen, veränderbare sowie nicht veränderbare Situationen zu unterscheiden, immer fröhlich und dankbar sowie zu allen Menschen freundlich zu sein, bereitet mir …		
… ein wenig Schwierigkeiten.	7%	
… ziemliche Schwierigkeiten.	4%	
… absolute Schwierigkeiten.	1%	
Ich schaffe es noch nicht.	0%	
Hier meine persönliche Meinung in Prozenten (0%–10%) ausgedrückt:		

X. Genuss	Prozent	X
Ich genieße mein Leben in voller Hingabe und mit Achtsamkeit.	10%	
Mein Leben mit Hingabe zu genießen, alle Tätigkeiten bewusst zu verrichten, zu entschleunigen, achtsam zu sein, innezuhalten, das alles ist …		
… ein wenig fremd für mich.	7%	
… ziemlich fremd für mich.	4%	
… absolut fremd für mich.	1%	
Ich schaffe es noch nicht.	0%	
Hier meine persönliche Meinung in Prozenten (0%–10%) ausgedrückt:		

Trage hier deine jeweiligen Prozente ein und rechne das Gesamtergebnis zusammen:

I. Gemeinschaft	
II. Gesundheit	
III. Gaben	
IV. Geld	
V. Grenzenlosigkeit	
VI. Großvertrauen	
VII. Glaube	
VIII. Gehorsam	
IX. Gelassenheit	
X. Genuss	
SUMME	

Die Fragen sollten immer für den aktuellen Augenblick ausgefüllt werden. Morgen kann das Ergebnis schon wieder ein ganz anderes sein. Daher kannst du für dich immer wieder mal dein aktuelles Lebensglück errechnen und hier in die Tabelle eintragen. Nutze auch den Platz für deine Gedanken.

Datum:
Ergebnis:
Gedanken:

Datum:
Ergebnis:
Gedanken:

Datum:
Ergebnis:
Gedanken:

Datum:
Ergebnis:
Gedanken:

ERSTE-HILFE-PROGRAMM

„Ich will immer wieder Gutes tun
und tue doch das Schlechte;
ich verabscheue das Böse,
aber ich tue es dennoch."
(Römer 7, 19)

Wenn wir beginnen, den Glücksweg zu betreten und die ersten Schritte wagen und wir es uns noch so sehr vornehmen, immer auf dem Glücksweg zu bleiben, wird es sehr wahrscheinlich nicht ausbleiben, dass wir stolpern und fallen. Und selbst wenn wir ihn schon längere Zeit gegangen und weit gekommen sind, können plötzlich auftretende schwere Lebenssituationen uns am Weitergehen hindern, ausbremsen und niederdrücken.

„Das Tor zum Verderben ist breit und ebenso der Weg dorthin! Viele Menschen gehen ihn. Aber das Tor, das zum Leben führt, ist eng, und der Weg dorthin ist schmal. Deshalb finden ihn nur wenige." (Matthäus 7, 13–14)

Wie ein Kind, das beim Laufenlernen hinfällt, kann es sich mal mehr und mal weniger verletzen – Erwachsenen Menschen bleibt im Übrigen das Fallen auch nicht aus! – Hat es sich schwer verletzt, dann ist – wie bei allen Unfällen – ein Erste-Hilfe-Kasten sehr nützlich. So möchte ich das Buch mit einem Erste-Hilfe-Programm beenden. Es soll eine Unterstützung sein, in schwierigen Situationen den Blick auf das Wesentliche zu konzentrieren. Das Programm besteht aus 10 Punkten. Es kann in der vorgegebenen Reihenfolge durchgeführt werden, was aber nicht unbedingt notwendig ist.
Ideal wäre es, wenn du mit der Zeit, dein persönliches Erste-Hilfe-Programm zusammenstellst. Denn was für den einen gilt, ist für den anderen nicht unbedingt vonnöten. Zum Beispiel braucht nicht jeder ein Mittel gegen Allergien oder Migräne. Ein Bluter

braucht ganz andere Medikamente als ein Diabetiker. Dennoch gibt es Mittel, die bei einem Notfall für viele eine große Hilfe sein können und für Heilung sorgen.

> *Und wir sollten nicht vergessen, Gott ist bei uns: „Wenn du durch tiefes Wasser oder reißende Ströme gehen musst – ich bin bei dir, du wirst nicht ertrinken. Und wenn du ins Feuer gerätst, bleibst du unversehrt. Keine Flamme wird dich verbrennen." (Jesaja 43, 2)*

Was kann ich an einem Tag machen, an dem ich mich wieder schlecht fühle, gefallen bin und am Boden liege?

01. Bleibe nicht liegen!
Du bist hingefallen. Das ist nicht schlimm! Das gehört zum Laufenlernen dazu. Bleib aber nicht liegen. Aufstehen und Weitergehen! **„Nur ein fahrendes Schiff kann man lenken."**

02. Danke für die schwere Lebenslage!
Sei dankbar – konkret – für deine aktuelle Situation: **„Ich bin dankbar für … /, dass … "**

03. Es ist das Beste! (Du musst es nicht „auf Teufel komm' raus" ändern)
Auch wenn es nicht so scheinen mag: **„Meine aktuelle Lebenssituation ist für mich gerade der beste Weg und wird mir zum Guten dienen!"**

04. Vertraue! (Und lerne loszulassen!)
*Wenn du nicht verstehst, warum?, dann erkenne: **„Meine Gedanken sind nicht Gottes Gedanken und meine Wege sind nicht Gottes Wege!"***

05. Lächeln und Singen (oder Summen)!
Auch wenn du dich nicht danach fühlst, hebe (nur leicht) deine Mundwinkel und singe (summe) dabei ein Lied, bei dem du dich wohlfühlst: **„Sei fröhlich!"**

06. Stelle dein EGO zurück! (Prüfe deine Motive!)
Im Leben geht es nicht um dich, deine Bedürfnisse, Wünsche und Vorstellungen, sondern um deine Mitmenschen. Sorge dafür, dass es ihnen gut geht: **„Es geht nicht um mich!"**

07. Halte inne!
Nimm dir Zeit, zieh dich an einen einsamen ruhigen Ort zurück, horche in dich hinein und finde so heraus: **„Was ist der nächste Schritt?"**

08. Entscheide dich für das Gute! (Alles, was ich nicht tragen kann, darf ich abgeben!)
Licht verdrängt das Dunkel und nicht umgekehrt! Daher: **„Lass dich nicht vom Bösen überwinden, sondern überwinde das Böse mit dem Guten!"**

09. Leid als Wegweiser! (Du bist noch nicht soweit!)
Hinterfrage deine aktuelle Lebenslage: **„Was soll ich aus dieser Situation lernen?"**

10. Werde dir über deine Position bewusst!
Glück kannst du dir nicht verdienen. Glück kannst du nur geschenkt bekommen! *Werde dir darüber klar, wer du bist:* ***„Ich bin nicht der Töpfer. Ich bin der Ton. Meine Selbstbestimmtheit endet dort, wo sein Plan für mich anfängt."***

Auf der nächsten Seite kannst du mit der Zeit und Erfahrung aufschreiben, welche Schritte und in welcher Reihenfolge dir eine Hilfe sind, auf die du immer wieder zurückgreifen kannst, wenn es dir schlecht geht, bis du völlig gesund und geheilt bist und ohne Schwierigkeiten den Glücksweg gehen kannst.

Mein persönliches Erste-Hilfe-Programm

Fußnoten

5 „Es sind Drillinge."

6 „Die richtige Antwort ist 5. Warum?! Die richtige Antwort auf die Parole ist immer die Anzahl der Buchstaben der ausgeschriebenen Zahl! Achtundzwanzig besteht z. B. aus 14 Buchstaben, Acht besteht aus 4 Buchstaben, die Zwölf, welche die Wache dem Ritter nennt, besteht aus 5 Buchstaben. Der Ritter erkennt den Spion an der falschen Parole und muss ihn deshalb töten."

7 „Die Lösung ist verblüffend einfach: Ein Zwerg stellt sich vor alle anderen, ein zweiter daneben. Dann kommen die übrigen Zwerge einer nach dem anderen hinzu, eine Reihe entsteht. Damit das Sortieren nach Mützenfarbe klappt, müssen die Zwerge zwei Regeln befolgen:

1. Haben die vorn stehenden Zwerge nur Mützen einer Farbe auf, stellt sich der neu hinzukommende Zwerg an den rechten oder linken Rand der Reihe.
2. Gibt es bereits schwarze und weiße Mützen in der Reihe, positioniert sich der hinzukommende Zwerg genau zwischen die Zwerge mit schwarzer Mütze auf der einen und die mit weißer Mütze auf der anderen Seite.

Auf diese Weise gelingt das Sortieren nach Mützenfarbe problemlos."

8 „Man zündet die erste Schnur an beiden Enden an und die zweite an einem Ende. Wenn die erste Schnur abgebrannt ist sind auf der zweiten Schnur noch 30 Minuten übrig. Wenn man an der zweiten Schnur nun auch das zweite Ende entzündet verbleiben noch genau 15 Minuten."

9 „Er zieht den Stöpsel aus der Badewanne.
Haben Sie sich auch von der komplizierten Aufgabenstellung bzw. von den vielen Zahlen irritieren lassen? An die einfachste und banalste Lösung denken wir häufig leider nicht. Vielleicht gibt es auch andere komplizierte Probleme in unserem Leben, wo wir einfach nur den „Stöpsel" ziehen müssen."

Der Autor

Jonathan Estedabady wurde als dritter Sohn deutsch-persischer Eltern 1981 in Ägypten geboren. Seine Kindheit und Jugend verbrachte er in der Pfalz, das Studium schloss er als Master of Education an der Humboldt-Universität Berlin ab. In Paris und Berlin unterrichtete er die gymnasiale Oberstufe.

Auf zahlreichen Reisen durch viele Länder und Kontinente erhielt er tiefe Einblicke in unterschiedlichste Weltansichten und sammelte kulturübergreifende Erfahrungen und Leitbilder für sein Buch zum Thema Glück.

Heute lebt er in Athen, Berlin und Bangkok, wo er auf praxisnahen Seminaren die Suche der Teilnehmer nach Glück und Zufriedenheit klar und lebendig unterstützt. Sein Buch soll dem Leser dieses Wissen durch anleitende, nützliche sowie lebensnahe Übungen und Aufgaben vermitteln.